Brigitte Peskine

Die Süßen Wasser Europas

BRIGITTE PESKINE

Die Süßen Wasser Europas

Roman

Aus dem Französischen von
Barbara Sethe

Piper
München Zürich

Die Originalausgabe erschien 1996 unter dem Titel »Les Eaux douces d'Europe« bei Éditions du Seuil in Paris.

ISBN 3-492-03945-6

Gesetzt aus der: Palatino-Antiqua
Gesamtherstellung: Friedrich Pustet, Regensburg
Printed in Germany

FÜR MEINE TÖCHTER,
DA DER SAFT VON DER WURZEL
IN DIE ÄSTE STEIGT.

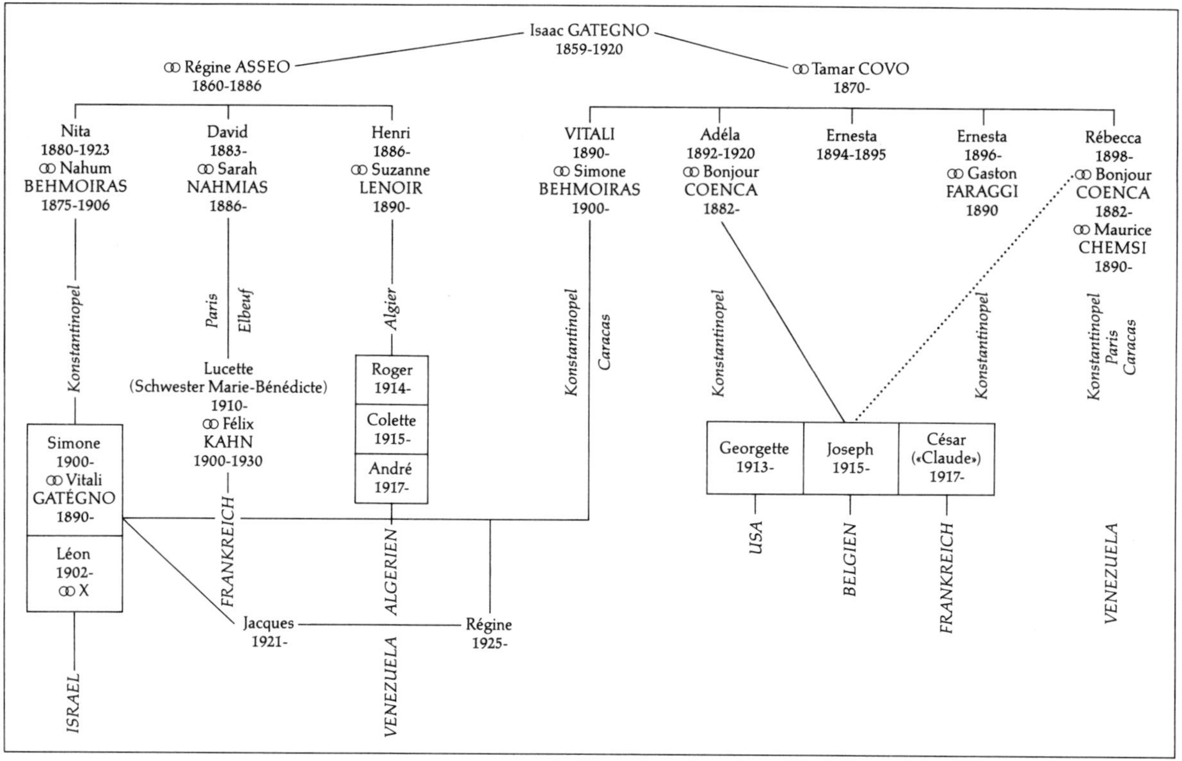

Isaac GATEGNO
1859-1920
ꝏ Régine ASSEO
1860-1886
ꝏ Tamar COVO
1870-
Nita
1880-1923
ꝏ Nahum
BEHMOIRAS
1875-1906
David
1883-
ꝏ Sarah
NAHMIAS
1886-
Henri
1886-
ꝏ Suzanne
LENOIR
1890-
VITALI
1890-
ꝏ Simone
BEHMOIRAS
1900-
Adéla
1892-1920
ꝏ Bonjour
COENCA
1882-
Ernesta
1894-1895
Ernesta
1896-
ꝏ Gaston
FARAGGI
1890
Rébecca
1898-
ꝏ Bonjour
COENCA
1882-
ꝏ Maurice
CHEMSI
1890-
Konstantinopel
Paris
Elbeuf
Algier
Konstantinopel
Caracas
Konstantinopel
Konstantinopel
Konstantinopel
Paris
Caracas
Lucette
(Schwester Marie-Bénédicte)
1910-
ꝏ Félix
KAHN
1900-1930
Roger
1914-
Colette
1915-
André
1917-
Simone
1900-
ꝏ Vitali
GATÉGNO
1890-
Léon
1902-
ꝏ X
Georgette
1913-
Joseph
1915-
César
(«Claude»)
1917-
FRANKREICH
ALGERIEN
Jacques
1921-
Régine
1925-
ISRAEL
VENEZUELA
USA
BELGIEN
FRANKREICH
VENEZUELA

ERSTER TEIL

Kindheit

1

Man kann nicht gerade behaupten, daß meine Geburt am 31. August 1898 Anlaß zu einem Freudenausbruch gab. ich habe übrigens nie gewußt, ob es 98 oder 99 war. Die Geburtsanzeige wurde von dem *mare de-atra,* dem Rabbiner der Synagoge Maïor in Hasköy, festgehalten. Es hat so viele Brände in Konstantinopel gegeben, besonders in unserem Viertel, so viele verbrannte Archive, dann so viele Weggänge, Revolutionen, Verbannungen, daß uns allen die Erinnerung den Paß ersetzt. Ich glaube, es war 98, weil mein Vater noch im Großen Basar arbeitete. Das heißt, er arbeitete dort wieder, nach vierjähriger Unterbrechung wegen des Erdbebens.

Er hatte seinen Handel mit Waren aus Paris in einer benachbarten Karawanserei untergebracht. Andererseits, es könnte auch 99 sein, drei Jahre nach Ernestas Geburt; Eifersucht auf ein Neugeborenes kann wohl erst ab diesem Altersabstand zu jener haßerfüllten Mißstimmung führen,wie sie zwischen uns herrschte. Und wie sie immer noch herrscht, trotz unserer weißen Haare. Aber über Ernestas Alter war ich mir auch nie ganz im klaren gewesen: Sie hatte den Vornamen einer anderen Schwester erhalten, die mit fünfzehn Monaten gestorben war. Aber wurden dieser Tod und diese Geburt registriert? Meine Mutter betrachtete Ernesta immer als Ersatz für die Verstorbene. Deshalb liebte sie sie so bedingungslos.

Auf jeden Fall wurde ich im Sommer geboren. Die Juden aus guter Familie hatten die Stadt verlassen und sich auf die Prinzeninseln begeben, besonders auf Büyük Ada, auf der sich die Sephardim zusammenfanden. Die Griechen wählten Burgas, die Armenier Kinali und die Aschkenasim Heybeli.

Mama war achtundzwanzig Jahre alt, mein Vater achtundvierzig. Er hatte schon sechs Kinder, davon drei aus seiner ersten Ehe mit Regine Asseo. Meine Mutter, Tamar Covo, hatte diesen mit Familie bepackten Witwer geheiratet, weil sie arm war. Zweifellos aus gutem Haus, aber »nackt«, ohne Mitgift. Von Regine stammten eine Tochter, Nita, meine liebe, süße Nita, und zwei Jungen. Tamar hatte *Señor Padre* einen Sohn geschenkt, Vitali, dann Adela, die erste Ernesta, die zweite Ernesta und schließlich mich. Noch ein Mädchen. Wie lautete das Sprichwort: *Tres ijas i una madre, mala vida para su padre.* – Eine Mutter und drei Töchter, macht das Leben für den Vater schlechter.

Ich vermute, daß man wie es Sitte ist, in Mutters Zimmer eine Knoblauchzwiebel aufgehängt hat. Daß eine Gevatterin nach der anderen gekommen ist, um, mit einem Zweig, einer *ruda,* in der Hand, den bösen Blick zu bannen. Daß man einen Monat nach meiner Geburt eine kleine Zeremonie abgehalten hat, bei der ich den Namen Rebecca Gategno bekam. Warum einen biblischen Vornamen? Das war nicht mehr Mode, und mein Vater schmeichelte sich, ein moderner Jude zu sein ... Während der dreißig Tage, die meine Mutter im Bett verbrachte, kümmerte sich Nita um mich. Sie war achtzehn Jahre alt und wartete auf Mamas ersten Gang zur Synagoge, um Nahum Behmoiras zu heiraten, mit dem man sie verlobt hatte. Sie hatte ihn erst einmal gesehen, als der Rabbi gekommen war, um die zukünftige Vereinigung zu segnen und den finanziellen Abmachungen zuzustimmen.

Nita sang mir die ersten Wiegenlieder vor, die ersten spanischen Romanzen, und sie war es auch, die mir später die ersten Märchen vorlas. Dabei starrte ich sie mit großen blauen Augen an, die gleichen wie die Vitalis. Für die Osmanen ist blau eine Glücksfarbe: Viele Türken strichen ihre Türen und Fensterrahmen türkis, um die bösen Geister zu vertreiben. Mama aber behauptete, das Auge des Neidhammels sei blau wie das Meer.

Dann verließ Nita das Haus, um zu heiraten. Ich begann am Daumen zu lutschen und Mama verknotete meinen Arm in meinem Strampelanzug, um mir diese schlechte Angewohnheit abzugewöhnen.

Aber ich war dickköpfig. Zwei Jahre später, als sich Nita, ihr Mann und ihre kleine Simone bei uns einquartierten, lutschte ich noch immer am Daumen.

Und wieder brannte es. Konstantinopel erneuerte sich durch natürliche Auslese. Die Flammen verwüsteten die Armenviertel, die Kinder wurden von Cholera oder Typhus dahingerafft. Nita und Nahum wohnten in einem schäbigen Zimmer in Pira-Pacha. Dieser Vorort von Hasköy, einst prachtvoll und äußerst beliebt mit seinen Ziegeln aus rotem Lehm, den die Albaner aus dem Marmarameer holten, war von den wohlhabenden Juden verlassen worden; sie zogen Pera, die europäische Stadt, vor. Meine Schwester und mein Schwager verloren alles bei dem Brand, das heißt Nitas Aussteuer. Die Mitgift war schon aufgezehrt.

Nahum war immerhin aus guter Familie, zweiter Sohn eines Dolmetschers des belgischen Konsulats, aber das Juweliergeschäft, in dem ihm sein Vater Arbeit besorgt hatte, gefiel ihm nicht. Er studierte lieber die heiligen Schriften. Nach Talmud, Tora und der Jeschiwa, der Talmudschule, wäre er gerne Rabbiner geworden. Was für die Behmoiras ein sozialer Rückschritt gewesen wäre. Bei den Juden gehorchen die Söhne ihrem Vater. Nahum beugte sich. Die Lüge war ihm genauso zuwider wie der Handel. Als schlechter Kaufmann wurde er für seinen Vetter, den Juwelier, schnell zur Belastung; er bezahlte ihn entsprechend schlecht.

Ihre Ankunft in einem übervollen Haus hat meine Mutter sicherlich verbittert. Ich dagegen war entzückt: Meine Nichte Simone, ein Jahr jünger als ich, wurde meine Gefährtin, meine Komplizin. Und Nitas süße Stimme lullte mich von neuem ein.

Ohne Kamer, das Dienstmädchen, waren wir elf Personen.

Mutter klagte ständig. Das war ihre Natur. Ihre Magenkrankheit war noch nicht diagnostiziert worden, aber sie war schon ganz gelb, mager und gallig. David, *Señor Padres* ältester Sohn, ging 1901 nach Paris. Er war es sich als *Ermano* schuldig, gleichzeitig die Autorität seines Vaters zu respektieren und die Rolle des zukünftigen Familienoberhauptes zu übernehmen. Ein unmöglicher Anspruch, der sich nur durch Trennung lösen ließ. Klein, spröde und entsetzlich ernsthaft, hatte er sich das Wohlwollen der reichen Familie Camondo erworben und strebte eine Bankierslaufbahn an.

Henri, der Jüngste von Regine Asseo, ähnelte seinem älteren Bruder nicht im geringsten. Er galt als leichtsinnig. Ich wußte damals noch nicht, was dieses Adjektiv bedeutete. Es schien nicht gerade ein Kompliment zu sein.

Mama trug nicht wie ihre Mutter den *tokado*, jenes Kopftuch, das auf der Stirn durch einen abgestumpften Kegel zusammengehalten war; die verheirateten Frauen steckten eine Brosche hinein. Die Jüdinnen verbargen nicht mehr ihre Haare, außer den sehr frommen, und das waren eher die Aschkenasim als die Sephardim. Damals war ein hochgesteckter Knoten in Mode, der auf einem Kranz aufgebauschten Haares saß. Bei meiner Mutter war der Knoten dünn wie alles übrige und die Haare viel zu sehr an den Kopf geklebt. Ihre Kleider waren dunkel und vom Hals zu den Ärmeln zugeknöpft. Im Gegensatz zu ihren Nachbarinnen trug sie keine *mania de caton*, jene breiten Kettenarmbänder, die die wohlhabenden Patriarchen ihren Töchtern zur Hochzeit schenken: Der *nono*, der Großvater war arm. Mein Vater hatte sich brav an die Tradition gehalten und ihr bei jeder Geburt ein Geschenk gemacht, einen Ring oder eine Halskette. Aber Mama zog es vor, sie im Schmuckkästchen zu lassen.

»Du läßt mich wie ein Geizhals aussehen!« schimpfte er.

»Jedermann weiß, daß der *Señor Padre* die Großzügigkeit in Person ist«, protestierte sie.

»Vielleicht, vielleicht! Aber trotzdem! Die Frau von Faraggi ist den ganzen Nachmittag mit ihrem *ogadero* um den Hals umherstolziert ... Könntest du nicht wenigstens einmal deinen Rubin tragen, so daß die Nachbarinnen ihn begutachten könnten?«

»Und meine *borrequitas* werden nicht mehr Halbmonden ähneln, sondern Furunkeln! Der *Señor Padre* weiß sehr wohl, daß die Ringe meine Finger lähmen! Daß die Armbänder in meinen Spitzen hängenbleiben! Wenn mein Herr wünscht, daß ich den ganzen Tag Kaffee trinke oder im Basar flaniere, möge er es mir sagen! Wer würde in der Zeit die Arbeit hier machen?«

»Schon gut, schon gut!« schloß mein Vater ermattet.

Wir wohnten in einem osmanischen Holzhaus. Die Hauptetage bestand aus zwei zur Straße gehenden Zimmern mit Schiebefenstern. Sie überragten das Erdgeschoß, in das niemals Licht eindrang. Die Außenmauern waren mit braunen Holzplanken verkleidet. Auf dem Dachboden, der nach allen Seiten offen war, wurde das Holz zum Heizen gelagert. Die Türen waren so niedrig in die Mauern eingelassen, daß mein Vater den Kopf einziehen mußte, wenn er sein Zimmer betreten wollte.

Kleine Gassen begrenzten die quadratischen Viertel, die auf jeder Seite mit Häusern bebaut waren, die mit unserem absolut identisch waren. Weinspaliere wölbten sich über der Straße und machten aus der *juderia* ein netzartiges Gewebe, ein Abbild der Beziehungen zwischen seinen Bewohnern.

Von der Küche gelangte man zum *cortijo*, dem Innenhof, den wir uns mit den Nachbarn teilten. Zur Straße hin geschlossen, um nicht die Begehrlichkeit der Nichtjuden zu wecken, wurden die Fassaden nach hinten von Außentreppen aufgelockert. Auf ihnen leuchteten Geranien, Magnolien, Oleander, Hortensien und Hyazinthen. Der *cortijo* war zugleich Mittelpunkt, Kitt und Spiegel des Gemeinschaftslebens.

Mein Vater war sehr stolz darauf, drei Empfangsräume zu haben – wie die Bürger von Pera: einen kleinen und einen großen Salon, Eßzimmer, Küche. In Wirklichkeit feuchte und schlecht gelüftete Schläuche. Bei der Ankunft der Behmoiras mußte der kleine Salon geopfert werden. Nicht völlig jedoch: Zwar diente er nachts als Schlafraum, tagsüber aber blieben die Glastüren geöffnet.

Mein Vater und Nahum begaben sich frühmorgens in ihre jeweiligen Geschäfte. Henri ging in eine Handelsschule. Vitali, Adela und Ernesta besuchten den Unterricht der Alliance Israélite Universelle. Aber Ernesta war häufig krank: Sie litt unter chronischen Erkältungen, und Mutter behielt sie lieber bei sich zu Hause. Kamer reinigte das Haus, das zu jener Zeit wenig möbliert war: Teppiche auf dem Boden, Sofas an den Wänden, niedrige Tische, Kissen mit weißen Überzügen. Wir schliefen auf Matratzen, die wir am Tage zusammenrollten. Später ließen wir dann Möbel im europäischen Stil kommen, *a la franca*.

Beim Kapitel Sauberkeit war Mutter unerbittlich. Die Juden hatten den Ruf, schmutzig zu sein. Die armen Juden, nicht die aus guter Familie. Kamer war vielleicht treu ergeben, aber sie kam wie die Männer, die die Wände unserer Schlafzimmer mit Kalk weißelten, aus dem Balat-Getto auf der anderen Seite des Goldenen Horns: ein Zufluchtsort für Schmutzfinken. Zum Glück zivilisierte sie der Kontakt mit uns. Meine Mutter wollte vergessen, daß ihr Vater, der *nono*, das Licht der Welt ebenfalls in Balat erblickt hatte.

Im Sommer wirbelte der Seewind auf den Straßen Staubwolken hoch. Im Winter verwandelte das unwirtliche Wetter dieselben Straßen in Schlammlachen. Hausputz war ein von vornherein verlorener Kampf. 1901 dezimierte die Cholera die Armenviertel. Kamer verschwand mehrmals, um Familienmitglieder zu beerdigen. Obwohl sie schon als Kind in den Dienst der Familie getreten war, kam die Frage auf, ob man sie wegen der Ansteckungsgefahr entlassen sollte. Aber die Fenster waren schmutzig, und die Teppiche mußten geklopft werden. Trotz der Todesgefahr beschloß meine Mutter, lieber in einem sauberen Haus zu sterben. »*Sar que no tenga!* – Möge dieses Schicksal mir erspart bleiben!« murmelte sie, während sie sich das Gesicht mit einer Prise Salz rieb, das sie daraufhin ins Feuer warf, um den bösen Blick zu bannen.

2

Die Frauen verließen ihre vier Wände nur, um sich in den *cortijo* zu begeben. Bis zur Schule war also das Haus mein ganzes Universum. Einschließlich des Stücks Straße, das ich vom Fenster aus überblickte. Sie gehörte den Männern: Einem Haufen Straßenhändlern mit Handkarren, mit Säcken beladenen Eseln, deren Schreie unentwegt gen Himmel gellten: »*Pan de Espanaaa! Aurel, aurel para la Succah, Pepitaada …*« Ich kannte sie alle: Elia, den *pregonero,* dessen Aufgabe es war, Feste, Hochzeiten oder Beschneidungen anzukündigen; Yomtow, den Verkäufer von Kakteenfrüchten: »*Higos, higos Bardadjic, labrados por la serenadaaaa!*« Simel, den Jongleur; Tontico, den Idioten, der sabbernd mit den Augen rollte; die Bärenführer; die Wasserträger; und sogar einige Zigeuner, die aus Ayvansaray geflüchtet waren, einem Dorf, das zwischen Balat und dem griechischen Viertel von Fener eingeklemmt war …

Mit der Nase am Fenster, dem Daumen im Mund, wartete ich auf meine Freunde, deren Entfernung ich an ihrer Stimme abschätzte. Mein Hauptfeind war der Wind: Er verblies nicht nur die Geräusche, sondern brachte auch noch den ekelhaften Gestank der Gerbereien des Goldenen Horns mit und zwang mich, das Fenster herunterzulassen.

Nach dem Mittagessen, während meine Nichte Simone schlief, ließ ich mich im Zimmer meiner Brüder nieder, das nach hinten hinausging. Die Unterhaltungen der Frauen ersetzten die Rufe der Straßenhändler. Ich hörte, wie die Frauen die Tugend und die Schönheit ihrer Töchter, die geschäftlichen Erfolge ihrer Söhne und die Strenge ihrer Ehegatten miteinander verglichen.

Es war die Stunde der Näharbeiten im *cortijo,* mit den

duftenden Pflanzen. Jede Familie hatte ihre Töpfe, ihr Gemüsegärtchen, ihre Gewürzkräuter und ihren Platz am Feigenbaum, in dessen Schatten sie Kaffee schlürfte. Jedoch nie zu lange: Es gehörte zum guten Ton, alle Müßiggängerinnen zu geißeln, die rauchten und Karten spielten, während die Männer bei der Arbeit waren, und erst wieder in Gegenwart ihres Herrn zu Arbeitsbienen wurden. Mit einer Arbeit in der Hand schnatterten die Klatschbasen ohne Pause, wobei Erfolgsgeschichten sich mit Litaneien von Unglücksfällen abwechselten; wichtig war, ein Höchstmaß an tröstenden Worten zu finden und zugleich größtmögliche Eifersucht zu erzeugen: eine raffinierte Mischung, in der meine Mutter Meisterin war.

Die *nona*, meine Großmutter Covo, durchquerte fast jeden Tag das Goldene Horn, um meiner Mutter im *cortijo* einen Besuch abzustatten. Ich erwartete sie voller Vorsicht, da sie mir mit ihren gekrümmten Zeige- und Mittelfingern die Wangen zwickte. Es sollte wie eine Geste liebevoller Zuneigung wirken, aber tatsächlich war es eine medizinische Untersuchung (war ich wohlgenährt?), eine grundlose Grausamkeit. Die Höflichkeit erforderte es, daß sie niemals mit leeren Händen kam, und jedesmal war es schwierig, die Traube oder den Nußkrapfen, den sie Mama unter einem Schwall blumiger Artigkeiten mitbrachte, unter acht oder zehn Leuten aufzuteilen.

Wenn meine Schwestern aus der Schule kamen, gesellten sie sich zu dem Frauenkränzchen. Nita kam herauf, um uns zu holen. Sie riß Simone aus dem Schlaf und mich aus meiner Träumerei. Während sie uns anzog, sang sie ein Lied; ich trödelte bewußt, um es bis zum letzten Klang zu genießen.

Adela stickte wie alle zehnjährigen Mädchen an ihrer Aussteuer. Mama, eine vollkommene Spitzenklöpplerin, fuhrwerkte mit ihren Nadeln herum. Die *nona* brachte Ernesta die Geheimnisse des Kreuzstiches bei. Wenn die Kinder der Nachbarin armselig an einem in Öl getauchten Stück Brot knabberten, durften wir *muhallebi*, einen köstlichen Grieskuchen, genießen. Und umgekehrt.

Wenn sie genügend über ihre Schwiegerfamilien gelästert hatten, knöpften sich unsere Mütter die Vettern aus Balat vor: »Die Rabbiner haben auch nur noch Bärte aus drei Haaren!«

»Kein Wunder, sie schlafen auf dem bloßen Fußboden!«

Das Klima und die Hügel von Hasköy hatten die Gegend zu Zeiten Sulaimans des Prächtigen zu einem bekannten Ort der Sommerfrische werden lassen, wohingegen Balat nur ein Fischerdörfchen war. Inzwischen waren die beiden Vororte wegen der Gerbereien auf der einen und der Tabakfabrik auf der anderen Seite gleichermaßen ungesund.

Noch mehr verachtet wurden die Todescos oder Aschkenasim, deren religiöse Strenge uns wie eine Beleidigung erschien. Aber vor allem gab es ein großes Gerücht: ein Mädchenhandelnetz, das von Rumäninnen aus Galata organisiert wurde. Ich zitterte bei dem Gedanken an diese Unglücklichen, die morgens und abends ihre Dienste zur Verfügung stellen mußten.

»Die Polacken sollen verflucht sein bis in die sechste Generation! Mädchen aus Zion arbeiten in Freudenhäusern! Hört nicht zu, Kinder!«

Freudenhäuser, diese dreckigen Löcher, wo sich fromme und traurige Gestalten drängten? Bei ihrem bloßen Anblick verstand man, daß der Messias wirklich noch nicht auf dem Weg war.

Sobald die Frauen mit den Aschkenasim fertig waren, zogen sie erneut über ihre Schwiegerfamilie her. Es sei denn, Ernesta, *querida mia, ija de la madre,* mit ihrer schiefen Schnute und der Stimme einer erkälteten Nörglerin begann sich über Simone und mich zu beklagen.

Mama hielt sich mit ihr eine ergebene Spionin, immer bereit, Bericht zu erstatten, wozu sie auch noch ermutigt wurde: daß Simone in die Hose gemacht, ich ein Loukoum stibitzt oder noch schlimmer, daß wir uns beide über Ernestas lange Nase lustig gemacht hätten. Und schon setzte es eine Standpauke.

Wenn es um Simone ging, sah Mama Nita an, die den Blick

nicht von ihrer Näharbeit hob. Sie rief dann ihre Freundinnen als Zeugen an, wie lasch diese jungen »modernen« Frauen ihre Kinder erzogen (»Gott schütze uns vor den Folgen!«) und sorgte für den Ausgleich dazu, indem sie mir die *dulces*, jene orientalischen Süßigkeiten, entzog, die in dem *cortijo* Gegenstand einer bitteren Rivalität zwischen hervorragenden Köchinnen waren.

Ich kehrte so würdig wie möglich ins Haus zurück und verkroch mich unter dem Tisch im Eßzimmer. Seit ich mich vorwärtsbewegen konnte, hatte ich mir dort meinen Zufluchtsort eingerichtet. Simone gesellte sich zu mir. Zusammen warteten wir auf meinen Vater.

Wenn *Señor Padre* den Laden geschlossen hatte, lud er gern seine Freunde zu sich, zu Gesprächen unter Männern. Diese Besuche, die während meiner frühen Kindheit täglich stattfanden, wurden seltener, als mein Vater und seine Kollegen, des häuslichen Lärms leid, lieber in die Cafés von Top Hané am Bosporus gingen.

Ich denke mit Wehmut an diese Augenblicke der vollkommenen Sicherheit, als ich, ohne etwas zu verstehen, auf die Echos von draußen lauschte. Simone saugte an ihrer Windel, und ich lutschte an meinem Daumen. Uns konnte nichts geschehen.

Die Herren rauchten, ließen die Gebetsketten durch die Finger gleiten und probierten den Anislikör und die *meze*, die orientalischen Vorspeisen, die meine Mutter ihnen mit niedergeschlagenen Augen brachte. Sie redeten über Politik, kommentierten die Artikel der Zeitung *El Tiempo*, beklagten sich über die konservativen Rabbiner, über die Griechen und Armenier, seltener über die Türken, tauschten geschäftliche Informationen aus … Mein Vater präsidierte. Ich war stolz, wenn ich seine wohltönende Stimme hörte, und enttäuscht, wenn auf seine Ansprache kein respektvolles Schweigen folgte. Die Juden sind ständig aufs Diskutieren aus, und es fand sich immer jemand, der meinem Vater widersprach.

Acht, zehn Männer, die englische Cuts trugen, die ihre Sätze auf französisch begannen, der schicken Sprache moderner Menschen, und die sie aus größerer Bequemlichkeit auf jüdisch-spanisch beendeten.

Das Ladino war unsere Muttersprache: Als 1492 aus Spanien vertriebene Sephardim waren wir in den ganzen Mittelmeerraum ausgeschwärmt und hatten die Sprache von Cervantes beibehalten. Wenn auch das Französische, das von den Schulen der Alliance Israélite Universelle eingeführt wurde, eine Art Festgewand bildete, blieb doch jenes archaische, mit türkischen, aber hebräisch geschriebenen Wörtern bastardisierte Spanisch der gute alte Morgenrock.

Ich sog mich mit neuen Klängen voll, fremden Namen wie dem des Hauptmanns Dreyfus, der wie eine Litanei immer wieder auftauchte. Die mit Planen bedeckten Karren, die ich vor dem Fenster meines Zimmers vorbeifahren sah, transportierten Leichname von Armeniern, die ich lange für Schlachtvieh hielt. Es gab russische Teufel, die Pogrome genannt wurden, und wenn sie vorübergezogen waren, lagen die Dörfer der Unseren in Asche. Die rumänischen Juden, die sich in Anatolien niederließen, wuschen sich noch weniger als die Bewohner von Balat. Henri war vergnügungssüchtig …

Ich war vier Jahre alt, als 1902 mein Neffe Leon, Simones kleiner Bruder, geboren wurde. Seine Ankunft wurde mit explosiven, spontanen, fast naiven Glücksäußerungen begrüßt: »*Ya vino el niño! En bien sea venido!*« Oh ja, er war höchst willkommen, und an die Eingangstür wurde ein Strauß aus einer Knoblauchzehe, einem Hufeisen, einem Handfeger und einem winzigen Socken gehängt. Das Kind bekam traditionsgemäß den Vornamen seines Großvaters väterlicherseits. Eine Woche lang war Nita nicht mehr die arme Verwandte und ihr Mann Nahum ein strahlender Parasit.

Die Beschneidung wurde eine Woche später in dem kleinen Salon vorgenommen, dessen Türen für dieses eine Mal geschlossen blieben. Nur die Männer nahmen teil, die Frauen warteten ängstlich, doch entzückt, und ich konnte nicht umhin, diese Freude etwas barbarisch zu finden. Vitali hatte mir das Messer, das Blut erklärt; ich hatte Angst, als sei es mein eigenes Fleisch, das geopfert wurde.

Vitali war mein Freund. Es hieß, ich ähnelte ihm. Wir waren beide groß für unser Alter, hatten eine helle Haut und dichte braune Haare. Er bereitete sich auf die Bar Mizwa vor und zählte zu den besten Schülern der Alliance, wo sein Lehrer Haïm Nahum war, der zukünftige Großrabbiner des Reiches.

Mein Bruder übernahm meine Verteidigung, wenn Mama mich schalt. Ich reizte meine Mutter unaufhörlich, meist ohne es zu wissen. Ich reizte sie, während ich heranwuchs, weil ich nie krank wurde, wohingegen Ernesta jede Mikrobe aufschnappte. Man mußte ihr Gurgelwasser, heiße Getränke und Salbe auf Zitrone-Salz-Basis mischen. Niemals fühlt sich eine Mutter ihrem Kind näher, als wenn sie es mit unnützer Pflege quälen kann. Ich beraubte sie dieses Vergnügens.

Wenn nur Vitali da gewesen wäre, am Tag des Flecks auf dem Laken! Es war ein Wäsche-Montag. Ich verabscheute diese Zeremonie zweimal im Monat, wenn sich die Mütter, selbst die liebenswürdigsten, in schwitzende Furien verwandelten. Am Vorabend weichte man die Wäsche in riesigen Blechzubern zum Entfetten ein und die Bohnen zum Wässern in einem Terracotta-Topf. Die Frauen, die schon in der Morgendämmerung aufstanden, lösten Asche im Wasser auf, klopften, seiften, spülten, kochten aus, spülten erneut, fügten Wäscheblau hinzu, tauchten ein, wrangen aus, die Nieren schmerzten, die Hände waren ausgelaugt, der Mund bitter vom Beschimpfen der Kinder, des Himmels, des Lebens, während sich der Duft der köchelnden Bohnen mit dem beißenden Geruch der Wäsche mischte.

Wir, die Kleinen, schwirrten, verwirrt von den Schlägen der Schlegel und der schwelenden Wut, zwischen unseren geplagten Müttern umher, zunächst sterbenshungrig und dann abgestumpft von der schweren Last eines Tages ohne Essen.

Ich wartete ungeduldig auf das Ausbreiten der Wäsche, was das Ende der Fron verkündete. Zitternd vor Erschöpfung gönnten sich die Frauen dann eine kleine Pause, bevor sie mit der Vorbereitung des Abendessens begannen: Tee und *biskochos* gingen, soviel man wollte, herum.

Mama breitete als erste ein schneeweißes Laken, *blanko komo la nyeve,* aus. Sie empfing wie üblich die Huldigung ihrer Mitschwestern. Ich verging vor Bewunderung: Wie schaffte es eine so zerbrechliche Frau, diese weißen Ungetüme zu zähmen?

Den Daumen im Mund, streichelte ich mit einem nachdenklichen Zeigefinger meine Nase, als ich einen Aufschrei hörte: »Seht nur!«

Auf dem feuchten Tuch war der Abdruck von fünf kleinen, weit gespreizten Fingern sichtbar, eine Kinderhand.

»Das war ich nicht!« rief ich.

Eine entsetzliche Angst hatte mich gepackt: Dieses befleckte Tuch brachte mich durcheinander, betäubte mich. Vielleicht hatte ich einem Augenblick der Verirrung nachgegeben und mutwillig Mamas Arbeit beschmutzt. Doch ich erinnerte mich nicht, ihr nahe gekommen, meine Handfläche darauf gelegt zu haben.

Die Ohrfeigen spürte ich nicht. Ich erinnere mich an Nita, wie sie mir die Arme entgegenstreckte, und an mein anhaltendes Schluchzen an ihrer Milchgeruch verströmenden Brust.

Die Nachbarinnen breiteten ihre eigene Wäsche aus und warfen mir von der Seite Blicke zu. Sie waren meine Feindinnen geworden. Für immer. Und durch meine Schuld.

Mit verspannten Zügen und zusammengepreßtem Mund wrang meine Mutter die letzten Handtücher aus und hängte sie auf. Als sie fertig war, riß sie mich aus den Armen meiner Schwester und zerrte mich in die Mitte des Hofs. »Hierher, Hexe, komm in die Mitte! Zeig dein schmutziges Gesicht, du Miststück!«

Ich wehrte mich, vor Scham erstickend. Mama zerrte mich über den Boden und zerriß das Kleid, das mir zu klein war und das sie mich zwang »aufzutragen«. Niemand regte sich. Noch nie war mir Schweigen unerträglicher erschienen. Plötzlich fühlte ich mich wie einen Stein fallengelassen: Die Müdigkeit hatte den Widerstand meiner Mutter gebrochen. Sie hatte mich losgelassen und weinte, ihre Glieder zuckten nervös. Es war schrecklich. Lieber Schreie und Schläge als dieses Zusammenbrechen. Mein Schluchzen verdoppelte sich. Die Frauen umgaben meine bezwungene Mutter. Sie brachten sie dazu, sich zu setzen, tupften ihr die eiskalte Stirn ab. Ich blieb am Boden sitzen, herabgewürdigt in den Rang von Staub.

»Arme Tamar!«

»Woher wird sie die Kraft nehmen, das Abendessen zu bereiten?«

»Diese Kleine ist eine wahre Teufelin!«

Meine Mutter nahm einen Schluck Kaffee, trank dann ein Glas Wasser. Ernesta reichte ihr einen Keks, den sie lange kaute, als handelte es sich um eine Medizin. Schließlich erhob sie sich und warf einen letzten Blick in meine Richtung.

»Das war ich nicht! Ich schwöre es!« wiederholte ich. Ich wagte nicht, meine Schwester zu beschuldigen. Ich hatte sie nicht das Verbrechen begehen sehen. Aber wer dann? Ein unbekannter Dämon, den ich in meinem tiefsten Inneren barg und den die Frauen des *cortijo* aufgescheucht hatten? Wenn Vitali da gewesen wäre, hätte er mir sagen können, ob ich das Laken beschmutzt oder nur davon geträumt hatte.

3

Ich war gerade fünf Jahre alt. Wir bereiteten den Sabbat vor. Freitag war ein intensiver Putz- und Kochtag, da der Samstag der Ruhe gewidmet war und die drei Mahlzeiten im voraus zubereitet werden mußten.

Die jüdischen Feste bestimmten den Rhythmus unserer Gemeinde; es hieß: »Nach Passa, vor Sukkot, noch drei Sabbat bis dahin ...« Jedem dieser Feste entsprach ein Ritual, besondere Gerichte und eine genau definierte Stimmung. Der Samstag war fröhlich, Kippur und Rosch-ha-Schana düster, das Purimfest berauschend ... Die Festlichkeiten des jüdischen Kalenders belebten bestimmte Gewerbe, sorgten für Ausgaben und Almosen; sie waren die Grundlage der jüdischen Organisation und ihrer Wirtschaft, die Garantie ihres Fortbestands.

Dank der Anwesenheit Onkel Nahums, dessen religiöser Eifer ins Lächerliche gezogen wurde, begriff ich sehr früh, daß unsere Traditionen des Mystizismus und sogar der Spiritualität beraubt waren. Die Familienoberhäupter, Handwerker, Kaufleute, Geldwechsler kannten ihre Rechnungsbücher besser als die heiligen Texte. Die Feste waren vor allem gastronomische Höhepunkte, und wenn die Männer in die Synagoge gingen, dann weniger, um zu beten, als vielmehr um das Feld den Kuchenbäckerinnen zu überlassen.

Am Morgen, wenn Kamer fegte, ließ sich Mama beim Herd nieder. Obwohl ich mit Sicherheit angeschnauzt würde, konnte ich den Gerüchen, die das Haus durchwehten, nicht widerstehen. Der am Abend zuvor gefertigte Blätterteig war über Nacht aufgegangen. Er verwandelte sich zwischen Mamas Fingern in *filicas*, mit Auberginen gefüllte Dreiecke; in Vogelnester, im Ofen gebackene Käsewülste; oder auch in *bulemas,* schmackhafte Würfel mit tausend übereinander geschichteten Lagen …

Meine Mutter besaß keinerlei natürliche Eleganz und erlaubte sich nicht die geringste Koketterie, aber am Freitag in ihrer Küche wurde sie schön. Denn sie schuf mit ihren bloßen Händen absolut Vollkommenes. Frikadellen, Aufläufe, jedes einzelne Gericht war ein Meisterwerk, wie durch ein Wunder diesem durch Bitternis ausgemergelten Körper abgerungen.

»Warum werfen Sie ein Stück Pastete ins Feuer?« fragte ich.

»Meine Mutter machte es, und vor ihr ihre Mutter …«

Sie berührte eine Knoblauchzehe, eine Gewürznelke oder die blaue Perle, die sie unter ihrer Wäsche verbarg, und murmelte: »*Ke mal mos kera.* – Schütze uns vor dem Bösen.« Ich sah ihr gerne zu, wenn sie einen Blätterteig fertigte, eine Pastete füllte oder jene köstlichen, leicht sandigen Ringe mit Sesamkörnern bestreute. Ich bewunderte natürlich ihre Fertigkeit, aber vor allem war ich verwirrt, fast eifersüchtig, zu sehen, wie sie die leblosen Dinge sanft und respektvoll behandelte, wohingegen ich nur ein Recht auf heftige, brutale Gesten hatte, Ausdruck einer kalten Wut.

»Bitte, lassen Sie mich die Eier zubereiten!« flehte ich.

Samstag morgens knabberten wir zusammen mit dem Salzgebäck *huevos jaminados,* braun gewordene Eier, die stundenlang in einem Sud aus Kaffee, Gewürzen und Zwiebelschalen geköchelt hatten. Wir paßten auf, daß wir sie bis auf das kleinste Bröckchen hinunterschluckten: Es hieß, daß zwei Menschen, die sich ein hartes Ei geteilt hatten, zu ewigem Haß verdammt waren. Wie Ernesta und ich. Mama war in ihre Arbeit vertieft und antwortete nicht. Ich begann eine schöne goldene Zwiebel zu schälen.

»Ungückselige, was machst du da?«

Das Messer rutschte ab und schnitt mir in den Finger. Entsetzt wich ich zurück und ließ den Eierkorb fallen.

»Willst du meinen Tod? Wo ist Nita? Kann sie nicht auf dich aufpassen? Meinst du, ich hätte nicht genug zu tun?«

Mein Gebrüll rief meine Schwester herbei, die schweren Schritts die Treppe herunterkam, den kleinen Leon an der Brust. Simone stimmte ein, als sie mich weinen sah. In meiner Aufregung hatte ich überall Blut verschmiert. Zwei oder drei Eier waren kaputt, und das Fritieröl, das Mutter nicht mehr überwachte, brodelte gefährlich.

Ich kam mit einem schönen Gaze-Verband davon, aber von nun an nannte mich Mutter nur noch *mano pezgada,* linkische, unbeholfene Hand.

Sie hatte mich ausgeschlossen, verleugnet. Ich war unbeholfen. Ich machte Flecken auf die Leinentücher, ich beschmutzte die Küche. Ich konnte noch so viele Gewürznelken auf den Herd werfen und die Knistergeräusche zählen, mir würde es niemals gelingen, den flüchtigsten unheilvollen Blick zu verscheuchen. Mein Teig würde nicht aufgehen, meine Aufläufe würden keine goldene Kruste bekommen, meine Stickereien würden das Leinen meiner Aussteuer ruinieren.

Ich ließ Nita nicht meinen verletzten Finger berühren. In meinem Zimmer riß ich mir den Verband ab: Ich will nicht, daß mein Schnitt sich schließt. Ich ziehe die Wundränder auseinander, und das Blut läuft heraus. Ich lecke es auf und frage mich vergebens nach dem Grund des Entsetzens-Schreis: »Unglückselige, was machst du da?«

Heute weiß ich es: Meine Zwiebel war eine Schalotte.

Das Backen ist beendet und das Haus sauber. Die Frauen gehen in den Hammam: Sabbat kann nur im sauberen Zustand begangen werden. Ich bin noch nicht alt genug, um an diesen Festmahlen teilzunehmen, von denen Mutter zu meiner großen Überraschung fast entspannt zurückkommt. Nita wäscht mich mit Simone und Leon im *cortijo*. Wir ziehen unsere Festgewänder an.

Señor Padre kommt früher als sonst nach Hause. Der Tradition gemäß hat er das Fleisch und den Fisch für das Abendessen gekauft. Wir küssen ihm die Hand. Mutter bringt ihm seinen Gebetsschal. Mit Henri und Vitali bricht er zur Synagoge auf. Nita legt das weiße Tischtuch auf und stellt die Kerzenleuchter hin. Meine Mutter kehrt in die Küche zurück.

Die Kerzen sind angezündet. Mein Vater segnet den Wein, teilt das Brot, und wir beginnen zu singen. Außer Mutter. Sie hat in ihrer Kindheit Keuchhusten gehabt und gibt vor, Singen bringe sie zum Husten.

Unser Haus ist als das der *Senora ke no canta* bekannt, als das der *Señora*, die nicht singt.

Mama bedient ihren Gatten zuerst, wählt die besten Stücke. Sie senkt den Blick und sagt in bitterem, wenn auch respektvollem Ton: »Möge *Señor Padre* mich entschuldigen, daß ich ihm ein so mittelmäßiges Gericht auftische, welche Schande, das Feuer zog schlecht, die Kleinen bedrängten mich, Kamer hatte ihre Schmerzen, ich mußte den Reis selbst sieben …«

Noch bevor er kostet, beruhigt mein Vater seine Dienerin-Frau, nicht indem er ihr versichert, daß er alles Vertrauen zu ihren Kochkünsten hat, sondern indem er vorgibt, keinen Appetit oder geringe Ansprüche zu haben. In Wirklichkeit sind sie jedoch groß.

»Beruhige dich, Tamar«, sagt er und schlingt die einzigartigen Stücke hinunter, »als ich vom Fischmarkt kam, habe ich mit meinem Freund Eskénazi drei Kaffee getrunken. Mein Magen ist davon ganz zusammengeschrumpft, und ich habe noch den Geschmack der Wasserpfeife im Mund.«

Mein Vater kaut laut. Die Mahlzeiten sind eine ernste Angelegenheit. Er ißt, bis er nicht mehr kann. Er investiert in sich selbst. Das ist nicht mehr mein Vater, das ist ein Ungeheuer, das mich schließlich zermalmen wird, wenn ich weiterhin Dummheiten mache. Mama kostet von allem und seufzt, daß von diesem zuviel und von jenem nicht genug da sei. Sie hofft auf ein Dementi, das nicht kommen wird: Ihr Gebieter ist zu beschäftigt, sich vollzustopfen. Also probiert sie noch einmal stöhnend, den Mund von Ekel verzerrt, und noch einmal, um das fehlende Salz oder das überlange Kochen zu bemängeln.

Schließlich schlingt sie das Essen fast genauso hinunter wie er, aber ohne offensichtliches Vergnügen, mit gezwungener und enttäuschter Miene, stehend, immer in Bewegung, den kleinsten Wunsch meines Vaters voraussehend. »*Usted gusta?* – Schmeckt es Ihnen?« fragt sie mechanisch ohne Hoffnung auf eine Antwort.

Und als wir vollgestopft ein Lied anstimmen, verzieht sie den Mund und weigert sich, ein Wohlbehagen zu teilen, das ihren geschickten Händen entsprungen ist.

Ich habe Angst und weiß nicht warum. Der Löffel voll *soutlach* will nicht rutschen. Ich tauche ihn in etwas Wasser und schlucke die aufsteigende Übelkeit hinunter. Ich weiß, daß ich heute nacht in meinem Bett Papas Kiefer hören werde, wie sie Mamas Opfergaben zermalmen. Und daß mich dieses Geräusch bis zum Morgen verfolgen wird.

4

Ich stritt mit Simone unter dem Eßtisch um eine Partie Knöchelchen, als Papa und Vitali das Zimmer betraten.

»Du wirst nicht ins Galatasaray-Gymnasium gehen!« brüllte mein Vater. »Und damit Schluß. Küß mir die Hand, und ich werde vergessen, daß du gegen deinen Erzeuger die Stimme erhoben hast.«

»Nein!« Ich wechselte mit Simone einen erschrockenen Blick: Mein Bruder bot *Señor Padre* die Stirn. Alle Aktivität im Haus schien stillzustehen. Man hörte nicht einmal die Essensvorbereitungen.

»Ich möchte meine Studien hier fortsetzen! In Istanbul!« Vitali sagte niemals Konstantinopel. Mein Vater versuchte ihm auf Französisch zu antworten, im Ton eines beleidigten Monarchen. Aber er war zu sehr getroffen und begann, auf ladino zu stammeln.

»Nein, ich verstehe nicht, nein, ich verstehe nicht. Ich wollte dich mit ins Geschäft hineinnehmen, aber deine Lehrer sagen mir, du seist zu intelligent, um mein Nachfolger zu werden. Sei's drum, Gott hat es so gewollt. Nach der Schule kannst du in Paris Medizin studieren, bei deinem Bruder David. Oder Zahnheilkunde, wenn du das lieber willst. Aber komm mir nicht mit Galatasaray! Mein begabtester Sohn – Gott gebe ihm langes Leben – mit diesen Armeniern, diesen antisemitischen Griechen, diesen ... Türken! Er könnte Arzt werden! Für das Glück seiner Familie sorgen! Du willst die höhere Schule nicht? Geh zur Jeschiwa.«

»Ich werde weder Kaufmann noch Rabbiner! Und wie könnte ich ohne Abitur Mediziner werden? Nur in Galatasaray kann man sich auf das Examen vorbereiten.«

Señor Padre bat, drohte, verfluchte seine eigene Güte und die

Undankbarkeit seiner Nachkommenschaft. Angesichts des schmollenden Schweigens, mit dem ihn Vitali konfrontierte, wechselte er das Register, versuchte es mit Überzeugung: »Mit den Türken lernen, mein Sohn ... Denk doch mal nach!« »All das ist vorbei! Wir sind im zwanzigsten Jahrhundert!« wetterte Vitali.

»Was ist vorbei, Blödian? Du glaubst wohl, ein Pascha werden zu können?«

»Bald wird es den Bey, den Pascha, den Effendi nicht mehr geben ... Auch keinen Sultan!« erklärte mein Bruder.

Mein Vater erbebte, vergewisserte sich, daß die Fenster richtig geschlossen waren. Er unternahm einen letzten Versuch, beschwor die Autorität meines Bruders David, der Macht in Paris besaß (wir hatten keine Ahnung, was er damit meinte, aber das Wort »Macht« entzückte uns), und verwies auf die Opfer, die er zu bringen bereit war, damit Vitali ein richtiger Herr würde, er auch ... Dann, angesichts seiner Erfolglosigkeit, schleuderte er ihm wütend entgegen: »Jetzt siehst du, wohin uns deine Teufelsmannschaft gebracht hat!«

Die Teufelsmannschaft war eine Gruppe ausgezeichneter Schwimmer, die sich aus Jugendlichen jeder Herkunft im vergangenen Sommer in Büyük Ada gebildet hatte. Mein Vater hatte alles versucht, um Vitali davon abzubringen, daß er mit diesen Griechen, diesen Armeniern und sonstigen Levantinern gemeinsame Sache machte. Ich wußte, daß mein Bruder ein Champion war: Die anderen brauchten ihn.

»Das Meer gehört allen!« schrie Vitali. »Verstehen Sie nicht, daß die *rayas*, die Nicht-Muslime, dazu verdammt sind, sich entweder zu verstehen oder zu verschwinden? Wir sind hier seit vierhundert Jahren, bis wann wollen Sie noch den ewig wandernden, heimatlosen Juden spielen?«

»Unglück meiner alten Tage!« stöhnte mein Vater. »Habe ich es verdient, solche Schmähungen zu hören, in meinem eigenen Haus?«

Mutter konnte sich nicht länger zurückhalten. Sie kam aus

der Küche heraus und fragte im Namen Gottes, was sie getan habe, damit ihr einziger Sohn, *el ijiko las vejes*, der Sohn ihrer alten Tage, ihr auf diese Weise einen Dolch ins Herz stoße?

Vitali durchquerte den Salon und stieg die Treppe hinauf. Während meine Eltern einen bedrückten Blick miteinander wechselten, aber dieses eine Mal als Komplizen, kroch ich unter dem Tisch hervor und lief hinter meinem Bruder her.

Er hatte sich in sein Zimmer eingeschlossen. Ich kratzte an der Tür, er öffnete mir, dann schob er den Riegel wieder vor.

Ich war glücklich, weil er Konstantinopel nicht verlassen wollte. Trotzdem fiel es mir schwer, ihn zu verstehen: Wir träumten alle nur von Frankreich. Sogar Nita, die sonst gar keine Phantasie hatte, aber sie hatte ihre Ausbildung in der Alliance Israélite erhalten. Unter dem Tisch tauschten Simone und ich »ma chères« miteinander aus, die die Marquisen hätten erbleichen lassen.

Vitali setzte mich auf seine Knie und legte seine Arme um mich. Mit dem Kinn oberhalb meines Kopfes redete er mit einer tiefen und ernsten Stimme auf mich ein. Er sprach nicht wirklich zu mir. Ich konnte ihn nicht verstehen, ich war erst fünf Jahre alt.

Mein Bruder glaubte an das Erwachen der Hohen Pforte, daß ein Verständnis zwischen den verschiedenen Gemeinden möglich sei.

»Bald«, versicherte er, »wird es keine Griechen, keine Juden und keine Armenier mehr geben, nur noch Türken. Religion wird eine private Angelegenheit werden. Das Gesetz wird für alle gleich sein. Nicht unser Gesetz. Das Gesetz.« Wie er es sagte ... Seine gepreßte fiebrige Stimme beeindruckte mich mehr als die Worte, deren Sinn ich nicht begriff. Ich dachte an das Gelübte, das wir an Festtagen sprachen, während wir einen Löffel in die Rosenmarmelade tauchten: *Al anyo el vivien en tierra de Israel* ... – Nächstes Jahr in Jerusalem ...

Ein Gelübde, das niemals erfüllt wurde.

Seit dem Streit war ich verwirrt, unglücklich. Mein Vater zwang uns das Schauspiel seines Schmerzes auf. Er verbrachte mehr Zeit zu Hause, damit auch niemand seinen Kummer übersah. Stumm, die Augen niedergeschlagen, den Mund zu einem Dreieck gespitzt, bewegte er sich mit kleinen Greisenschritten, stieß die verlockendsten Gerichte mit müder Geste zurück, und wenn er geruhte, Nahrung zu sich zu nehmen, dann nur um die mütterliche Jammerei zu beenden.

Schließlich hatte er nachgegeben. Da er nie eine Autorität ausgeübt hatte, die von innen heraus kam, war er hilflos gegenüber dem hartnäckigen Widerstand meines Bruders. Er flüchtete sich in eine verletzte Würde und rächte sich auf hinterhältige, pathetische Weise. Beim Sabbatessen wurde Vitali nur noch zerstreut gesegnet. Er wurde erst nach den Frauen bedient. Er mußte sein wöchentliches Taschengeld einfordern, das *Señor Padre* unter tiefen Seufzern aus seiner Tasche zog.

Ich war zu sensibel, als daß mir diese Details entgangen wären.

Meinem Vater konnte man sich nicht leicht nähern, er war nicht besonders zugänglich. Als echter Patriarch hielt er es nicht für nötig, Beweise seiner Zuneigung zu verteilen. Allmächtig, unfehlbar, gezwungenermaßen gut, obwohl er mich nie verteidigt hatte, wenn meine Mutter mich ungerecht strafte. Er mischte sich nicht in die Erziehung der Töchter ein. Und auch nur selten in die der Söhne vor ihrem dreizehnten Lebensjahr, dem Alter der Bar Mizwa und der religiösen Volljährigkeit. Für ihn waren Frauen nur in der Lage, herumzukreischen. Mutter mehr als die anderen. Und gut zum Kochen. Den jüdischen Kalender zu respektieren. Dafür zu sorgen, daß die Heimkehr zu einem gesegneten Augenblick wurde.

Señor Padre sah zweifellos mit Schrecken einer neuen Ära entgegen, in der man miteinander reden mußte. Bisher reichte es ihm, seinen Auftritt zu haben. Als Vitali rebellierte, wurden keine Argumente ausgetauscht: Man diskutiert mit seinem Vater nicht auf der gleichen Ebene. Darin lag Unverschämtheit. Und Traurigkeit.

Dank meiner Aufenthalte unter dem Tisch kannte ich das zweite Gesicht meines Vaters, rechthaberisch und gerissen, das er seinen Freunden vorbehielt. Aber es blieb ein verborgenes Gesicht, das zweifellos sein unersättliches Verlangen nach Aufmerksamkeit rechtfertigte.

Wie hätte ich mir vorstellen können, daß dieses Familienoberhaupt, das so stattlich in seinem Anzug aussah, so würdig den Fes trug, so hochmütig seinen Stock mit Knauf schwenkte, auf der Straße zu einem *raya* wurde, einem Bürger zweiter Klasse, gezwungen, den Bürgersteig den Muslimen zu überlassen? Ich wußte nicht, daß mein Vater wie die übrigen Juden, die Griechen und die Armenier kein Recht hatte, hohe Häuser zu bauen, zu reiten oder Waffen zu tragen. Ich hatte ihn niemals sich verbeugen, sich in der Öffentlichkeit demütigen oder eine Beleidigung unterwürfig hinnehmen sehen.

Jene Wirklichkeit blieb mir verborgen. Wir küßten die Hand von *Señor Padre*, wir lagen ihm zu Füßen. Glücklich der Jude in seinem Haus!

Wie sehr brauchte er diesen Zufluchtsort, diese heilige Stätte, den Respekt seiner Frau und seiner Kinder! Die Tür zur Straße schützte ihn nicht vor der Begehrlichkeit der anderen, aber vor der Scham.

Vitali jedoch wußte, daß außerhalb des Judenviertels eine Welt voller Verheißungen und Drohungen existierte. Die Außenwelt eröffnete sich mir in Bruchstücken und durch Vermittlung anderer. Ich hatte keine Möglichkeit, Informationen zu filtern. Dafür hätte ich sie erst entschlüsseln müssen. Aus Angst vor dem bösen Blick bagatellisierte Mama die guten Nachrichten und übertrieb die schlechten. Mein Vater stellte sich abwechselnd als kaufmännischer Magnat oder als ruinierter Mann vor. Alles war verschlüsselt. Wenn man mir ein Bonbon anbot, mußte ich aus Höflichkeit ablehnen. Geld war unsichtbar, aber allgegenwärtig. Was an einem Tag die Wahrheit war, wurde am nächsten zur Lüge. »Du bringst mich um« und »Ich verkaufe mit Verlust« bedeuteten »Du übertreibst«

und »Ich reduziere meine Gewinnspanne«: weder Leichentuch noch Almosenschale … All das in einem Kauderwelsch mehrerer Sprachen. Wer würde mir den Schlüssel für die Worte geben?

5

Kurz bevor ich sechs wurde, nahm ich zum erstenmal an der großen Reinigung für das Passa-Fest teil.

Man mußte das Haus von allem Gesäuerten und Gegorenen befreien. Das hatte nichts mit der Freitagsputzerei zu tun. Das Unternehmen hatte etwas von einer Treibjagd, die einen ganzen Monat dauerte und überdies den Lebensraum beschränkte, denn sowie die Räume desinfiziert waren, wurden sie verschlossen.

Am Abend vor Ostern legte Mutter zehn kleine Brotstücke an verschiedene Stellen im Haus, und mein Vater, begleitet von Simone, Leon und mir, inspizierte das Ganze. Für uns Kinder war es eine Schatzsuche, und wir gaben uns ihr mit der gleichen Begeisterung hin wie die kleinen Christen der Eiersuche im Garten. Ich brauchte Jahre, um die Perversität dieser Sitte zu begreifen: beschmutzen, nachdem man alles gesäubert hatte, damit der Herr und Meister den Fehler ausfindig machte …

Für das Abendessen wurde der Tisch mit einem besonderen Geschirr gedeckt, das wir nur einmal im Jahr benutzten. Auf dem Seder-Tablett ein Fladen ungesäuerten Brots, Petersilie, Salzwasser, Salat, Meerrettich und bittere Kräuter; Marmelade, braune und weiße, *harosseth* und *charope blanko*; der Lammknochen und die unvermeidlichen braunen Eier, die ich mit Schrecken sah.

Mein Vater brach das Brot und verteilte es an die versammelte Familie. Während er das Seder-Tablett hochhob, verkündete er auf ladino: »Das ist das Brot des Elends, das unsere Väter in Ägypten gegessen haben. Wer Hunger hat, möge kommen und es essen, wer in Not ist, möge kommen und Passa mit uns feiern.« Der Tradition gemäß mußte der jüngste

Sohn vortreten und die vier rituellen Fragen stellen, worauf das Familienoberhaupt die Bedeutung des Passa-Festes in Erinnerung rief.

Mein Vater stellte das zweite halbleere Weinglas ab. Die Blicke richteten sich auf Vitali, unseren »Candide«.

Vitali schwieg.

Meine Mutter schauderte, Henri feixte, Adela begann zu zittern. *Señor Padre* preßte die Zähne aufeinander. Er hob noch einmal das Tablett, wiederholte den heiligen Satz und benetzte die Lippen in dem Weinglas.

Erneutes Schweigen.

Ich war entsetzt, den Tränen nahe. Ich mußte Vitali, meinen Vater, die Familie retten. Ich wußte die Fragen auswendig.

»Warum ist diese Nacht anders als andere Nächte?« murmelte ich.

Das Schweigen war entsetzlich. Die Spannung war so groß, daß man hätte schreien mögen. Nahum Behmoiras, Nitas Mann, der einzige, der wirklich fromm war, murmelte in seinen Bart hinein. Ich wußte, daß er von meiner Kühnheit schockiert, aber zu gut oder zu schwach war, um aufzubegehren: Nach dem Talmud heißt die Mädchen das Gesetz lehren, sie die Liederlichkeit lehren.

Ich hatte mich ins Wasser begeben, so konnte ich mich auch gleich ganz naß machen. Ich fuhr fort: »Warum ißt man nur Matzen und kein Brot? Warum nur bittere Kräuter?«

Ich sah das Zögern meines Vaters. Sollte er seinen Sohn vor aller Welt zurechtweisen, um seine Autorität wiederherzustellen? Er haßte es, Gewalt anzuwenden. Und es war ihm zuwider, das wichtigste aller Feste zu verderben. Er tat das, was jeder Jude getan hätte: Er ging über die Beleidigung hinweg, um die Einigkeit, die Familie zu bewahren. Und das Ritual. Die Kontinuität.

»Wir waren die Sklaven Pharaos in Ägypten …«, begann er.

Jeder atmete auf.

Nach dem Seder stimmten wir dem Brauch gemäß das Lied des *Cabritico,* eine Art Dankeslied, an.

Aber niemand war mit dem Herzen dabei: Mein Vater hielt wie Mama den Mund geschlossen. Simone und ich waren zu aufgeregt, um den Kehrreim bis zum Ende durchzuhalten. Nahum bekam einen Hustenanfall. Vitali stützte Nita bis zur letzten Strophe.

Auf der Straße wurde gefeiert, überall sang und tanzte man. Nur bei uns nicht.

Im folgenden Sommer ging ich nicht nach Büyük Ada, einer der Prinzeninseln. Nahum ging es nicht gut. Nita blieb in der Stadt, um ihn zu pflegen, und Mutter überließ mich ohne Bedauern der Obhut meiner ältesten Schwester.

Die Inseln waren wegen ihres angenehmen Klimas berühmt, und Nahum hätte besser daran getan, Hasköy zu verlassen. Er verzichtete wegen der ewigen Rivalität zwischen meinen und seinen Eltern, die beide eine Villa am Strand mieteten und sich darum stritten, wer den kleinen Leon bekam. Mein Neffe sprach noch nicht, aber man hatte ihn schon Hunderte von Malen gefragt, welchen *nono* er lieber mochte.

Ich war glücklich, trotz der Hitze und des Wassermangels in dem fast leeren Haus bleiben zu können. Der *cortijo* gehörte uns. Wir kümmerten uns um die Pflanzen. Die Straßenverkäufer versorgten uns mit zuckersüßen Melonen, zarten duftenden Zucchinis und *queso de kachkaval,* dem »jüdischen Käse«. Nita bot uns Gläser mit *alegria* an, frischem Obstsaft, den Mutter aus hygienischen Gründen untersagte.

Simone und ich hatten uns im verlassenen Zimmer von Adela und Ernesta eingenistet. Wenn die Schwüle uns am Einschlafen hinderte, spähten wir nach dem Nachtwächter aus, mit seiner Laterne und seinem eisernen Stab. Manchmal sahen wir auch meinen Bruder Henri, der taumelnd nach Hause kam.

Er schien vergnügungssüchtiger denn je.

Seine Mutter, Regine Asseo, war im Kindbett gestorben, und Henri war von seinen Großeltern entsetzlich verwöhnt worden, bevor er meiner Schwester Nita anvertraut wurde. Er durfte alles, weil ihn alle Welt liebte. Er war freundlich, lustig, ein treuer Freund, aber offensichtlich unfähig, sich irgendeinem Zwang zu unterwerfen. Er nannte Simone und mich seine hübschen Püppchen. Das Kompliment ließ mich vor Freude erröten, weil er sich mit Frauen auskannte. Ein wenig zuviel für den Geschmack meines Vaters. Mama jedoch meinte, er trage das Laster in sich, und ertrug nur schwer seine – ziemlich unregelmäßige – Anwesenheit im Haus. Auch wenn die Erwachsenen in meiner Gegenwart die Stimme senkten, ich wußte, daß Henri trank und um Geld Karten spielte. Er war ständiger Gast im Café Lebon in der Orient-Passage und in der Bar des Pera Palace. Wie ein Goi. Maßlosigkeit ist selten bei den Juden.

Mein Vater verstand diese Haltung nicht, aber er wußte ein sicheres Heilmittel für ihn: heiraten. Also hatte er mehrere Gevatterinnen beauftragt, eine Verlobte zu finden, die den Lebemann zu zügeln verstand.

Señor Padre nutzte Mamas Abwesenheit und lud wieder ein. Er brauchte die Störungen durch seine Frau nicht mehr zu fürchten, auch nicht ihre Manie, ihn wie in alten Zeiten in der dritten Person anzureden. Meine älteste Schwester brachte das Tablett mit den Marmeladen und dem Anislikör, dem *douzico.* Ich nahm wieder meinen Platz unter dem Tisch ein. Seit meine oberen Vorderzähne ausgefallen waren, lutschte ich nicht mehr am Daumen. Henri hatte mir erklärt, daß ich mit einem Kaninchenlächeln weniger hübsch sein würde. Simone und ich machten seine Grimassen nach, was uns zum Lachen brachte.

Mit seinen Freunden besprach mein Vater weder seine Sorgen mit Henri noch seinen Konflikt mit Vitali: Familienangelegenheiten, vor allem die weniger ruhmreichen, blieben strikte Privatsache. Dafür kannte jeder die Anzahl der Zimmer, die Davids Wohnung in Paris umfaßte. Aber die meiste Zeit diskutierten die Männer über politische Dinge, das heißt, über Angelegenheiten innerhalb der Gemeinde: Juden hatten keine andere Regierung, keine andere Zivil- oder Rechtshoheit. Die Rabbiner führten Wahlkämpfe wie ordinäre Abgeordnete, und der Kampf um die Macht schreckte vor keiner Verleumdung zurück. Man war auch über den Krieg in Mazedonien beunruhigt, der jedoch eine geringere Bedeutung hatte als die abenteuerliche Geschichte eines Metzgers aus Ortakoy, dem das rabbinische Gericht die Kaschrut verweigerte, die Bescheinigung, daß das Fleisch nach den Koscher-Riten geschlachtet worden sei. Und, vor allem anderen, gingen die Geschäfte schlecht. Sehr schlecht.

Das lag an den Griechen und den Armeniern. Sie teilten sich mit den Juden die Handels- und Finanzbereiche. Da sie zahlreicher und weniger von internen Streitigkeiten entzweit waren, rissen sie sich nach und nach unsere Märkte unter den Nagel.

»Mehmed Habid Bey hat mit Pétrolassian ein Geschäft gemacht! Mögen ihre Eingeweide in der Hölle verfaulen!«

»Ich habe meine Seide mit zwanzig Piastern ausgezeichnet, bis dieser Dieb von Alexakis sie nun zu sechzehn anbietet!«

»Er hat sie auf dem Land weben lassen! Von Kindern, die noch an der Mutterbrust hingen!«

»Kannibalen, Blutsauger! Zu einem solchen Preis beraube ich mich selbst, ich beraube meine Familie, ich kann mich gleich bei der Wohlfahrt melden! *Que me muero yo!* – Ich kann ebensogut gleich sterben!«

»Verlassen wir den Großen Basar! Für uns gibt es dort keine Zukunft! Die Touristen vom Orient-Expreß suchen nicht ›die Waren aus Paris‹!«

»In Pera spielt sich alles ab. …«

»Ja, die Zukunft liegt in Pera«, folgerten weise die Männer im schwarzen Cut.

Mein Vater dachte also daran, sein Geschäft, die *botica,* zu verkaufen. Wahre oder falsche Information? War das eine Taktik, um einen Stapel Leinentücher billiger zu bekommen? Das Geschäft, das ich noch nie gesehen hatte, konnte nur ein Palast voll erlesenster Waren sein. Ich beschloß, daß mein Vater den Bescheidenen spielte, um nicht den dicken Vetter Faraggi in Verlegenheit zu bringen, der der niedereren Kaste angehörte, der *klasa bacha*, jenen, die wir die *los de por aqui*, die Armseligen, nannten.

Aber ausgerechnet mit ihm mußte er sich nach Rosch-Ha-Schana zusammentun. Er würde, wie er es angekündigt hatte, den Großen Basar um des ruhmreichen Pera willen verlassen und statt mit Konfektionsware mit Geschenkartikeln handeln. Unterdessen nahm er jeden Freitag den Dampfer, um seine in den Ferien weilende Familie aufzusuchen. Wir blieben allein, Nita, Nahum, Simone, Leon und ich. Ein glücklicher, intimer und fröhlicher Sabbat.

El rey de Francia
tres ijas tenia
la una labrada,
la otra cosia,
la mas chiquitica
bastidor hacia.

(Der König von Frankreich
hatte drei Töchter,
die eine bestellte den Acker,
die andere nähte,
die kleinste brütete
über einem Beruf.)

Meine Schwester und ihr Mann sangen. Sie kannten Hunderte von Liedern. Unser Volk hatte sich so gekonnt die Wiegenlieder, Kehrreime und Sprichwörter der spanischen Folklore angeeignet, daß jeder, der sich in der Sprache von Cervantes ausdrückte, in den Augen der Osmanen als ein Kind Israels galt.

Ich war glücklich in meiner Adoptivfamilie. Niemand blieb mit zusammengepreßtem Mund am Tisch sitzen. In einer aufrichtigen, fast naiven Weise feierten wir die Freude, zusammen zu sein. Es war schön, es war wie in anderen Familien. Wenn Nahum der Atem ausblieb, hielt Nita ihm ein Taschentuch hin, in das er lange hineinhustete. Mit kräftiger Stimme, die die unsrigen bald übertönte, nahm sie den Gesang wieder auf.

Ich genoß Nitas Kochkunst, die anders als die Mamas war. Die Füllung ihrer *borrequitas* war lockerer, und ihre *boyikos*, die mit Zucker, Salz und Pfeffer gewürzt waren, veranlaßten Nahum zu dem Ausspruch: »Mögen deine Hände gesegnet sein!« Der Geschmack blieb lange im Mund haften. Nita war im Leben diskret, aber bestimmt bei ihren Vorbereitungen. Der Zukunft gegenüber resigniert und zugleich ihr zugewandt. Voller Widersprüche wie wir alle, wir Juden.

Sobald es Nahum besser ginge, wollten wir zu den süßen Wassern Asiens fahren. Wir würden ein Kanu mit zwei Paddeln mieten und uns den Sonnenuntergang auf dem Bosporus ansehen. Das war für meine Schwester ein viel bedeutenderes Ziel als die Süßen Wasser Europas am Ende des Goldenen Horns, eine vom Fenster aus sichtbare simple Wiese. Nita schnappte sich ein Buch, immer dasselbe, und Simone und ich hörten ihr zu, wie sie lange gekünstelte Sätze aus dem Französischen übersetzte, in denen von Kiefernwäldern, Lichtungen, eleganten Levantinerinnen und verschleierten Tscherkessinnen, Knäueln von Barken, von Kühle und Vogelgezwitscher die Rede war. Mit einem Lächeln auf den Lippen träumten wir von diesen so nahen und doch so fernen Wundern.

Da sich aber Nahums Zustand nicht besserte, wurde der Ausflug von Tag zu Tag verschoben. Ich tat so, als glaubte ich den falschen Entschuldigungen meiner Schwester: »Man soll nicht im Monat Ab[1] reisen, in Erinnerung an die Zerstörung der beiden Tempel«, sagte sie. »Und auch nicht ins Wasser

[1] Monatsrechnung nach dem hebräischen Kalender.

gehen, wie jeder weiß, da man sonst Sommersprossen bekommen könnte.«

Vitali überraschte uns und kam schon vor Ende der Ferien zurück, braungebrannt, aber verbittert: Die Schwimm-Mannschaft hatte sich aufgelöst. Drei Monate zuvor hatte die kleine Gruppe, trotz schmerzhafter Familienszenen, beschlossen, sich auf das französische Abitur, das Baccalauréat, im Gymnasium von Galatasaray vorzubereiten. Das Massaker einiger Armenier in Anatolien weckte plötzlich Feindschaften. Anahide und Oshin traten als erste zurück. Dann verkündeten Paul, der Franzose, und Andrea, der Italiener, daß sie die Schule der christlichen Brüder besuchen wollten. Und Leonis und Vassilis wollten in das orthodoxe Gymnasium gehen und ihre Ausbildung bei den griechischen Aufklärern fortsetzen. Rechnete mein Vater mit der sommerlichen Hitze, um den Willen meines Bruders aufzuweichen? Das wäre vergebliche Hoffnung gewesen. Vitali war der einzige, der an seiner Einschreibung festhielt, und ich war unendlich stolz darauf.

Am Morgen des Kippur entdeckte *Señor Padre* Vitali im Nachthemd in der Küche, eine Schüssel Dickmilch in der Hand.

»Tamar!« brüllte er.

Meine Mutter lief herbei. Ebenso Nita, Nahum, Henri, Simone und ich. Wir trauten unseren Augen nicht: Mein Bruder aß! »Er ist krank!« stöhnte Mama. »Wo tut es dir weh, *ijiko*? Sag es mir, ich flehe dich an!«

Das war die einzig mögliche Erklärung: Kranke konnten ausnahmsweise vom Fasten ausgenommen werden. »Der Rabbiner hat dir die Erlaubnis erteilt?« fragte *Señor Padre.*

Vitali schluckte einen Löffel Dickmilch hinunter, bevor er antwortete: »Mir geht es sehr gut.«

»Du praktizierst nicht mehr die Religion deines Vaters?« kreischte Mama.

»Das ist ziemlich eindeutig, scheint mir,« sagte Papa mit matter Stimme. »Komm Henri, wir gehen.«

Er drehte sich würdig auf dem Absatz um und ergriff seinen Gebetsschal. Mein großer Bruder folgte ihm. Weinend erflehte meine Mutter die Nachsicht des Allerhöchsten, nicht ganz zufällig, denn Kippur ist der Tag des großen Verzeihens.

Bis dahin war der Konflikt mit Papa eine private Angelegenheit gewesen. Doch Vitalis Abwesenheit in der Synagoge machte daraus ein Ereignis der Gemeinde, und bald sprach man von Fenster zu Fenster, von Gasse zu Gasse, von *botica* zu *botica* nur noch von dem Unglück der Gategnos, der Familie, in der die *Señora* nicht singt und der Sohn das Gesetz Gottes übertritt.

Zur Zeit des Tchiri, die man auch die »schrecklichen Tage« nennt, war es angemessen, traurig zu sein. Es ist die Zeit, in der die drei Herbstfeste aufeinanderfolgen, das Neujahrsfest Rosch-Ha-Schana, das Sühnefest Jom Kippur und das Laubhüttenfest Sukkot. Wir hatten allen Grund, traurig zu sein. Nahum wurde immer schwächer, Vitali und mein Vater mieden einander, Henri gab sich mit einem liederlichen Frauenzimmer ab, und Mama erbitterte es zu sehen, daß, *Señor Padre* sich mit *el godro* Faraggi verband.

Wir schlemmten mehr denn je.

6

Einige Wochen später zog ich meinen ersten Schulkittel an.

1860 in Paris gegründet, hatte es sich die Alliance Israélite Universelle zur Aufgabe gemacht, die orientalischen Gemeinden aus der Unterentwicklung herauszuführen, die unsere westlichen Brüder beschämte. Ein gewaltiges Programm, ohne das ich Analphabetin geblieben wäre: Vor der Alliance wäre es niemandem in Konstantinopel eingefallen, Mädchen eine Ausbildung zukommen zu lassen.

Ich ahnte, daß die Schule mir die Tür zu mythischem Neuland öffnen würde. Vitali hatte mir die Anfänge des Französischen beigebracht, die ich mit Simone übte. Nita korrigierte uns und las uns Märchen von Perrault vor. Statt auf die französische Weise zu schließen »Sie heirateten und hatten viele Kinder«, sagte sie uns: »*Ellos tengan bien y nosotros tambien!* – Mögen sie glücklich werden und wir selbst auch!«

»Amen!« antworteten wir.

Am ersten Schultag begleitete Mama uns zur Schule, einem Steinhaus, groß wie ein Häuserblock, der stolz die bescheidenen, mit Weinreben bedeckten Holzbaracken, die gewundenen, meist nicht einmal gepflasterten Straßen, die Straßenhändler in Pluderhosen, die mit Wasser beladenen Esel und die Ochsenkarren mit quietschenden Rädern überragte. Ich war fasziniert. Ich hatte noch nie etwas so Riesiges, so Solides, so Machtvolles gesehen. Unsere Synagoge, ein nüchternes ockerfarbenes Bauwerk, fiel dagegen weit ab. Im Stil der Pariser Architektur, verstand es die Alliance Israélite Universelle ihre Überlegenheit, ihr gutes Recht und ihre militante Großzügigkeit von Aleppo bis Oran und von Saloniki bis Rostok zu demonstrieren. Madame Béhar, die Direktorin, begrüßte uns:

Wir waren zahlende Schülerinnen aus guter Familie. Ernesta entfernte sich mit ihrer Busenfreundin Rosa Ezratti. Adela war wie üblich vor Schüchternheit gelähmt.

Das Läuten, das Sich-in-einer-Reihe-Aufstellen, das Verbot zu sprechen, die großen Fenster des Klassenzimmers, die außerordentliche Häßlichkeit der Lehrerin Mademoiselle Mayer – ich liebte alles. Auf der Stelle.

Die Lehrerin sprach Französisch mit einem starken elsässischen Akzent, und nur wenige von uns verstanden sie. Die Mädchen, die aus den stinkenden Gäßchen von Hasköy kamen und deren von der Alliance gestiftete Kittel einen schmutzigen Hals und zusammengewürfelte Klamotten verbargen, hoben besorgte und von vornherein resignierte Blicke zum Podium.

So Nora Askin, die Tochter eines ukrainischen Schneiders, bei denen Todesco und nicht Ladino gesprochen wurde. Was machte sie bei uns? Die Aschkenasim waren selten in den Schulen der Alliance: eher deutsch- als französischsprachig, besuchten die Flüchtlinge aus den eisigen Ebenen des Nordens gewöhnlich die Hilfsvereine der deutschen Juden. Ich riß die Augen auf: Ich hatte so viel Übles über diese Hunde von Polacken gehört! Aber ich konnte nicht verstehen, welche Bedrohung dieses schwächliche und verängstigte Mädchen für unsere Gemeinde darstellen sollte … ein braunhaariges Mädchen mit frecher Miene lehnte es ab, sich neben Nora zu setzen, unter dem Vorwand, sie rieche nach Knoblauch. Mademoiselle Mayer gab uns unseren ersten Unterricht in Moral und erklärte uns das Wort »Toleranz«. Ich hätte gern meine Mutter dabei gehabt. Mit ihren Freundinnen des *cortijo.*

Das Programm bei den Mädchen in den Kinderklassen war eher bescheiden: Das Ziel der Alliance war, den Schmutz, die schlechten Manieren und die natürliche Faulheit der Orientalinnen zu bekämpfen. Aber was im jüdischen Viertel von Tunis angebracht war, war in unserem kleinbürgerlichen Milieu unpassend. Zum Glück konnte man auf Wunsch außer

Hygienevorschriften und Näharbeiten auch das Lesen erlernen.

Der Gebrauch von Ladino war innerhalb der Schulmauern untersagt, und bei Mißachtung der Regel mußten wir mit einer Kupfermünze bezahlen. Ausländische Besucher hätten sich amüsiert, wenn sie uns in einem holprigen und mit elsässischem Akzent gefärbten Französisch mit Knöchelchen oder Puppen hätten spielen sehen. Aber was heißt schon »ausländisch« für junge Mädchen, die weder Türkinnen noch Spanierinnen noch Französinnen waren? Nicht-jüdisch? Gab es solche Menschen wirklich?

An Hanuka, dem Lichtfest, konnte ich das Alphabet. Jeden Tag zündete Mama eine Kerze des traditionellen Leuchters an, und ich schrieb in Schönschrift vier Buchstaben, die Simone entzückt Nita zeigte. Am siebten Tag beherrschte ich schon vierundzwanzig Buchstaben, und Simone war enttäuscht, nur zwei neue zu entdecken. Trotz meiner Erklärungen war sie überzeugt, daß ich meine Lektion schlecht gelernt hatte.

An Purim, dem jüdischen Weihnachtsfest, entzifferte ich stolz *Peau d'Âne* – »Eselshaut« – dessen Inhalt ich im übrigen schon auswendig kannte.

Seit einer Woche drang durch die Straßen der *juderia* der Geruch von warmem Honig und brutzelndem Sesamöl. Die Kinder liefen von Haus zu Haus, die Hände voller Leckereien: Jede Hausfrau übertraf sich selbst, um ihren Nachbarinnen die besten *orejicas de Aman* anzubieten.

Mama hatte offensichtlich wenig für den Überschwang des Volkes an Purim übrig. Ich durfte mich nicht wie meine Klassenkameradinnen verkleiden oder eine Klapper schlagend herumlaufen. Simone und ich betrachteten vom Fenster aus neidisch die Parade der jungen und weniger jungen Leute, die vom Alkohol erhitzt waren – einmal ist keinmal – und wilde Pantomimen aufführten.

Als ich meine beste Freundin Rachel Caro erblickte, die zwischen ihren Eltern Pirouetten drehte, rief ich ihr aus dem Fenster zu: »*Buen Pourim y buenos anos!* – Schönes Purim und schöne Jahre!« Simone klatschte in die Hände, Rachel warf ihr Tamburin in die Luft, unsere Schreie wurden immer lauter. Wir waren glücklich, an der Freude dort draußen teilzuhaben.

Ernesta ging in die Küche hinunter und kehrte mit Mama zurück, die uns mit bemehlter Hand eine Ohrfeige verpaßte.

»Ihr kleinen Schamlosen!« zischte sie mit vor Wut und von der Ofenhitze geröteten Wangen.

In dem Haus der Señora, die nicht sang, hatte man wenig Sinn für Festivitäten. Mutter machte es durch exzessive kulinarische Genüsse wett und überschritt darin alle bisherigen Maßstäbe. Denn eine *balabaya,* eine Hausfrau, muß zu jeder Gelegenheit zuviel Essen vorbereiten. Es ist eine Beleidigung, einen leeren Teller in die Küche zurückgehen zu lassen; ebenso beleidigend ist es einen zu vollen Teller in die Küche zurückzuschicken. Die Sephardim sind deshalb Meister in der Kunst das Zuviel zu dosieren.

An Purim brachte meine Schwester Ernesta unseren Nachbarn das vollste Tablett der Straße. Dafür bekam sie der Tradition gemäß Leckereien, die Mutter mit spitzen Lippen kostete, bevor sie eine Grimasse schnitt und in ihr Taschentuch spuckte. Simone, Vitali und ich waren die einzigen, die es wagten, noch einmal davon zu nehmen. Was übrig blieb, verschwand in Kamers Korb.

Nach dem Mittagessen fuhr uns mein Vater zu seinen Eltern, dem *nono* und der *nona,* die in Ortaköy auf dem europäischen Ufer des Bosporus wohnten. Wir durchquerten die Christenstadt im Pferdegespann oder der von Pferden gezogenen Straßenbahn, je nach den wirtschaftlichen Umständen. In jenem Jahr war es die Straßenbahn. Sie war in der Mitte durch einen Vorhang geteilt, damit Männer und Frauen getrennt saßen.

Meine Großeltern wohnten in den *Dieci-ocho,* achtzehn gleiche Holzhäuser, die vom Geld des reichen Mäzens Abraham

Camondo von Juden für Juden gebaut worden waren. Der *nono* saß hinten in einem mit Teppichen ausgestopften Raum auf einem Holzsessel. Die Kinder, meine Vettern und Cousinen, näherten sich in einer Schlange dem Raum. »*Li bezos las manos, Señor Padre* – ich küsse Ihnen die Hände, Señor Padre«, murmelten sie, von der Feierlichkeit des Ortes beeindruckt und unter dem unerbittlichen Blick der *nona*, einer gewaltigen Matrone, die elf Kinder in die Welt gesetzt hatte. Ich hatte Mühe, meine Furcht zu beherrschen, vielleicht auch meinen Ekel, wenn ich meine Lippen auf die gesprenkelte Hand drückte, die der Kralle eines Geiers glich. Mit gesenkten Augen empfing ich die von einem zahnlosen Mund gemurmelte Segnung (»*Ti benedigo, ijika*«) und bekam mein *purimlik*, ein Geldstück, zweimal so klein wie das meines Bruders und meines Neffen. Bei uns werden Mädchen erst bei ihrer Heirat verwöhnt, wenn sie einem Mann helfen können, etwas aufzubauen. Vorher wäre es vergebene Liebesmüh. Lautet das erste Gebet des Juden am Morgen nicht:

Gesegnet seist du, Ewiger, unser Gott, Herr der Welt,
Der mich nicht als Sklave schuf,
Der mich nicht als Goi schuf,
Der mich nicht als Frau schuf …?

Er hatte mich als Frau geschaffen.

7

Nahum hatte Tuberkulose. Hatte Ernesta eine kleine Erkältung, wurde sofort der Arzt gerufen, mein Schwager jedoch wurde nicht ärztlich behandelt. Mama behauptete, er habe sich geweigert, einen Arzt zu konsultieren. Ich glaube, daß Nahum sich dem Tod überließ, als er begriff, welche Kosten sein Gesundheitszustand zu verursachen drohte. In dem düsteren Loch, wo er Schmuck verkaufte, und am vergitterten Fenster, wo er die heiligen Schriften studierte, waren seine Lungen zu Schaden gekommen. Da er sich schämte, seinen Schwiegereltern zur Last zu fallen, aß er kaum etwas, wodurch sich die Krankheit auf galoppierende Weise verschlechterte.

Als Nita das Blut im Taschentuch entdeckte, bat sie um die Erlaubnis, getrennt zu kochen, überzeugt, ihre Pflicht als fürs Essen sorgende Ehefrau versäumt zu haben.

Das Essen ist bei uns nicht nur übermäßig wichtig, es ist auch vorbeugend. Die türkischen Juden sind von ihrer Gesundheit besessen. Die Aufgabe der Ehefrauen ist es, zu verhindern, daß ihre Männer krank werden. Indem sie sie vollstopfen. Während die Frauen sich untereinander ihre Gefräßigkeit gestehen, geben die Männer vor, nur aus Gesundheitsgründen zu essen. Geschwächt wären sie nicht in der Lage, ihre Familie zu ernähren. Ich war erst sieben Jahre alt, aber schon damals machte mich der Trugschluß ratlos: Wenn der Mann zuwenig verdient, dachte ich, dann, weil er schlecht ißt. Und wenn er schlecht ißt, dann, weil er zuwenig verdient.

Einige Wochen lang geriet die gemeinsame Benutzung des Ofens zu einem Grabenkrieg. Mama klammerte sich an ihre Vorrechte. Nita, sonst so sanft und versöhnlich, bot ihr die Stirn.

Es war eine Weiberangelegenheit, und die Ruhe von *Señor Padre* durfte nicht darunter leiden. Nitas und Nahums Abwesenheit von der gemeinsamen Tafel wurde mit dem plötzlichen Wunsch des jungen Paares nach Intimität gerechtfertigt. Mein Vater, der für diesen traurigen und bärtigen Büchermenschen wenig übrig hatte, war eher erleichtert.

Simone und ich begaben uns auf die Jagd nach dem Öltopf, der die Tendenz hatte zu verschwinden, wir tauschten die Fleischstücke aus, damit Nahum in seinen gefüllten Auberginen noch etwas anderes als Fett hatte, versorgten den Holzofen, der, merkwürdiger Zufall, immer dann leer war, wenn Nita ihre Aufläufe überbacken wollte, legten den Schafskäse woanders hin, der zufällig in der wärmsten Ecke der Küche schimmelte.

Zumindest in meiner Anwesenheit gab es nie einen echten Zusammenstoß. Alles geschah unter der Hand. Mama bediente ihren Herrn und Meister, gab selten mehr als ihre übliche Kritik von sich am etwas zu spät gepflückten Spinat oder am Fleisch, das dieser Ignorant von einem Polacken schlecht hatte ausbluten lassen. »Sollen seine Zähne schwarz werden und ausfallen!«

»Schon wieder Krapfen?« fragte mein Vater erstaunt.

»Nita hat den Ofen benutzt … Obwohl ich ihr gesagt habe, daß *Señor Padre* lieber Fleischpasteten wollte! Aber die Jungen nehmen keinerlei Rücksicht mehr auf die Älteren …«

Einen Stock höher fütterte Nita in ihrem kleinen Zimmer ihren geschwächten Gatten.

»Über uns werden die Mäuse herfallen«, keifte Mama. »Ich will tot umfallen, wenn ich lüge!«

(Nach einem solchen Ausruf murmelte sie immer: »Ich will leben, wenn ich lüge!« und fingerte an einer Knoblauchzehe.)

»Komm schon, Frau«, seufzte mein Vater. »Kauf Fallen und schweig!«

»Und die Gesundheit der Kleinen? Wer kümmert sich

darum? Es ist dem *Señor Padre* doch nicht unbekannt, daß Mäuse Pest, Cholera und Typhus heranschleppen!«

»Was für Mäuse eigentlich?«

»Bald, Sie werden sehen«, sagte meine Mutter mit einem Blick zur Decke.

Da Nahum sich noch immer weigerte, einen Arzt zu konsultieren, schlug Kamer vor, sich an den *aldurko* zu wenden. In ihrem Getto von Balat und einigen Vororten von Hasköy glaubte man an Hexerei … Nita setzte darauf ihre letzte Hoffnung. Da der Patient nicht mitzog und die Entzauberung im Geheimen praktiziert werden sollte, konnte sich meine Schwester nicht an den »großen« *aldurko* wenden, was angesichts der Schwere der Krankheit notwendig gewesen wäre. Sie ließ nur im Zimmer Weihrauch und andere Duftessenzen brennen, nahm mit Simone, Leon und mir Honig und Salzwasser zu sich und legte Gerste und Weizen hin als Nahrung für die Phantasieungeheuer der bösen Geister; sie wurden *los mejores de nosotros* – die besten von uns genannt, um sie leichter austreiben zu können … Das Zimmer blieb eine Woche lang nachts beleuchtet.

Diese Inszenierung und das Geheimnis, das damit einherging, beeindruckten mich sehr. Ich für meinen Teil erfand Gebete und ging soweit, Drohungen auszustoßen: »Wenn du mich nicht erhörst, lieber Gott, glaube ich nicht mehr an dich!«

Der *aldurko* half nichts. Nahums Appetitlosigkeit rechtfertigte bald nicht mehr den häuslichen Krieg im Erdgeschoß. Als der Kranke wieder am Familientisch saß, hatte sich sein Zustand so verschlechtert, daß mein Vater sofort nach Dr. Ezratti rufen ließ.

Es war zu spät: Nahum Behmoiras starb am Frühlingsanfang.

Es war mein erster Toter. Man ließ ihn mich nicht sehen. Simone und ich, ineinander verschlungen und verflochten, weinten viele Stunden. Offenbar war mein Kummer unmäßig, fast unanständig: Der Tote war doch nur mein Onkel. Meine Mutter beschuldigte mich, mich interessant machen zu wollen. Ich adoptierte die Trauer, wie ich eine Familie adoptiert hatte und entdeckte das Vergnügen der Tränen.

Die *miniane,* eine Gruppe von zehn Männern, wurde zusammengerufen, um die Leiche zu waschen, den Kaddisch, das Totengebet, zu sprechen und den Verstorbenen zu seiner letzten Ruhestätte zu geleiten. Mein Bruder Henri, der schlampig und angetrunken erschienen war, mußte vom Partner meines Vaters, *el godro* Faraggi, vertreten werden.

Nach der Bestattung auf dem Friedhof von Hasköy gab es Streit zwischen den Familien Behmoiras und Gategno. Man beschuldigte den Dolmetscher, den Vater, der Ehestifterin die tuberkulose Vergangenheit des Verschiedenen verhehlt zu haben. Er entgegnete, das von dem Paar bewohnte Zimmer sei schlecht belüftet gewesen. Ich hielt es für Trauer, sogar für Gewissensbisse, während dieses Leugnen von Verantwortung nur Geldfeilscherei war.

Vitali drehte sich im Kreis vor Wut. Für ihn hatte nicht die Tuberkulose Nahum umgebracht, sondern seine vereitelte Berufung.

»Weißt du, woran man einen jüdischen Vater erkennt?« flüsterte er mir zu. »An der Tatsache, daß er einen nicht leben läßt.«

Dann, als er Papas grollendem Blick begegnete, fügte er hinzu: »Und außerdem macht er einem Schuldgefühle.«

Señor Padres Zorn sollte nicht verrauchen. Henris empörende Haltung hatte Schande über unsere Familie gebracht. Es war höchste Zeit, diesen verdorbenen Sohn irgendwo unterzubringen, vorzugsweise außerhalb Konstantinopels.

Keine *buena familia,* keine gute Familie wollte meinen Bruder. Eine zu Rate gezogene Ehestifterin, verlockt durch den prozentualen Anteil an der Mitgift, der ihr zufallen könnte, pries an, daß sie ein junges Mädchen in Aussicht habe. Sie sei jedoch wirklich erste Wahl. Sie hieß Sarah Nahmias und kam aus einer hervorragenden Familie aus Saloniki. Der Vater leitete ein Geldwechselbüro, und die Mutter war mit niemand Geringerem als den Allatinis verwandt! Ein achtungsvolles Schweigen folgte auf diesen deutlichen Hinweis. In der Rangordnung der sephardischen Bourgeoisie war die höchste Sprosse von der jüdischen Gemeinde Livornos besetzt, die, nachdem sie aus Spanien verjagt worden war, über Italien weitergezogen war. Das war zwar vor vier Jahrhunderten, aber es gab keinen guten Stammbaum, der nicht bis ins Goldene Zeitalter zurückreichte.

»Ihr ältester Sohn ist doch Bankier in Paris, nicht wahr?« säuselte die Gevatterin. »Nach meinen Informationen würden die Eltern des jungen Mädchens deren Übersiedlung nach Frankreich begrüßen …«

Meinen Vater verlockte das: Der Vorschlag schmeichelte seinem Stolz.

»Und Henri?« fragte er. »Hätte das Fräulein Nahmias nicht eine etwas hinkende oder taube Schwester?«

»Leider nein …« Plötzlich verzog sich das Gesicht der Ehestifterin zu einem Lächeln: Warum schickte mein Vater Henri nicht als Begleitung der jungen Frau nach Paris? Der erfolgreiche David würde ihm schon eine Stelle in seinem Unternehmen verschaffen! Und was für eine Ersparnis für die Familie Nahmias, wenn Henri die Rolle des Reisebegleiters übernähme! Die Mitgift würde sich so noch vermehren!

Bald ging es nur noch um die Reise und um Geschenke, um die Verlobung und den Ehevertrag. Papa hoffte, daß die Verlobte häßlich wäre; er fürchtete, Henri könnte versuchen, sie während der Überfahrt zu verführen. Zwischen zwei Rattergeräuschen der Nähmaschine gab Mama zu verstehen, daß die Nahmias bei all ihrem Geld keinerlei Empfinden für Anstand hatten: ein junges Mädchen allein – oder zumindest fast – einzuschiffen, ins Unbekannte hinein. In Wirklichkeit war sie froh, von Henri befreit zu werden, aber hütete sich davor, das Schicksal zu versuchen, indem sie die geringste Befriedigung zeigte.

David bekam Sarahs Photo und Sarah Davids. Während die Braut und ihre Mutter in Saloniki letzte Hand an die Aussteuer legten, nahm *Señor* Nahmias den Zug nach Istanbul. Es gab bei uns zu Hause einen Empfang im Beisein des Rabbiners. Von unserer Familie wurde erwartet, in Form einer Gewinnbeteiligung im Familiengeschäft – oder durch Schmuckstücke – das Äquivalent von dem zu liefern, was Sarah als Mitgift einbrachte. Da David schon eine Stelle hatte, bot mein Vater einen Diamanten und versprach einen Rubin bei der Geburt des ersten Enkels. *Señor* Nahmias ließ die Liste der Aussteuer herumgehen, von der ein großer Teil in Paris bestellt worden war, und Mama konnte einen Seufzer der Eifersucht nicht unterdrücken. Niemals würden die arme Adela oder die liebe Ernesta eine so wohlbestückte Truhe bekommen. Um nicht zurückzustehen, verpflichtete sich mein Vater, eine komplette Wäscheausstattung für das rituelle Bad zu besorgen, vom Schönsten, das jemals hergestellt worden war.

Mutter beendete dieses gefährliche Auftrumpfen, indem sie das Tablett mit der Rosenmarmelade und dem *dulce de naranja* brachte; dies entzückte den Rabbiner mit seinem wohlgerundeten Bäuchlein.

Nachdem sie viel gegessen, viel getrunken und sich für die vielen Jahre, die ihnen noch verblieben, das Beste der Welt gewünscht hatten, trennten sich beide Parteien. Es war vereinbart, daß Henri nach Saloniki reisen und das junge Mädchen übernehmen würde, um es nach Paris zu begleiten.

»Für wen halten die sich, diese Selaniklis?« zischte meine Mutter. »Einen seidenen Morgenrock! Das muß ein ziemlich schamloses Weibsbild sein, diese Sarah! *Señor Padre* sollte sich seinen Sohn Henri vorknöpfen, sonst passiert noch ein Unglück, vor dem Gott uns behüten möge!«

Mein Vater hatte sich schon dazu entschlossen: Zu seiner großen Enttäuschung war Sarah nicht so häßlich wie erhofft, ganz im Gegenteil. Er verschob die undankbare Aufgabe von einem Tag zum anderen und trug schließlich sein Anliegen vor, als Henri, wie ein Dandy gekleidet und bereit, zum Bahnhof zu fahren, gerade seinen Koffer zuschnallte. Wir waren alle wegen der üblichen Segnungen zu Hause. Als er das Gesetz Moses zitierte, das ausdrücklich verbot, die Frau seines Bruders zu begehren, und er an die Geschichte von Kain und Abel erinnerte (David und Henri hatten etwas von ihnen), erging sich Papa in Flehen, Beschwörungen und Drohungen. Sein eigener Vater hätte es nicht besser gemacht.

Diese öffentliche Ermahnung verletzte meinen Bruder: Wenn er auch ein Weiberheld und dem Alkohol zugetan war, empfand er doch einen tiefen Respekt vor der Familie. Es wäre ihm niemals in den Sinn gekommen, seinen *Ermano,* den Bruder, zu verraten. Und außerdem hütete er sich vor jüdischen Frauen: Zu viel Ärger drohte! Es wimmelte in der Welt von Geschöpfen, die leichter zu verführen, blonder, amüsanter und freier waren.

8

Soweit ich zurückdenken kann, war für mich der Samstag ein Synonym für Langeweile. Mein Vater begab sich früh in die Synagoge zu seinen Freunden. Der Tempel diente als Kultstätte, Gemeinschaftsraum, Heiratsvermittlungsbüro und Nebengebäude der Wertpapierbörse. Die Atmosphäre war eher leutselig als streng, gerne mal durchtrieben, ähnlich wie in türkischen Cafés, nur daß man hier unter sich blieb. Die Frauen füllten die Galerien, die für sie reserviert waren, nur bei Bar Mizwas und Hochzeiten.

Wenn *Señor Padre* zurückkam, aßen wir an Stelle des Frühstücks die *pastelikos,* die am Abend vorher zubereitet worden waren, mit den braunen Eiern.

In den Straßen unseres Viertels war es still: Die Straßenhändler und Handwerker blieben zu Hause, die Geschäfte waren geschlossen, man hörte nur den Griechen, der sich erbot, das Feuer zu entzünden – da ja die Juden keine Arbeit verrichten durften: *»Lumbre, lumbre, echar lumbre!«* Aber wir hatten seit Jahrhunderten gelernt, darauf zu achten, daß das Ofenfeuer nicht ausging und das Essen warm blieb.

Jedes Haus, außer dem unseren, verströmte Glück und Frieden.

Meine Mutter erholte sich von den Anstrengungen des Freitags. In Wirklichkeit konnte sie es kaum aushalten, nicht auf allem und jedem streitlüstern herumzuhacken. Sie saß mit gefalteten Händen auf ihrem Stuhl, erspähte jedes Staubkorn, das sie dann mit ihren ohnmächtigen und zornigen Augen überwachte. Nutzlos, also nicht existierend, war sie dumpf bestrebt, den Verlauf der Zeit zu beschleunigen: Wir lebten an sich nach der türkischen Uhr, die durch die Sonne bestimmt wurde (die erste Stunde war die bei Sonnenaufgang), und

Señor Padre stellte täglich seine Uhr nach der Turmuhr von Yeni Camii. Außer am Samstag.

Wir hatten noch gar keinen Hunger, wenn Mama uns gebieterisch zu Tisch rief und sich auf diese Weise von dem letzten Frondienst der Woche befreite.

Der Brauch wollte es, daß die Juden, nachdem sie das *jamin*, ein im Ofen warm gehaltenes Ragout, gegessen hatten, in ihren schönsten Kleidern einen Spaziergang im Viertel unternahmen. Bei jedem Schritt begrüßten sie Nachbarn, auch sie im Sonntagsstaat, und wünschten sich gegenseitig Glück und Gedeihen. Transportmittel waren an jenem Tag untersagt, und die Jungen besuchten die Alten nur, wenn sie zu Fuß gehen konnten. Abends erzählten die Familienväter alte Legenden oder lasen aus den heiligen Schriften. Alle sangen, nahmen ein leichtes Abendessen zu sich und legten sich dann ausgeruht und glücklich schlafen, bereit, sich dem Alhad oder dem ersten Tag der Woche zu stellen, der für die Christen der letzte war.

Meine Großeltern wohnten weit weg. Mein Vater erzählte uns nie Geschichten und meine Mutter noch weniger. Als Simone und ich klein waren, sang Nita uns spanische Romanzen vor, aber unser Alter verlangte nach mehr Bewegung und Aktion. Kurz, der Samstag war für mich ein tödlicher Tag.

Bei meiner Freundin Rachel wurde die Ruhe des Sabbat wie viele andere Regeln zum großen Teil durchbrochen. Die Modernität der Caros, die mich faszinierte, hätte ihnen in der Gemeinde den Bann eingetragen, wenn Rachels Vater nicht reich gewesen wäre. Er spielte samstags Karten – um Geld, tausendfach verboten an diesem Tag –, und seine Frau machte in der Altstadt Einkäufe. Mit meiner rückhaltlosen Bewunderung ihres Lebensstils, ihres Humors, ihres Charmes und ihrer Leichtigkeit amüsierte ich sie. Sie wohnten in einem Mietshaus an der Grenze des griechischen Viertels. Dort hatte ich zum erstenmal ein richtiges Badezimmer gesehen mit einer Toilette französischen Fabrikats und nicht türkischen. Ich suchte sie so häufig auf, daß meine Freundin sich eines Tages Sorgen machte.

»Ich habe unreife Weintrauben gegessen«, log ich.

»O nein! Mutter wollte uns heute nachmittag mit in den Basar nehmen.«

»In den Basar? In Stambul?«

Ich begann vor Aufregung zu stottern.

»Aber du hast ja Bauchschmerzen, vielleicht wäre es besser, hier zu bleiben«, sagte Rachel.

Ich gestand ihr die Wahrheit. Ich hatte keinerlei Koliken, ich setzte mich nur so gern auf die Brille und ließ meine kurzen Beine baumeln.

Wenig später bestiegen wir, mit Hut und Handschuhen angetan, das Boot nach Galata.

Im genuesischen Viertel angekommen, stiegen wir die Treppen von Yüksek Kaldirim hinunter. Diese Straße mit tausend Spelunken war so steil, daß kein Gespann sie befahren konnte; die türkischen *hamals*, regelrechte menschliche Esel, liefen von morgens bis abends mit von den Lasten zerschundenen Rücken hinauf und hinunter.

Señora Caro mit ihrem in der Taille enganliegenden Kleid und ihrem Sonnenschirm erregte bei den armenischen und griechischen Ladenbesitzern großes Aufsehen.

Wir erreichten die Galata-Brücke, die zu jener Zeit noch aus Holz bestand, und bezahlten den Beamten in weißen Kitteln unsere Gebühr. Die Menge erschreckte mich. Eine Straßenbahn schlängelte sich durch ein ungeheures Gewirr: Bettler und Botschaftsgecken, Krüppel und Touristen, Derwische mit Spitzhüten und orthodoxe Popen, Straßenhändler und Bürger in Anzügen, Lebedamen und verschleierte Frauen, die in allen Sprachen miteinander redeten, wuselten bis zum Quai hin durcheinander; dort beschimpften sich die Fährmänner gegenseitig, während Feluken und türkische Barken zusammenstießen. Die Fese der Lastenträger hinterließen blutige Streifen auf den schlecht rasierten Wangen, Stiefelputzer packten mit Gewalt zögernde Beine, kreischend schwebten Möwen darüber, auf Diwans hingefläzte Männer rauchten ihre Haschischpfeifen, Fruchtsaftverkäufer schwenkten ihre riesigen Gefäße mit dem Schwanenschnabel… Wir durchquerten diesen summenden männlichen Bienenstock, während Madame Caro uns fest an den Händen hielt und uns mit sicherem Schritt durch die stinkenden Gassen zerrte, wo sich die Verzinner und Klempner, die Verkäufer von Hirse als Taubenfutter und die Korbflechter der Rumeli-Festung heiser schrien. Bis zu dem Großen Basar, einer richtigen Stadt in der Stadt, mit seinem Hammam, seinen Moscheen und seinen *hans*, den Lagerhäusern. Früher hatte dort mein Vater sein Geschäft gehabt. Kaum vorstellbar, er, würdig unter diesen Galgengesichtern, diesen unordentlichen Haufen von Waren, diesen widerwärtigen Abwassern mitten in den Durchgängen? Ich hatte kaum die Zeit, das zu vertiefen: Ich wurde von den Teeträgern, den Polizisten, den Dieben, den Laufburschen und den Auslieferern, den Haremsfrauen und ihren schwarzen Eunuchen, den Krätzigen und Zahnlosen, den Mißgestalteten und den Idioten angerempelt. Alles schien überzuquellen, die Ladentische, die Menschen, die Rufe des Muezzin, der Schmutz und der Gestank.

Madame Caro bahnte sich einen Weg durch dieses Labyrinth, und als sie beim Stoffe-Sektor ankam – der Basar war durchaus organisiert, sogar in Quadrate aufgeteilt und nach Berufen gruppiert –, ließ sie sich die feinsten Seidenstoffe zeigen, die weichsten Tuche, die der Händler aus einem unvorstellbaren Gewirr herauszog, denn er kannte sehr gut seinen Vorrat, ein erstaunliches Schichtwerk von Tausenderlei, dessen Preise er verkündete, wie man einen Würfel wirft. Madame Caro entrüstete sich, wurde ärgerlich, gab vor zu gehen, was mir Angst machte, denn aus diesem Irrgarten hätte ich nie herausgefunden. Der Händler rief Mutter, Schwester, alten Vater und jungen Sohn an und wurde seineseits ärgerlich; jeder wartete darauf, daß der andere die nächste Zahl nannte, all das in einer ungenauen Sprache, der Händler, der in

»jüdisch« zählte, das heißt in Ladino, und Madame Caro, die auf griechisch protestierte, dann änderte sich die Taktik, er verfiel wieder ins Türkische, sie ging zum Französischen über …

Schließlich war das Geschäft perfekt, und wir verließen erst den Basar, dann die muslimische Stadt quer durch das Gedränge auf der Brücke.

Ich entspannte mich, als wir den Turm von Galata erreichten, die Frankenstadt und die geschlossenen Geschäfte der Unseren.

9

Ich besuchte die unteren Klassen mit wachsendem Vergnügen. Ich brillierte in Französisch und in Arithmetik, ich zog die Geschichte Frankreichs der jüdischen vor, und die Gymnastik dem Schönschreiben. Das Programm war immer dasselbe, dem Alter angepaßt. Wir rechneten nicht mehr mit Maronen, Haselnüssen und Mandeln, sondern erlernten das richtige Grundrechnen.

Der Geist Rousseaus schwebte über dem Unterricht in der Alliance. Wir lernten, unseren Körper genauso zu trainieren wie unseren Verstand. Bestraft wurde wenig, Tadel war von Menschlichkeit geprägt. Es gab weder Zensuren noch Preise; jede bekam am Ende des Trimesters ein Buch, außer die Ergebnisse waren wirklich verheerend.

Dieses geschützte Universum wäre ein Paradies gewesen, wenn mir beim Vergleich mit Vitalis Heften nicht bewußt geworden wäre, daß ich nur das Recht auf eine versüßte Version des Unterrichts hatte: Mir wurden die diätischen oder kulinarischen Tugenden der Gemüse- oder Früchte-Zubereitung beigebracht, und die Mathematik würde mir später beim Verwalten des Haushaltsgelds nützlich sein; dank geographischer Kenntnisse würde ich die Reisen meines Gatten orten können, und die Orthographie würde mir ermöglichen, ohne mich zu genieren, meinen entfernt lebenden Kindern zu schreiben. Während die Jungen sich gedanklich im Abstrakten bewegten, wurden die Mädchen im Konkreten gehalten. Zwangsweise.

Türkischunterricht war den Männern vorbehalten, die in einer kosmopolitischen Welt hart ihren Unterhalt würden verdienen müssen. Für uns wurden diese Kurse durch Nähstunden ersetzt.

Sieben Stunden in der Woche! Es war das einzige Fach, das

ich verabscheute. Was würde Madame Béhar, die Schuldirektorin, zu meiner Ungeschicklichkeit sagen? Adela stickte wundervoll. Die feinen Kreuzsticharbeiten Ernestas brachten ihr jedes Jahr die Ehrentafel ein. Und Mutter war in ganz Hasköy wegen ihrer edlen Spitzen bekannt ...

Die Lehrerin überraschte mich mehrmals, wie ich ein Buch unter meiner Arbeit versteckte. Seit ich das Lesen entdeckt hatte – bei dem Mädchen und Jungen aus derselben Quelle schöpfen können –, lebte ich in einem dauernden Mangelzustand. Ich las alle Romane, die mir unter die Finger kamen, aus der rosa Bibliothek der Schule, die billigen Ausgaben, die Vitali auf dem Büchermarkt kaufte, Paul Féval und Alexandre Dumas, Jules Verne und James Fenimore Cooper ... Ich hatte auch Zugang zu der Bibliothek, die von der Fräulein-Gesellschaft geleitet wurde, in der sich ehemalige Schülerinnen des Viertels zusammenfanden und in gebührender Weise beraten wurden, was ein junges Mädchen aus guter Familie zu lesen hatte.

Mein Bruder hatte mich vor Pierre Loti gewarnt; ich teilte seine Enttäuschung, als ich im *Aziyadé* blätterte, dessen Istanbul mir fremd blieb. Zwar fand ich dort die Beschreibung der Süßen Wasser, die Nita zum Träumen brachten, doch war ich erstaunt, nirgendwo die jüdische Gemeinde erwähnt zu sehen. Existierten wir wirklich? War unsere Welt mit ihren Vierteln, ihren Schulen und ihren Sommerfrischen derart winzig, unbedeutend?

Eigentlich war es nicht wichtig. Ein Buch jagte das andere. Ich wurde gegenüber allem, was mich umgab, taub und blind. Meine Mutter versuchte, mir das Öl in der Lampe zu rationieren, warnte mich vor den Gefahren, die auf Mädchen mit zuviel Wissen lauerten, drohte mir mit Kurzsichtigkeit und sogar Blindheit. Vergebens. Jeden Abend machte ich mich auf, um meine Helden zu treffen.

Seit Simone in der Alliance zu mir gestoßen war, hatte ich wieder eine Gesprächspartnerin und Spielgefährtin. Nach der Comtesse de Ségur entdeckten wir dank Jules Renard und *Poil de carotte* (Karottenhaar) das Theater. Vitali hatte die für das

Theater geschriebene Einakterversion ausfindig gemacht. So wie wir *Les Petites Filles modèles* (Die kleinen Mustermädchen) für Nita und Leon vorgeführt hatten, begannen wir *Poil de carotte* zu proben.

Frankreich war weit, wir sprachen Ladino zu Hause. Und dennoch sah Mutter Madame Lepic erstaunlich ähnlich.

Am 21. Juli 1905 entging der Sultan einem Attentat, als er sich zu der traditionellen Betzeremonie begab. Bei der Explosion gab es etwa hundert Tote. Man beschuldigte die Armenier.

Ich würde bald sieben Jahre alt sein, im Alter der Vernunft. Ich sah die *juderia* in ein düsteres Schweigen versinken und glaubte törichterweise, es sei mein Blick für die anderen, der sich geändert hatte: Wurde ich nicht verantwortlich, ernsthaft? Ich ging bewußt in der mich umgebenden Schwere auf.

Selbstverständlich lag es nicht an mir, daß die Grußworte und Gesänge verschwanden. Bei jedem Krawall – also immer häufiger – machten sich die Juden noch kleiner, zogen sich noch mehr zurück. Diese Politik des eingezogenen Kopfes, die dem sehr gesetzeshörigen Charakter unserer Gemeinde entsprach, befriedigte das Reich ... und schürte den Zorn der Christen. Wenn wir uns an die Grenze unseres Viertels vorwagten, bewarfen uns die griechischen Kinder mit Steinen. Uns war befohlen, nicht zu reagieren. »Der Sultan nennt uns ›seine treuen und loyalen Freunde‹«, gab mein Vater in einem hoffnungsfrohen Ton zu verstehen. »Wo gibt es noch Länder, in denen man uns als Verbündete betrachtet?«

Ich wünschte mir nichts mehr, als beruhigt zu werden. Von *Señor Padre* und von den lieben Paschas.

Im Gymnasium von Galatasaray jedoch organisierten sich die Regierungsgegner, und einige von ihnen, wie Vitali und sein Freund Elie Abravanel, waren Söhne Zions.

»Wir müssen aus dem Mittelalter herauskommen!« lehnte sich mein Bruder auf. »Vereinigen wir unsere Kräfte, statt uns zu teilen!«

Er hatte recht. Und mit dem unanfechtbaren Ziel, die Familienbande wieder enger zu knüpfen, begann er einen Briefwechsel mit Vettern aus Saloniki, von denen wir bisher kaum gehört hatten.

Mutter brüstete sich: Endlich erkannte man die Existenz des Zweiges Covo von Mazedonien an, des blühendsten der Familie. Nie kam ihr der Verdacht, daß ihr vornehmer Bruder als Briefkasten diente.

Später sollte ich erfahren, daß die Mitglieder des Komitees Union und Fortschritt sich der Juden nur bedienten, um mit dem harten Kern der Bewegung in Saloniki zu kommunizieren. Die Reichspolizei, sonst überall eingeschleust, kam gegen die Blutsbande nicht an ... Unter uns gab es wenige, die keine Vettern in Saloniki hatten. Und die sich nicht deswegen brüsteten: Das Jerusalem des Balkans, wie man es nannte, pflegte gegenüber Konstantinopel einen Überlegenheitsanspruch wie Hasköy gegenüber Balat. Was gerechtfertigt war: Saloniki war eine moderne, dynamische, offene Stadt. Und die Sephardim hatten aktiven Anteil an ihrem Glanz.

Eines Sonntags gab Vitali meiner Bettelei nach: Er willigte ein, mich mit in den Garten von Taxim zu nehmen, wo er sich mit seinen Kameraden traf.

Es hatte geregnet, und trotz aller Mühe konnte ich es nicht vermeiden, meine Stiefelchen zu beschmutzen, als wir von den Anhöhen Hasköys hinunterstiegen. Das Schiff fuhr am Marinearsenal entlang bis zur Brücke von Galata. Eine alte Griechin und ich waren die einzigen Frauen. Wie immer nach einem Schauer hing in der Luft ein Geruch nach Mist und Fäulnis.

Dank Nitas Zauberhänden trug ich ein Kleid von Adela, auf meine Größe zugeschnitten. Ich war schon groß, fast ein junges Mädchen. Ich überragte bereits Ernesta um einige Zentimeter, oft hielt man mich für die ältere, was Mutter mir nicht verzieh. Sie warf mir vor, mich auf Kosten meiner Schwester zu entwickeln, ihr die Gesundheit, den Appetit und die

Schönheit zu stehlen. In Galata nahmen wir die Straßenbahn und fuhren die große Straße von Pera wieder hinauf, die von hohen Wohnhäusern aus Stein, europäischen Geschäften, Theatern, Restaurants und Banken gesäumt war.

Am Eingang des Gartens kaufte Vitali zwei Eintrittskarten. Ich habe keine Ahnung, wo er das Geld her hatte. Seit mein Bruder sich weigerte, *Señor Padre* Freitag abends in die Synagoge zu begleiten, bekam er sein wöchentliches Taschengeld nicht mehr.

Der Himmel war blau, vom Regen rein gewaschen; der Wind führte Düfte nach Karamel und all den Zuckerwaren, die überall zubereitet wurden, aber auch nach frisch gemähtem Gras und seltenen Blumen mit sich. In diesem Potpourri mischten sich Kinderstimmen, Hundegebell, Musikfetzen aus dem nahen Musikpavillon und das Gelächter von Frauen.

Europäisch gekleidete Familien flanierten mit breiten Strohhüten und Sonnenschirmen, begleitet von Kindern in Marineanzügen. Armenier und Juden erkannte man daran, daß sie sich am Arm hielten, als könnten sie nur als fester Block überleben.

Jungen spielten Bockspringen, Mädchen liefen hinter Reifen her und rempelten dabei manchmal gegen einen mit einem Stock bewaffneten Wärter in Uniform. Eine große Bar im Freien mit Korbsesseln gab den Blick frei auf den Bosporus, den Skutari-See und das Marmarameer.

Ich hatte den Eindruck, auf einem anderen Planeten gelandet zu sein, der sich durch Eleganz, Raffinesse und echten Pariser Schick auszeichnete.

Vitali stieß auf einer Allee zu einer Gruppe von Kameraden. Ich erkannte Elie Abravanel, den mein Bruder schon nach Hause eingeladen hatte. Die anderen waren Türken. Sie warfen ängstliche Blicke um sich. Ich entfernte mich, um nicht den Eindruck zu vermitteln, ich wollte sie ausspionieren.

Zwei kleine Mädchen spielten Hüpfen. Ich setzte mich auf den Boden und sah ihnen zu. Nachdem sie mir ein paar verstohlene Blicke zugeworfen hatten, verzogen sie sich. Ich hörte, wie sie außerhalb meines Blickfelds neue Kästchen zogen.

Die Musiker hatten ihre Instrumente gestimmt. Wir waren in der Frankenstadt, also war es ein klassisches Orchester. Die ersten Takte drangen durch den blauen Himmelsschleier, und die Spaziergänger näherten sich dem Musikpavillon. Ich folgte. Ich war an die Gesänge der jüdischen Feste, die gezierten andalusischen Lieder gewöhnt. Die ungestüme Musik erschreckte mich erst und betäubte mich dann. Ich war seekrank wie auf dem Schiff, das mich an einem stürmischen Tag nach Büyük Ada gebracht hatte.

Als Vitali mich am Arm schüttelte, verstand ich zunächst nicht, was er von mir wollte. Die Musik hallte in mir wider, mein Kopf sprang auf dem bauchigen Kontrabaß auf und ab, kratzte die Geigenseiten, drehte sich im Innern der Posaunen … Vitali war ungehalten, er hatte mich überall gesucht, der Garten wurde geschlossen, Mutter würde jammern, sich die Haare ausreißen und Gott fragen, was sie gemacht habe, um das zu verdienen. Gott antwortete nie.

10

Im Frühsommer 1907 erhielt mein Vater alarmierende Nachrichten aus Paris: Henri, von dem man glaubte, er sei zur Ruhe gekommen und werde bald die Tochter seines Chefs heiraten, hatte ein kleines Blumenmädchen aus Clichy geschwängert.

Zwei Jahre zuvor hatte ein Brief Davids uns von der glücklichen Ankunft der Reisenden unterrichtet. Dann war eine Kopie des Ehevertrags gekommen, mit einer getrockneten Kamelienblüte. Die Ehestifterin konnte aufatmen: Sie würde endlich ihre Provision bekommen. Die Zukunft des Paares Gategno schien vorgezeichnet: Sarah Nahmias, verehelichte Gategno, würde sich darum kümmern, David in die sephardische Kolonie von Paris einzuführen, wo sie auf solide Unterstützung rechnen konnte. Das erklärte Ziel war natürlich, der Bankkarriere ihres Mannes neuen Auftrieb zu geben. War ihr Auftrag erst einmal erfüllt, würde sie ihren ersten Jungen auf die Welt bringen. Der dann ein Geschäft in Marseille eröffnen würde.

Dank der Empfehlungen seiner Schwägerin wurde Henri bei Monsieur Benvéniste, einem französischen Bürger und Tabakimporteur, Laufbursche (in seinen Worten: Vertrauensmann). Dieser Freund der Familie Nahmias hatte gerade eine Tochter im heiratsfähigen Alter, und der *Ermano* – der älteste Bruder – deutete in seinen Briefen einen günstigen Ausgang der diplomatischen Manöver der lieben Sarah an: Henri würde bald Schwiegersohn und Geschäftspartner sein.

Kuh, Kalb, Schwein, Küchlein – hin ist alles: Das Fehlverhalten meines Bruders bewirkte seine sofortige Entlassung. David und Sarah, durch mehrere Fehlgeburten schon genügend leidgeprüft, verhehlten weder ihren Zorn noch ihre

Demütigung. Würde der erste Enkel des *Señor Padre* ein Bastard sein? Noch schlimmer, ein Goi, denn nur die Töchter Israels können jüdische Kinder in die Welt setzen.

Mama jammerte und zerriß ihre Kleider (die alte *entari,* die sie beim Kochen trug).

»O weh, o weh! Ist es nicht genug, daß dieser Unglückliche schon den Tod seiner armen Mutter verursacht hat?«

Sie beschwor nur selten die unglückliche Regine Asseo herauf, denn der Vergleich war wenig dazu angetan, zu ihrem Vorteil auszugehen.

»O weh, o weh! Jetzt wird er *Señor Padre* töten! Er, der stets nur die reine Güte und Großmut ist. Der ihm immer verziehen hat! Viel zu häufig! Viel zu häufig!!«

»Schweig, Frau!« rief mein Vater, *»tu mira tu jamin!* – Kümmere dich um deinen eigenen Kram!«

»Was werden die Nachbarinnen sagen? Der Rabbiner? Das ganze Viertel? Weiß *Señor Padre* nicht, daß der Fehltritt des Verfluchten auf arme Unschuldige zurückfallen wird? Wer wird Adela noch als Gattin wollen oder Ernesta?«

Mich vergaß sie immer auf der Liste der Töchter. Vielleicht sah sie schließlich in Nita meine wahre Mutter und in Simone meine Schwester.

»Schweig, Frau!« wiederholte mein Vater. »Henri ist mein Sohn! Ich bin es, der verflucht und verzeiht! Ein für allemal.«

Doch das Geschrei von Mama richtete sich in erster Linie gegen den Klatsch und die Schmähungen. Die Rechnung ging auf. Die Damen klagten mehr, als daß sie verurteilten.

Voller Scham und Widerwillen suchte mein Vater Rat bei den Freunden der Gemeinde. Eine solch ernste Sache konnte nicht durch einen Brief oder ein Telegramm geregelt werden. Eine Reise nach Paris war notwendig, aber *Señor Padre,* der Hasköy niemals verlassen hatte, fürchtete tausend Gefahren. Ganz zu schweigen von den Kosten. Er hatte beschlossen, Henri an die Unreine zu verheiraten, ihnen genügend zu geben, damit sie weit weg ziehen konnten, und seinen Zweitgeborenen für immer aus seinem Leben zu streichen. Vom Düsteren verfiel er ins Finstere und am Vorabend seiner Abreise (dritter Klasse auf einem üblen alten Kahn) erläuterte er uns, welche Vorkehrungen er für den Sommer getroffen hatte: Er würde in diesem Sommer nicht die Villa auf Büyük Ada mieten. Vitali würde seine Ferien bei seinem Freund Abravanel verbringen, Ernesta bei ihrer Freundin Rosa Ezratti und die Behmoiras bei der Schwiegerfamilie. Adela und ich würden im Schatten des Feigenbaums Mama Gesellschaft leisten.

Mein Herz setzte aus.

Mein Vater ging davon aus, daß er mehrere Wochen abwesend sein würde. Er würde seine Reise dazu benutzen, sich mit einigen Lieferanten zu treffen und neue Märkte zu erschließen.

Schlimmeres konnte mir nicht passieren. Wenn nur Ernesta zur selben Strafe verurteilt worden wäre … Ich hätte mich von den Caros einladen lassen können, aber Mutter mochte sie nicht: »Neureiche! Atheisten! Das Gold verpestet ihnen den Atem!«

Ich warf Nita verzweifelte Blicke zu; sie konnte nichts machen. Ich weigerte mich, zu Abend zu essen, erklärte mich für krank. Ich hoffte, man würde den Arzt kommen lassen, und er würde, von meiner Not gerührt, mir einen Aufenthalt am Meer verschreiben. Auf den Rabbiner hört man nicht immer, aber ärztliche Verordnungen sind zwingend. Doch wie verschafft man sich ein blasses Aussehen, wenn man ein Mädchen von neun Jahren mit pfirsichfarbener Haut und vor Vitalität blitzenden Augen ist? Mutter legte mir nicht einmal die Hand auf die Stirn.

Ich wurde, ich schäme mich, es zu sagen, durch ein Telegramm gerettet, das den Tod des kleinen Blumenmädchens von Clichy mitteilte …

Wahrscheinlich hatten sie die Abtreibungspraktiken dahingerafft, aber mein Vater, der das Papier in seiner Hand zerknüllte, sprach von Typhus, was eher für Istanbul als für Paris typisch war. Obwohl es ungehörig war, sich darüber zu freuen, war seine Erleichterung offensichtlich. *Señor Padre* wuchs in wenigen Minuten wieder um die Zentimeter, die ihn der Kummer hatte schrumpfen lassen. Sein Nacken tauchte wieder zwischen den Schultern auf, er blickte um sich, als entdeckte er plötzlich sein eigenes Haus. Mit fast theatralischer Geste gebot er meiner Mutter innezuhalten, die gerade die Reisetaschen ausleeren wollte.

»Laß, Tamar!« befahl er. »Ich reise ab wie vorgesehen. Bring lieber den Anislikör und die Rosenmarmelade.«

Dies war die Grabrede für die Unglückliche. Wen kümmerte es? Sie war nicht die erste Frau, die starb, weil sie sich hatte verführen lassen.

»Ich werde Henri in Paris abholen«, verkündete mein Vater, »und ich werde ihn selbst nach Marseille bringen.«

»Marseille?« rief Mama. »*Señor Padre* wird doch hoffentlich seinen Sohn nicht meinen Vettern da unten anvertrauen!«

»Beruhige dich. Ich habe beschlossen, Henri nach Algerien zu schicken.«

Schweigen folgte auf diese Erklärung. Nita bediente. Ich fühlte, daß Mama die Bestrafung gefiel. In der sephardischen Hierarchie stand Saloniki an der Spitze, und Algerien direkt vor der Mellah, dem jüdischen Viertel von Fes, ganz am Ende der Liste ...

Mein Vater lächelte, den Mund voller Puderzucker. Außergewöhnliche Umstände erforderten außergewöhnliche Maßnahmen. Ich ging auf ihn zu, küßte ihm die Hand und spielte das Kätzchen, ich, die ich sonst so steif, so gehemmt war. Ihm ähnlich in der Angst vor der Konfrontation und der Tragödie.

Ich erflehte seine Güte: »*Senor Padre,* ich möchte so gern mit Simone, Nita und dem kleinen Leon auf die Inseln fahren ...«

Mutter protestierte. Solange sie lebte, also nicht mehr lange, würde niemand in diesem Haus die Behmoiras um einen Gefallen bitten, die die Ahnungslosigkeit einer ehrenhaften Familie ausgenutzt hätten, um ihr einen Kranken, einen *Rabbi,* aufzubürden. Das Wort »Rabbi« wurde eher ausgespuckt als ausgesprochen. Nita zitterte.

»Mein Vater war ein großer Wissenschaftler!« lehnte Simone sich auf.

»Nicht jeder muß den Handel lieben«, fügte Vitali hinzu.

Mein Vater erdolchte ihn mit einem Blick. Ich wagte es nicht, das Risiko einzugehen, ihn laut zu unterstützen.

»Sie verbünden sich gegen mich!« jammerte meine Mutter.

»Mich auf diese Weise in meinem eigenen Haus anzugreifen! *Me vo a morir!* – Ich sollte lieber sterben!«

Señor Padre gab seiner Gattin einen müden Blick.

»Ich werde mit Nitas Schwiegereltern reden«, sagte er.

In meiner Freude küßte ich seine Wange statt seine Hand, was uns beide gleichermaßen in Verlegenheit setzte. Er wandte sich an Adela, zögerte, seufzte. Armes Kind, dachte er wahrscheinlich. Zwei Monate mit Tamar … Wie sie trösten?

»Ich weiß, du wirst dich gut um deine Mutter kümmern. Und freue dich, sobald ich wieder da bin, werde ich mich auf die Suche nach einem guten Ehemann für dich machen. Hört her«, befahl er, »von heute an wird Adela das Tablett bringen.«

Die Marmelade anbieten – darauf warten, daß der Gast seinen Löffel in den Topf stecke, einen Segen spreche, koste, ein wenig Wasser trinke, dann den Löffel wieder in das Glas stecke … – das war das Los der Mädchen in Erwartung eines Ehemanns. Ebenso den Kaffee bereiten und servieren: »Mit Zucker? Mit wenig Zucker? Schwarz?« fragte zitternd die Bewerberin. Bevor sie schmeckten und nicht gleich das ewige »*Syempre dulses* – Möge die Süße nie fehlen!« murmelten, riefen die Gäste: »*De novya!* – Bald verheiratet!« Und das Mädchen zerdrückte eine Glücksträne zwischen den heruntergeschlagenen Wimpern: Sie hatte die Prüfung bestanden.

Dankbar ging Adela auf ihn zu und küßte *Señor Padre* die Hand.

Diese traurige Geschichte hatte einschneidende Folgen für mein Leben: Die Eltern von Elie Abravanel, des Freundes von Vitali, mieteten die Villa neben den Behmoiras. Sie öffneten mir ihr Herz, ihr Haus und vor allem ihre Bibliothek.

11

Im Sommer versammelte sich in Prinkipio (so nannten die Levantiner Büyük Ada, die größte Prinzeninsel) die ganze sephardische Bourgeoisie, die aus den verschiedenen Vierteln wie Hasköy, Haydar Pascha, Ortaköy, Galata kamen oder sogar wie die Abravanels aus Kuzguncuk, einer alten *juderia*, die auf dem asiatischen Ufer des Bosporus lag. Nicht die Zugehörigkeit zu einer Synagoge war für die Gruppe bestimmend, sondern die soziale Schicht.

Die Männer und die Kinder tummelten sich im Wasser, während die Frauen in langen Ärmeln und Baumwollstrümpfen endlos schwatzten. Seit kurzem hatten die jungen Mädchen die Erlaubnis, einige Schwimmzüge in einer vor Blicken geschützten Bucht zu machen, und die Phantasie der Jungen erhitzte sich bei dem Gedanken an die jungfräulichen Körper, die im Marmarameer herumplanschten.

Die Villa, die die Behmoiras gemietet hatten, war bescheidener als in den vergangenen Sommern. Es war ein schlechtes Jahr gewesen. Alle möglichen Intrigen erschütterten den Palast des Sultans, und täglich fielen andere in Ungnade. Griechische Dolmetscher ersetzten die jüdischen. Bis zum darauffolgenden Komplott und der Umkehrung der Gunstbezeigungen.

Außer Nita, Simone, dem kleinen Leon und mir umfaßte das Haus die Ehefrau des ältesten Sohns und ihre vier Kinder. Nahums Bruder, der in der Tabakregie arbeitete, nahm jeden Abend das Boot, um die Nacht inmitten der Kiefern zu verbringen.

Die Machtkämpfe zwischen der Schwiegermutter und den beiden Schwiegertöchtern fielen ungünstig für Nita aus, und sie wurde bald wie bei uns zum Dienstmädchen degradiert.

Die achtjährige Simone spielte mit den anderen Kindern am

Strand. Während ich groß, gefaßt und ernst wirkte, hatte meine Nichte, ein Jahr jünger als ich, etwas von einem großen Baby an sich. Sie war lebendig und lachte gern und ging das Leben vertrauensvoll an, ein von seiner Mutter geliebtes Kind. Ich dagegen bildete mir, zu Recht oder zu Unrecht, ein, daß die Blicke der Erwachsenen auf meinen knospenden Formen weilten; ich blieb abseits, geschützt durch dicke Kleidung trotz der Hitze. Ich war zur Frau geworden, bevor ich die Zeit gehabt hatte, es mir zu wünschen, und so fühlte ich mich in meinem Körper unwohl, wenn nicht schändlich. Ich hätte gerne zu meiner Mutter gesagt: »Ich kann nichts dafür!« wie am Tage des Flecks auf dem Laken. Aber vielleicht hatte ich Schuld: Beherbergte ich in meiner Brust nicht einen Dämon, der alles Weiße verabscheute, die Eier zerschlug und der mich zum Wachsen antrieb, indem er alle Fesseln sprengte, die man mir auferlegt hatte?

Elie Abravanel und Vitali gingen mit großen Schritten am Strand hin und her und erschufen die Welt neu. Ich heftete mich an ihre Fersen, ohne daß sie Anstoß daran nahmen. Ich hatte schon im Taxim-Garten bewiesen, daß ich schweigend zuhören konnte. Und was nutzte es, intelligente Dinge zu sagen, wenn niemand da ist, der sie hört?

Elies Eltern, Nissim und Rachel Abravanel, hatten sich in Paris kennengelernt, wo sie studierten, um Lehrer zu werden, Nissim an der Sorbonne und Rachel an der Schule der Alliance. Höchst selten bei uns, waren sie eine Liebesheirat eingegangen, und es war rührend zu sehen, wie die beiden, klein und rundlich, zwanzig Jahre später immer noch dieselben Gefühle hegten wie am ersten Tag.

Nissim lehrte, obwohl er weltlich war, Französisch im Rabbiner-Seminar von Istanbul und im Gymnasium von Galatasaray. Rachel leitete die Mädchenschule ihres Viertels. Elie, ebenso klein und rundlich wie seine Eltern, war ihr einziges Kind.

Ich hatte eine neue Familie gefunden.

Nissim kümmerte sich um meine literarische Erziehung und war entzückt, auf ein ebenso jungfräuliches wie empfängliches Terrain einwirken zu können. Er kam nie ohne mehrere Stapel Bücher und stellte mir eine wahrhafte Bibliothek zur Verfügung. Rachel äußerte ihre Meinung, das Paar neckte einander über das, was vorrangig sein sollte, ich versöhnte sie wieder, indem ich alles verschlang, absolut alles.

Wir diskutierten ganze Nachmittage miteinander. Nissim hielt es für unbedingt notwendig, mehrere lebende Sprachen zu lernen, in jedem Fall Englisch und Deutsch. Die Juden, sagte er, haben kein anderes Vaterland als das des Wissens, vor allem hier im Orient, wo sie seit Jahrhunderten wohnen, ohne sich integriert zu haben.

Rachel, die Heimweh nach Paris hatte, beschwor eine Welt, in der man in erster Linie französisch war und dann erst israelitisch, in sich frei und frei in seiner Wahl. Nissim machte sich liebevoll über seine Frau lustig und erinnerte daran, welche Listen er entfalten mußte, um sie aus dem Bischoffsheim-Institut herauszuholen, in dem die Mädchen der Alliance eingesperrt waren; sie lachten wie die Schulkinder bei dem Gedanken an all die Eskapaden, die, wären sie bekannt geworden, zu ihrem Rausschmiß geführt hätten ... Sie hatten sich jedoch nichts vorzuwerfen, nichts außer dem gemeinsamen Hochgefühl bei einer Aufführung in der Oper oder der Comédie Française und der Begeisterung über die Weltausstellung von 1889 zu Ehren des hundertjährigen Jubiläums der Französischen Revolution. Der Eiffel-Turm, der Industrie-Palast, in dem die Zauberin Elektrizität herrschte, bis hin zur Rue de Caire, der Kairo-Straße, die in eine Orientstraße verwandelt worden war – all dies hatte das junge Mädchen aus Smyrna und den Sohn des Schreibers von Adrianopel in seinen Bann geschlagen.

Ich verstand nicht, warum sie solchen Herrrlichkeiten zugunsten der *juderia* von Kuzguncuk verlassen hatten. Aber Rachel schuldete der Alliance zehn Jahre Dienst, und Nissim konnte nicht weit vom Meer leben. Und vor allem fühlten sie sich, als gute Alliance-Anhänger, mit einem Auftrag betraut.

Ich hatte meinen Weg gefunden. Ich würde wie Rachel Abravanel Volksschullehrerin werden. Und dafür würde ich an der École normale orientale israélite von Paris studieren. Mit vierzehn würde ich Konstantinopel verlassen.

12

Elie Abravanel sah nicht besonders gut aus, war kaum größer als ich, hatte ein zu rundes Gesicht, eine große Nase und einen Kleinmädchenmund, aber ich liebte seinen Blick voller wohlwollender Neugierde. Er kämpfte mit Vitali im Komitee Einheit und Fortschritt. Seine Eltern respektierten seine Ideen, ohne sie zu teilen. Ich fand das wunderbar.

Ich sehe uns in jenem Sommer alle auf der Villenterrasse, wo uns nur eine Straße, auf der Kutschen und Fiaker vorbeifuhren, vom Marmarameer trennte. Der Geruch nach Pferdeäpfeln mischte sich mit dem Duft nach salziger Gischt und Kiefern. Ich fühlte mich glücklich, akzeptiert, in vollkommener Harmonie mit meiner Umgebung.

Wie früher unter dem Eßtisch lauschte ich den Diskussionen, ohne wirklich ihren Sinn zu verstehen. Ich stimmte immer mit dem überein, der als letzter gesprochen hatte, denn ich war für Eloquenz empfänglicher als für den Inhalt der Sätze. Elie und Vitali ergingen sich in heftiger Kritik. Sie beschuldigten die ausländischen Mächte, sich auf Kosten der Türken zu bereichern. Von der Osmanischen Bank bis zur Tabakregie über die Eisenbahnen, die Wasserversorgung, die Häfen und bald die Elektrifizierung – alles war in den Händen französischer, englischer und deutscher Gesellschaften, denen skandalöse Steuerbefreiungen zugute kamen. Der Sultan und sein Hof waren nur noch folkloristische Marionetten, die für den Westen tanzten. Die lebendigen Kräfte des Landes sollten die Wirtschaft wieder in die Hand nehmen und das Reich in einen modernen und unabhängigen Staat verwandeln.

Nissim Abravanel hielt dagegen, daß die Juden die Kosten für diese Entwicklung tragen würden: Die Reichsten unter ihnen vertraten in der Tat mehrere europäische Unternehmen oder Banken bei der Hohen Pforte. Aber die Armen, die große Mehrheit der Gemeinde, litten unter dieser allgemeinen Schande.

Elies Vater sprach in ruhigem maßvollen Ton, und aus seiner Stimme klang Weisheit: Er konnte nur recht haben. Wenn seine Argumente erschöpft waren, berief er sich nicht wie die anderen *Señores Padres* auf den Respekt, den wir ihm schuldeten. »Ach was, es gehört zu eurem Alter, idealistisch zu sein!« sagte er und schüttelte seinen runden und kahlen Kopf. Er fügte, die Augen voller Güte, hinzu: »Ihr würdet mich enttäuschen, wenn ihr anders argumentiertet!«

Es gab jüdische Väter, die die anderen leben ließen. Rachel Abravanel nahm an allen Gesprächen teil. In Paris war sie zu einer leidenschaftlichen Anhängerin der Assimilation geworden. Aber in Konstantinopel war das Judentum eine Identität, mehr ein Lebensstil als eine Religion. Einige Familien hatten geglaubt, sich von dieser staatenähnlichen Gemeinde lösen zu können. Von allen Seiten abgelehnt, waren sie zerfallen. »Solange man kein Vaterland hat …«, seufzte Rachel.

»O nein!« lehnte sich ihr Sohn auf. »Du wirst doch jetzt nicht diese zionistische Leier anstimmen.«

Ich hörte zu, ich nahm in mich auf. In den ersten Tagen hatte es mich erschreckt zu hören, wie Elie sich seinen Eltern widersetzte, aber ich hatte schnell begriffen, daß diese redegewandten Streitigkeiten gefahrlos waren. Im Gegenteil sie festigten die Liebe, die meine drei Freunde verband.

»Der Zionismus wird unser Untergang sein«, bekräftigte Elie.

»Oder unsere Zuflucht«, antwortete sein Vater, mit einemmal niedergeschlagen. »Was ich aber nicht hoffe. Es müßte schon ein großes Unglück geschehen, um uns dazu zu zwingen, in einem jüdischen Staat zu leben.«

»Wenn wir nur aufhören würden, uns untereinander zu streiten!« wetterte Vitali. »Herumnörgeln, Haarspaltereien betreiben, wozu führt das?«

»Zu Macht, mein junger Freund! Beherrschung der Gemeinde! Das wird uns kaputtmachen, da stimme ich mit dir überein! Bringt drei Juden zusammen, und bald habt ihr vier Parteien!«

Rachel schüttelte den Kopf und erinnerte an die Zeit, in der die Traditionellen und die Modernen um verantwortungsvolle Posten stritten.

»Erinnerst du dich noch an die Rabbis mit ihren Spitzbärten?«

»Tja«, erwiderte Nissim, »jetzt führen die Zionisten Krieg gegen die Alliancisten ...«

Ich war selbstverständlich auf seiten der Alliance.

Frankophil und assimilationsfreudig wie die Pariser, die Verantwortung trugen. Die Zionisten gehörten nicht wie ich einer *buena familia* an. Sie sprachen nicht die Sprache Molières, sondern ein rauhes Deutsch. Sie setzten sich aus den armen ungebildeten schlichten Aschkenasim zusammen, die den Pogromen entronnen waren.

Mir war nicht bewußt, daß ich den Vorurteilen meiner Kaste erlag. Die Würdenträger der Gemeinde waren sephardisch. Von je her gehörten Macht und Geld zusammen: Die Reichen entschieden für die anderen. Wie konnten die Todescos es wagen, vierhundert Jahre einer solch offensichtlichen Überlegenheit anzugreifen?

Leider fehlte es unseren braven Kaufleuten an Einsicht. Von ihren kleinlichen Rivalitäten benebelt, dauerte es nicht lange, bis sie sich von der zionistischen Organisation überrollen ließen. Ohne irgend etwas kommen gesehen zu haben.

Ich verstand Abravanels Besorgnis, ich spürte den Aufruhr meines Bruders und seines Freundes, aber das machte mir in jenem Sommer keine Angst. Ich war sogar aufgeregt bei dem Gedanken an zukünftige Veränderungen. Ich stellte mir vor, mit Elie verheiratet zu sein. Er war zwar kein d'Artagnan, aber er hatte ein gutes Herz und einen blendenden Verstand. Rachel und Nissim, meine Schwiegereltern, würden beinahe zu meinen Eltern. Im Gegensatz zur Tradition würde ich sie nicht verabscheuen. In Wirklichkeit waren sie es, die ich heiratete.

Selbst wenn ich sie ihrer Einsamkeit überließ, freute sich Nita, mich in so guter Gesellschaft zu sehen. Simone verbot mir strikt, mich in einen Jungen zu verlieben, den ich bald um einen Kopf überragen würde. Ich glaubte, es würde sie beruhigen, wenn ich behauptete, ich liebte Elie nicht so, wie man in Romanen liebt.

»Und du würdest heiraten, ohne leidenschaftlich verliebt zu sein?« entrüstete sich meine Nichte.

»Ich weiß nicht«, gestand ich. »Wie ist man sicher?«

»Man spürt es, zwangsläufig«, antwortete Simone.

Das Wetter war warm, und wir blieben trotz der Mücken bis zu später Stunde draußen. Zwei kleine Mädchen, die auf stacheligen Kiefern saßen und von Liebe redeten, während sie aufs Meer sahen.

Bei meiner Rückkehr war ich erstaunt, meine Mutter entspannter vorzufinden. Adela, die gerade ihren fünfzehnten Geburtstag gefeiert hatte, war fast strahlend. Sie hatte den Sommer genutzt, um sich in genähter Spitze und *albondigas* zu vervollkommnen. Mit Mama allein, ohne einen Mann, der bedient werden mußte, ohne Ernestas Sticheleien, hatte meine Schwester eine aufrechtere Haltung angenommen, einen klareren Teint bekommen, und ihr durch Schüchternheit hervorgerufenes Stottern hatte sich fast gelegt.

Am Freitag nach meiner Rückkehr fiel mir im Hammam eine neue Vertrautheit zwischen meiner Mutter und ihrer ältesten Tochter auf. Sie waren nun zwei Freundinnen, die sich gegenseitig mit Pflegecremes einrieben, im Schoß der gewohnten Gruppe: den Frauen des *cortijo,* Verwandte und Nachbarinnen, fast alle vor Fett strotzend, so wie Ehemann und Tradition es verlangten.

Im Bad wie anderswo blieben wir unter uns. Die Musliminnen wuschen sich donnerstags, die Jüdinnen freitags und die Christinnen samstags. Zweifellos teilten sich auch die Orthodoxen und die Katholiken die Uhrzeiten genau ein, um einander nicht über den Weg zu laufen. Und auch dort mußten sich die Armenierinnen absondern …

Mir war schon an den Wäschetagen aufgefallen: Das Wasser hat die einzigartige Macht, Zungen zu lösen. Im Hammam wurden die Gespräche kühn. In diesen wenigen Stunden der Nacktheit, der feuchten Schwesterlichkeit, der Blick vom Dampf benebelt und das Gehör durch den Widerhall geschärft, verwandelten sich die Matronen in lachende lebhafte Weibsbilder. Alle Bitterkeit schwand. Die Schmerzen lösten sich unter den gegenseitigen Massagen. Unsere Mütter stillten ihr Bedürfnis nach Zärtlichkeit. Indem sie den Blick ihrer Gefährtinnen auf ihre Nacktheit akzeptierten, akzeptierten sie ihren Körper. Ihr Schicksal. Im Gegensatz zu Simone gelang es mir nicht, mich im türkischen Bad zu entspannen, und dies noch weniger, seit ich zu einem jungen Mädchen erblüht war. Ich blieb verkrampft, in mich zurückgezogen, defensiv. Ich ekelte mich nahezu, und das beunruhigte mich. Selbst meine Mutter ließ sich gehen. War ich anormal? Wie üblich suchte ich in den Büchern nach Antworten, und ich glaubte eine gefunden zu haben, die mich für einige Zeit befriedigte: Die Berührungen mißfielen mir, weil sie nicht von Männern stammten. Es war Aufgabe des Mannes, das Fleisch lebendig, die Brustwarzen steif werden zu lassen und die Hüften zu kneten. Entbehrten die Frauen im Hammam in einem solchen Ausmaß Liebkosungen? Es sei denn, der Appetit käme beim Essen …

Nita seifte mir den Rücken ein – sie war die einzige, deren Berührung ich ertrug –, als ich ein gellendes Lachen hörte, auf das ein Schrei folgte. Ernesta hatte sich einen Spaß daraus gemacht, einen Krug eisiges Wasser über Adelas Kopf zu entleeren, bevor sie mit ihrer Freundin Rosa flüchtete. Das Bad besänftigte nicht alle Eifersüchteleien.

13

Samstags las Vitali Papas Briefe der versammelten Familie vor.

Paris, den 16. August 1907

Meine liebe Frau, meine lieben Kinder,
ich übermittle Euch liebe Grüße von David und Sarah. David geht es gesundheitlich gut trotz des Ärgers, den Henri ihm bereitet hat. Sarah hat in diesem Frühjahr in La Bourbole eine Kur gemacht, und die Ärzte hoffen, daß sie Früchte tragen wird.

Mein ältester Sohn und seine Gattin wohnen in der Avenue de Wagram in einem Haus mit einem hydraulischen Aufzug. Ich muß gestehen, ich habe keine Ahnung, wie er funktioniert. Ihr Appartement ist sehr bequem, es gibt ein Badezimmer und ein Telefon. Das Dienstmädchen ist Französin, aber Sarah ist im ganzen zufrieden mit ihr. Nach dem faden Essen auf dem Schiff freute ich mich, wieder unsere Küche genießen zu können. Das Wasser ist leider nicht so gut wie bei uns.

Henri hat mich auf den Knien um Verzeihung gebeten, und ich habe sie ihm gewährt. Möge Gott mir die Freude machen, ihn den richtigen Weg einschlagen zu sehen!

Durch die Vermittlung meines Vetters Amar, der sich mir gegenüber sehr liebenswürdig gezeigt hat, habe ich einige Grossisten kennengelernt.

Quedavos en bon'hora. Verbringt einen schönen Sabbat. Seid gesegnet.

Euer Gatte und Vater, Isaac Gategno

Mama diktierte Vitali ihre Antwort:

Wir freuen uns, daß Señor Padre in dem Haus seines Sohnes gut aufgenommen wurde. Möge er sich jedoch vor nicht ganz frischem Fisch und nicht genügend durchgebratenem Fleisch in acht nehmen …

»Bitte ihn, Bücher mitzubringen!« flüsterte ich meinem Bruder zu.

Aber Vitali beschränkte sich auf seine Rolle als Schreiber. Im übrigen hatten die Abravanels mir versprochen, mich mit allem Notwendigen zu versorgen. Sie bereiteten sich darauf vor, Kuzguncuk zu verlassen, um nach Pera zu ziehen. Elie wäre dann näher am Gymnasium und ich näher an allen dreien …

2. September 1907

Meine liebe Frau, meine lieben Kinder,
ich schreibe Euch an Bord der Eisenbahngesellschaft PLM. Mein Aufenthalt in Paris ist gut verlaufen. David schickt Euch seine lieben Grüße. Ich habe sein Büro im Comptoir d'Escompte in der Nähe der Oper besucht. Ich freue mich sagen zu können, daß er sehr geachtet wird. Sein Direktor, Monsieur Cazès, dessen Familie in Sarajewo ziemlich bekannt ist, hat mir recht Schmeichelhaftes über ihn gesagt.

Wir haben gestern in einem sehr sauberen, sehr gut geführten Restaurant gegessen, David hat den Wein ausgesucht. Wie Ihr seht, ist mein Sohn ein richtiger Pariser geworden.

Danach sind wir ins Théâtre des Nouveautés gegangen, wo das Publikum sehr schick, sehr modisch war.

Henri wäre gern in Paris geblieben. Ich habe ihm zu verstehen gegeben, daß das Mittelmeerklima seinem Wesen mehr entspräche. Bei meiner Ankunft in Marseille werde ich ihn sofort in ein Schiff nach Algier setzen, wo ein Vetter meines Schwagers Asseo sich seiner annehmen wird.

Für heute, meine liebe Frau, meine lieben Kinder, ist das

alles. Gesundheitlich geht es mir gut, trotz der unvermeidlichen Ermüdungen. Ich bete zu Gott, daß es Euch gut geht und daß ich Euch so bei meiner Rückkehr vorfinden werde. Muncho y bueno.

Euer Gatte und Vater Isaac Gategno

»Das ist ein schöner Brief«, bemerkte Nita.

»Er sagt nicht, was er ißt«, warf Mama ein.

An Rosch-Ha-Schana war *Señor Padre* zurück. Ich erwartete ihn voller Ungeduld. Reisende waren in unserem Viertel von Hasköy selten. Um über die Grenzen zu kommen, mußte man sich einen Paß und ein Visum beschaffen, das hieß, sich mit der osmanischen Verwaltung herumschlagen. Zwar nahmen der Orient-Expreß und zahlreiche Schiffe jede Woche zwanzig, dreißig jüdische Makler mit, aber sie gehörten zu einer geachteten Elite. Die Abravanels und die Caros waren in Paris gewesen. Man konnte es an ihrer Art, sich zu kleiden, zu gehen, zu sprechen, erraten …

Ich wurde nicht enttäuscht. *Señor Padre* kam verwandelt zurück. Er wiegte sich in den Hüften, schlug die Hacken zusammen und zwirbelte seinen Schnurrbart mit einer neuen Sicherheit. Er hatte uns Geschenke mitgebracht: Kopftücher für Mama und Nita, einen Sicherheitsrasierapparat für Vitali, ein Nähzeug-Etui für Adela, nach Eukalyptus duftende Taschentücher für Ernesta, eine Puppe für Simone, ein Buch aus der rosa Bibliothek für mich, einen Sack Murmeln für Leon … Und Kamer erhielt ein merkwürdiges Messer mit einem Spalt in der Mitte zum Gemüse-Schälen!

Die meisten Gegenstände waren in Wirklichkeit Muster. Mein Vater hatte begriffen, daß man, um im modernen Handel Erfolg zu haben, seine Ware selbst wählen mußte. Er war kaum zurück, als er sich schon mit seinem Partner im Eßzimmer einschloß und die Aufgaben neu verteilte: Er würde Kunden werben, Faraggi würde verkaufen.

Mit siebenundfünfzig Jahren entdeckte mein Vater die Freiheit, die Lust, auszubrechen, die Züge und die Schiffe. Seine häuslichen Probleme löste er durch Flucht. Sein Leben würde sich von nun an weit weg von den Magengeschwüren seiner Frau und der Rebellion seines Sohnes abspielen. Der heimatlose, umherirrende Jude brach aus dem Händler von Konstantinopel hervor. Gott war zweifellos einverstanden, denn *Señor Padre* gelang es tatsächlich, sein Geschäft zum Blühen zu bringen. Er verdiente viel Geld, vergrößerte das Haus, installierte fließend Wasser und elektrischen Strom. Er hätte den Vorort Hasköy gern verlassen, der für soviel Modernität wenig geeignet war, aber Mama widersetzte sich. Sie wollte über ihren *cortijo* herrschen und nicht den Dünkel von Frauen ertragen, die schamlos waren, da sie *a la franca* erzogen worden waren.

Meine Mutter war eine einfache Frau. Die Ambitionen *Señor Padres* erschreckten sie. Dieser zu schnelle Aufstieg konnte nur dem Zusammenbruch vorausgehen, ein Unglück, das in der Rangliste der Dramen gleich nach Krebs kam. Natürlich hielt sie das nicht davon ab, das Zimmer mit Balkon zu preisen, das für Leon zum Hof hin gebaut worden war. Aber sie fragte sich, wann und wie sie dafür würde bezahlen müssen. Über Glücks- und Unglücksfälle führte sie genau Buch und verhandelte direkt mit Gott über die Neuaufteilung der Schulden.

Ihre Manie, sich völlig auf die Familie zu konzentrieren, verschlimmerte sich mit dem Alter. Das Erdbeben von Saloniki berührte sie tief, da ihre Vettern Covo ihr Haus dabei verloren hatten. Die russischen Pogrome dagegen, die für Heerscharen abgebrannter Flüchtlinge in Konstantinopel sorgten, weckten in ihr keinerlei Mitleid (»Mögen ihre Gedärme in der Sonne verfaulen!«). Und wenn sie ihren Obolus an die ständigen Almosensammler der Gemeinde entrichtete, dann nur, weil man bei uns niemals ein Almosen verweigert: Die Nachbarn könnten daraus folgern, daß die Geschäfte schlecht gehen. Die Rehabilitation von Dreyfus hielt sie natürlich nur für eine Falle, die die Franzosen den leichtgläubigen Juden gestellt hatten, zu denen, Gott sei's gelobt, (wenigstens einmal) meine Mutter nicht gehörte. Ich hatte keinerlei Nachsicht für ihre Kurzsichtigkeit, aber wir hielten einen stillschweigenden Nichtangriffspakt ein. Diese Jahre, das Ende meiner Kindheit, waren mir lieb und teuer. In Papas Abwesenheit war Mama weniger nervös, weniger unberechenbar und unzufrieden. Wenn sie mich immer noch wie eine *mano pezgada* behandelte, war das mechanisch. Sie wußte, daß ich ihr Nita, Simone, die Schule und die Abravanels vorzog. Da die Frauen des *cortijo* – die mich für eine Plage hielten – auf ihrer Seite waren und sie bei ihrem Herrn und Meister keine Pluspunkte mehr sammeln mußte, überließ sie mich meinen Vorlieben.

Obwohl er unsere Religion nicht mehr praktizierte, ersetzte Vitali meinen Vater beim Sabbat-Essen. Sich dieser heiligen Pflicht zu entziehen wäre undenkbar gewesen. Aber auch mein Bruder war während der Woche kaum zugegen, und so lebten wir unter uns Frauen und behüteten den kleinen Leon. Wenn *Señor Padre* zurückkam, empfingen wir ihn mit Freudenausbrüchen. Das erinnerte mich an die Geschichten, die Nita uns erzählte, als wir klein waren: Da war immer ein armer Straßenhändler, der am frühen Sonntagmorgen aufbrach, um während der Woche genügend zu verdienen, damit er würdig das Sabbatfest feiern konnte. Ihm widerfuhren eine Menge schrecklicher Abenteuer – man stahl ihm seine Waren, sein Esel starb an Erschöpfung, der Herr an der Ecke ließ ihn einsperren ... Aber mit List und Ausdauer überwand er alle Hindernisse und kam mit einem Fisch in der Hand Freitag abends nach Hause. Die Mutter, die in derselben Woche stoisch der Plünderung durch antisemitische Nachbarn, dem Durchfall des Kleinen und der Zerstörung der armseligen Behausung durch einen Sturm getrotzt hatte, dankte Gott auf den Knien, daß er es der Familie ermöglichte, sich noch einmal zu vereinen, um Seinen Namen zu preisen. Und Sein Mahl.

War das Festessen vorbei, tauchten die Probleme auf. Mein Vater hätte es am liebsten gehabt, wenn das Leben stillgestanden hätte, während er weg war. Wir konnten vielleicht gerade mal essen und schlafen, aber keinesfalls die geringste Entscheidung treffen: Frauen!

»Der Enkel von *Señor Gategno* wird nicht zur Talmud – Tora gehen!« dröhnte er.

»Ich hatte es meinem lieben Nahum versprochen«, murmelte Nita und zerknüllte ihr Taschentuch.

»Willst du, daß dein Sohn einer Ratte ähnelt? Sie sind zu fünfzig in einem winzig kleinen Raum eingeschlossen, und der Lehrer ist unwissender als ich! Hörst du?«

»Sein Vater wollte, daß er die heiligen Texte studiert ...«

»Unsinn! Und Französisch? Und Englisch? Glaubst du, daß ich im Geschäft einen Angestellten brauche, der Hebräisch spricht?«

Wirklich, wozu hat man eine Familie, wenn man ihr nicht einmal sein Geschäft vermachen kann?

»Ich habe es Nahum versprochen«, wiederholte Nita.

»Dein Mann war nichts weiter als ein Dummkopf!«

»Vater!«

Meine Schwester ging weinend in ihr Zimmer hinauf. Mama begab sich wieder in die Küche, Adela und Ernesta folgten ihr: die Königin-Mutter und ihre beiden Thronfolgerinnen, eine Märtyrerin die eine, eine Pest die andere.

Leon erforschte das Innere seiner Nase. Entrüstet und unglücklich, aber stumm hielten Simone und ich meinem Vater stand. Ich fand zwar, daß Nita unrecht hatte, ihren Sohn nicht in die Alliance zu schicken. Aber ich billigte ihre Treue gegenüber dem Mann, den in diesem Haus alle verachtet hatten.

Plötzlich ließ Vitali seine Stimme hören: »Und wenn ...«

»Mein Sohn«, spottete *Señor Padre*, »du bist also nicht stumm? Und in Abwesenheit deines Vaters läßt du die Frauen entscheiden?«

»Warum schreiben Sie ihn nicht im Hilfsverein ein«, fuhr Vitali fort, ohne die Provokation zu beachten.

Mama tauchte aus der Küche auf.

»Bei den Todescos?« fragte sie mit versagender Stimme.

»Still, Frau!« donnerte der Meister. »Vitali ist so gnädig, sich daran zu erinnern, daß wir existieren ... und, meiner Treu, er hat nicht unrecht. Die deutsche Sprache ist fürs Geschäft eine nützliche Sprache. Simone, hol deine Mutter.«

Ich verstand gar nichts mehr. Der Hilfsverein der Deutschen Juden und die Zionisten untergruben das Werk der Alliance, die das Komitee Union und Fortschritt unterstützte. Hatte Vitali die Seiten gewechselt? Nein. Er glaubte ganz einfach an ein Wunder. Mit achtzehn war er idealistischer als ich mit meinen kaum zehn Jahren. Mein Bruder hoffte auf die Versöhnung zwischen den Aschkenasim und den Sephardim, den Zionisten und den Alliancisten, den Deutschen und den Franzosen, den Kapitalisten und den Sozialisten, den Türken und den Armeniern, den Griechen und den Juden.

Er las humanistische Schriftsteller und kämpfte für den Frieden auf einem Minenfeld, das er für ein Nelkenbeet hielt.

Als Leon in die Schule kam, besuchte er den Hilfsverein des Viertels. Ich las zu Hause Victor Hugo und bei den Abravanels Zola. Simone war noch bei der Comtesse de Ségur. Ich liebte, litt und starb tausend Male. Beim Essen fühlte ich manchmal alle diese Existenzen so schwer auf mir lasten, daß ich nichts hinunterbekam.

»Wenn du eine genauso schmale Taille haben willst wie ich«, sagte Ernesta, »dann mußt du nicht nur einen Tag, sondern einen ganzen Monat hungern.«

»Und deine Nase«, erwiderte ich, »womit ernährst du die?«

»Mama!« rief die Zicke.

»*Tengas el mazal de la feya* – möge sie das Glück der Häßlichen haben!« seufzte meine Mutter und betätschelte ihr Amulett. »Die Männer lieben keine Frauen mit Grips ... Ernesta wird schon fünf Kinder haben, während Rebecca vertrocknet wie altbackenes Brot, und wir werden schon sehen, an wem es ist, die Nase hoch zu tragen ...«

Die Nachbarn der Abravanels nannten mich »die kleine Verlobte«. Es mißfiel mir nicht: Ich hatte so viel zu tun, zu lernen, zu entdecken, daß ich erleichtert war, diese Frage geregelt zu haben. Die Liebe gehörte zu den wenigen erledigten Angelegenheiten. Ich konnte mich anderen Kapiteln widmen.

Ich hatte erreicht, daß ich über Mittag in der Schule bleiben durfte. Nita bereitete mir kleine Käsepasteten, die ich beim Lesen aß.

Eines Tages erhielten wir Besuch von einem Inspektor der Alliance, einem gestrengen Herrn mit einem Spitzbärtchen. Die Lehrerin korrigierte eine Französischarbeit. Der Inspektor war über den wenig akademischen Charakter des Themas erstaunt: »Laßt ein Holzscheit sprechen!« Madame Béhar, die Direktorin, verteidigte unsere Lehrerin, die uns ermutigte, unsere Phantasie zu entwickeln.

Wir hielten uns ruhig. Wir wußten, daß das Geld der Alliance aus Paris kam. Wenn der Herr mit dem Bärtchen einen schlechten Bericht abgab, würden wir dann unsere Schule verlieren?

»Rebecca«, hörte ich, »lies uns deinen Aufsatz vor.«

Ich war entsetzt. Meine Lehrerin, die wußte, was ich las, nahm keinen Anstoß an den linkischen Nachahmungen von Romanen, die mir aus der Feder flossen. Aber was würde der Inspektor sagen?

Ich begann mit zitternder Stimme: »Ich wurde abgeschnitten, als ich jung und zart war und noch an meiner Mutter hing. Mehrere Monate lang trocknete ich mich mit meinen Gefährtinnen in der Sonne, und die Vögel sangen auf meinen Flechten. Aber eines Tages kam ein Holzfäller, trennte mich trotz meines Flehens und warf meine Mutter nach rechts und mich nach links. Wo war ich? Man sah nichts. Ich hatte Angst. Bald spürte ich ein Schütteln: Ich wurde getragen. Die alten Holzscheite hatten mir von dem Schicksal erzählt, das die Menschen uns bereiteten: bei lebendigem Leib verbrannt zu werden, die Dicken im Kamin, die Kleinen im Ofen, worauf das Essen dieser nach frischem Blut Dürstenden gekocht wurde. Deshalb hatte man mich von meiner Mutter getrennt. Ich versuchte mich mit dem Gedanken zu trösten, daß man im Augenblick des Sterbens immer allein ist ...«

»Genug!« sagte der Inspektor. »Ich danke Ihnen.«

Ich setzte mich schamrot wieder hin, überzeugt, mit meinen Ergüssen das Schicksal der Schule besiegelt zu haben. Der Herr verließ das Klassenzimmer. Madame Béhar trottete hinter ihm her. Meine Hände zitterten derart, daß ich nicht weiterschreiben konnte.

Ich hatte im Blick meiner Klassenkameradinnen etwas wie Verblüffung entdeckt. Später, als ich meinen ersten Roman *Der Inder*, veröffentlichte, begriff ich, wie beängstigend ein Schriftsteller sein kann. Man glaubt, ihn zu kennen, und dann entdeckt man erschrocken, daß er das Wesentliche vor einem verbirgt.

Ich erinnere mich an diesen Aufsatz, nicht so sehr wegen des Inspektors, dessen Bericht keine bemerkenswerten Folgen hatte, sondern wegen seines ahnungsvollen Inhalts: die Pogrome, von denen ich nichts wußte, wurden ein Teil meiner Geschichte. Die Krematorien auch.

14

Am Freitag, dem 24. Juli 1908 begab sich der Sultan wie gewöhnlich zur Betzeremonie. Mein Vater war auf Reisen. Am Abend warteten wir vergebens auf Vitali. Gegen sieben Uhr kam ein Junge und übermittelte uns eine Nachricht von ihm. Er sei durch wichtige Geschäfte aufgehalten worden, wir sollten uns keine Sorgen machen. Mein Bruder hatte noch nie zuvor das Abendessen am Freitag versäumt.

Außer dem jungen Leon hatten wir keinen Mann, um den Sabbat zu feiern. Mama beschloß, an die »Feuertür« zu klopfen. Die Häuser, die den Hof miteinander teilten, waren untereinander verbunden, um bei einem Brand die Evakuierung zu erleichtern. Aber niemand benutzte diesen Verbindungsgang: Die berühmte sephardische Gastfreundschaft gehorchte bestimmten Regeln, wozu eine Einladung in angemessener Form gehörte. Eine Hausherrin hätte sich geschämt, ihre Gäste nicht mit aller gebührenden Großzügigkeit zu empfangen, und dies bedurfte der Vorbereitung.

Die Jungtürken waren nicht die einzigen, die eine Revolution machten. Das Geständnis Mamas gegenüber ihren Nachbarn, daß ihr einziger Sohn seinen Pflichten nicht nachkam, war ein Ereignis, das der Erwähnung in der Familienanthologie würdig war. Wir begaben uns in das Eßzimmer nebenan, wo die Möbel nicht aus Paris kamen, aber wo die *Señora* sang. Mama bestand darauf, die schon vorbereiteten Platten zu bringen, wir aßen noch mehr als gewöhnlich, und ich kostete zum erstenmal das von einem Fremden gesegnete Brot. Es war kein großer Unterschied.

Am nächsten Tag, am Samstag, durften wir keinerlei Zeitungen lesen, obwohl sich in den *buenas familias* die Vorschriften von Jahr zu Jahr immer mehr lockerten. Es ging das Gerücht um, daß die Studenten in der Stadt demonstrierten. Mama raufte sich die Haare. Was hatte sie getan, um eine solche Strafe zu verdienen?

Ich hatte Angst um meinen Bruder, war aber auch stolz auf ihn. In diesem Land hatten wir zu lange die ängstlichen Zuschauer gespielt. Der Augenblick zum Eingreifen war gekommen.

Die Armee hatte sich um das Komitee Einheit und Fortschritt gesammelt. Als Vitali wieder auftauchte, frohlockte er. Er schien mir um einige Zentimeter gewachsen, er wirkte schlanker, attraktiver und brillanter denn je. Die friedliche Revolution, von der er träumte, hatte begonnen. Man würde Wahlen organisieren. Mama flehte ihn an, zu Hause zu bleiben. Sie war sicher, daß der Sultan seine Truppen losschicken und die erste Kugel ihrem geliebten Sohn gelten würde. Seit jeher war man jedem Aufruhr mit Gewalt begegnet. Schon immer hatten die Juden für andere den Kopf hingehalten. Sie verstand nicht, daß Vitali, Fleisch aus ihrem Fleisch, mit vorgerecktem Kinn und fester Stimme demonstriert, geschrien und sich exponiert hatte, nur um Rechte zu fordern, die sich von einem Tag zum anderen gegen ihn kehren würden. Unweigerlich.

Simone und ich waren aufgeregt, weil sich endlich etwas bewegte. Wir hatten nichts zu verlieren und alles zu gewinnen. Aber trotzdem konnte ich nicht leugnen, daß sich beträchtliche Angst in meine Erregung mischte. Papa war nicht da, um uns zu beschützen. Die Berichte über Pogrome verfolgten mich. Ich sah uns von betrunkenen Griechen oder wütenden Türken vergewaltigt. In der ersten Nacht träumte ich, daß sich unter dem Vorbau des Hauses ein Mann mit einem Messer versteckte. Meine Mutter floh mit Ernesta und ließ mich mit ihm allein. Ich wollte hinter ihnen her eilen, aber meine Beine ließen mich im Stich. Gelähmt fiel ich zu Boden, ich öffnete den Mund, um zu schreien, aber es kam kein Ton heraus.

Es war mir unmöglich zu Vitali zu sagen: »Bleib heute

abend bei uns.« Um mich aufs Schlimmste vorzubereiten, erzählte ich mir selbst Horrorgeschichten; inmitten dieser Wach-Alpträume wurde ich plötzlich vom Schlaf überfallen wie vom Tod. Ich erwachte mit Krämpfen, so sehr hatte ich mich zusammengekrümmt.

Vitali besuchte uns als Held, als Soldat. Er aß einen Bissen, wechselte die Wäsche. Sein Lächeln bedeutete: »Ich hatte recht! Meine Freunde sind an der Macht! Die Welt gehört uns!« Eines Abends fragte ich ihn, ob er die Zeit finde, sein Baccalauréat vorzubereiten. Er sah mich an, als hätte ich im Irrsinn gesprochen. Zum Glück war er zu sehr von den Ereignissen gefesselt, um sich die Zeit zu nehmen, von meinem Materialismus enttäuscht zu sein.

Die Revolution überraschte *Señor Padre* in Wien, und er bediente sich aller nur möglichen Transportmittel, einschließlich eines Esels, um so schnell wie möglich heimzukehren.

Wir gingen nicht mehr aus dem Haus, doch dank der Straßenhändler quoll die Speisekammer über. Die Nachbarn liehen uns die Zeitungen. Der *cortijo* hallte von widersprüchlichen Nachrichten wider.

»Der Sultan hat die Flucht ergriffen!«

»Nein, er ist tot!«

»Man findet keinen Zucker mehr in Haydar Pascha!«

»Die Armee bereitet einen Staatsstreich vor!«

»Und dein Sohn, was sagt der? Wird er Minister?«

»Mein Sohn? Mein Gott, er ist noch ein Kind! Er kennt sie nicht, diese Generäle, diese Türken! Mein Sohn ein Revolutionär! Sie wollen wohl seinen Untergang?« stöhnte Mama. Da sie von der bevorstehenden Niederschlagung des Aufstands überzeugt war, spielte sie Vitalis Engagement herunter, von dem sie übrigens nichts verstand: Die Juden sind nicht gemacht für die Politik, oder wenn, dann nur in der Gemeinde …

Mein Vater kehrte am 4. August zurück, dem Tag, an dem der Großwesir zurücktrat. Ich fand meinen Schlaf wieder. Ich frage mich jedoch, wie der Erzeuger meiner Tage mich gegen die heranstürmenden Soldaten hätte verteidigen können: Bis auf wenige Züchtigungen, die er seinen Söhnen – mit Widerwillen – aus Pflicht verabreichte, hatte Isaac Gategno nie gegen jemanden die Hand gehoben.

Als Vitali an jenem Tag verschmutzt, ausgehungert und begeistert die Haustür aufstieß, stand *Señor Padre* kerzengerade und eisig vor ihm, den Schnurrbart gezwirbelter denn je, in schwarzem Cut, gestreifter Hose und mit einem Käppchen auf dem Kopf.

»Was meinst du, wo du bist? In einer Herberge? Und dein Gymnasium, dein Examen? Solltest du nicht den zweiten Teil des Baccalauréat dieses Jahr schaffen? Antworte, wenn ich mit dir spreche!«

Verwirrt drehte Vitali sich zur Wand und wusch sich ausgiebig die Hände.

»Es ereignen sich Dinge ...«, begann er.

»Du wolltest in das Galatasaray-Gymnasium gehen und deinen Abschluß machen. Um auf die Universität gehen zu können! Aber sieh dich doch an! Du siehst aus wie ein Bandit! Wie ein Armenier!«

Mama kam aus der Küche mit einem Teller gefüllter Auberginen.

»So erziehst du ihn also!« fuhr mein Vater sie an. »Leckere kleine Gerichte für einen Faulenzer, einen Lügner, einen Undankbaren! Ach, du hast ihn schön verwöhnt, deinen einzigen Sohn! Du kannst stolz darauf sein!«

»Vitali«, jammerte meine Mutter, »Lieber, sprich mit deinem Vater! Sag ihm, daß das alles vorbei ist, daß du wieder ordentlich lernen willst! Laß deine Mutter nicht in Kummer und Schmerz zurück!«

»Ich habe nichts Schlimmes gemacht!« rief Vitali. »Ich kämpfe für uns alle, für die Freiheit.«

Er ging hinaus und schlug die Tür zu. Mama warf sich ihrem Herrn zu Füßen: »Möge *Señor Padre* ihm verzeihen, der Hunger läßt ihn ausfallend werden, er war in jenen schrecklichen Tagen so gut zu uns ...«

Mein Vater machte sich los, tauschte sein Käppchen gegen

einen Fes, packte seinen Stock und ging würdig aus dem Haus. In der Synagoge würde er Freunde, Verwandte, Nachbarn, Partner finden. Menschen, mit denen man diskutieren konnte.

Die Schule blieb sonst einen guten Teil des Sommers offen, damit die Schüler, die nicht in die Ferien fuhren, dort aufgehoben waren. Aber in diesem Jahr wurde das wohltätige Werk unterbrochen: Die Situation war zu wirr. Ich durfte nicht einmal nach Pera zu meinen Freunden Abravanel fahren.

Um unsere Langeweile zu bekämpfen, nahmen Simone und ich unsere kleinen Einakter wieder auf. Wir spielten eines Nachmittags gerade eine Passage aus der *Unbeständigkeit der Liebe,* als Vitali ohne anzuklopfen in unser Zimmer trat. Er war grau vor Müdigkeit, düster, wie ausgepumpt.

»Was hast du? Bist du krank?« fragte Simone.

»Ist es wegen Papa?« fügte ich hinzu.

Er wollte nicht reden. Wir führten ihn zu seinem Bett und legten ihn nieder. Er ließ sich von uns die Schuhe ausziehen, dann stieß er uns mit müder Geste zurück.

»Sucht dich die Polizei?« murmelte ich.

Er schüttelte verneinend den Kopf, drehte sich zur Wand und schlief ein. Oder tat so.

Armer Vitali! Trost suchend, war er zu uns, seinen einzigen Verbündeten, gekommen. Was konnten wir mit unseren neun und zehn Jahren machen? Zuhören. Oft ohne zu verstehen.

Er hatte an diese Revolution geglaubt. Daran, daß sich die Völker untereinander verstehen würden. Aber in dem Augenblick, als sich die so lange ersehnten Wahlen abzeichneten, kehrten sich seine Freunde von gestern gegen ihn.

»Sie halten mich für einen Spion, einen Verräter …«

»Du?« entrüstete ich mich. »Du hast doch von Anfang an …«

»Lies die Zeitungen«, seufzte er. »Wofür habe ich die Pressefreiheit gefordert! Nur um Karikaturen von dicklippigen Juden zu sehen, die den Janitscharen Geschenke bringen …«

»Den Janitscharen? Diesen brutalen Kerlen, mit denen man ungezogenen Kindern droht? Erinnerst du dich, Simone, wie sie unsere Alpträume bevölkerten!«

»Wir verschafften ihnen das Tuch für ihre Uniformen, den Zucker für ihre Festessen.«

»Warum das, wenn sie so mies sind?« fragte meine Nichte.

Vitali lächelte traurig. Man beschuldigte die Juden, sich auf Kosten der Osmanen zu bereichern. Sich mit den Westmächten zu verbünden, um das Reich zu plündern. Kurz, Opportunisten zu sein, die die Früchte der Revolution ernten wollten …

Dabei hatten die Fortschrittlichsten unter uns die Ereignisse mit aufrichtiger Freude begrüßt. Haïm Nahum, ein früherer Lehrer meiner Brüder in der Alliance, der den Jungtürken nahestand, war sogar vom Sultan geladen worden, den »Kuchen der sieben Brüder zu teilen«. Ich war entzückt gewesen, als ob die Ehre sich über mich ergösse.

»Wir waren nicht vorbereitet«, sagte Vitali.

»Wer wir?«

»Die verschiedenen Gemeinden. Die Verfassung hat uns überrascht. Gewiß, im Augenblick sind die ›Abtrünnigen‹ Bürger wie die anderen, aber wer will Steuern bezahlen? Militärdienst leisten?«

Die Gegenparteien der Integration wurden von der riesigen Mehrheit der *rayas* heftig abgelehnt: Sie hatten keinerlei Bedürfnis, sich für ein Land zu schlagen, das sie nicht als das ihre anerkannten. Die Griechen, die die Revolution begeistert begrüßt hatten, träumten nur davon, das alte Byzanz auferstehen zu lassen. Und die Armenier verbündeten sich mit Rußland, dem Erbfeind.

Was die Juden anging, war das Gebot »Du sollst nicht töten«, in Verbindung mit dem Wirrwarr der mazedonischen, balkanischen und tripolitanischen Konflikte, nicht dazu angetan, sie zu Kriegshelden zu machen.

»Sie werden Bakschisch bezahlen, um der Einberufung zu

entgehen. Oder sie wandern nach Frankreich, nach Amerika aus … Wie sie zurückhalten? Die Gemeinde liegt im Sterben.«

»Wegen der Zionisten?«

»Nicht allein. Es kommt kein Geld mehr herein. Bis jetzt hat das Rabbinat eine Steuer auf das Fleisch, den Käse und den Wein erhoben und gab dafür an den Staat eine Kopfsteuer, die uns die steuerlichen und militärischen Verpflichtungen erließ.«

Mein Bruder erklärte uns, wie angesichts des rechtlichen Vakuums und der allgemeinen Desorganisation die mächtige Metzgerzunft aufgehört hatte, die Steuer zu bezahlen. Das Rabbinat hatte sich beeilt, Konkurrenzmetzgereien ins Leben zu rufen, und die Zunft hatte darauf mit einem allgemeinen Streik geantwortet.

»Ach, deswegen kauft Mutter das Fleisch bei dem Griechen!« rief ich.

»Aber das ist nicht koscher!« sagte Simone.

»Ja und? Meines Wissens ist niemand vergiftet worden!«

Ich war verwirrt. Die Frikadellen hatten wirklich denselben Geschmack. Und wenn all die Unterschiede, die man mir seit meiner Kindheit eingetrichtert hatte, nur reine Einbildung wären?

Elie Abravanel hatte sein Abitur geschafft und verließ Konstantinopel, um sich in der Medizinischen Fakultät von Paris einzuschreiben. Ich verabschiedete mich von ihm bei seinen Eltern. Es wurde vereinbart, daß er mich, wenn ich mich in vier Jahren nach Paris begeben würde, willkommen heißen und beschützen würde. Ich war mehr denn je seine kleine Braut.

Im Gegensatz zu meinem Bruder hatte sich Elie nie ganz in der Revolution engagiert. Da für ihn keinerlei Notwendigkeit bestand, seinen Eltern zu trotzen, die seine Ideen respektierten, hatte er sich ein Türchen offengelassen. Vitali jedoch hatte zugleich seinen Vater und seine Freunde verloren. Nissim und Rahel Abravanel unterstützten ihn in seiner Zeit der Zweifel.

Zwar gelang es ihnen, diesen Augenblick der Entmutigung zu überwinden, aber der Wurm steckte schon in der Frucht, und einige Jahre später sollte Vitali in eine tiefe Melancholie stürzen.

Die Abravanels überzeugten meinen Vater davon, Vitali nach Saloniki abreisen zu lassen, der Stadt des Lichts, wo die Juden zahlreich, kultiviert und geachtet waren. Sie fanden für ihn dort sogar eine Anstellung, nicht im Handel, wie *Señor Padre* es gewünscht hätte, sondern als Korrektor in der Zeitung *Le Progrès*.

Die Abreise Vitalis, nach der Elies, ließ mich als Waise zurück. Um ehrlich zu sein, fehlte mir mein Bruder mehr als mein »Bräutigam«, denn Rachel und Nissim Abravanel besuchte ich weiter – in Wirklichkeit war ich in sie verliebt.

15

Am 13. April 1909 versuchte die Armee den Jungtürken die Macht wieder abzunehmen. Wir blieben im Haus eingeschlossen. Man hörte in der Ferne Schüsse. Es waren zehn Tage der Angst. Die Revolutionsregierung hatte zwar enttäuscht, aber die *juderias*, die sich in der ersten Stunde dem Komitee Einheit und Fortschritt angeschlossen hatten, fürchteten eine entsetzliche Unterdrückung, wenn die Truppen des Sultans wieder an die Macht kämen. Wir hatten die ärgerliche Rolle, die Gehörnten zu spielen, ganz gleich, in welchem Stück wir auftraten. Die Verstärkung kam aus Saloniki. Würde Vitali an der Gegenoffensive teilnehmen? Sein letzter Brief stammte von Ende März. Ich stellte ihn mir an der Spitze einer Kolonne vor, wie er die Freiheitsfahne trug … Hatte er nicht verkündet, daß es eines Tages keinen Pascha, keinen Bey, keinen Effendi mehr geben würde? Leider war die Zeit noch nicht reif, sie abzuschaffen: Wenn Sultan Abd ül-Hamid II. tatsächlich abtreten mußte, wurde er nur durch seinen eigenen Bruder ersetzt.

Die Regierung der Jungtürken ging gestärkt aus der Krise hervor, und die Zeitungen wiesen zum erstenmal auf einen gewissen Mustafa Kemal hin. Es wurde über Gesetze abgestimmt, die die Minderheiten erschreckten: Die türkische Sprache wurde in den Schulen obligatorisch und der Militärdienst tatsächlich auf alle ausgedehnt. Wir, die Gemeindebürger, wurden nun Nationalbürger.

Statt sich zu freuen, sagten mein Vater und seine Freunde den Tod der Zivilisation und das Ende des Handels voraus, während die Frauen die bösen Geister jagten. Wie Vitali es vorausgesagt hatte, gingen Hunderte von jungen Leuten ins Exil. Eine wenig ruhmreiche Emigration. Doch ihr Anlaß verschwand bald aus dem allgemeinen Gedächtnis zugunsten einer plötzlichen Begeisterung für westliches Blendwerk.

Mein Bruder hatte recht: Es war die Veränderung selbst, die Angst machte, nicht so sehr die Auswirkungen der neuen Maßnahmen. Ihren Äußerungen nach hatten die Juden immer glücklich gelebt, bis zu einem fixen Datum, das sie beliebig austauschten. »Alles ging so gut bis vor Purim!« hieß es beim Passa-Fest. Ein Zeitraum von drei Monaten galt als angemessen, um von einem strahlenden Glückszustand in tiefste Trübsal zu verfallen. Pfingsten sehnte man sich nach der gesegneten Osterzeit. Und so weiter, von einem Jahresende zum nächsten. Diese Rückschau auf ein immer vergangenes, nie gegenwärtiges Glück – die Zukunft, *ke mal mos kera!* – erboste mich mit ihrer Heuchelei und Dummheit.

Bald wurde verkündet, daß in der neuen Versammlung drei israelitische Abgeordnete einen Sitz einnehmen würden. Damit kehrte die Hoffnung zurück, die Wahl der Kandidaten jedoch riß eine schon zerstörte Gemeinde noch weiter auseinander. Sie war von den Zionisten manipuliert worden und zu keinerlei gemeinsamer Vorstellung für die nahe oder fernere Zukunft fähig.

Aber so war der Orient, mit seinem Licht, seinem Fatalismus und seiner Süße des Lebens. Die Elektrifizierung der Stadt, die aus religiösen Gründen vom Sultan so lange verzögert worden war, wurde vollendet. Die Straßenbahnen wurden nicht mehr von Pferden gezogen; an Sommertagen roch das Goldene Horn mehr nach Schlick als nach Pferdemist. Eine Drahtseilbahn, die man wie in Paris »Metro« nannte, verband nun Galata mit Pera und damit die kleinen Leute mit der europäischen Elite. Die Jungen begeisterten sich für die ersten Automobile. Wenn wir auch immer noch kein Schweinefleisch, kein Kaninchen und keine Meerestiere anrührten, lockerte sich der Zwang, koscher zu essen, immer mehr. Der Metzgerstreik hatte dazu geführt, daß sich viele Familien von der strikten Befolgung der Gesetze abwandten. Die Nähmaschinen wurden immer perfekter, das Licht hatte eine bessere Qualität, die Abende wurden länger. In den modernen Vierteln ersetzten private Badezimmer den Hammam. In Hasköy erlaubte der Zustand der Kanalisation einen solchen Luxus nicht. Ich allein bedauerte diese Entwicklung, denn für alle Frauen war das türkische Bad ein Fest. Wie Mama immer wieder sagte: »*Pasteliko i banyo ke no mos manken todo el anio.* – Daß uns bloß die Pastete und das Bad im ganzen Jahr nicht abgehen.«

Die Geschäfte meines Vaters liefen gut. Er war vom Einzelhandel in den Großhandel gewechselt und importierte unterschiedslos Geschenkartikel, Geschirr, Haushaltswaren... Wenn er sein Geschäft verließ, setzte er sich mit Vetter Faraggi in ein Kaffeehaus am Bosporus, trank Kaffee und ließ die winzige Tasse kreisen, damit der Kaffeesatz sich setzte, dann schlürfte er ein Glas Wasser, dieses wunderbare Wasser Istanbuls, bei dem ein echter Kenner die Quelle und den Brunnen ausmachen kann. Manchmal erlaubte er sich, eine Wasserpfeife zu rauchen, während er die Perlen seiner Gebetskette durch die Finger laufen ließ, oder er spielte Tricktrack oder Domino. Die Barken glitten über den silbrigen Fluß, die Schreie der Möwen vermischten sich mit denen der Straßenverkäufer, dem Ruf des Muezzin, dem Geschrei der Lastenträger, dem polyglotten Lärm dieses unvergleichlichen Gewimmels.

Zweifellos spürte Vater auf unbestimmte Weise, daß ihm die Welt entglitt, so wie ihm die Autorität über seinen jüngsten Sohn oder die Kontrolle über sein eigenes Haus entglitten war. Er hatte nie anders als sein Vater gehandelt, außer daß er sich rasierte. Und sein Vater hatte seinen eigenen Vater nachgeahmt, und so konnte man das bis ins fünfzehnte Jahrhundert, der Zeit ihrer Ankunft aus Spanien zurückverfolgen. Davor war die Familie noch reicher, noch edler, ihre Geschichte mit der des Hofes, dem Glanz und dem Prunk der Halbinsel verbunden gewesen. Zumindest wollte das *Señor Padre* glauben und sich wie jeder gute sephardische Jude einen naiven Glauben an die Großartigkeit des Goldenen Zeitalters bewahren.

Das Schicksal Vitalis quälte ihn zwar, so wie ihn Henris Zukunft oder die Unfruchtbarkeit meiner Schwägerin Sarah beunruhigten, aber die Sorgen raubten ihm nicht den Schlaf. Der Mensch fürchtet sich vor dem, was sein Geist erfassen kann. Die Umwälzungen, die kommen sollten, überstiegen das Vorstellungsvermögen des Isaac Gategno. Um so mehr, als die sich auflösende Stadt noch immer einen Duft nach Wohlstand verströmte und in ihr ein seliges Vertrauen in die Zukunft herrschte. Die Leute zeterten aus Gewohnheit, ohne einander zu hassen. Die Süßigkeiten, die sie in sich hineinstopften, machten sie zu gutmütigen, konzilianten Philosophen. So Gott, Allah oder Jesus Christus wollten, würde sich am Ufer des Marmarameeres nichts ändern. Die Erschütterungen des Jahrhunderts würden gegen Jahrtausende der Trägheit und gefräßigen Faulheit prallen.

ZWEITER TEIL

Vitali

1

Einige Tage nach Passa erhielten meine Eltern einen Brief von Vitali: Es ging ihm gut, er arbeitete hart und wünschte uns ein fröhliches Fest. Sein Postscriptum (»Einen Extrakuß für Rebecca und Simone«) bedeutete, daß uns ein anderes Schreiben, das nur für uns bestimmt war, bei den Abravanels erwartete. Seit der Ankunft meines Bruders in Saloniki benutzten wir diesen Trick, um miteinander zu kommunizieren. Bevor wir abends die Lampe ausbliesen, lasen wir immer wieder mit leiser Stimme seine Briefe. Er war unser Ritter Bayard, unser Julien Sorel. Ich verdankte es ihm und den Büchern, die ich mit hemmungsloser Gier verschlang, daß sich meine Nächte mit Helden bevölkerten. Mein Bruder hatte sich Abraham Benaroya und dem sozialistischen Arbeiterbund angeschlossen. Er hatte die Zeitung *Le Progrès* verlassen und war zu *Solidaridad Obradera* gegangen, er versäumte keine Demonstration, keine Versammlung … und vor allem hatte er sich verliebt.

Ihr werdet Fortunée lieben (schrieb er) *weil sie Euch ähnlich ist, oder vielmehr, sie verkörpert die Frau, die ihr zu werden träumt: schön, intelligent und frei. An ihrer Seite fühle ich mich so ungeschliffen wie ein Anatolier. Aber, seid versichert, ich beginne, meinen Rückstand einzuholen. Rebecca, Du mußt Dir unbedingt die Werke von Sigmund Freud besorgen. Wenn es nicht anders geht, bitte Elie, sie Dir aus Paris zu schicken. Simone, erinnerst Du Dich an die Liebesromane, die ich Dir geliehen habe? Nun ja, die Wirklichkeit ist noch viel phantastischer. Wie soll ich Euch Fortunée beschreiben? Sie ist so anders als die Mädchen bei uns. Ihre Familie, die aus Adrianopel stammt, glaubt, sie sei bei einer jüdischen Familie in Pension. Aber sie hat mit der Religion gebrochen. Wenn wir Kinder bekommen, werden wir sie in der Ehrfurcht vor einem einzigen Gott erziehen: der Freiheit. Fortunée möchte Anwältin werden und für die Sache der Frauen kämpfen. Ihr habt das Glück, meine Lieben, ältere Schwestern zu haben, die an Eure Zukunft denken.* Kavevo lungo, meoyo curto – *die Frau hat lange Haare und einen kurzen Verstand, lautet das Sprichwort. Ich habe diese satanischen Sprüche im Verdacht, zu unserer geistigen Zurückgebliebenheit beigetragen zu haben! Also, Ihr sollt wissen, daß Fortunée sich die Haare abgeschnitten hat …*

Sich die Haare abgeschnitten! Simone war ebenso sprachlos wie ich. Und stolz darauf, an einem solchen Beweis von Kühnheit, und sei es nur aus der Ferne, teilzuhaben.

Verglichen mit diesen feurigen Zeilen wirkten meine Briefe ziemlich platt. Bei mir geschah nichts. Mein Vater kam und ging (*caminos de leche y miel* – seien seine Wege aus Milch und Honig).

Ernesta lief zu allen möglichen Ärzten. Manche wollten ihr die Mandeln und die Polypen herausnehmen. Mama machte sich, wie üblich, Sorgen: *tyene ijas, tyene ansyas* – wer Mädchen hat, hat Sorgen. Dann beschloß sie, auf Eukalyptusinhalationen und Kartoffelscheiben auf den Schläfen zu vertrauen. Mein Neffe Leon trat in einen Gymnastikklub ein. Einen zionistischen selbstverständlich: Die Anhänger Theodor Herzls benutzten den Sport, um die Jugend für ihre Sache zu gewinnen. *Señor Padre* war darüber entsetzt: sein Enkel in einer *agudat,* die von den Armen besucht wurde, wo man Türkisch und Deutsch sprach! Um ihn zu trösten, überzeugte ich Simone davon, daß wir uns in der Amicale einschrieben, dem Konkurrenzverein, den die Alliance eilig ins Leben gerufen hatte. Aber das beeindruckte ihn wenig: Mädchen!

Ich war mir selbst böse, weil ich Vitali mit solchen Banalitäten langweilte. Ich konnte es kaum abwarten, diesem Gefängnis zu entfliehen! Ich hätte ihm sagen können, daß ich Angst hatte, verrückt zu werden. Aber ich schämte mich. War es normal, in solchem Ausmaß der Krankheit der Ungeduld nachzugeben? Bei der kleinsten Emotion weitete sich mein Herz, zerdrückte meine Lungen. Als ob es vor Hunger schrie! Hunger auf was? Auf alles. Eine grenzenlose Gier. Ich erstickte und keuchte bei der Vorstellung, ich könnte etwas verpassen. Und dann überkam mich mit einemmal die Verzweiflung. Ich würde nie alle Speisen in mich aufnehmen, nie alle Bücher lesen, alle Spiele verstehen, alle Leben führen können. Ich fiel auf den Boden zurück, elender denn je.

Wenn ich die Krise anrollen spürte – eine riesige Welle, die in mir anschwoll und mich auf ihren rasenden Wogen hinwegschwemmte –, ging ich in die Küche und ließ Milch kochen. Ich ließ sie hochsteigen. Kurz bevor sie überschwappte, stellte ich die Flamme kleiner. Das genügte nicht. Ich zerschlug den Schaum mit der Gabel. Da meine Mutter verlangte, daß sie wenigstens zehn Minuten brodelte, stellte ich die Flamme wieder höher. Ich kam mit meinem hektischen Geschlage nicht gegen den aufsteigenden Schaum an. Ich mußte den Topf hochheben und ihn einige Zeit so halten, damit der Inhalt sich wieder setzte ... Fast eine Viertelstunde lang maßen wir uns, die Milch und ich. Ich war nicht immer Siegerin.

Wir waren noch nie so lange ohne Nachricht von meinem Bruder geblieben. Ich begab mich fast täglich zu den Abravanels, wo Rachel mich mit einem bedauernden Lächeln empfing.

»Nimm dir ein Buch«, sagte sie.

Sie wußte, daß Lesen meine letzte Zuflucht gegen die Angst war. Aber an jenem Tag brachte ich nicht den Mut dazu auf.

»Träumst du, Rebecca?«

»Entschuldigen Sie.«

»Was ist los, meine Kleine?«

Nissim richtete seine Augen voller Güte auf mich. Ich wäre fast in Tränen ausgebrochen.

»Es ist wegen Vitali. Ich mache mir Sorgen.«

»Ein bißchen Geduld!« meinte Rachel. »Dein Bruder ist in

einem Alter, wo die Freunde wichtiger sind als die Familie. Hör zu, bald ist Schawuot, Pfingsten. Willst du mit uns nach Kandilli picknicken kommen?«

Ich nahm gerne an und griff mir irgendein Buch. Wieder zu Hause, brauste ich gegen Kamer auf, weil sie die Milch schon zum Kochen gebracht hatte.

»Die *Señora* sagt, Sie lassen sie anbrennen, und dann muß man immer stundenlang kratzen«, schimpfte sie.

»*Mano pezgada!*« bestätigte Ernesta.

Die Sonne schien auf die Hügel, und zahlreiche Familien nahmen auf dem Rasen ihr Mittagsmahl ein. In der sephardischen Gemeinde war das Schawuot-Picknick eine feste Tradition. Rachel hatte so viel zu essen vorbereitet, daß wir es zu dritt gar nicht vertilgen konnten.

»Elie sendet dir viele Grüße«, sagte Nissim.

»Schreibst du ihm nicht mehr?« fragte Rachel.

»Was soll ich ihm denn erzählen, hier passiert doch nichts.«

Nach einigen Monaten des Briefeschreibens waren wir es leid geworden. Der Altersunterschied und unsere so verschiedenen Beschäftigungen schufen einen Graben, den, so dachte ich, nur meine Abreise nach Paris zuschütten könnte. »Vitali hat immer noch kein Lebenszeichen gegeben«, fing ich von neuem an. »Ich bin sicher, etwas ist passiert. Sagen Sie mir die Wahrheit: Ist es gefährlich, Sozialist zu sein?«

Nissim erzählte von Karl Marx, dem Klassenkampf und den Arbeiterdemonstrationen. Ich hatte nicht um eine Geschichtsstunde gebeten. Ich wollte nur wissen, welchen Risiken mein Bruder ausgesetzt war.

»Diese Worte sind hier sinnlos«, schloß er. »Vitali hat in Saloniki die Existenz des Proletariats kennengelernt. Das wird sein Blut in Wallung gebracht haben ...«

»Aber Benaroya ... Ist das ein Revolutionär? Wird er von der Polizei gesucht?«

»Nein, nein ... Jene jungen Leute sind sicherlich ein wenig exaltiert, aber nicht so sehr, daß ...«

Rachel unterbrach ihn und reichte ihm eine goldbraun gebackene *borrequita.*

»Gesegnet seien deine Hände!« sagte ihr Mann mechanisch.

Mehr konnte ich nicht herauskriegen. Zum erstenmal enttäuschten mich meine Freunde. In dem Boot, das uns nach Galata brachte, stieß ich mir heftig den Ellenbogen, und vor Schmerz schossen mir die Tränen in die Augen. Daraus wurde zu meiner großen Verwirrung ein haltloses Weinen. »Vitali ist ein Unglück zugestoßen!« stieß ich schluchzend hervor.

»Aber nein, komm schon! Keine Nachricht, gute Nachricht!« murmelte Nissim, ohne mich anzusehen.

»Bitte«, flehte ich, »Sie haben doch jetzt Telefon, könnten Sie nicht ...?«

»Du weißt, wie schwer man eine Verbindung nach außerhalb der Stadt bekommt«, entschuldigte sich Rachel.

Es gelang mir nur mühsam, mich zu beruhigen. Die Abravanels liebten mich nicht mehr. Sie wichen meinen Fragen aus und verließen mich in meiner Not. Hatte ich sie enttäuscht, weil ich es zugelassen hatte, daß sich die Bande mit Elie lockerten? Wußten sie von der Existenz Fortunées? Tadelten sie die Haltung meines Bruders? Nein, mich wiesen sie zurück. Sie hatten mich durchschaut, wie Mama.

2

»Kein Ostern ohne Feier, keine Tochter ohne Freier.« Mein Vater hat sein Versprechen gehalten und trotz des Mangels an Junggesellen für die schüchterne Adela eine beachtliche Partie ergattert. Bonjour Coenca ist achtundzwanzig Jahre alt, das heißt zehn Jahre älter als seine Zukünftige. Er ist vom Militärdienst befreit. Sein Vater Josef wählte den vielversprechenden Weg des Fortschritts und eröffnete ein Geschäft mit Elektrogeräten. Die Coencas lesen die Zeitung *El Tiempo* wie *Señor Padre* und nicht den zionistischen *Aurore*. In dem gnadenlosen Kampf, den unsere Glaubensbrüder untereinander ausfechten, gehört mein zukünftiger Schwager zum Klan der Verbündeten.

Trotz offensichtlicher Feindseligkeit zwischen Mama und der *suegra*, der Schwiegermutter, verlief die Begegnung der beiden Familien gut. Die Frauen schlichen umeinander herum, taxierten einander und wetteiferten in heuchlerischen Komplimenten.

Adela wagte nicht, die Augen zu ihrem Verlobten zu heben. Ich gaffte ihn rücksichtslos an: die Haare schon gelichtet, ein rundes und weiches Gesicht, ein selbstgefälliges Lächeln und die Daumen fest in die Westentaschen geklemmt. Dies ermöglichte ihm, beständig und befriedigt seinen ansetzenden Fettbauch zu begutachten.

»Diese Rosenmarmelade ist köstlich«, säuselte Elise Coenca. »Kochen Sie den Zucker im Netz oder als kleine Kugel?«

Selbstverständlich hatte Mama nicht die Absicht, ihr Rezept preiszugeben. Aber wenn sie »Netz« antwortete, würde die andere das als »kleine Kugel« übersetzen.

»Das hängt von der Reife der Blätter ab ...«

Elise formte ein vipernhaftes Lächeln. Ich fand, daß sie eine gewisse Haltung hatte, im Gegensatz zu ihrem Gatten und ihrem Sohn, die viel lascher waren.

Die Coencas erwiderten die Einladung, und wieder zu Hause, kritisierte Mama die eingemachten Pflaumen. »Die *masapan* schmeckten ranzig«, behauptete sie. Ich war ziemlich sicher, daß sie sie dennoch gefragt hatte, wo die Mandeln herkamen, die ihnen eine solch schöne weiße Farbe gegeben hatten. Und daß Elise eine Lüge aufgetischt hatte.

Alles geschah den Regeln gemäß. Wir vermieden es, Vitalis Namen auszusprechen, um nicht *los mejores de nosotros* zu provozieren. Das machte mich wütend. Mein Vater hatte der Schwiegerfamilie gesagt, daß sein jüngster Sohn im Ausland lebte – wie seine Brüder und die meisten jungen Leute aus guter Familie.

Am Verlobungstag zogen Adela und Bonjour jeder an einer Ecke des traditionellen Taschentuchs, und tauschten die Gelöbnisse aus. Man zerbrach einen Teller (»Glückliches Zeichen, glückliches Schicksal!«), dessen Splitter man verteilte, da jeder ein Jahr Glück bedeutete. Die Frauen stellten die Liste der Aussteuer zusammen, die Männer bereiteten den Vertrag vor, und jeder wog die Trauringe. Es blieb bis zur Hochzeit kaum Zeit, Adela mit niedergeschlagenen Augen und vielversprechenden Hüften der Verwandtschaft ihres Zukünftigen zu zeigen, den Wert der Geschenke abzuschätzen, die Schwiegerfamilie gebührend zu kritisieren.

Am Vorabend der Zeremonie begab sich meine Schwester in das rituelle Bad. Von Mama, Nita und einigen anderen Gevatterinnen gestriegelt, erhielt sie zahlreiche Komplimente für ihre Schönheit, trotz einer Figur ohne Anmut, einem Mausgesicht und glanzlosen, glatten Haaren. Begriff Adela, die eher verhuscht als wirklich häßlich war, mit ihren winzigen, doch schön geschwungenen Lippen und ihren etwas hervorquellenden dunklen Augen, daß dies die letzten Lobpreisungen sein würden, die sie in ihrem Leben zu hören bekommen würde?

Ich war noch jung, aber schon aufsässig gegen den Zwang einer Ehefrau jüdischen Glaubens, auf alle Koketterie verzichten zu müssen. Eine Ehefrau, die die Häßlichkeit wie eine Tugend pflegen muß, um nicht die Begehrlichkeit des Mannes zu wecken, ihre Haare verstecken, den kleinsten Quadratzentimeter ihrer Haut bedecken muß; die sich ihrem Mann nur aus Pflicht hingeben, um die Rasse zu erhalten, und alles tun muß, um abstoßend zu wirken. Damit auch er kein Vergnügen dabei findet. Wie viele Verwandlungen hatte ich schon beobachtet? Hinter der scheuen Jungfrau blickte mir bereits die zukünftige Matrone entgegen: Beim ersten Kind würde Adela Brüste bekommen. Beim zweiten würde die Taille verschwinden. Das dritte würde meine Schwester endgültig in einen weichen Fleischkloß verwandeln, bereit, nacheinander die Früchte einer vertraglichen Vereinigung zu empfangen. »*La ija nace para parir, el ijo para resivir.* – Die Tochter wird geboren, um zu gebären, der Sohn, um zu empfangen.« Meine ältere Schwester hatte nicht nur diesen widerwärtigen Bräutigam akzeptiert, sie stammelte auch noch vor Dankbarkeit. Sie brannte darauf, ihm ihre Hörigkeit zu Füßen zu legen: kochen, nähen und waschen, vorzuführen, wie Mama sie erzogen hatte, und sich gegenüber dem Erzeuger ihrer Tage dankbar zu zeigen, dem eifrigen Beschaffer eines neuen Herrn, dem sie zu Diensten zu sein hatte. Sie wollte ihren Platz in dem Frauengemach einnehmen, neben den unermüdlichen *bellayas*, den ebenfalls ohne Liebe vermählten Kriegerinnen, Müttern aus Zwang und unterwürfig, weil es sich so gehörte, und an den Beschwerden der Schwestern teilhaben, von den geschwollenen Beinen bis zum Absinken der Organe, während sie die Monatsschmerzen und die Klimakteriumshitzen durchlitten.

Als sie aus dem Hammam zurückkam, verwirrt von den Ölungen und den Untersuchungen ihrer intimsten Öffnungen, empfing meine Schwester aus den Händen meines Vaters ein Armband als Belohnung für ihre Bescheidenheit. Nach der Hochzeitsnacht würde ihr *Señor Padre* ein zweites Armband schenken, um ihr für ihre Jungfräulichkeit zu danken, und meine Mutter würde Elise, ihrer Todfeindin, ein Geschenk schicken.

Ich breite auf meinem Bett das Kleid aus, das Nita aus einem weißen Laken für mich geschneidert hat. Die Corsage ist zu eng, denn auf Brustabnäher habe ich noch kein Recht. Ich vergrabe mein Gesicht in dieser Verkleidung eines braven kleinen Mädchens und weine. Alles würde einfach, wenn auch ich mich ergäbe. Wenn ich den Dämon tötete. Die Frauen des *cortijo* würden mich gerne in ihren Netzen fangen, trotz meines Ungeschicks und meines Aufbegehrens. Je widerspenstiger die Beute ist, um so köstlicher ist sie zu verspeisen. Aber ich weiß, daß ich gar nicht wählen kann; ich kann mich nicht entschließen. Die ganze Nacht lang erforsche ich mit weit geöffneten Augen die verlassene Straße. Am Morgen betritt Mama Adelas Zimmer, um eine blaue Perle unter ihrem Hochzeitskleid zu verstecken, als Abschreckung gegen alles Übel. Ich schiebe das Fenster herunter und ziehe den Vorhang vor: Vitali wird nicht kommen.

Nur ein Unglück konnte den einzigen Sohn daran hindern, an dem wichtigsten aller Familienfeste teilzunehmen. Ein Unglück, das über unser aller Köpfe schwebt. Und niemand spricht den schicksalhaften Namen aus. Ich habe Lust, zu schreien, die Essensberge in der Küche auf den Boden zu werfen, die Blumen zu zertreten, von deren Geruch mir schwindelt, aber ich halte den Mund wie alle anderen. Adela wird ihre Hochzeit haben.

Der Rabbiner, der etwas früher kam, hat *Señor Padre* geholfen, die Trenntür zwischen kleinem und großem Salon zurückzuziehen, und meine Mutter, flatternd und exaltiert, erging sich in Entschuldigungen. Schande über sie, Unheil über ihr Haus! Was für ein elender Empfang! Einen solchen Born an Weisheit und Wissen arbeiten zu lassen! An einem solch gesegneten Tag! Gott hat sie ganz schön gestraft, als er ihr so viele unnütze Töchter schickte! Sie verlor sich immer noch in vorgegebener Entrüstung, als die Zeremonie begann.

Die Männer, mit Gebetsschal bekleidet, ließen sich auf der einen Seite nieder, die Frauen auf der anderen. Die Brautleute schritten unter dem Hochzeitsbaldachin nach vorne. Adela nahm ihren Platz zur Rechten Bonjours ein, der seinen Tallit, ein viereckiges Umhängetuch mit Quasten, trug. Alles sang, bis auf Mama. Und mich. Der Rabbiner erinnerte an die Pflichten, denen das junge Paar sich zu unterwerfen hatte, und segnete den Weinkelch, das Symbol der Freude, des Glücks und Wohlstands, bevor er ihn dem Brautpaar reichte. Nach dem Ringwechsel las er aus der Ketubba vor. Die Gemeinde rühmte durch starkes Schnalzen die Großzügigkeit meines Vaters. Die Frauen flüsterten, daß man für die häßliche Ernesta zweimal soviel vorsorgen müsse.

Unter dem Tallit vereint, lauschte das Brautpaar den sieben Hochzeitssegen.

Es war endlos. Ich schielte zu meiner einzigen Verbündeten, Simone. Ein pickeliger Laffe, ein Vetter des Bräutigams, verschlang sie mit den Augen. Da ihr bewußt war, daß sie beobachtet wurde, setzte meine Nichte sich in Pose. Das versetzte mich in Wut. Warum sie und nicht ich? Ich hatte eine schmalere Taille, längere Beine und regelmäßigere Züge. Ich begriff mit einem gewissen Verdruß, daß Schönheit nicht eine Sache von Zentimetern war.

Braunhaarig, rundlich und von Natur aus lächelnd, hatte Simone den samtenen Blick der Mädchen aus dem Orient. Was machte es, daß sie eine Adlernase hatte und einen etwas wulstigen Mund? Sie war für die Liebe gemacht, und es würde nicht lange dauern, bis sie Leidenschaften wecken würde. Auch ich war schön, aber nicht einnehmend. Mir fehlte die Ungezwungenheit, die Großzügigkeit meiner Nichte. Wie würde der Märchenprinz auf seinem geschmückten Pferd, der auf der Suche nach einer würdigen Gemahlin die Welt durchstreifte, erraten, daß dieses große ernsthafte Mädchen so viele Sehnsüchte, so viel niedergehaltenes Feuer in sich verbarg?

Simone bemerkte mich, und ich runzelte streng die Stirn. Sie unterdrückte ein ohnmächtiges und entzücktes Lächeln. Ich versuchte, mich auf die Zeremonie zu konzentrieren. Papa wiegte sich mit einer Inbrunst vor und zurück, daß mir übel wurde. Mama, die in Verlangen nach ihrem Sohn hätte seufzen müssen, zeigte sich ungewöhnlich lebhaft und tuschelte hinter ihrer vorgehaltenen behandschuhten Hand mit ihrer Nachbarin, während der Rabbiner seines Amtes waltete. Wie fremd, feindselig war ich, und wie verabscheute ich mich, so viel Haß zu empfinden! Adela hatte mir nichts getan, die Arme …

Als er den Baldachin verließ, warf Bonjour zum Gedenken an die Zerstörung des Tempels ein Glas auf den Boden. Das Glas zerbrach nicht.

Ein bedauerndes »Oh!« ging durch die Gemeinde. Mein Herz setzte aus. Ein Glas, das nicht zerbricht, ist ein schlechtes Omen. Ich senkte den Kopf, um nicht die zahllosen Augen zu sehen, die sich zweifellos auf mich, die *mano pezgada,* richteten.

Als der erste Augenblick der Verblüffung vorbei war, zertrat der Bräutigam das Glas unter seinem Absatz. Erleichtert riefen die Gäste ihre Segenssprüche, umarmten und gratulierten einander. Adela, die leichenblaß war, hüpfte über einen Thunfisch, um sich derselben Fruchtbarkeit wie die Fische zu erfreuen.

Und dann wurden Unmengen gegessen.

Noch nach einer Stunde hatte Adela nicht ihre normale Farbe wiedergewonnen. Ich hätte gerne meine Arme um sie gelegt, um sie zu beruhigen, ich, die Kleine, die größer war als sie. Der Mangel an Vertrautheit zwischen uns schloß diese Geste aus. Und meine Überzeugung, daß ich, weil ich mich geweigert hatte teilzuhaben, den bösen Blick angezogen hatte.

3

Die Hochzeitsfeierlichkeiten, die sieben Tage dauerten, wurden durch eine Zeremonie im Tempel beendet, bei der die Gemeinde das junge Paar formell in ihren Schoß aufnahm. Beim Verlassen der Synagoge erblickte ich überraschenderweise Nissim Abravanel im Gespräch mit meinem Vater, während Rachel meine Mutter umarmte. Da sie weder Verwandte noch Geschäftspartner waren, konnten diese Vertraulichkeiten nur einen Grund haben: Vitali.

Wir hatten während der Hochzeit so viel gegessen, daß wir am nächsten Tag kaum zu Mittag aßen. Nachdem er den letzten Bissen heruntergeschluckt hatte, spülte sich *Señor Padre* den Mund mit einem Schluck Wein und verkündete dann den Besuch der Abravanels am Nachmittag. Mama zerdrückte eine Träne, und ein Schraubstock preßte mir die Brust zusammen. Ich hatte es geahnt: Mein Bruder war krank, vielleicht sogar tot, und man hatte uns die Wahrheit vorenthalten, um Adelas Hochzeit nicht zu stören. Über wie viele Leichen würde meine jüdische Mutter gehen, um ihre kostbaren Töchter unter dem Hochzeitsbaldachin zu sehen?

Ernesta präsentierte den Gästen das Tablett, und Rachel murmelte mechanisch *»de novya!«*, wobei sie ihren Löffel in die Rosenmarmelade tauchte. Ich erstickte beinahe vor Wut und Ungeduld.

Schließlich ergriff mein Vater das Wort: »Meine Frau, meine Kinder, ich habe eine schmerzliche Nachricht für euch. Vitali …«

»Ist tot!« rief ich.

Rachel schüttelte verneinend den Kopf und schenkte mir ein blasses Lächeln.

»Vitali ist im Gefängnis«, brachte mein Vater mühsam hervor.

Mama stöhnte. Wir waren wie vom Blitz getroffen. Wir glaubten, die Gefängnisse seien armenischen Übeltätern, griechischen Räubern und türkischen Mördern vorbehalten.

»*Señor* Abravanel hatte die Güte, trotz etlicher Schwierigkeiten mehrere Male in Saloniki anzurufen. Ich selbst bin zu den Konsulaten gelaufen, habe die jüdischen Abgeordneten informiert und mich sogar an meine Vettern gewandt, die im Sultanspalast eine gute Stellung haben. Alle haben mir Hoffnung gemacht, daß mein Sohn bald begnadigt werde, sehr bald ...«

Die Stimme versagte ihm.

»Seit wann wissen Sie das?« fragte ich.

Mein Vater drehte nicht einmal den Kopf in meine Richtung.

»Sechs Wochen«, antwortete Nissim mit gesenkten Augen. »Wir haben alles getan, was möglich war. Es geht ihm gut, beruhige dich ... Ich habe heute morgen einen kurzen Brief bekommen, den ich sofort *Señor* Gategno übermittelt habe ...«

»Aber warum haben Sie nichts gesagt? Was hat er getan, daß er verhaftet wurde?«

»Dummheiten!« schimpfte mein Vater. »Irgendein Blödian hat ihn am 1. Mai mit zu einer Demonstration auf den Platz der Freiheit geschleppt! Sie haben die Internationale gesungen! Plakate geschwenkt. Ach, mir hat es an Autorität gemangelt, ich bin schuldig! Und bestraft!«

»Möchte *Señor Padre* uns doch den Brief vorlesen!« flehte meine Mutter.

Papa setzte sich mit zitternder Hand die Brille auf.

Meine lieben Freunde, wenn diese Nachricht Euch erreicht, sollt Ihr wissen, daß es mir gut geht und daß die Provokationen seitens der Polizei mich in keiner Weise in meinem Entschluß erschüttern. Seit einigen Monaten haben die Jungtürken die Offensive wieder übernommen und die Verhaftungen mehren sich. Fortunée und ich gewöhnen uns an das Kerkerstroh ...

»Ich erkenne die Worte meines Sohnes nicht wieder!« schluchzte Mama.

Sie hatte recht. Vitali hätte unseren Eltern nie diese Zeilen geschrieben. Ich sah Simone an. Der Briefumschlag war an uns gerichtet, und die Abravanels hatten uns verraten, indem sie ihn uns vorenthielten.

»An wen ist dieses Schreiben gerichtet?« fragte ich mit tonloser Stimme.

»Schweig, Rebecca!« donnerte mein Vater. »Seit wann unterbrechen Mädchen die Unterhaltungen?«

Rachel Abravanel erhob sich und klopfte Mama auf die Schulter. Sie nutzte dies, um mir leise ein paar Worte zukommen zu lassen: Vitali hatte Freunde in Istanbul, die seine Ideen teilten. Sie hatten das Schreiben erhalten und es dann weitergegeben. Ich schämte mich, an meinen Freunden gezweifelt zu haben.

Nissim ergriff wieder das Wort und sprach in beruhigendem Ton: »Machen Sie sich nicht zu viele Sorgen. Die Regierung versucht Autorität zu demonstrieren. Sie wollen nur diese jungen gebildeten Leute aus guter Familie daran hindern, sich ihr Leben zu versauen. In ihrem eigenen Interesse!«

Indem sie sie verhafteten? Merkwürdige Art, sie gegen sich selbst zu schützen, ging mir durch den Kopf. Ich war entsetzt. Sich vorzustellen, daß mein Bruder eine von Ratten wimmelnde Zelle mit Trunkenbolden und Banditen teilte! Konnte er sich waschen? Was bekam er zu essen? Wurde er gefoltert?

»Vitali ist zwanzig Jahre alt«, begann mein Vater traurig von neuem. »Das Alter des Militärdienstes. Hier kommt die Einberufung mit Verspätung, aber in Saloniki sind die Unruhestifter die ersten, die zu den Fahnen gerufen werden.«

Nach dem Gefängnis in den Krieg. Ein fassungsloses Schweigen folgte auf diese Erklärung.

»Diese Frau hat ihn verhext«, jammerte meine Mutter.

»Ich habe beschlossen, mich noch einige Wochen zu gedulden«, verkündete mein Vater, »da man mir von allen Seiten versichert, er werde freikommen. Wenn die Dinge sich hinziehen, gehe ich ihn selbst holen. Beim Glauben Isaacs, ich werde ihn zu Rosch-Ha-Schana nach Hause bringen!«

Mama weinte. Sie hatte die Neuigkeit an diesem Morgen erfahren, als sie aus der Synagoge kam. Damit sie in Ruhe ihre Vorbereitungen für die Hochzeit treffen konnte, hatte ihr mein Vater seit Wochen unter dem Siegel der Verschwiegenheit eingeredet, daß Vitali mit einer geheimen Mission für die Alliance betraut sei, die ihn daran hindern werde, an den Hochzeitsfeierlichkeiten teilzunehmen. Stolz auf das Vertrauen, daß ihr *Señor Padre* bezeugte, hatte meine Mutter das Abkommen des Stillschweigens respektiert. Ich verstand ihre Aufgeregtheit und ihren Stolz während der Hochzeit nun besser. Jetzt fühlte sie sich verraten, übergangen. Nita brachte sie ins Bett und pflegte sie mit unendlicher Sanftheit.

Mein Vater wanderte von der Audienz beim Sultan ins Büro und vom Büro zur Audienz. Immer versprach man ihm die schnelle Freilassung Vitalis. Schließlich begriff er, daß er in Konstantinopel nichts zu erwarten hatte, und bereitete sich darauf vor, nach Saloniki zu fahren.

Ich hatte solche Angst gehabt, Vitali zu verlieren, daß mich die Erleichterung dümmlich schwärmerisch machte. Ich redete mir ein, daß mein Bruder lieber im Gefängnis saß, als von seiner Herzallerliebsten getrennt zu werden; ich setzte mit Simone einen Brief auf, der wie ein abgeschmackter, billiger Roman klang (»Fliehe, Bruderherz, fliehe nach Paris! Frankreich ist das Land der Liebenden, das Land aller Freiheiten …«) und brachte ihn den Abravanels.

Nissim zog die Augenbrauen hoch: »Du gibst ihm doch hoffentlich keine törichten Ratschläge?«

»Nein, einfach nur Anregungen …«

»Die Zensur wird immer strenger … Und mein Freund vom Konsulat ist nicht gerade ein Postangestellter …«

Mein lächerlicher Brief ging nie ab. Die Geschichte holte uns ein. Mein Vater war dabei, eine letzte Eingabe bei der Regierung zu machen, als die Zeitungen über die Einnahme Salonikis durch die Griechen berichteten.

Die Züge blieben am Bahnsteig. Das Patriarchat hißte freudig die Fahnen, die Unseren fürchteten das Schlimmste. Wenn die Türken die Juden auch nie verfolgt hatten, die Griechen liebten uns sicherlich nicht. Die salonikischen Juden schifften sich familienweise nach Konstantinopel ein. *El Tiempo* verkündete die Auflösung des Bundes der sozialistischen Arbeiter. Man hatte keine Ahnung, welches Schicksal den politischen Gefangenen vorbehalten war.

Mein Vater setzte weiterhin alles daran, um Informationen zu bekommen. Meine Mutter erhob sich und begab sich wieder in ihre Küche, ihre Augen gerötet vom endlosen Weinen. Sie bot ihren Vettern aus Saloniki die Gastfreundschaft an, doch die wollten lieber ihr Glück in der Neuen Welt versuchen. Sie sollten wie viele ihrer Landsleute beim Untergang der Titanic umkommen.

Dieses Mal beeindruckte mich Mamas Haltung, und ich hätte mich ihr gerne genähert. Ich wagte es nicht: Wenn ein Unglück unsere Familie traf, rief immer eine Stimme in mir: *»Mano pezgada!«*

Dann brachte uns Nissim Abravanel eine Nachricht von unserem Freund vom Konsulat: Vitali war in die türkische Armee eingezogen und an die Front geschickt worden.

4

Im Frühjahr des Jahres 1912 hatte mein Bruder noch immer kein Lebenszeichen von sich gegeben. Die Balkankriege folgten auf den Tripoliskrieg. Wir wußten, daß Kälte, Hunger und Typhus die Armeen dezimierten. Mein Vater hatte sich im Büro ein Telefon legen lassen und ruinierte sich mit Schmiergeldern, aber bei der Desorganisation des Landes und dem vergifteten Klima, das die Generalstäbe hervorgerufen hatten, war jeder Information zu mißtrauen.

Ich würde bald vierzehn Jahre alt sein. Madame Béhar, die Direktorin der Alliance, schlug *Señor Padre* vor, mich nach Paris zu schicken, damit ich dort die École Normale besuchte; ich selbst hatte meine Familie immer noch nicht von meinen Absichten informiert. Der Augenblick war gekommen, der väterlichen Autorität gegenüberzutreten. Ich nutzte einen Nachmittag, als meine Mutter auf den Markt einkaufen ging, um mich in der Küche breit zu machen. Ich füllte den *cezve* mit Wasser, Kaffee und Zucker, dann erhitzte ich ihn auf starker Flamme. Beim ersten Kräuseln schüttete ich das Gebräu in eine Tasse und achtete darauf, den Schaum gut zu verteilen. Ich stellte die *charope*, eine weiße Marmelade, die man am Passa-Fest ißt, ein Glas Wasser, einen Löffel und die mit Schaum bedeckte Tasse auf das Silbertablett. Ich brachte das Ganze ins Eßzimmer, wo mein Vater, der wegen des Passa-Großputzes aus den anderen Zimmern vertrieben worden war, Zeitung las. Er seufzte: »*Kaves alegres!*«

O ja, dachte ich, möge der Kaffee für Heiterkeit sorgen. Ich wartete, bis er ihn fertiggeschlürft, seinen Löffel in die Marmelade getaucht und das frische Wasser ausgetrunken hatte. Dann brachte ich mein Anliegen vor.

Hatte ich vergessen, daß Frauen bei uns prinzipiell nicht angehört werden? Zweifellos liebte mich mein Vater und würde weinen, wenn ich im Sterben läge. Aber lebend hatte ich zu schweigen. Je deutlicher es wurde, daß ich eine Bitte zum Ausdruck brachte, auf die er wegen meines Geschlechts und unserer entsprechenden Rollen nicht vorbereitet war, desto mehr wandelte sich der Mißmut auf seinem Gesicht in Beleidigtsein und dann in Groll. Wie konnte ich es wagen, ihn so zu belästigen? Mußte er mir nicht schon einen Ehemann suchen? Mich genügend ausstatten, damit ich der Familie Ehre machte? Wo ich ihm doch keinerlei Hilfe in seinen alten Tagen wäre? Wo er mir weder Rechte noch Pflichten übertragen könnte? Das Schicksal Vitalis quälte ihn, die Geschäfte gingen schlechter; ich hätte logischerweise meine geringen Kräfte in den Dienst seines immensen Leidens stellen müssen, das Tablett mit auserlesenen Süßigkeiten belegen sollen, zum Beispiel mit Quittentaschen, jenen geflammten Rauten, die an den Fingern kleben, aber köstlich den Magen auskleiden, einem kleinen Glas Raki mit in Honig getauchten *buñuelos.* Ich hätte ihm auch wie in alten Zeiten die Füße waschen können, statt die Zahl seiner Sorgen noch zu erhöhen!

»Paris? Warum Paris?«

»Ich habe es Ihnen doch gesagt. Um die Prüfung abzulegen und Lehrerin zu werden!«

»Du willst für Geld arbeiten? Du, die Tochter des *Señor* Gategno?«

»Rachel Abravanel sagt, daß ...«

»Es kümmert mich nicht, was sie sagt! Sie ist eine Frau ohne Respekt, die nach ihrem Mann noch spricht.«

»Aber ...«

»Still! Sag der *Señora* Béhar, sie möge nächsten Samstag nach dem *desayuno* zu mir kommen, und sorge dafür, daß sie gut empfangen wird. Dieser Kaffee schmeckt nach nichts. Du mußt noch viel lernen, meine Tochter.«

Meine Hände zitterten noch immer, als ich unter dem Vorwand, Bücher zurückgeben zu wollen, bei den Abravanels klingelte. Ihr Salon war mit Kisten vollgestellt. Nissim stand auf einer kleinen Leiter und sichtete seine Bücher. Ich dachte, sie bereiteten ihre Ferien auf den Prinzeninseln vor.

»Nein, Rebecca«, sagte Rachel mit trauriger Stimme zu mir. »Jetzt ist es vorbei. Wir verlassen Konstantinopel. Weine nicht, *querida,* wir werden dir schreiben ... Und du wirst auch nach Paris kommen. Rechne ein bißchen: Du brauchst nur noch ein paar Monate zu warten. Schon bald bringst du die Französisch- und Mathematikprüfungen hinter dich. Madame Béhar wird dann ...«

»Pardon, der Direktor persönlich«, unterbrach Nissim lächelnd, »jener, der auf der gleichen Stufe steht wie die Botschafter! Es ist der Bachibusuk, der Chef der Alliance, der deine Zulassung bei der École Normale Israélite Orientale, bei der israelitisch-orientalischen Universität, ankündigen wird! Aber ... was ist los, meine Kleine? Du weinst ja?«

»Mein Vater läßt mich nicht gehen.«

Ich erzählte ihnen von meiner Unterhaltung mit *Señor Padre.* Nissim, der verlegen war, versprach, sich für mich bei ihm einzusetzen. Rachel stopfte mich mit Osterplätzchen voll und umarmte mich zärtlich.

»Elie erwartet dich, das weißt du ...«

»Elie?« rief ich. »Er hat mich vergessen. Und Sie werden mich auch vergessen! Wer von hier weggeht, wirft keinen Blick zurück!«

Beim Hinausgehen knallte ich die Tür.

Jeden Tag hörten wir von einer neuen Abreise. Und nie kamen Sohn oder Bruder zurück, nicht einmal für einen Besuch. Die Eltern rühmten sich im *cortijo* oder in der Synagoge des Erfolges ihrer Sprößlinge. Die Emigranten schrieben, manchmal schickten sie Geld, als Ausgleich für die Studienkosten oder für die Einrichtung eines Geschäfts. Wir dankten ihnen mit orientalischen Süßigkeiten und Rosenmarmelade. Wahrscheinlich schimmelten sie im Paket, das mit Wachssiegeln, Briefmarken und Datumsstempeln bedeckt war. Es war, als ob die osmanischen Juden, hatten sie sich einmal in Europa niedergelassen, die *juderia* von Hasköy, den Staub von Adrianopel, die Weinreben von Smyrna vergessen wollten. Als ob die vier Jahrhunderte, die sie in dem Reich verbracht hatten, nur ein Zufall der Geschichte wären, ein Detail ohne Bedeutung.

Es fiel mir schwer, das alles zu begreifen. Wir waren alle so vom Familiengedanken durchdrungen ... Die jüdischen Mütter waren so besitzergreifend, die Väter auf ihre Autorität so eifersüchtig. Einige tausend Kilometer Entfernung verwandelten den liebevollsten und respektvollsten Sohn in einen völlig Fremden. Ohne daß er deswegen verflucht würde, ganz im Gegenteil. Und ich, weder respektvoll noch liebevoll, ich war in dieser vom Zerfall bedrohten Stadt gefangen.

Madame Béhar besuchte uns wie vorgesehen am nächsten Samstag. Mama bot ihr *bimuelos de patata* und ungesäuerte Brotschnitten an.

»Kaffee oder Anislikör?« fragte sie.

Wirklich, wie sollte sie wissen, ob die Frauen, die für Geld arbeiten, nicht wie die Männer rauchen und trinken?

»Kaffee mit Zucker, danke«, antwortete Madame Béhar, ohne die Beleidigung zur Kenntnis zu nehmen.

Mein Vater wollte ein braunes Ei zu seinem Krapfen haben. »Langes Kauen garantiert gutes Verdauen«, verkündete er mit vollem Mund, während wir schweigend warteten, bis er fertig gekaut hatte.

»Sicherlich«, stimmte die Schuldirektorin zu.

Sie beglückwünschte Mama zu ihrer Kochkunst. Ich trat vor lauter Nervosität von einem Fuß auf den anderen. So verstrichen lange Minuten. Dann räusperte sich mein Vater: »Ich weiß Ihr Interesse für meine Tochter zu schätzen. Ich bin ein einfacher und wenig gebildeter Mann, aber ich habe meine Söhne immer zum Studium getrieben. Sie wissen sicher, welches Unglück uns heimsucht.«

Mama stöhnte.

»Meine hier anwesende Frau ist von schwacher Konstitution. Sie wird bald ihrer Ältesten bei deren erster Niederkunft beistehen müssen. Nein, ich kann Ihnen im Augenblick Rebecca nicht anvertrauen, es tut mir leid, aber so sind die Umstände nun einmal.«

Ich fiel auf die Knie.

»Denken Sie noch einmal darüber nach! Ich flehe Sie an.«

»Ihre Tochter ist unsere beste Schülerin, *Señor* Gategno«, sagte Madame Béhar, »und sie möchte von ganzem Herzen der Sache der Alliance dienen. Denken Sie an die Zukunft Ihrer Enkel ... Sie werden Lehrerinnen wie Rebecca brauchen ...«

Mein Vater erhob sich. Das Gespräch war beendet.

»Noch einen Krapfen?« fragte Mama.

Ernesta brachte, triumphierend lächelnd, das Tablett. Ich rempelte sie absichtlich, als ich das Zimmer verließ. Aber meine Schwester war geschickt und ließ nichts fallen.

Schockiert und unfähig, mir die Folgen dieser Weigerung auszumalen, blieb ich auf meinem Bett sitzen. Es gab kein Danach. Nur ein tiefes Aufbegehren, das zu alt war, zu tief saß, als daß es sich in Wut hätte entladen können.

Ich glaube nicht, daß mein Vater sich die Zeit genommen hatte, um über den Vorschlag nachzudenken, der ihm vorgetragen worden war. Ich glaube auch nicht, daß er mit Mama darüber gesprochen hatte. Er weigerte sich, weil ihm andere Dinge auf der Seele lagen und es leichter war, mich im Haus zu halten, nichts an unseren Gewohnheiten zu ändern. Er weigerte sich, weil er in den letzten Jahren einiges Geld verdient hatte und nun weniger einnahm. Billigte er die Entscheidung seiner Jüngsten, Lehrerin zu werden, würde er Gefahr laufen, für abgebrannter gehalten zu werden, als er war. Er weigerte sich, weil ihm diese Unterhaltung mit einer Frau, von gleich zu gleich, unbehaglich war. Er weigerte sich, weil die Frauen in den *buenas familias* nicht arbeiten.

Was hätte er für einen Grund, einverstanden zu sein? Mir

eine Freude zu machen? Freude gehörte nicht zu unserem Vokabular. Mein Vater freute sich weder über meine schulischen Erfolge, noch war er stolz darauf. Ein gebildetes Mädchen ist schwer zu verheiraten. Hatte ein Mädchen intellektuelle Fähigkeiten geerbt, wurde das für einen genetischen Fehler gehalten. Dann hatte sie ihren Brüdern etwas weggenommen. Wirklich, warum hätte er einverstanden sein sollen?

Simone öffnete die Tür.

»Mutter fährt mit uns zu den Süßen Wassern«, murmelte sie.

»Laß mich in Ruhe!«

Als Antwort setzte sie sich neben mich und legte den Arm um meine Schultern. Endlich strömten die Tränen und überfluteten mich mit ihrer salzigen Wärme.

»Wir gehen zusammen nach Paris«, begann Simone. »Nächstes Jahr. Wie Mutter immer sagt: ›*Paciencia es pan y censia* – Geduld ist Brot und Einsicht‹ Madame Béhar wird deine Kandidatur bestehen lassen. Beide, ist das klar?«

In der Straßenbahn, die uns zum Landesteg von Ortaköy brachte, nahm ich Nitas Hand und führte sie brüsk an meine Lippen. Meine Schwester hatte verstanden, daß ich aus dem Haus heraus mußte, zumindest am Nachmittag. Die Süßen Wasser Asiens ... Zweifellos erinnerte sie sich an jenen letzten Sommer mit dem kranken Nahum, den von Tag zu Tag verschobenen Ausflug ... Nita war ein guter Mensch. Nur um mich zu trösten, überschritt sie bereitwillig das Gesetz der wöchentlichen Ruhe. Wie hatte sie sich in einem Haus, in dem Mißtrauen und Neid herrschten, ihre uneingeschränkte Großzügigkeit bewahrt?

Mit dem Quai und den Fährmännern hatte ich mehr Erfahrung als sie. Aber ich ließ sie sich zurechtfinden. Mir tat alles weh. Wir kletterten in ein Boot. Der Bosporus, in immer gleichem Blau und von winzigen Wellen gekräuselt, schien mich in seine Tiefen ziehen zu wollen. Was für ein Unterschied zu dem grauen und stillstehenden Wasser des Goldenen Horns! Zahllose Barken, von der einfachsten bis zur luxuriösesten, bewegten sich in Richtung Schwarzes Meer. Es war ein strahlender Frühlingstag, die Vögel tauchten geschickt zwischen den Booten unter, und das Geschrei der Möwen übertönte die Flüche der Ruderer.

Ich sah die Schiffsbrücken, die *escuelas*, die Strände und die prächtigen Holzpaläste am Ufer vorbeiziehen. Zu meiner Linken glitten in einem Boot mit vier Ruderern, die in Samt und Gold gekleidet waren, verschleierte Gestalten vorüber. Was tat ich hier? Hatte ich meinen Platz in diesem nostalgischen und trägen Orient?

Ein Zufluß zum Bosporus, der sich inmitten einer Lichtung sein Bett grub, bildete die Süßen Wasser Asiens. Es war ein vornehmer Ausflugsort. Türkische Frauen streckten sich in ihren Barken aus, die ein solches Gewirr bildeten, daß sie den Fluß in eine sich bewegende Brücke aus Booten verwandelten. Levantinische Familien picknickten unter den Judea-Bäumen. Elegante Frauen spazierten mit einem Sonnenschirm in der Hand, und Männer mit Strohhüten schwenkten ihre mit einem Knauf verzierten Spazierstöcke. Ich betrachtete die dunkel gekleidete Nita, die Haare in schweren und ungefälligen Strähnen hochgesteckt, und Leon, der in seinem von seinen Onkeln geerbten Matrosenanzug ziemlich verloren aussah. Wie jüdisch sie aussahen! Und wie ich es verabscheute, daß man uns auf den ersten Blick erkennen, uns in eine Klasse einordnen, es für selbstverständlich halten konnte, daß wir alle gleich waren.

Nita holte ein gesticktes Tuch heraus, das sie auf dem Rasen ausbreitete. Es war eines der wenigen Stücke aus ihrer Aussteuer, die dem Brand ihres Hauses entgangen waren. Sie setzte sich mit aller Vorsicht hin. Ihre Stiefelchen waren abgetragen und längst aus der Mode. Ich schämte mich meiner Schwester, meines Neffen. Und schämte mich meiner Scham.

Was für eine schlechte Idee, hierher zu kommen. Wußte Nita nicht, daß die Sephardim nicht die Süßen Wasser Asiens aufsuchten, daß sie lieber unter sich blieben auf den Hügeln des europäischen Ufers?

Die Trübsal machte mich ungerecht. Meine Schwester wußte, daß ich in der *juderia* erstickte. Ihr naiver Gedanke war, daß ich mich unter den Türken und den Christen wohler fühlen würde. Arme liebe Nita!

Ein Kind mit Erde an den Sohlen marschierte über das weiße Tuch, eine kleine Französin in Begleitung ihrer Gouvernante, die kein Wort der Entschuldigung vorbrachte. Ich betrachtete den Abdruck. Die Wäscheszene kam mir ins Gedächtnis. *Mano pezgada.*

»Ich gehe zur Notre-Dame-de-Sion«, erklärte ich.

»Zu den Schwestern?«

»Das wird Großvater niemals zulassen«, meinte Leon auf ladino.

Er hatte einen altklugen Ton, der mich aufbrachte.

»Ich will meine Ausbildung fortsetzen. Die Sion-Schule ist die einzige, wo ich das Baccalauréat vorbereiten kann.«

»Aber da dürfen nur Katholiken hin!« sagte Simone.

»Man muß nur zahlen«, erwiderte ich.

Nita sah mich entsetzt an.

»Hast du keine Angst vor den Nonnen?« fragte sie.

O und wie! Ich war schon jetzt von Entsetzen gepackt. Aber wenn griechische, türkische und armenische Mädchen in Sion lernten, warum nicht ich? Ich konnte ja auch wie alle anderen Flecken auf die Tücher machen. Mein Entschluß stand fest. Ich hatte meine Enttäuschung durch eine neue Herausforderung ersetzt. Denn von allen Leiden ist die Ohnmacht das schlimmste.

5

Ich erwartete ungeduldig den Beginn des Schuljahres. Ich würde diesen echten Französinnen zeigen, daß ich ihnen ebenbürtig war. War ich nicht eine Vertraute von Lamartine und Bernardin de Saint-Pierre, Eugène Sue und Alexandre Dumas?

Da die Presse es nie versäumte, die Besuche illustrer Persönlichkeiten in der Schule von Notre-Dame-de-Sion zu erwähnen, etwa die André Gides oder Jean Giraudoux', hatte ich auf einem Photo schon die Aula des Gebäudes – einer richtigen Kaserne – gesehen, über die ein eindrucksvolles Porträt von Paul Déroulède wachte.

Und dennoch war es eine völlig andere Welt.

Ich befand mich nicht, wie ich gehofft hatte, in unmittelbarer Nachbarschaft zum sechzehnten Bezirk von Paris, sondern in einem privaten Klub. Einem sehr privaten.

Die Französinnen gaben unangefochten den Ton an. Katholisch, reich, elegant, gebildet, hatten sie kaum Umgang mit den Levantinerinnen, tolerierten gerade soeben die Orthodoxen, begegneten den Jüdinnen mit Mißtrauen und nahmen die wenigen türkischen Schülerinnen nicht zur Kenntnis.

Zum erstenmal in meinem Leben entdeckte ich eine mir feindlich gesinnte Welt. Sie war mir fremd, sie erschien mir gleichgültig. Ich, die ich wegen meiner vielen Leserei meinte, im Leben schon alles zu kennen!

Zu Hause wurde ich wenig geliebt, getriezt und ungerecht bestraft, aber niemals hatte ich so gelitten wie in Sion. Ich lernte Ablehnung und Beschämung kennen. Die Eifersucht kannte ich schon, da Mama Ernesta vorzog. Die Wunde öffnete sich von neuem angesichts der hübschen Mädchen mit den seidigen Haaren und den eleganten Müttern. Sie strahlte auf alle meine Nerven aus.

Jene Mädchen behaupteten, die Juden hätten Jesus getötet. Den armen Jesus, so verkrümmt am Kreuz, das jedes Klassenzimmer schmückte. Ich lernte den Kopf wegzudrehen, um den Märtyrer nicht vor Augen zu haben.

Ich konnte meine Qual mit niemandem teilen. Simone hatte nie mit »Heiden« Umgang gehabt. Die Abravanels waren in Frankreich. Nur Vitali hätte verstehen können, weil er auf noch viel schmerzlichere Weise dieselben Schwierigkeiten durchlitt. Aber ich hatte keine Ahnung, wo mein Bruder sich befand oder ob er überhaupt noch am Leben war. Mir fehlten meine Nichte, mein Viertel, mein Milieu. Ich verachtete Hasköy, dieses Gefängnis mit den Sitten eines anderen Jahrhunderts. Aber ich konnte erst wieder frei atmen, wenn ich seine schlammigen Gassen erreichte. Ich verachtete Mutter und die Gespräche des *cortijo*. Aber jetzt hielt ich mich stundenlang dort auf und sog bis zum Erbrechen die Düfte des Jasmins und des klebrigen Gebäcks in mich auf.

In meiner Klasse gab es noch zwei andere Jüdinnen, reiche, oberflächliche Mädchen, bei denen nur die Namen israelitisch waren. Deren Schreibweise versuchten sie auch noch zu verändern. Wenn ich wie sie meine Herkunft hätte verbergen können, hätte ich nicht eine Sekunde gezögert. Aber wie sollte ich die angemessenen Worte, Kleider und was dazugehört finden?

In den ersten Wochen waren meine schulischen Leistungen mittelmäßig. Ich wußte, ich verstand, aber ich wagte nichts zu sagen. Nichts zu schreiben. Ich wollte um keinen Preis auffallen. Nachdem meine Klassenkameradinnen mich eingeschätzt hatten – Jüdin, Tochter eines Händlers, schlecht angezogen –, widmeten sie mir keinerlei Aufmerksamkeit mehr. Ich beurteilte sie auch. Die antisemitischsten waren die Griechinnen, die größten Angeberinnen die Französinnen, die verächtlichsten die Türkinnen und die mir am nächsten Stehenden die Armenierinnen. Lila Kaledjian und ich wechselten manchmal lange Blicke des Einverständnisses. Es ging nicht darüber hinaus.

Im Dezember, als ein eisiger Wind von der nahen Steppe her wehte, brachte eine Schülerin einen Adventskalender mit in die Klasse, und Schwester Joséphine schlug vor, daß wir bis Weihnachten abwechselnd die kleinen Fenster öffneten.

»Nicht Rebecca«, sagte Marie-Edmée Delaporte. »Das hieße das Jesuskind beleidigen.« Ich antwortete nicht.

»Weißt du, warum die Juden traurig sind?« drängte Adélaide Balland. »Sie warten jeden Tag auf den Messias, aber er kommt nie.«

Hélène Stakos fixierte mich mit ihren kleinen schwarzen Augen: »Gategno, wie macht man Matzen?«

»Aus Mehl und Wasser«, murmelte ich.

»Noch was. Ihr fügt das Blut von Christenkindern hinzu! Das hat meine Großmutter gesagt. Übrigens verschwindet jedes Jahr zu Ostern ein griechischer Junge. Er wird tot aufgefunden, ausgeblutet!«

»Das stimmt nicht!« schrie ich. »Alle Welt weiß, daß das nicht stimmt!«

»Laß sie, Hélène«, fiel Adélaide ein, »sie wird zu heulen anfangen!«

»Wie alle ihrer Rasse!«

Ich hätte reagieren, mich wehren sollen, aber ich flüchtete.

Ich durchquerte im Laufschritt die Hauptstraße von Pera mit ihren Banken, ihren Botschaften, ihren Konditoreien und ihren Theatern. Ich lief zu meinem Vater, zu seinem Geschäft. Ich sehnte mich danach, von ihm getröstet zu werden. Isaac Gategno war weder häßlich noch schmutzig, noch wehleidig. Er brach jeden Morgen mit seinem schön gebügelten Fes, seinem Cut und seiner gestreiften Hose, seinem englischen Stock und seinem gezwirbelten Schnurrbart auf. Für mich war er edel und würdig, vor allem wenn ich ihn mit bestimmten bärtigen und schlecht gekleideten Familienoberhäuptern von Hasköy verglich.

Die Leute kamen von weit her, um Geschenke einzukaufen, die er von Marseille, Wien oder Triest importierte. Die Frauen des Sultans aus dem Serail und seine schönen Dienerinnen verdankten ihm ihre Parfums. Bei ihm fanden die Levantiner alles, um ihre Mätressen zu verwöhnen. Die Orientalen sind großzügig. Man schenkt, man reicht zu essen, es muß zuviel sein, damit es genug ist. Mein Vater war schlau: Mit diesem Überfluß machte er sein Geschäft. Häßlich, schmutzig, wehleidig – er, dem seine Freunde den Spitznamen »Zum Vergnügen des Schenkens« gegeben hatten? Trösten Sie mich, Papa. Nehmen Sie mich in ihre Arme, drücken Sie mich an Ihr edles Herz, dort wo das gestärkte Hemd Mamas Wäscheduft verströmte.

Ich wußte nicht genau, wo sein Geschäft sich befand, ich kannte nur den Namen der Straße. In Wirklichkeit eine Passage, einer jener Schläuche ohne Licht, die zwei Verkehrsadern miteinander verbanden. Außer Atem, die Füße von dem unregelmäßigen Pflaster zerschunden, von Passanten angerempelt, vom Rattern der Straßenbahnen, den Hörnern der Fiaker und den Rufen der Händler betäubt, hörte ich auf zu laufen und fragte einen Kutscher nach dem Weg. Er schwenkte seine Peitsche zur Haltstelle der Seilbahn von Galata hin, die weit weg vom europäischen Viertel und seinen Schaufenstern den Berg hinauffuhr. Er irrte sich bestimmt. Ich fragte einen Hausierer auf ladino. Er wies mich in dieselbe Richtung und hielt mir die Hand hin: Seine Frau sei krank, die Kinder dabei zu verhungern, sein Vermieter wolle ihn hinauswerfen. Ich gab ihm schamrot einen Piaster. Es war das erste Mal, daß ich ein Almosen verteilte.

Die Straße war schmutzig und stank, und der Nordwind wirbelte Staub hoch, der in den Augen klebte. Ich blieb stehen, um meinen Handschuh auszuziehen und mir das Augenlid zu reiben. In meiner Nähe, vor dem schwarzen Loch einer offenstehenden Tür, spielten zwei Männer in Flanellweste Puff, wozu sie Kaffee schlürften. Ein Türke mit Turban stieß an den Tisch, der umfiel. Er verfluchte die Spieler. Diese ergingen sich in Verbeugungen, entschuldigten sich und sammelten sofort die zerbrochenen Tassen auf. Mein Herz hörte auf zu schlagen. Ich hatte meinen Vater und seinen Partner, *el godro* Faraggi, erkannt.

Trotz meiner Stiefel rannte ich weg wie eine Diebin, kurzatmig, mit trockenem Mund und Übelkeit auf den Lippen. Sie waren häßlich, wehleidig und weichlich Sie hatten Jesus Christus ans Kreuz genagelt. Warum war ich als Jüdin geboren und nicht als Katholikin wie Adélaide Balland und Marie-Edmée Delaporte?

Mit feuchten Augen stieg ich die Treppe von Yüksek Kaldirim hinunter und kam bei der Voyvoda-Straße an. Es stand mir bis oben, dem verfluchten Volk anzugehören. Ich wäre lieber in einem der Elendsgettos groß geworden, jenen Hütten für die Armen, die sich um einen schlammigen *cortijo* versammelten, wo meine Mitgläubigen wie Tiere übereinander lebten und nur das Ziel hatten, nicht zu verhungern und am Freitag einen Fisch zu kaufen. Zerlumpte Greise, mit Krätze bedeckte Kinder, die wie Würmer im Käse herumwimmelten, unbeschreiblicher Gestank trotz winterlicher Temperaturen, vom Elend und Kinderkriegen erschöpfte Frauen, Krüppel und Behinderte, die sich im Schatten der Synagogen duckten, psalmodierende Rabbis, heruntergekommene Hausierer, abgezehrte Trödler – sollte das meine Familie, mein Volk sein?

Madame Béhar, die Schuldirektorin, hatte mich ermutigt, die vom niedrigen Volk bewohnten Viertel zu besuchen, da es die Rolle einer Lehrerin war, jenen Leuten zu helfen, den Kopf wieder zu heben. Ich dachte, da ich ein Mitglied der *Buena Voluntad* sei, bräuchte ich mich nicht in das Gebiet zu begeben. Ich hatte Bücher gelesen, ich kannte den Mangel an Hygiene, die Promiskuität und Massenverdummung. Ich glaubte, Bescheid zu wissen.

Ich hatte schon Gott verworfen. Nun verwarf ich die Romane. Sie logen, so wie mein Vater log, wie die ganze Welt log. Nur

Marie-Edmée und Adélaide sagten die Wahrheit: Mein Volk war häßlich, traurig, weichlich und wehleidig.

Ich riß Nita die Kleider aus den Händen, die sie auf meine Bitte hin zu verschönern versuchte. Ich überließ Simone meine Bänder und Kämme. Ich wollte mich nicht mehr verkleiden. Wozu? Ich würde niemals wie eine Goi aussehen. Meine Nichte verstand nicht. Sie wurde jeden Tag etwas strahlender, wie es Jüdinnen sein können, die sich selbst akzeptieren.

Ich lehnte alles Künstliche ab. Nicht aus Strenge, sondern aus Abscheu vor der Lüge. Ein Abscheu, der sich in meinem ersten Trimester in Sion entwickelte und der mich mein ganzes Leben begleiten sollte.

Im Januar wurde ich Klassenbeste. Machte man sich über die schlichten Jüdinnen lustig, so verabscheute man die brillanten. Wenigstens fand ich einen Ausgleich im Erfolg.

Ich las nicht mehr, ich schrieb Vitali keine Briefe mehr, die er nie lesen würde. Ich versuchte mehrmals, Rachel und Nissim Abravenel schreibend zu erklären, was mir zugestoßen war. Es gelang mir nicht. Ich schämte mich. Meiner Naivität. Des Geschäfts meines Vaters. Der Härte, die ich in mir aufsteigen spürte. Ich hätte mein Herz öffnen, es entblößen müssen. Ich hatte Angst, meine alten Freunde zu belästigen. Ich hätte es nicht ertragen, wenn sie mich zurückgewiesen hätten. Was war ich für sie? Eine Schülerin, keine Tochter. Ich liebte Elie nicht und hatte ihn nie geliebt. Man heiratet einen Mann nicht wegen seiner Eltern. Ich liebte niemanden. Und vor allem nicht mich selbst, seit ich mich durch die Augen der blonden Fräulein von Notre-Dame-de-Sion sah.

6

Seit Vitalis Abreise an die Front war *Señor Padre* sehr gealtert. Sein Anblick, wie er sich vor dem Türken verbeugte, der seinen Tisch umgeworfen hatte, hatte mich erschüttert. Aber jetzt konnte ich auch sein Bedürfnis nach Respekt, seine heftige Suche nach Anerkennung besser verstehen. Seine verzweifelten Bemühungen, meinen Bruder zu finden, rührten mich. Er verfolgte auf einer Landkarte die Bewegungen der osmanischen Armee in Bulgarien und Thrakien. Als ein Verletzter nach Hause geschickt wurde, eilte er hin, um ihn auszufragen. Aber die Türken mißtrauten den *rayas,* die in ihrer Uniform kämpften, und gaben sich wenig Mühe. Sie beschränkten sich darauf, das zu bestätigen, was die ausländischen Zeitungen schrieben: Die Armee war völlig desorganisiert. Immer besorgter, kaufte mein Vater für teures Geld falsche Informationen, lief vom Dolmabahce-Palast nach Saloniki, wo das Schicksal der Juden die neuen griechischen Machthaber so gut wie gar nicht interessierte, bedrängte die Konsulate, machte die französische Nationalität geltend, die sein Sohn Henri dank des Crémieux-Erlasses in Algerien bekommen hatte, und die herausragende Stellung seines Ältesten in Paris … Vergebens.

Ich teilte die Angst *Señor Padres* und war ihm dankbar für seine Hartnäckigkeit. Die Furcht, die er mir einflößte, verwandelte sich in Mitleid, der Groll in Zärtlichkeit. Ich liebte ihn nun, wie man einen schmerzlichen Teil seiner selbst liebt.

Schließlich erfuhren wir aus sicherer Quelle, daß Vitali in Adrianopel im Sterben lag. Er war in Thrakien bei den letzten Angriffen gegen die Bulgaren verletzt worden. Mein Vater brach sofort auf, nicht ohne noch einige Goldstücke in sein Mantelfutter nähen zu lassen. Mama weinte, und die Frauen des *cortijo* umhegten sie liebevoll. Seit fünfzehn Monaten hatte sie ihren einzigen Sohn nicht wiedergesehen, sie wußte nicht, ob er tot war oder noch lebte. Ich dachte an alle die Nächte, in denen ich beim Gedanken an Vitali geschluchzt hatte. Er war nur mein Bruder. Hatte meine Mutter einen Augenblick der Ruhe gefunden? Mein Herz zog sich zusammen, als ich sah, wie sie ihre feine Spitze mit Tränen benetzte. Dennoch blieben meine Arme gelähmt.

Ein bedrückendes Schweigen erfüllte wieder das Haus. Meine Mutter leierte Gebete herunter, knisterte mit den Gewürznelken und rieb sich das Gesicht mit Salz ab. Sie versuchte sogar, am Sabbat bei den Nachbarn zu singen. Ich sah sie Atem holen, den Mund öffnen, aber es kam kein Ton heraus.

Wir sprachen leise und gingen auf Zehenspitzen. Ich besuchte nicht mehr die Schule. Die Frage der Alliance und meiner Abreise nach Paris stellte sich nicht einmal. Die Warterei war so unerträglich, daß die Nachricht von Vitalis Tod erst einmal eher eine Erleichterung als ein Schmerz gewesen wäre.

Schließlich erreichte uns das erste Telegramm meines Vaters: VITALI LEBT STOP BRIEF FOLGT.

Mama fiel in Ohnmacht, und Ernesta hielt ihr Essig vor die Nase. Nita bereitete ein Festessen, das niemand anrührte. Wir hatten nur einen Wunsch: schlafen, endlich tief und erholsam schlafen.

Als der Brief eintraf, riß ich ihn Ernesta aus den Händen und las laut vor.

Ich schreibe Euch in aller Eile, während ich den Halbschlaf meines lieben Kindes nutze, das sehr schwach ist, aber tapfer und mutig kämpft. Er hat einen Bajonettstich in sein rechtes Bein bekommen. Auf Grund unzureichender Pflege hatte der Wundbrand eingesetzt, und der Chirurg mußte es amputieren. Ihr könnt Euch vorstellen, wie er gelitten hat. Vitali hätte ohne die Intervention eines weniger schwer verletzten Kameraden nicht überlebt – möge er tausendmal bedankt sein, wo auch immer er sich gerade befindet. Dieser Gefährte im Unglück hat einen der Unseren benachrichtigt, der sich mit dem großen Rabbinat in Verbindung gesetzt hat. Ich konnte rechtzeitig kommen, ich hoffe es zumindest, um meinem lieben Verletzten die Nahrung und die Hilfe zukommen zu lassen, die sein Körper so lange entbehrt hat. Ach, meine liebe Frau, meine lieben Kinder, es ist ein Jammer, diese so geschwächten jungen Leute zu sehen, so mager, daß es einem angst macht, voller Krätze und von Typhus bedroht. Jene, die keine Verwandten am Ort haben, haben kaum eine Chance, wieder zu gesunden. Man muß für alles bezahlen: den Besuch des Arztes, die Opiumkügelchen und das Wismutsulfat. Ich habe niemals gelernt, ein Gesicht zu erfrischen oder einen Verband zu wechseln, aber die menschliche Natur ist so beschaffen, daß die Notwendigkeit zum Gesetz wird. Ich hatte gerade das Glück, meinen lieben Kleinen eine ganze Schüssel Milch leeren zu sehen (erinnerst Du Dich, Tamar, wie sehr Vitali das mallebi *liebt), einen Löffel nach dem anderen, und ich weinte wie ein Kind, als ich ihm das Kinn abwischte.*

Betet zu dem Herrn, wie ich zu Ihm bete, damit unsere Familie bald wieder vereint sei. Quedavos en bon'hora.

Isaac Gategno

Ich schluchzte. In mir war kein Haß mehr. Vitali hatte mir gesagt, als ich klein war, daß ein jüdischer Vater einen nicht leben lasse. Er ließ einen auch nicht sterben.

7

Es gelang *Señor Padre,* Vitali zu uns zurückzubringen. Er wurde im Parterre, im kleinen Salon untergebracht. Er war dreiundzwanzig Jahre alt, aber er hätte auch fünfzig sein können. Er war nicht wiederzuerkennen. Im Krieg hatte er für immer das Aussehen eines blonden Engels verloren. Vitali hatte nicht nur sein Bein in Adrianopel gelassen, sondern auch seinen Blick, seine Illusionen und sein Selbstvertrauen. Er erschreckte mich. Mein Vater erklärte Mama, wie sie ihn pflegen sollte. Ich wollte nichts davon hören. Erschüttert und zitternd floh ich ans andere Ende des Hauses. Zum erstenmal sah ich meine Eltern an einem Strang ziehen. Es hatte dafür dieser Schlachterei, dieser Säge am Bein bedurft. Vitali war für mich ein Fremder geworden. Er hatte alles am eigenen Leib erlebt, war aus der Hölle zurückgekehrt. Ich hatte *Krieg und Frieden* gelesen. Ich haßte mich, weil ich alles nur in der Phantasie durchlebt hatte. Und Tränen über Tote auf dem Papier vergossen hatte.

Die Verwandten und Nachbarn gaben sich die Klinke in die Hand, mit einem Geschenk unter dem Arm, um die Rückkehr des verlorenen Sohnes zu feiern. Ihr Lächeln erlosch, als sie die radikale Veränderung sahen. Sie verließen das Zimmer des Verletzten, und mein Vater erzählte ihnen von Adrianopel, Vitalis Verzweiflung und wie er ihn Tag für Tag beschworen hatte, nicht aufzugeben, sich ans Leben zu klammern. Hatten die Unseren nicht auf diese Weise, im Leiden und in Liebe, ihrem Geschick widerstanden?

Mein Bruder gestand mir sehr viel später in Caracas, wie sehr er sich selbst grollte, auf die Güte meines Vaters mit gehässiger Kälte reagiert zu haben. In seinem Zustand der

Schwäche damals war ihm die Wandlung des *Señor Padre* unerträglich gewesen. Vitali achtete den gestrengen Patriarchen, aber er schämte sich des demütigen und listigen Juden, der an sein Krankenlager geeilt war. Die Soldaten verspotteten ihn, beschimpften ihn als Juden und Dieb, während sie seine Geschenke in der Tasche verschwinden ließen. Vitali hatte sogar vorgegeben zu schlafen, als eines Tages ein Verletzter zum Spaß eine Kordel zwischen den beiden Betten gespannt hatte, damit der alte Mann darüber stolperte. Mein Vater war wieder aufgestanden, hatte gelächelt und ihm die Früchte angeboten, die er in der Hand hielt ...

Vitali entsetzte jedoch der Gedanke, in dieser stinkigen Baracke inmitten von lauter Fremden zu sterben, die ihm Kameradschaft und Freundschaft verweigert hatten. Er akzeptierte also die Rückkehr – wie hätte er sich in die doppelte Gefangenschaft von Gebrechlichkeit und Verfemung fügen können –, aber nicht die in das jüdische Leben. Er akzeptierte die Rückkehr in den jüdischen Tod. Er brauchte es, von Menschen beweint zu werden, die ihn liebten.

Diese Menschen, die ihn liebten, hinderten ihn am Sterben. Alle verhielten sich beispielhaft. Außer mir. Ernesta linderte mit frischem Linnen den körperlichen Schmerz. Mama zauberte Wunder der Kochkunst hervor. Nita stellte duftende Pflanzen in das Zimmer, um den Geruch des Leidens zu vertreiben. Mein Vater brachte die Zeitungen, schimpfte über die Metzger oder die Zionisten, bewies bei seinen Gesprächen mit dem Sohn die gleiche muntere Einfachheit wie bei seinen Freunden in den Zeiten, als ich mich unter dem Tisch verborgen hatte. Simone gab den neuesten Klatsch über die karitative öffentliche Speisung, gestiftet von der Baronin Hirsch, zum besten, an der wir unter dem Druck der Gesellschaft der Fräulein während der Sommerferien lustlos teilnahmen.

War ich die einzige, die erkannte, daß Vitali nicht zu uns zurückgekehrt war? Daß er fern, fremd, gestrandet war, wie vom Schmerz niedergestreckt? Ich konnte nicht simulieren. Das Unglück meines Bruders lähmte mich. Manchmal träumte ich davon, ihn sagen zu hören: »Nur Rebecca versteht mich.« Aber es ging ihm zu schlecht, um anderes als sich selbst wahrnehmen zu können. Ohne Zweifel bemerkte er nicht einmal meine neue Scheu und mein Zögern, ihn zu berühren.

Das Schuldgefühl, das ich empfand, die Angst, die mir Vitali einflößte, die Scham über meine Feigheit, die Prüfungen, die ich mir auferlegte (die Vorstellung, ich sei an der Front, verletzt und auf Hilfe wartend, dann im Militärkrankenhaus), dies alles sollte in mir, ums Vielfache gesteigert, nach dem Holocaust neu aufleben.

Um mich härter zu machen, zwang ich mich, die Augen offen zu halten, wenn uns die Wochenschauen zerfetzte Leichen zeigten. Bisher hatten nur Photographien oder Abbildungen meinen Alpträumen Gestalt gegeben. Jetzt gab es ein Freilicht-Kino im Taxim-Garten, und ich sah Menschen sterben. Das Schlimmste vermengte sich mit dem Schönsten, denn ich liebte das Kino, das mir die Welt ins Haus brachte. Das bewegte Bild hypnotisierte mich, ich schaffte es, mich noch gänzlicher zu vergessen, als wenn ich einen Roman las. Aber meine Angst wuchs nur um so mehr und damit mein Empfinden der eigenen Nutzlosigkeit.

Ich spürte auf unbestimmte Weise, daß man Vitali hätte zum Sprechen bringen müssen, anstatt alle Anspielungen auf die Vergangenheit zu vermeiden. Die Familie tat so, als habe er einen Unfall gehabt. Als ob es den Krieg, diese Maschine zur Herstellung von Toten und Verkrüppelten, nicht gäbe. Wir, die Juden, hatten keine militärische Tradition. Unsere Kriege waren immer die der anderen gewesen. Feuerwaffen kannten wir nicht. Auf der Jagd waren wir auf der Seite des Ebers. Es war sicher ein Unfall, der meinen Bruder verstümmelt hatte. Er hatte sich irrtümlicherweise an einem Ort befunden, wo er nicht hingehörte.

8

Vitali genas körperlich, aber verhielt sich apathisch. Er weigerte sich, das Holzbein zu tragen, das mein Vater für ihn hatte anfertigen lassen. *Señor Padre* liebäugelte nun mit einem anderen Traum, dessen Wahnsinn deutlich die Veränderung zeigte, die in ihm seit dem Drama vorgegangen war. Er wollte seinem Sohn nichts Geringeres als ein Auto kaufen. Eines dieser Automobile, die die Spaziergänger auf der Hauptstraße von Pera erschreckten. Er hatte seinen ältesten Sohn David in Paris auf die Konstrukteure angesetzt. Wäre einer von ihnen in der Lage, ein Gefährt zu erfinden, das nur mit einem Fuß zu bedienen wäre? Mein Vater, Isaac Gategno, dreiundsechzig Jahre alt, kleiner Kaufmann aus Konstantinopel, ließ die besten Ingenieure der Welt arbeiten, damit Vitali seine Lebensfreude wiederfand.

So ist sie auch, die jüdische Familie.

Indessen hatte *Señor Padre,* nach dem Mißerfolg mit dem Holzbein, aus Wien ein paar bequeme Krücken mitgebracht, deren Ende mit synthetischem Kautschuk überzogen waren und somit nicht so leicht rutschten: eine Neuheit.

Aber Vitali weigerte sich noch immer aufzustehen, und Mama fand das richtig: Sie hatte ihren kleinen Jungen wieder. Zwar behindert, aber er gehörte wieder ihr, und das für immer.

Ich war vielleicht nicht fähig, zur Pflege beizutragen, aber ich hatte *Krieg und Frieden* gelesen. Wenn es auch Natascha nicht gelungen war, den Fürsten André wieder ins Leben zurückzurufen, Fortunée Arditi könnte meinen Bruder bestimmt zu neuem Leben erwecken. Ich mußte sie nur finden. Ich schrieb an den sozialistischen Arbeiterbund von Saloniki. Als ich keine Antwort bekam, bat ich Madame Béhar, bei der Direktorin der Schule von Adrianopel nachzufragen, die die Freundin meines Bruders besucht hatte. Nichts. Ich ging sogar zur Juristischen Fakultät von Istanbul, da ja nach Vitalis Erzählungen Fortunée Anwältin werden wollte. Vergebens.

Ich hatte mich lange genug gedrückt. Wenn ich meinem Bruder wirklich helfen wollte, mußte ich jetzt mit ihm reden.

Sein Wesen war reizbar geworden. Er wurde anspruchsvoll, launisch. Seine Stimme war voller Groll, als wollte er uns vorwerfen, daß er auf uns angewiesen war. Ich verstand seine Verzweiflung: Seine Utopien waren zerfetzt wie sein Körper. Er hatte einem Land sein Bein geopfert, das ihn nicht haben wollte. Man hatte ihn verraten. Nein. Er hatte sich selbst betrogen.

Ich fühlte mich unbehaglich mit dem neuen Vitali, dem zynischen und enttäuschten Vitali. Er war mein Idol gewesen, mein Ersatzvater. Ohne ihn hätte ich meine Mutter und die Frauen des *cortijo* nicht mit anderen Augen gesehen. Wenn es mir eines Tages gelänge, dem dreifachen Fluch zu entgehen, eine Orientalin, eine Frau und eine Jüdin zu sein, dann hätte ich es ihm zu verdanken.

An diesem Donnerstag ging ich nicht ins Sion-Gymnasium. Nach dem Mittagessen schlich ich mich mit einer Tasse Kaffee in der Hand in den kleinen Salon. Vitali lag auf seinem Bett, auf seinem einzigen Knie schwankte das Tablett in einem unsicheren Gleichgewicht. Mein Bruder hatte die Mahlzeit, die Mutter ihm bereitete, bis zum letzten Krümel verschlungen. Bei dieser Kur würde er bald fett und weich werden.

Ich setzte mich auf sein Bett.

»Hat es geschmeckt?«

»*Todos los duelos kon kommer son buenos* ... – Der Schmerz schwindet beim Essen ...«

»Können wir reden?«

»Meine Zeit gehört dir«, sagte er, eine Grimasse ziehend.

Ich ging nicht auf den Krieg ein, das wäre zu entsetzlich gewesen, sondern auf sein Leben in Saloniki vor 1912. Für welche Zukunft hatte er gekämpft? Wie hatte er mit Fortunée gelebt? Hatte er wirklich gekocht, während sie Schriften verfaßte?

»Du kamst vor ihr nach Hause, hast du das Feuer angezündet?« drängte ich.

»Manchmal, meistens habe ich länger gearbeitet ...«

»Und die Wäsche? Saubermachen?«

»Abwechselnd ... Es war weniger sauber als hier, aber daran sind wir nicht gestorben.«

»Habt ihr genügend gegessen?«

Er lächelte freudlos und versicherte mir, daß man sich sehr gut ernähren konnte, ohne Stunden am Herd zu verbringen oder achtzehn Sorten Gebäck für eingeladene Freunde parat zu haben, kurz, man sparte sich seine Energie für wirklich wichtige Aufgaben.

Er sprach mit dumpfer Stimme, ohne diesen fordernden Ton, an den er uns in letzter Zeit gewöhnt hatte. Ich wagte nicht, ihn anzusehen. Das Paar, das er heraufbeschwor, ließ mich vor Neid erblassen. So wollte ich leben!

»Und wenn ihr Kinder gehabt hättet? Hätte Fortunée sie nicht gestillt? Ihr hättet sie mit einem Schnuller großgezogen? Oh, ich stelle mir vor, wie du die Flasche gibst. Windeln auskochst!«

Ich quasselte weiter vor mich hin, bis ich mir der Stille bewußt wurde. Ich wandte den Kopf zu meinem Bruder. Er weinte. Ein eisiges Schaudern durchfuhr mich. Sollte ich es tun? Konnte ich es tun? Ich, die ich jede Berührung mied, die ich vor der kneifenden *nona*, dem Einseifen im Hammam und vor den Streicheleien der Gevatterinnen mit den beringten Fingern flüchtete, ich packte die Schultern meines Bruders und vergrub mein Gesicht an seiner Brust. So hielten wir uns eine lange Weile umschlungen, unbeholfen und zitternd. Dann stieß er mich zurück.

»Ich bin kein Mann mehr, Rebecca. Ich bin kein Mann mehr.«

Ich hatte keine Ahnung von all diesen geschlechtlichen Dingen, trotz der Bücher, die ich gelesen hatte. Ich dachte, er spreche über sein Bein. Ich wußte nicht, daß ein Mann in erster Linie ein Glied mit zwei Hoden war. Und daß dieses Glied sich aufrichtet, wenn er eine Frau liebt. Von dieser Verzweiflung begriff ich nichts, ich antwortete mit Sätzen aus Erbauungsromanen. Ich versicherte ihm, daß Fortunée ihn trotzdem lieben werde, da ihre Verbindung vor allem ein Miteinander-Teilen, ein geistiges Wunder sei, das über die Zufälligkeiten des Körpers erhaben sei.

Er warf mir einen ermatteten Blick zu. Ich hatte ihn enttäuscht. Beschämt und erstarrt fühlte ich, wie er sich von mir entfernte und diesem Augenblick geteilter Gefühle ein Ende setzte.

Ich griff wieder zur Feder und wandte mich dieses Mal an die Abravanels. Elie hatte sich ein paar Verbindungen zu der Galatasaray-Schule bewahrt. Sein Vater Nissim war in Adrianopel geboren, er kannte die französischen Zweige der Arditi-Familie. Sie stellten ihre Nachforschungen von Paris aus an. Wenn sie Fortunée auch nicht ausfindig machen konnten, verwiesen sie doch auf Mittel und Wege, den Kontakt mit ihren Kampfgenossen aufzunehmen, die im Untergrund in Istanbul lebten. So erfuhr ich, daß die Sozialisten sich in einem bestimmten Café in Pera trafen. Selbst Lenin sei mehrfach dort gewesen …

Zu einem solchen Ort konnte ich nicht allein hingehen. Für die spanischen Juden wurde der Mädchenhandel zu einer echten Obsession, auch für mich, trotz – oder wegen – meiner unsäglichen Unerfahrenheit. Istanbul war wegen seiner Bordelle und seiner bezaubernden Jüdinnen bekannt. Wenn die Prostituierten sich auch mehrheitlich aus Rumäninnen und Aschkenasim zusammensetzten, hatte dennoch jedes junge Mädchen Angst, entführt zu werden. Ich brauchte einen Mann als Begleitung. Simone, die ich ins Vertrauen zog, schlug mir die Hilfe ihres Liebhabers vor.

Wie vorauszusehen war, hatte meine Nichte ihre Karriere als Verführerin sehr jung begonnen. Kaum war sie in Notre-Dame-de-Sion zu mir gestoßen, hatte sie sich mit Ana Kaledjian angefreundet, der Schwester meiner Klassenkameradin. Es dauerte nicht lange, bis Anas und Lilas älterer Bruder, Student an der Istanbuler Universität, sich in die schöne Schülerin verliebte. Agop Kaledjian war nicht der erste junge Mann, der Simones Charme erlag, aber im Gegensatz zu anderen Anwärtern wurde er belohnt: Meine Nichte himmelte seinen schönen Braunschopf an.

Sie waren einverstanden, mich zu begleiten.

Das Café war eine verräucherte Spelunke. Rauchschwaden standen in der Luft, man konnte keine zwei Meter weit sehen. Agop konnte ein noch so blasiertes Lächeln aufsetzen, er war in der Sache genauso unerfahren wie wir. Wir bestellten Tee. Der Kellner sah wie ein Polizeispitzel aus. Soweit ich es beurteilen kann, waren die Leute von Pera in den Augen der Bewohner von Hasköy entweder Prostituierte oder Spione. Das war keine reine Phantasie, nur eine Übertreibung. Konstantinopel diente in der Tat als Drehscheibe für Doppel- und Dreifachagenten. Durch den Mischmasch von Rassen und Sprachen, das offensichtliche russisch-armenische Zusammenspiel, den levantinischen Spaß an der Heuchelei und Unaufrichtigkeit und ihre Bedeutung als Finanzstätte war die Stadt wie dafür geschaffen. In unseren *juderias* waren wir Welten davon entfernt. Zu bodenständig, zu gleichgültig, zu ängstlich. Und vor allem zu sehr von unseren internen Streitigkeiten in Anspruch genommen.

Wie vereinbart, entfaltete ich eine Zeitung *El Tiempo* vor mir, die Zeitung der Alliance-Anhänger, die in jüdischem Spanisch und hebräischen Buchstaben gedruckt wurde. Einige Minuten später setzte sich ein Mann mit seiner Tasse Kaffee in der Hand an den Tisch. Bis zu diesem Zeitpunkt hatte ich das

Abenteuer vergnüglich, ein wenig unwirklich gefunden: Ich stieg in den Roman ein. Der Blick dieses gehetzten Mannes, der nach rechts und nach links schaute, dessen Augen Angst und Schlafmangel ausdrückten, ließ mich gefrieren. Es war kein Spiel.

»Rebecca?«

»Das bin ich.«

Er drückte mir die Hand, und ich spürte, wie er ein Papierkügelchen hineingleiten ließ. Er klopfte Agop auf die Schulter, als kenne er ihn, trank einen Schluck Kaffee und drehte die kleine Tasse zwischen den Fingern. Er benetzte seine Lippen ein zweites Mal und verschwand.

Auf dem Papier stand ein unbekannter Name: Flor Auboin – zweifellos die Identität Fortunées – und eine Adresse in Pera.

Wir beschlossen, Vitali nichts zu sagen, solange wir nicht mehr wußten. Agop bot an, zu der Adresse dieser Flor zu gehen. Es war undenkbar, daß Simone oder ich uns in die schlecht beleumdeten Sträßchen des europäischen Viertels hineinwagten, wohin die Reisenden des Orient-Expresses auf der Suche nach aufregenden Erlebnissen ausschwirrten. Seit der Szene mit meinem Bruder hatte ich mich kundig gemacht und wußte nun besser Bescheid, was des Nachts die wankelmütigen Ehemänner, die zechenden Provinzbewohner und die männlichen Gäste des Pera Palace anzog.

Agop kam verstört von seinem Besuch bei Flor, alias Fortunée Arditi, zurück. Sie hatte keinerlei Ähnlichkeit mit den Schwestern Kaledjian, auch nicht mit Simone oder mir. Sie war eine Frau. Die allein lebte, sich schminkte und in einer Spelunke tanzte …

Ich verstand nicht, wieso Fortunée, die wußte, daß Vitali verletzt und nach Hasköy zurückgekommen war, nicht versucht hatte, ihn wiederzusehen.

»Sie bleibt nicht in Istanbul«, sagte Agop. »Sie wartet auf ihr Visum für Frankreich und …«

»Und was?«

»Sie will ihm nicht weh tun ... Eine zweite Trennung, dieses Mal endgültig, das ...«

»Das was?«

»Nichts. Außerdem hat sie keine Zeit, sie arbeitet, um sich die Überfahrt zu verdienen.«

Simone und ich mußten dem armen Agop jedes Wort entreißen. Wir bildeten ein merkwürdiges Trio: Kinder, die sich in die Welt der Erwachsenen verirrt hatten.

»Ist sie schön?« fragte ich.

Simone warf mir einen wütenden Blick zu.

»Ja ... sie sieht nicht jüdisch aus«, begann der Junge. Dann, weil er Angst hatte, uns zu verletzen, fügte er hinzu: »Könnte Schauspielerin sein ... Vor allem die Haare ... Sie trägt sie kurz ...«

»Hast du genügend gedrängt?« fragte ich unzufrieden.

»Es kommt nicht in Frage, daß er noch einmal hingeht!« sagte Simone.

»Bist du eifersüchtig?«

»Blöde Kuh! Fortunée will Vitali nicht wiedersehen. Das ist doch klar, oder?«

Ich beschloß, diejenige, die noch feiger und untreuer war als ich, selbst zu befragen. Ich hatte keine Zeit dazu.

Am Vorabend von Hanuka, dem Lichtfest, nahmen wir im Hinblick auf die *merenda,* die Vesper des folgenden Tages, ein leichtes Abendessen zu uns. Die Kinder waren von Haus zu Haus gezogen, und Mama hatte ihnen dem Brauch gemäß Hirse, Honig, Krapfen und ... Kreisel mitgegeben, um sich im Fall eines Pogroms wach halten zu können. Wir zündeten gerade die erste Kerze an, als es an die Tür klopfte. Ich wußte sofort, daß sie es war, selbst wenn sie in ihrem mausgrauen Kleid und mit ungeschminktem Gesicht keinesfalls einer Schauspielerin ähnelte. Ja, Fortunée war schön.

Auch Mama begriff. Mütter haben dafür einen Instinkt. Nur mein Vater, der selten einen Blick auf ein Mädchen unseres

Volkes warf, glaubte, es handle sich um eine junge Nachbarin. Ernesta sezierte die Angekommene von Kopf bis Fuß. Simone und Nita drückten sich aneinander. Leon schniefte.

»Ich bin eine Freundin Vitalis«, sagte Fortunée. »Könnte ich ihn sehen?«

Mutter bat sie herein und fragte sie, ob sie nicht ihren Schal ablegen wolle.

»Verzeihen Sie, Fräulein, wenn ich Ihnen nur erbärmliche *meze* anbiete, die Kinder sind gerade gegangen und ...«

»Ich hatte vergessen, daß Hanuka ist!« murmelte Fortunée, eher unbesonnen als herausfordernd. »Machen Sie sich keine Umstände, ich möchte nichts, danke«, fügte sie hinzu.

Es herrschte Schweigen. Bei uns wird Essen und Trinken immer erst einmal verweigert, bis man es annimmt. Mama stellte also auf das Tablett eine Karaffe mit gekochtem Wein und einen Topf mit Rosenmarmelade, ein türkisch vergoldetes Kristallglas, eine Untertasse mit einem kleinen Löffel und eine gestickte Serviette. Sie kam immer ihren Pflichten als Gastgeberin nach, aber wenn sie diesem Eindringling Zyanid hätte anbieten können, hätte sie es sofort getan. Nita präsentierte das Tablett. Mein Vater betrachtete mit offenem Mund die junge Frau, die sein Sohn gewählt hatte. Unbegreiflich: Dieses Mädchen, das zu unserer Welt gehörte, war weder jungfräulich noch verheiratet. Hätte man ihm ein Kamel mit drei Höckern gezeigt, hätte er nicht verblüffter aussehen können. Dann war ein »Tocktock« zu hören, das uns vertraut werden sollte. Vitali stand, auf seine Krücken gestützt, in der Tür des kleinen Salons.

»Papa, Mama, darf ich Ihnen Fortunée Arditi vorstellen«, murmelte er.

Ich sah, wie es Fortunée zu ihm hinzog. Sie hielt sich zurück, lächelte, ging ruhig auf ihn zu. Er erwiderte ihr Lächeln nicht.

»Bleiben Sie doch zum Essen!« forderte Mama auf.

Noch nie war es bei einer Mahlzeit so still gewesen. Ein oder zweimal versuchte Mama zu erfragen, ob Fortunée kochen konnte, aber mein Vater unterbrach sie: »Du langweilst uns mit deinen Küchengeschichten, Tamar.«

»*La ija para el kaldo, el ijo para el palo* – die Frau in die Küche, der Mann ans Ruder«, murmelte meine Mutter, als sie das nächste Gericht holen ging.

Fortunée antwortete kurz auf alle Fragen, selbst auf die heimtückischsten. Sie versuchte weder zu schockieren noch zu verführen. In Wirklichkeit sah sie traurig aus und Vitali auch.

Am Ende der Mahlzeit segnete uns mein Vater, indem er Gott bat, uns die Furcht vor ihm und die Liebe zu ihm einzugeben.

9

Hatte Agops Besuch Fortunée dazu gebracht, den Kontakt mit Vitali wieder aufzunehmen? War es die Verspätung ihres Visums? Mitleid? Langeweile?

Vitali verließ uns kurz nach Purim. Er mied mich nach unserem mißglückten Versuch, einander näherzukommen, und tat so, als wüßte er nichts von meinen Unternehmungen, seine Liebste wiederzufinden. Er zog in das Appartementhaus, in dem sie wohnte, ins Parterre. Das Geschäft unseres Vaters war nicht sehr weit, und er war einverstanden, dort mitzuarbeiten.

Ich freute mich für ihn, und zugleich war ich traurig. Vitali ein Kaufmann! Er stand zwar wieder im Leben, aber nach dieser Art Leben hatten wir uns beide nicht gesehnt. Das Paar, das er und Fortunée bildeten, war weit davon entfernt, der strahlenden Vereinigung zu gleichen, von der ich geträumt hatte. Wozu Regeln übertreten, fragte ich mich, sich der Schande stellen, nur um schließlich traurig in einer düsteren Sackgasse zu enden? Ich besuchte sie ein oder zwei Mal. Ihre Komplizenschaft war offensichtlich: Sie verstanden sich auf das kleinste Wort hin. Aber sie wirkten beide ernüchtert und vorzeitig gealtert. Ich wußte nicht, was ich sagen sollte. Ich hoffte, daß sie über Politik reden, daß sie mir ihre Hoffnungen und ihre Ideale darstellen würden. Natürlich hätte man mir erklären müssen, wer wer war und wer was machte, früher hatten meinem Bruder solche Belehrungen Spaß gemacht. War es aus Müdigkeit, Faulheit oder, noch schlimmer, aus Vorsicht, daß sie sich nun darauf beschränkten, den Regen und das schöne Wetter zu erwähnen? Ich hatte gehofft, Fortunée würde eine Freundin werden. Eine große Schwester, ein Vorbild. Sie stieß meine Annäherungen zurück. Vor ihr fühlte ich mich kindlich und töricht.

Simone vertraute mir an, daß Agop zufolge Fortunée mit Männern »hinaufging«. Ich hatte es vermutet. Vitali mußte es wissen, auch er. Wie ertrug er diese tägliche Qual? Ich hatte schließlich verstanden, daß er mit Fortunée keine fleischliche Beziehung mehr haben konnte. Die Situation erschien mir ungesund, gefährlich.

In Mamas Augen hatte diese Frau Vitali verhext. Eines Tages nutzte Kamer die Abwesenheit meines Vaters und brachte eine *endevina,* eine Hexe, ins Haus. Es war eine dicke schmuddlige Frau. Sie steckte Nadeln in ein Stück Seife und sprach Beschwörungsformeln. Ich hätte gern darüber gelacht, aber ich konnte noch so wissend und rational sein, als echte Orientalin hatte ich Angst vor der Macht okkulter Kräfte. Kamer und die alte Frau begaben sich dann zur *escuela* von Hasköy, um die stachelige Seife in das Goldene Horn zu werfen – *todo el mal a la mar,* alles Böse ins Meer! –, während Mama zu Hause den Wunsch aussprach, Fortunée möge sich wie jenes Stück Talg auflösen.

Die *endevina* hatte den Befehl gegeben, das Haus zu reinigen, da Fortunée dort eine Mahlzeit zu sich genommen hatte, dazu noch am Vorabend eines Festes. Die Frauen des *cortijo* beteiligten sich an der großen Säuberung. Das war für Mama eine Möglichkeit, der Schande zu entgehen. Indem sie die Gevatterinnen als Zeuginnen ihres Unglücks nahm, wurde das Konkubinat zwischen dem Sohn des Hauses und einer Frau der üblen Sorte zu einem Schicksalsschlag, einer ernsten, aber zum Glück nicht ansteckenden Krankheit. In allen Zimmern brannten Weihrauch und Gewürze. Unsere Augen schwollen an, und wir husteten von morgens bis abends, aber wir mußten diese Unannehmlichkeiten aushalten, damit Gott uns erhörte.

Ich ertrug es schlecht, an dieser Kabale beteiligt zu sein. Ich sagte mir, wenn Fortunée etwas zustieße, würde ich mich bis an mein Lebensende schuldig fühlen. Aber Schuldgefühle gehörten schon so zu meinem Leben dazu … Um ehrlich zu sein, auch ich war etwas böse auf Fortunée. Nicht weil sie mir den Bruder genommen, sondern weil sie mich zurückgestoßen hatte.

Mama litt mehr als alle anderen: Das Unangenehme und Bittere der Luft, die wir einatmeten, um *los mejores de nosotros* zu vertreiben, hatten ihr Magengeschwür verschlimmert. Nita erhob sich im Morgengrauen, um lauwarme Schafsmilch zu besorgen, das einzige, was ihre Schmerzen besänftigen konnte. Ich war glücklich, den ganzen Tag in der Schule bleiben zu können und auf diese Weise der tragischen Atmosphäre des Hauses zu entfliehen.

Ich räumte ein, daß Mama zu beklagen war. Die Falle, die jede jüdische Mutter erwartet, schloß sich auf besonders schmerzhafte Weise über ihr. Vom Vater ignoriert, ohne Liebe verheiratet, hat eine sephardisch-jüdische Mutter nur eine Leidenschaft in ihrem Leben: ihren Sohn. Mama hatte geglaubt, daß dieser einzige Sohn gestorben sei. Dann war er leidend zu ihr zurückgekehrt, sie hatte ihn gepflegt, nur damit eine andere Frau ihn ihr wieder stahl. Nicht einmal eine richtige Frau, da sie nicht kochen konnte und wie ein Mann argumentierte. Vitali hatte jeglichen Gemeinsinn verloren. Es wäre besser gewesen, wenn er in Adrianopel gestorben wäre.

Kurz vor Passa erhielt Vitali im Geschäft einen Telefonanruf. Fortunées Leiche war nicht weit von dem Tanzlokal, in dem sie arbeitete, aufgefunden worden. Von Kugeln durchlöchert.

Die Nachricht warf uns um. Mamas Haare wurden von einem Tag auf den anderen weiß. Sie war zu abergläubisch, als daß sie den Tod ihrer Nächsten wünschen könnte (*ke mal mos kera*). Sie wollte, daß Vitali Fortunée verließ oder sie die Pocken bekam und für immer entstellt war, aber das... Wer hätte sich im übrigen einen solchen Ausgang vorstellen können? Soweit man sich erinnern konnte, war noch nie ein Jude von Hasköy in eine kriminelle Angelegenheit hineingezogen worden.

Vitalis Ruhe verwirrte mich. Hatte ihn der Krieg so unempfindlich gemacht? Er lehnte alle Hilfe ab, die mein Vater ihm anbot, um die Formalitäten zu regeln. Offenbar behelligte die Polizei ihn kaum und schloß sehr schnell, zu schnell, auf eine Sittengeschichte.

Mein Bruder feierte das Osterfest mit uns. Leon stellte die rituellen Fragen, und wir sangen im Chor *el cabritico*. Bis auf Mama.

Ich half in der Küche, als Simone mir Zeichen machte: Vitali saß grüblerisch im *cortijo*. Wir gesellten uns zu ihm und blieben ein paar Augenblicke still. Wir beobachteten, wie die Nacht hereinbrach und der Himmel sich mit Sternen füllte.

»Weißt du, wieso das passiert ist?« murmelte ich.

Sein Gesichtsausdruck konnte für Zustimmung gehalten werden.

»Hat Fortunée für die Bolschewiken gearbeitet?« fragte Simone.

»Seit drei Jahren. Ihre Arbeit in dem Tanzlokal war nur ein Deckmantel.«

»Und du?« fragte ich.

Er machte eine Geste, die zu verstehen gab, daß er nur eine unbedeutende Rolle gespielt habe.

»Aber du hast ihr geholfen?«

»Meinen Möglichkeiten entsprechend«, stöhnte er und zeigte auf seine Krücken. »Sie kannte die Risiken.«

Er hob den Kopf. Seine Augen waren voller Tränen. Er starrte, ohne mit der Wimper zu zucken, vor sich hin.

»Die Dinge müssen sich ändern«, sagte er, »und wenn man auf seinem Hintern sitzen bleibt ...«

Seine Stimme brach ab. Simone näherte sich ihm, legte die Arme um ihn, auf natürliche Weise spontan und zärtlich. Ich konnte nur seine Hand nehmen und sie an meine Lippen führen. Er reagierte mit einem traurigen Lachen.

»Na, na! Sie hätte es nicht gern gehabt, daß man sich rühren läßt ...«

Dann redete er mit seiner früheren energischen, mal gesetzten, mal feurigen Stimme, die mich in meinen ersten Jahren eingelullt hatte. Er erzählte uns, wie Fortunée ihn 1908 bei den ersten Demonstrationen in Saloniki gewarnt hatte: Der Kampf für die Freiheit bedeutete totalen Einsatz.

Sie wußten beide, daß ihr Leben auf dem Spiel stand, und hatten besprochen, welche Maßnahmen im Unglücksfall zu ergreifen waren. Der jungen Frau war es zuwider, daß ihre Familie in Adrianopel ihre Leiche in die Heimat zurückführen und sie auf dem jüdischen Friedhof begraben würde. Vitali war es gelungen, sie davon zu überzeugen, daß das für sie nichts ändern würde, wohingegen für ihre Familie ...

»Ich hätte besser geschwiegen«, platzte es bitter aus ihm heraus. »Das hätte mir eine unangenehme Szene mit den Arditi erspart. Die beiden Brüder sind bei mir eingefallen und haben mich beschuldigt, ein unschuldiges junges Mädchen verdorben zu haben!«

»Während du dich nach Mutter von einem üblen Geschöpf hast verhexen lassen«, seufzte ich. »Es ging über ihrer aller Verstand, daß ihr euch geliebt habt und zusammen dafür kämpfen konntet, eine gerechtere Welt zu schaffen ...«

»... in der Männer und Frauen auf einer Stufe der Ebenbürtigkeit leben würden«, schloß Simone.

Es wurde kalt und wir gingen hinein. Im kleinen Salon war ein Bett bereitet worden. Vitali beeilte sich, für Klarheit zu sorgen: Er hatte nicht die geringste Absicht, nach Hause zurückzukehren.

»Aber wie wirst du zurechtkommen?« beklagte sich Mutter.

»Ich habe jemanden eingestellt.«

»Ein Mädchen von Balat?«

»Eine Türkin, Mutter.«

Und er fügte mit fester Stimme hinzu: »Wie ich!«

DRITTER TEIL

Warten

1

Eines schönen Tages im Mai 1914 betrat Simone unser Zimmer und rief: »Sie haben Ja gesagt!« Auf meinem Bett zusammengerollt, die Hände auf den Ohren, wartete ich auf das Ergebnis der Unterredung zwischen meinem Vater und Madame Béhar. Ich hatte nicht gewagt, daran teilzunehmen: Im Fall der Ablehnung hätte ich meine Wut nicht zurückhalten können.

»Dein Vater ist einverstanden! Vor dem dritten Herbstfest fahren wir nach Paris!«

»Sicher?« stammelte ich. »Ist das wirklich sicher?«

Simone brach in Lachen aus.

»Ich glaube, *Señor Padre* hatte Angst, wir könnten ihm das Leben gänzlich verleiden! Wenn du gehört hättest, wie er der Direktorin gegenüber von uns gesprochen hat!«

Sie ahmte Papas Ton nach, als er sich über alle die *bellayas* beklagte, die diskutierten, sich stritten und sein Haus in einen Hühnerhof verwandelten.

Mich überkam eine unendliche Müdigkeit, Arme und Beine wurden schwer wie Blei.

»Was ist los?« fragte sie besorgt. »Du müßtest vor Freude vergehen.«

»Ja, aber ... Während ich wartete, habe ich nachgedacht ... Nach dem Diplom müssen wir zehn Jahre für die Alliance im Orient unterrichten ... Ich frage mich, wie ich nach dem Genuß der Freiheit die Rückkehr ertragen werde ...«

Meine plötzliche Niedergeschlagenheit hatte jedoch nichts mit solchen Überlegungen zu tun, so gerechtfertigt sie auch sein mochten. Ich verstand selbst nicht, was mit mir los war. War es Angst? Die Bangigkeit, mich voller Wünsche am Fuße der Mauer zu befinden, aber ohne den Mut, sie zu überwinden?

»Was für eine Spielverderberin! Du bist noch nicht einmal losgefahren und machst dir schon wegen der Rückkehr Sorgen.«

»Ja und du, stört es dich nicht, dich für so viele Jahre zu verpflichten?« Meine Nichte bekam einen träumerischen Gesichtsausdruck.

»Oh, ich ...«

Mehr sagte sie nicht. Ich kannte ihre Pläne. Agop Kaledjian verhandelte seinerseits über eine Fortsetzung seines Studiums an der Sorbonne. Da sie sich dessen bewußt waren, daß ihre Familien einer Heirat nie zustimmen würden, planten die Liebenden, sich heimlich in Frankreich zu vereinigen.

»Du hast recht«, erwiderte ich mit fester Stimme. »Wichtig ist, wegzukommen. Wenn ich diese Chance nicht nutze, sitze ich hier bis zu meinem Tod fest. In welche Pension werden wir gehen?«

Simone wußte es nicht. Im Gegensatz zu den Jungen, die über ein Internat in Auteuil verfügten, teilten sich die Mädchen je nach freien Plätzen auf die Häuser von Madame Weill, Kahn und Isaac im Westen von Paris auf, oder sie gingen in das Pensionat Bischoffsheim am Arsenal-Platz in der Nähe der Bastille. Schließlich überwand ich meine Panik. Endlich fühlte ich mich von Freude überflutet.

Am 28. Juni wurde in Sarajewo der österreichische Erzherzog Franz Ferdinand ermordet. Das bewegte um mich herum niemanden.

Zwischen den letzten Prüfungen und Reisevorbereitungen verging der Juli wie im Flug. Am Freitag abend besprachen Vitali und mein Vater die Gerüchte, die in der Stadt über Geheimverhandlungen zwischen Deutschland und der Hohen Pforte kursierten, aber mich kümmerten sie wenig. Was hier geschah, betraf mich nicht mehr.

Am 3. August erklärte Deutschland Frankreich den Krieg. Unsere Reise wurde gestrichen, und ich war außer mir. Aber ich gab noch nicht auf. Jeder dachte, daß den drei Entente-Mächten Frankreich, England und Rußland einige Monate reichen würden, um die Mittelstaaten Deutschland und Österreich-Ungarn niederzuschlagen. Nicht nur, daß dies nicht zutraf. Auch die Türkei trat bald in den Krieg gegen die Alliierten ein, und zwei deutsche Kreuzer, die Goeben und die Breslau, drangen zu den Dardanellen vor. Die Türken warteten im Norden auf die Russen, im Westen auf die Bulgaren, im Süden auf die Alliierten. Man hörte das Grollen der Kanonen.

Ich war in Istanbul eingesperrt, als Gefangene eines Landes, das sich zum Hauptfeind all meiner Hoffnungen entwickelt hatte. Und ich konnte meine Verzweiflung mit niemandem teilen. Mein Schicksal bedeutete wenig angesichts der Welt, die in Flammen stand.

Nach den ersten Kriegsmonaten war ich wie betäubt. Ich lauschte, ich hörte zu, aber die Wörter versickerten in meinen Ohren wie Wassertropfen im Wüstensand.

Die aufgeklärte Bourgeoisie von Konstantinopel, egal welcher Herkunft, war frankophil und frankophon. Sie sah mit Schrecken die Schließung der Ordensschulen und die Abschaffung französisch geschriebener Ladenschilder. Es wurde unter Androhung von Strafe untersagt, auf öffentlichen Plätzen die Sprache Molières zu sprechen. Dem Großrabbiner Nahum gelang es, die Schulen zu retten, aber er konnte angesichts der germanophilen Zionisten den Niedergang der Alliance Israélite Universelle nicht aufhalten. Die Situation war wirr, oft absurd. Obwohl sie unbedingt die Niederlage der Mittelmächte wünschten, rüsteten jüdische Unternehmen die türkische Armee mit Uniformen aus. Die Alliierten, ebenso wie die Mittelmächte, hielten in Konstantinopel riesige Wirtschaftsinteressen. Da man den Griechen und Armeniern wegen ihrer antitürkischen Gefühle nicht traute, hatten nur die Juden die Erlaubnis, nach Frankreich und England ebenso wie nach Deutschland, Bulgarien und Österreich-Ungarn zu reisen. Mehrere Familien machten so ein schnelles Vermögen, und der Antisemitismus, bisher den Griechen vorbehalten, infizierte auch das türkische Volk.

Wie viele seiner Freunde war mein Vater damit beauftragt, französische, englische, österreichische und deutsche Firmen zu vertreten. Trotz der damit verbundenen Schwierigkeiten und Risiken begab mein Vater sich auf lange Rundreisen. Auch Vetter Faraggi reiste für den Handel, und so blieb das Geschäft in den Händen Vitalis.

Señor Padre brachte von seinen Expeditionen Waren mit, die in der Stadt unauffindbar waren: Kaffee, Mehl, Leinen. Die Nahrungsbeschaffung wurde für die Istanbuler zur Hauptsorge. Sie hatten nichts mehr zu beißen. Man konnte sich nur über den Schwarzmarkt versorgen. Tauschhandel machte sich breit, ebenso wie Spekulationen. Privilegierte, die ein Bauernhaus auf dem Land besaßen, schafften es, fast weißes Brot zu essen, aber auf die anderen warteten endlose Schlangen und faule Tagesrationen. Zucker, den die Orientalen in Mengen verbrauchen, fehlte schmerzlich. Das Brot war nicht eßbar, es schien eher aus Stroh als aus Getreide gebacken. Die ganze Energie der Frauen richtete sich auf die Versorgung.

Mama erzwang meine Bewunderung. Sie wurde zum tapferen Soldaten im Lebensmittelkrieg. Es kam für sie nicht in Frage, daß die zarte Ernesta, der behinderte Vitali und die ständig schwangere Adela unter Entbehrungen litten. Jeden Morgen zog sie mit der treuen Kamer los auf die Suche nach Nahrungsmitteln, die sie überteuert bezahlte oder gegen handgefertigte Spitzen oder Kupferreliquien tauschte … Auf diese Weise konnte sie jeden Freitag einen ansehnlichen Tisch herrichten, um den Sabbat zu feiern, und schweigen, während wir sangen.

Meine Mutter und meine Schwester Ernesta wurden so symbiotisch, daß mir übel wurde. Schon während Vitalis Krankheit fühlte ich mich durch ihre Eilfertigkeit am Bett des Verletzten ausgeschlossen. Es grenzte an Gefräßigkeit. Beschämt von meiner Feigheit vor den körperlichen Qualen Vitalis, geriet ich in Wut, sie so wirkungsvoll und vorbildlich agieren zu sehen. Was hätte ich darum gegeben, einen Tag, eine Stunde lang so eine geschickte Hand wie sie zu haben, so ein Kopfkissen aufzuschütteln oder so eine Bouillon servieren zu können ...

Ernestas Alter – neunzehn Jahre – beunruhigte meine Mutter in jener Zeit, da die heiratsfähigen Jungen genauso rar waren wie Weißbrot. Würde sich das heilige Kind auf ewig opfern? »*La mejor pera se tome el puerko* – Perlen vor die Säue«, seufzten die Gevatterinnen, wenn ihre Tochter mit einem Preisnachlaß abgegeben wurde. Mama erreichte es, daß Ernesta zu den Tanzveranstaltungen eingeladen wurde, die jungen Israelitinnen aus guter Familie vorbehalten waren. Simone und ich durften sie nicht begleiten. Nicht so sehr wegen des Alters, sondern aus Angst, wir könnten unsere Älteste um Längen schlagen. Eine jüdische Mutter muß ihre Töchter in der Reihenfolge ihrer Ankunft auf Erden verheiraten.

Es machte uns nichts aus: Simone hatte Agop und ich das Kino.

Ich entdeckte auf der Riesenleinwand im Taxim-Garten die Taxis der Marne und die Schrecken der Schützengräben, den Rückzug Karls des Großen und die Ermordung Rasputins, den englischen Vormarsch in Palästina und die Revolution der Bolschewiken. Aber es gab nicht nur die Nachrichten. Charlie Chaplin ließ mich Tränen lachen, und ich weinte mit Psilander, der Heldin der schwedischen Melodramen mit ihrem unwiderstehlichen Lächeln. Die amerikanischen Western weckten in mir eine riesige Woge von Hoffnung: An dem Tag, an dem die Kavallerie sich zum Angriff entschließen würde, nähme dieser endlose Krieg ein Ende.

So wie die Gemeinde war auch unsere Familie gespalten. Mein Vater trieb mit allen kriegerischen Parteien Handel. Simone und ich waren ganz klar für das französische Lager, worin uns Mama gefolgt war, nicht aus politischen Gründen, sondern aus Haß gegen die Todescos. Vitali verfolgte mit Interesse das Geschehen in Rußland. Und Leon unterstützte Deutschland.

Mein Neffe, ein inbrünstiger Anhänger des Zionismus, hatte die religiöse Volljährigkeit erreicht und fühlte sich damit autorisiert, seine Mutter Nita zu tyrannisieren. Er war in einem Haus groß geworden, wo die Autorität des *Señor Padre* im selben Maße zerbröckelte wie die Gemeindeinstanzen. Die Alliance Israélite Universelle hatte ihm nicht die Liebe zu Voltaire und die Verachtung des Orients eingeflößt. Leon hatte sich heftig dagegen aufgelehnt, als meine Nichte sich mir im Sion-Gymnasium angeschlossen hatte: »Unser Vater hätte dir nie erlaubt, dein Volk und deinen Gott zu verraten!« Simone hatte sich darüber hinweggesetzt, aber Bruder und Schwester hatten seitdem kein Wort mehr miteinander gewechselt.

Der Zwist zwischen ihren Kindern zerstörte die arme Nita, und um diesen Geschwisterstreitigkeiten ein Ende zu bereiten, hatte meine Schwester *Señor Padre* angefleht, er möchte uns nach Paris ziehen lassen.

Der Krieg, der ihm den Schmerz erspart hatte, uns abreisen zu sehen, bewirkte indirekt eine andere Trennung, die seit langem anstand und trotzdem radikal und unwiderruflich war: Nach der Balfour-Deklaration, die den Juden offiziell die Erlaubnis gab, ein »nationales Heim« in Palästina zu errichten, teilte Leon uns seinen Entschluß mit, dort sein Leben aufzubauen.

»In Palästina?« rief mein Vater. »Bei den Engländern? Dort wird gekämpft, Unglücklicher! Weißt du nicht, was in Jaffa passiert ist?«

»Doch, genau. Wer wird dieses Land verteidigen? Eure hübschen Herrchen in Paris? Nein, Männer wie ich.«

»Die Alliance schickt Mittel, bedenke«, sagte ich, »und Geld ist der Nerv des Krieges.«

Leon höhnte: »Natürlich! Und du vergißt die großen Diplomaten, die Minister, die Wohltäter, die sich ganz unserer Sache verschrieben haben. Wie wirkungsvoll! Die Wahrheit ist, daß Kritiker wie die Crémieux', die Sées und andere Morgenthaus sich ihres Judentums schämen, so wie du oder Simone!«

»*Ijo!*« flehte Nita.

Ich errötete, weil er den Nagel auf den Kopf getroffen hatte. Indem sie die Assimilation predigte, hatte die Alliance uns den Haß auf uns selbst eingepflanzt.

»Palästina ist eine Wüste«, bemerkte Vitali. »Es muß alles aufgebaut werden. Siehst du dich hinter einem Pflug? Schau dich doch an, mein Junge! Du kannst ja kaum eine Wassermelone heben!«

Leon präsentierte uns die üblichen Sprüche der Zionisten: Die gebrechlichen Pioniere, die aus Deutschland, Rußland oder Rumänien geflohen waren, waren echte Herkulesse unter der Sonne des Gelobten Landes geworden.

»Stark wie die Türken!« witzelte Simone.

»Fluch dem Sohn, der seine Mutter im Stich läßt!« fiel Mama ein.

Nita weinte still.

»Du sagst nichts, Vitali?« fragte mein Vater, von den Ereignissen überrollt.

»Wann fährst du?« seufzte mein Bruder.

Leon spielte den Wichtigen. Im Augenblick hatte er sich nur als Freiwilliger gemeldet. Die Ratifizierung des Sykes-Picot-Abkommens, das die Teilung der osmanischen Provinzen zwischen Frankreich und Großbritannien festgelegt hatte, würde noch eine Weile dauern. Und außerdem war der Krieg noch nicht beendet, wodurch die Arbeit der mit der »Rückkehr« beauftragten internationalen Organisationen erschwert wurde. Ganz zu schweigen von dem großen Brand in Saloniki, der Tausende von jüdischen Familien ruiniert hatte, die nun unter Zelten auf ihre bevorzugte Einschiffung warteten.

»Wir haben auch unsere Armen«, schimpfte Mama. »Und die Cholera und den Typhus. Und nichts zu essen. Warum immer die Bewohner von Saloniki bevorzugen?«

Sie warf eine Rosine in ihren Tee und schimpfte, daß das

Leben ganz schön bitter sei ohne Kaffee und Zucker zum Versüßen. Mir war fast zum Lachen zumute: Meine Mutter wollte nicht, daß ihr Enkel wegging. Aber trotzdem ertrug sie den Gedanken nicht, daß andere vor ihm drankamen.

»So sollten Sie nicht reden, Mama!« protestierte Vitali.

»Was in Saloniki passiert ist, ist schrecklich ... schrecklich. Von den Vierteln, die ich gekannt habe, ist nichts mehr da, von den Häusern, in denen ich geschlafen habe, den Büros, in denen ich gearbeitet habe ...«

Seine Stimme erstickte, und es herrschte einen Augenblick Schweigen. Dann fuhr Leon verschlagen fort: »Das kann nicht einfach sein für dich, mein Onkel. Wie kannst du dem Sozialismus treu bleiben, während die Alliierten die Weiße Armee unterstützen? Was übrigens den Sieg Deutschlands beschleunigen wird ...«

»Wart erst mal, bis die Amerikaner ans Werk gehen!« rief Simone.

Vitali lächelte traurig. Wieder hatte Leon den Punkt getroffen. Seit der Revolution der Bolschewiken war mein Bruder zwischen seinem Sozialismus und seiner Frankophilie, seinem Judentum und seiner Anglophobie, seinem Pantürkismus und den Notwendigkeiten des Kommerzes hin und her gerissen ... Er war nicht der einzige. Seine Freunde aus Saloniki engagierten sich in der Roten Armee oder betrieben Aufklärung, entweder überschäumend oder zynisch und häufig von jenen manipuliert, die sie zu verraten glaubten.

An der orientalischen Front war der Krieg nicht nur blutig, sondern im höchsten Maße absurd.

2

Wie alle französischsprachigen Schulen wurde auch das Gymnasium Notre-Dame-de-Sion geschlossen. Anfang 1915 richtete die Béné-Bérith-Loge, die amerikanischen Ursprungs war, ein jüdisches Gymnasium in Konstantinopel ein. Sie übernahm ausschließlich die männlichen Schüler der französischen, englischen und italienischen Schulen. Die Loge stand unter zionistischer Aufsicht, und mein Neffe Leon verschonte mich nicht mit seinen Sarkasmen, als er mich ein Einschreibungsformular anfordern sah.

Schließlich wurde ein Jahr später eine Abteilung für Mädchen eröffnet, und ich konnte meine unterbrochene Schulausbildung fortsetzen. Die meisten Lehrer waren Franzosen mit einer Lehrerausbildung. Ich fand meine Gefährtinnen von Sion wieder, insbesondere Marie-Edmée Delaporte und Adélaide Balland. Dieses Mal war ich auf meinem Territorium …

Mein Mut sank, als ich herausfand, daß das jüdische Gymnasium nur Jungen auf das Baccalauréat vorbereitete. Die Mädchen wurden nicht für würdig befunden, Latein zu lernen, und ohne Latein gab es kein Abitur. Der Unterricht, den ich besuchte, war derselbe, der in Frankreich an den pädagogischen Hochschulen angeboten wurde. Nur mit dem Unterschied, daß niemand sich die Mühe machte, uns irgendeine Prüfung abzunehmen. Von soviel Nutzlosigkeit angewidert, hörte ich auf, die Unterrichtsstunden mit Inbrunst aufzunehmen. Mich überkamen Zweifel am Allwissen der Lehrer und an der Ausbildung. Die Bücher sprachen von einem Universum, das nicht mehr nur weit entfernt, sondern unerreichbar war. Mein Hunger nach Wissen war zwar immer noch groß, aber ich weigerte mich von nun an zu glauben.

Von der allgemeinen Bewegung angetrieben, begab ich

mich nach der Schule zu der Sonderhilfskommission von Béné Bérith, die ihren Sitz in der Nähe des Galata-Turms hatte. Die Familie glaubte, daß Simone mich begleitete, während sie sich heimlich mit Agop Kaledjian traf.

Lila und Ana, Agops Schwestern, waren ins Vertrauen gezogen. Die Eltern Kaledjian schienen sich an der fortwährenden Anwesenheit Simones in ihrer schönen Wohnung nicht zu stoßen. Der Vater, ein Bankier, war ein Mann mit weitherzigen Vorstellungen, und seine Frau kümmerte sich mehr um ihre Kleider als um ihre Kinder. Natürlich hätte man, wenn Ana sich mit einem Juden abgegeben hätte, sofort alles getan, um sie wieder auf den richtigen Weg zu bringen. Wie die Mädchen bei uns, mußten sich die Armenierinnen anpassen.

Vor Ausbruch des Krieges war es Agop gelungen, seinen Vater davon zu überzeugen, daß die Bank nicht seine Sache sei. Er würde Dichter, Philosoph oder Schriftsteller werden. Aber über ihm schwebte wie über den Juden die Drohung des Militärdienstes. Zahllose junge Armenier gingen nach Amerika ins Exil, um nicht in die türkische Armee eingezogen zu werden. Um Agop bei sich zu behalten, grub Monsieur Kaledjian ein Gesetz aus, das die Eigentümer von mehr als hundert Hektar umfassenden Bauernhöfen von den militärischen Verpflichtungen befreite, und so erwarb die Familie einen solchen Hof hinter der bulgarischen Grenze. Agop sah sich ebensowenig als Bauer wie als Emigrant oder Soldat, aber er wollte bei seiner Herzallerliebsten bleiben.

Simone verbarg die Verse ihres Geliebten zwischen ihren Heften. Sie genoß das Vergnügen, umworben zu werden.

Zweifellos war es das, worin sie verliebt war, denn Agops Glut erschreckte die Fünfzehnjährige auch ein wenig. Sie fragte sich, ob sie sie genügend erwiderte. Zwar verlor sie den Appetit, wenn sie ihn sah, und konnte nichts von dem anrühren, was das Dienstmädchen auf einem Tablett brachte. (Obwohl es sich um Weißbrot handelte, ein höchst seltenes Nahrungsmittel, von dem bulgarischen Bauernhof!) Zwar klopfte ihr Herz, und leichter Schweiß perlte auf ihren Schläfen, aber war das die Liebe? Die richtige Liebe, wie sie sie bei Vitali und Fortunée erlebt hatte oder selbst bei ihrer armen Mutter und ihrem hinfälligen Gatten?

Ich hörte ihr abends im Bett zu, wenn sie ihre Fragen vor sich hin brabbelte. Für mich war die Leidenschaft zwischen einem Mann und einer Frau eine Art Krankheit, die man sich zuzog, weil man Unvorsichtigkeiten beging, so wie man Gefahr lief, Typhus zu bekommen, wenn man fauliges Wasser trank. Nun verabscheute ich es aber, krank, geschwächt, abhängig, auf andere angewiesen zu sein. Ich weigerte mich, mich in eine ebenso süße wie gefährliche Spirale einfangen zu lassen, die mich von meinem Ziel abbringen konnte: abzuhauen. Simone baute sich ein neues Gefängnis. Ich beneidete sie nicht, ich beklagte sie.

Am 24. April 1915 blieben die Pulte der armenischen Schülerinnen leer. Sobald der Unterricht beendet war, eilte Simone zu den Kaledjians. Agops Vater war im Morgengrauen verhaftet worden, so wie alle hochstehenden armenischen Persönlichkeiten Konstantinopels. Agop schickte seine Mutter und seine beiden Schwestern aufs Land. Er würde mit anderen Jungen seines Alters in der Stadt bleiben und sich verstecken. Wenn sein Vater nicht freikäme oder die Situation sich verschlimmerte, würde er auf geheimem Weg in die Vereinigten Staaten fliehen können, wohin er seine Frauen nachkommen lassen würde.

Von der Ruhe ihres Geliebten beeindruckt, kam Simone nach Hause. Die Armenier hatten wie die Juden schon unter mehreren Verfolgungen gelitten. Perfekte Organisation und Solidarität würden sie auch dieses Mal vor dem türkischen Zugriff retten.

»Wenn Agop nach Amerika geht«, vertraute sie mir an, »nimmt er mich mit.«

Ein Sturm des Wahnsinns kam über die Stadt, die sich die kriegerischen Parteien schon untereinander aufteilten. Die

Franzosen und die Engländer waren sich darin einig, Konstantinopel im Tausch gegen andere Teile des Reiches den Russen zu überlassen. Für uns würde das den sicheren Tod bedeuten: Die Berichte der den Pogromen entronnenen Juden ließen uns keine Hoffnung.

»Folge ihm«, sagte ich. »Zögere nicht. Hier werden wir wie die Ratten krepieren.«

Nachdem die Alliierten die Dardanellen erreicht hatten und der Kampf sich auf dem Wasser hinzog, stießen die Russen im Kaukasus vor, und man beschuldigte die Armenier, sie tatkräftig zu unterstützen. Die großen Deportationen begannen, Istanbul wurde jedoch ausgespart. Lila, Ana und ihre Mutter, die sich auf dem Land in Sicherheit geglaubt hatten, waren mitten in den langen Märtyrerzügen, die die berittenen Türken bis zur Erschöpfung von einem Ende des Landes zum anderen trieben. Diese Unterdrückung bewegte die Juden kaum. Der Krieg trug dazu bei, die Gemeinden gegeneinander aufzubringen. Simone wütete und stritt heftig mit meiner Mutter, die immer bereit war, sich an dem Unglück anderer zu erfreuen *(ke mal mos kera)*, als wäre das eine Garantie für ihre eigene Zukunft. Die Spionenphobie gedieh bestens.

Agop wurde gesucht. Die geheime Verbindung, die seine Flucht hatte sichern sollen, war aufgeflogen. Zu uns konnte er sich nicht flüchten: Meine Eltern wußten nicht einmal, daß Simone Kontakt mit ihm hatte. Vitali nahm ihn für einige Tage bei sich auf und bot ihm Geld an, damit er sich zu Fuß nach Griechenland aufmachen und von dort aus versuchen konnte, sich nach den Vereinigten Staaten einzuschiffen. Bei einem solch waghalsigen Unterfangen konnte Simone ihn nicht begleiten. In der letzten Nacht schlich meine Nichte sich mit meiner Hilfe aus dem Haus und überließ ihm das Kostbarste, das sie hatte, ihre Jungfräulichkeit.

Erst der Waffenstillstand mit Rußland führte dazu, daß der Völkermord an den Armeniern aufhörte. Simone schöpfte wieder Hoffnung. Aber es verging ein weiterer Winter ohne Holz und ohne Brot. Und ohne Nachricht von Agop. Man begann zu ahnen, daß die verhafteten Armenier nicht wiederkehren würden, weder in Konstantinopel noch sonstwo.

»Dieser Krieg wird nie zu Ende gehen!« seufzte Simone eines Abends, als wir von der Schule heimkehrten.

Arbeiterinnen strömten aus der Waffenfabrik und zerstreuten sich hastig.

»Jedenfalls wird nichts mehr sein wie vorher«, bemerkte ich. »Wenn die Frauen ihr Heim verlassen, um Männerberufe auszuüben, dann verändert sich die ganze Gesellschaft ...«

»Warum machst du es dann nicht genauso?«

»Ich?«

»Nein, der König von Preußen!« warf sie ironisch ein. »Auf, los, arbeite, es gibt überall Plätze dafür! In den Buden, in der Tabakregie, an den Wechselgeldschaltern.«

»Und die Hilfskommission der Béné Bérith? Und die Mahlzeiten, die ich für die *Buena Voluntad* verteile?«

»Ich bitte dich«, schnitt mir Simone das Wort ab. »Du bist nicht dafür gemacht, dich in Wohltätigkeit zu ergehen. Man braucht nur deinen Ausdruck des Ekels beim Anblick von Verletzten oder Elenden zu sehen!«

Ich ging schweigend weiter. Simone hatte recht, aber es war grausam, mich zu beschämen.

»Und du?« ging ich nach einer Weile auf sie los. »Wenn du etwas deinen lieben Agop vergäßest, könntest du dich dann vielleicht nützlich machen?«

Wir maßen einander einen Augenblick von oben bis unten, bis wir zusammen ausriefen: »Vitali!«

»Schlagen wir ihm vor, ihm im Geschäft zu helfen!«

»Ich dachte, du verachtest den Handel?«

»Die Welt ändert sich, meine Liebe, du hast es selbst gesagt!« erwiderte ich.

Wir drehten um, liefen nach Pera und überraschten meinen Bruder gerade in dem Augenblick, als er den Eisenvorhang herunterließ.

»Wir kommen, um dir unter die Arme zu greifen!« verkündete ich.

»Wann? Jetzt?«

»Von morgen an. Wir werden deine Angestellten sein!«

»Ausbeutbar und gnadenlos zur Fron bereit!«

»Nun, Brüderchen, fühlst du dich in der Haut eines Chefs wohl?« fragte ich listig.

Vitali ging auf das Spiel ein.

»Hören Sie mit Ihren Vertraulichkeiten auf, Mademoiselle! Was Sie betrifft, *Señorita* Behmoiras, den Kunden bitte keine schönen Augen machen ...«

Einige Minuten später diskutierten wir hitzig über die weiteren Pläne meines Bruders für das Geschäft und unsere Möglichkeiten, daran teilzuhaben. Die Ideen sprudelten in einer Atmosphäre von Zuneigung und Vertrauen, die fünf Jahre Unbehagen auslöschte.

Vitali hatte schon angefangen, die Buchhaltung meines Vaters zu modernisieren. Ich lernte Maschineschreiben. Simone gab per Telefon die Bestellungen weiter, mein Bruder kümmerte sich um den Warenbestand, ich setzte die Rechnungen auf. Wir bildeten ein beachtenswertes Team. Vitali amüsierte sich über unsere Schnurren, an denen er nicht teilnahm, aber er betrachtete uns mit lächelndem Wohlwollen, das ihn verjüngte. *Señor Padre* und sein Partner versäumten es nicht, unsere Initiativen mit Mißtrauen zu betrachten, und Vitali verteidigte sich hartnäckig. Denn mein Bruder war natürlich als einziger verantwortlich für das gute Funktionieren des Geschäfts: Für meinen Vater und *el godro* Faraggi konnten Simone und ich nur Handlanger sein.

Als die Vereinigten Staaten beschlossen, der belagerten Festung zu Hilfe zu eilen und die Amis in Khaki-Uniform in

Istanbul einmarschierten, war ich der Befreiung mit Riesenschritten näher gekommen. Ich leitete die Bibliothek der Alliance, verstand mich auf Stenographie und Buchhaltung, las die Zeitungen und diskutierte mit Vitali über Politik. Ich hatte gelernt, einen Standpunkt zu formulieren und ihn zu verteidigen, selbst vor meinem Vater, der mir daraufhin einen eher überraschten denn verärgerten Blick zuwarf. Ohne den Krieg (und ohne Nita, Mama und Ernesta, die von morgens bis abends beschäftigt waren, die notwendigen Nahrungsmittel zu beschaffen, »zur Erneuerung der Arbeitskraft«, wie Vitali sagte) hätte ich nie den Weg zu einer solchen Freiheit entdeckt.

Meine Eltern wußten praktisch nichts von meinem Leben. Ich hatte mein Viertel und seine Ordnung verlassen. Eine gesittete, liebenswerte und vertraute Ordnung, eine genau austarierte gesellschaftliche Kontrolle, bei der jeder zugleich Handelnder und Wächter war. Simone und ich waren in der *juderia* die einzigen, die die Oberschule besuchten. Die Frauen des *cortijo* kommentierten unsere Zukunft als Gelehrte: Wer würde uns wollen? Aber wer wollte andere?

Trotz dieser Emanzipation blieb ich schrecklich prüde. Auf der Insel Prinkipio hatten die Deutschen die ersten gemischten Bäder eingerichtet. Der Strand von Jorguli, einst von den Griechen in Anspruch genommen, wurde zum Symbol der ganzen neuen Sittenfreiheit. Simone hatte nichts von meiner Schüchternheit. Ich begleitete sie und blieb angezogen, während sie sich in den Fluten tummelte. Da sie ihrem lieben Agop treu war, von dem sie noch immer keine Nachricht hatte, flirtete sie nicht, aber sie genoß es offensichtlich, betrachtet zu werden. Ich schämte mich meines Körpers nicht mehr, der für mich harmonisch war, wenngleich weniger fleischig als der meiner Nichte. Ich hatte Angst vor Männern: Sie versuchten nur zu besitzen und zu unterdrücken.

Mich packte Verzweiflung, als ich feststellte, was der Krieg aus mir gemacht hatte: ein enttäuschtes, ungeduldiges, rachelüsternes Mädchen, das nach immer seltener werdenden Nahrungsmitteln gierte und ob dieser Obsession wütend war.

An meinem neunzehnten Geburtstag, dem 31. August 1917, spürte ich körperlich, wie sich unter meinen Füßen der Abgrund der für immer verlorenen Zeit auftat. Es war schrecklich. Ich konnte nicht mehr atmen, ein Kloß drückte mir die Kehle zu, und meine Lungen schrien um Gnade. Vor Entsetzen gelähmt, dachte ich nicht einmal daran, meine Nichte zu wecken, die im Nachbarbett schlief.

Unmöglich, wieder zu Atem zu kommen. Das Trommeln ging weiter. Durchdringend. Direkt ins Herz. Plötzlich wurde alles klar. Verzweifelt klar. Ich war neunzehn Jahre alt und verabscheute meine Existenz. Jede Sekunde, die verging, brannte wie Salz in einer offenen Wunde. Wenn die Angst das geschärfte Bewußtsein des Lebens ist, das entflieht und über das man keine Macht hat, war das eine Angstkrise.

Ich keuchte. Simone öffnete ein Auge und sah, wie ich schweißgebadet auf meinem Bett saß, in der Gewalt eines Schmerzes, der über das hinausging, was ich imstande war zu bekämpfen.

»Rebecca? Bist du krank?«

Ich brach in ein heiseres Lachen aus.

»Ich bin neunzehn Jahre alt … neunzehn Jahre …«

Die Tränen standen mir in den Augen. Dann begann ich wieder zu lachen und wiederholte »neunzehn Jahre, neunzehn Jahre«, bis Simone erschreckt zu mir hinstürzte und mich beruhigte. Jetzt war sie es, die weinte und mich anflehte: »Hör auf, ich flehe dich an, du machst mir angst, hör auf …«

Ich gehorchte. Mühsam besann ich mich, daß ich vorsichtig sein, alles vermeiden mußte, das als Waffe dienen konnte, mich noch mehr einzuschließen. Eher ein Bewahrungs- als ein Überlebensinstinkt. Es kostete mich eine Riesenanstrengung, wieder zu mir selbst zu kommen.

An jenem Nachmittag habe ich in Jorguli im Meer gebadet. Die Männer machten mir keine Angst mehr. Ich selbst war mir der eigentliche Feind.

3

Mujer sin kreatures es un arbol sin frutas – Eine Frau ohne Kinder ist wie ein Baum ohne Früchte! Wie immer ohne Fehl, war meine Schwester Adela am Tag nach ihrer Hochzeit schwanger geworden. Und 1913 erklärten sich Mama und Elise Coena mit einem Jahr Vorsprung vor dem Rest der Welt anläßlich der Zeremonie der *kortar fasadura* den Krieg. Es ging darum, für das zukünftige Baby die Windeln zu schneiden, in die man Süßigkeiten und Amulette schob, um ihm ein langes gedeihliches Leben zu sichern. Das ganze Problem lag in der Wahl der Frau, welche die Ehre haben sollte, als erste die Schere zu benutzen. Mutter wollte, daß es ihre Mutter sei, die *nona*. Aber Elise bestand darauf, die Auserwählte zu sein. Die Lausanner Verträge von 1923 gaben zu keinen heißeren Diskussionen Anlaß ...Die *suegra,* die Schwiegermutter, gewann die erste Runde. Dem Gesichtsausdruck Mamas und Ernestas nach zu urteilen, vertat sie keine Zeit mit Warten. Das Baby entpuppte sich als ein Mädchen, und die Enttäuschung siegte vorübergehend über das Ressentiment.

Adela wohnte in Pera über dem Elektrogeschäft ihres Mannes. Elise, deren Mann zu Beginn des Krieges gestorben war, zog bei dem jungen Paar ein, denn Bonjour, ihr Sohn, wurde ihre Altersstütze, *el ijiko las vejes.* Von den fünf Kindern, die sie in die Welt gesetzt hatte, waren zwei sehr jung gestorben. Es war ihr der Älteste, Arzt in Paris, geblieben, und die Jüngste, die in Brüssel wohnte. Bonjour war praktisch einziger Sohn und Elise eine sephardische Mutter! Mama konnte nicht aufhören zu kämpfen.

Da Bonjour Coenca nicht wehrpflichtig war, machte er während der Dauer der Feindseligkeiten meiner Schwester zwei weitere Kinder. Endlich Jungen!

Trotz der Versorgungsschwierigkeiten brachte Mama Wunder zustande, um die Beschneidungen würdig zu feiern. Die Rivalität mit Elise verstärkte das Ausmaß der Freuden, da jede mehr und es besser machen wollte als die andere. Aber um nicht die Eifersucht der Nichtjuden zu wecken, die buchstäblich Hungers starben, mußte man leise singen und Freudenausrufe unterdrücken. Das Lächerliche an diesen geflüsterten Festlichkeiten, mit denen die Geburt zukünftigen Kanonenfutters gefeiert wurde, stieß mich ab.

Trotz des Krieges blieben wir nie lange ohne Nachricht von meinen Brüdern David und Henri. Wie die Waren fand die Post verschlungene Wege, auf denen die Hilfe unter den Gemeinden zum Tragen kam.

Der *Ermano*, David, war 1910 endlich Vater geworden, nachdem Sarah neun Monate lang das Bett gehütet hatte. Nur würde, Gott sei's geklagt, das Wunderkind, das dazu bestimmt war, das einzige zu bleiben, nicht in der Lage sein, den ehrenwerten Familiennamen weiterzugeben noch die Geschäfte seines Vaters zu übernehmen: Es war ein Mädchen.

David machte sein Alter, seine Herzbeschwerden und seine Familienbelastungen geltend, um aus dem Militärdienst entlassen zu werden. Bonjours Bruder verschaffte ihm die notwendigen Atteste. Trotz des Hasses, dem sich die beiden Schwiegermütter hingaben, hatten die Pariser Zweige der Familien Gategno und Coenca Kontakt miteinander aufgenommen. Meinem Bruder David stand ein sehr ergebener Arzt zur Verfügung und Lucien Coenca ein Bankier. Auf diese Weise bildete sich in allen Städten, in denen sich die osmanischen Juden niederließen, ein wirksames Solidaritätsnetz.

David nutzte den Abzug der Männer in den Krieg, um in seiner Bank vorwärtszukommen. Er leitete allein, oder fast allein, das Comptoir d'Escompte de la Seine. Da es nicht genügend Arbeitskräfte gab, gelang es seiner Frau trotz ihrer gebrechlichen Gesundheit, einen Geldwechselschalter zu leiten. Ihre kleine Lucette nahm Tanz- und Klavierstunden. Wenn ich auf Kosten der Alliance nach Paris gegangen wäre, hätte man mich der Fürsorge Davids anvertraut. Ich hätte freitags das Abendessen mit der hübschen Lucette geteilt – ein kleines Mädchen, das Klavierstunden nimmt, kann nur entzückend sein – in der edlen Umgebung eines Wohnhauses des 17. Bezirks …

Henri, der Angeber mit dem unwiderstehlichen Lächeln, diente in einem Regiment in Afrika. Er hatte 1913 eine katholische Elsässerin, eine Tochter von in Algerien geborenen Franzosen, geheiratet, die seit ihrer Heirat mit ihrer Familie zerstritten war. Nachdem das Paar sich im Geschäftsleben Algeriens mühsam über Wasser gehalten hatte, verließ es die Rue Bab-Azoun, wo die Juden noch den Beduinenmantel trugen, und übernahm die Leitung eines Landwirtschaftsbetriebs im Innern des Landes. Zu Anfang des Krieges wurde ihnen ein Sohn geboren, der erste nichtbeschnittene Gategno. Mein Bruder benutzte seine Urlaube dazu, noch zwei kleine Heiden zu fabrizieren. Ich beobachtete mit Schrecken, wie die Familie trotz des Wahnsinns in der Welt weiter wie ein Tumor anschwoll.

4

Es war schon zu spät, als der Feuerwachmann oben auf dem Galata-Turm Alarm schlug. Wie jeden Abend briet der Grieche Stakopulos Auberginen. Aber dieses Mal fing das Öl Feuer, der Wind tat das Seine, und halb Hasköy brannte. Zwar hatten die Flammen an unserem Haus nur gezüngelt, doch mein Kopf hallte mehrere Tage von den Schreien und Klagen unserer Gefährten im Unglück wider.

Und dann zerriß plötzlich der schwarze Schleier dieses endlosen Winters. Nach zehn Jahren Abwesenheit und mehreren Monaten erzwungenen Schweigens stand mein Bruder Henri mit einemmal in der Tür.

Er kam von der serbischen Front, mit Medaillen versehen und wegen einer Verletzung aus dem Kriegsdienst entlassen. Obwohl er Soldat der französischen Armee war, hatte er seinen alten jüdischen Paß beibehalten, der ihm erlaubte, sich frei zu bewegen, selbst in jenem März 1918, als sich die Dinge für die Mittelmächte zum Schlechten zu wenden begannen.

Zum Glück war mein Vater da. Das Wiedersehen war bewegend. Meine vom Brand mitgenommenen Nerven lösten sich, und ich weinte zwei Tage lang. Simone konnte ihre Sorge nicht mehr verbergen: »Aber was hast du?«

»Ich bin glücklich«, schluchzte ich.

»Das ist nicht normal, wirklich ... Du machst dich noch krank ...«

»Sag es ihnen nicht«, flehte ich. »Sag es niemandem.«

Und ich tauchte wieder mit Wonne in mein durchtränktes Kissen ein.

Henri fand, daß es mit Hasköy seit seiner Abreise deutlich bergab gegangen war. Wir waren wirklich die letzte *buena familia*, die nicht weggezogen war. *Señor Padre* lebte von seinen Erinnerungen, und Mutter herrschte uneingeschränkt über den *cortijo*.

Mein Bruder trug keinen Fes mehr und sprach ein weniger literarisches Französisch als wir. Er bedauerte, daß wir ihn nicht in seiner Spahi-Uniform sehen konnten. Mein Vater lächelte in seinen Schnurrbart hinein und war zufrieden, die richtige Entscheidung getroffen zu haben: Unter der algerischen Sonne war der Dandy ein Mann geworden, und was für einer! Selbst wenn ich hinter seinem entschlossenen Gesichtsausdruck den gefräßigen Blick des Bruders meiner jungen Jahre wiederfand.

Auf die angstgepeinigte Frage Simones antwortete Henri, daß die deportierten Armenier seiner Kenntnis nach alle tot seien. Meine Nichte senkte den Kopf. Agop Kaledjian hatte ihr ein Schreiben aus Marseille zukommen lassen, wo er darauf wartete, sich nach den Vereinigten Staaten einschiffen zu können. Seitdem Schweigen!

Wie bei mir rief Vitalis Gebrechlichkeit auch bei Henri Unbehagen hervor. Die Steifheit seines verletzten Arms wurde durch das »Tacktack« der Krücken noch unterstrichen. Eines Abends versuchte Henri, von der Front ein paar Anekdoten zu erzählen, aber Vitalis Gesicht überzog sich mit einem solch angespannten, schmerzlichen Ausdruck, daß die Witze über die Suaven und die senegalesischen Schützen ins Leere gingen. Die beiden Brüder hatten nicht denselben Krieg erlebt, auch nicht dieselben Ehren eingeheimst. Es bestand kein Zweifel mehr am Sieg der Alliierten, worüber wir alle sehr froh waren, einschließlich Vitali. Aber dieses auf der falschen Seite verlorene Bein blieb eine offene Wunde. Henri zeigte uns Photos von sich mit Umhang und roter Mütze auf seinem Pferd. Sie rührten *Señor Padre* zu Tränen. Im Osmanischen Reich hinderte ein Gesetz der *rayas* die Juden daran, auf Pferde oder Kamele zu steigen, die als edle Tiere galten.

»Erzähl mir von deinen Kindern … Offenbar habe ich einen neuen Enkel?«

»Und was für einen kräftigen! Gute sieben Pfund! Wir haben ihn André genannt … Der Weihnachtsurlaub von 1916 …«

»Wie Caesar!« rief Simone. »Adelas dritter, an Purim gezeugt! Offenbar haben Raki und Rotwein dieselbe Wirkung.«

»Simone!« schimpfte Nita sanft.

Mein Vater lächelte. Sein Stamm gedieh trotz des Krieges, trotz der Entfernung. Seine Kinder hatten fünf Jungen und vier Mädchen in die Welt gesetzt, die auch wieder gebären würden …

»*Señor Padre,* hören Sie zu? Henri erzählt von dem Landgut!«

Der alte Mann schüttelte fassungslos und glücklich den Kopf. Durch welch genetisches Wunder war es der *juderia* von Hasköy gelungen, einen Landwirt zu produzieren?

»Hier ein Blick über die Bewirtschaftung«, fuhr mein Bruder fort. »Zehn Hektar Orangen und Zitronen.«

Wir scharten uns um ihn, während er aus seiner Brieftasche ein neues Bild zog. Die Familie posierte vor einem hellen, von Orangenbäumen umgebenen Haus. Suzanne, blond und lächelnd, zeigte nackte Arme, die Babys trugen nur ein Spielhöschen und Baumwollmützchen. Es waren Photos von Sonne, Glück und Freiheit.

»Roger und Colette, vom besten Photographen Algiers aufgenommen!«

Wir bewunderten zwei Gesichter mit langen lockigen Haaren, die aus einem sepiafarbenen Nichts auftauchten.

»Bravo, bravo!« stammelte mein Vater.

Mit einemmal verschloß sich Henris Gesicht. Er steckte die Photos wieder in seine Brieftasche.

»Leider ist alles nicht so rosig …«

»Sind die Kinder krank?« fragte Mama.

»Nein, es geht um Suzanne. Die Schwangerschaften haben sie erschöpft. Die Hitze ist im Sommer im Hinterland entsetzlich. Da kommen einem schwarze Gedanken ... Um so mehr als die Gesellschaft ... Nichts als Araber! *Mektoub* ... arabisch für: ›Das ist Schicksal‹, *Mektoub* hier, *Mektoub* da ... Sie duzen einen und küssen einem die Finger, aber in Wirklichkeit mögen sie uns nicht. Für eine junge Frau aus der Stadt ist das hart! Es wäre gut, wenn sie jemanden zum Reden hätte, eine Freundin ... Hätte vielleicht eines der Mädchen Lust? Die Reise ginge auf meine Rechnung ...«

Eines der Mädchen: Ernesta, Simone oder ich. Ich war Feuer und Flamme.

In unseren Familien wurden die Letztgeborenen häufig als Gesellschafterinnen bei älteren Brüdern und Schwestern angestellt. Auf diese Weise konnte man sich nützlich machen, während man auf die Ehe wartete.

Wurde meine Erregung offenbar? Eine Tür öffnete sich für mich. Jetzt hieß es, listig zu handeln. Wenn Mutter wüßte, wie sehnlich ich fahren wollte, würde sie Ernesta statt meiner schicken. Simones Konkurrenz fürchtete ich nicht: Sie wartete auf ein Wort von Agop, um loszueilen und in Marseille, Montréal oder New York zu ihm zu stoßen.

»Hat deine Frau keine Schwester? Keine unverheiratete Tante?« fragte Mutter mißtrauisch.

»Doch, aber ...«

»Zu antisemitisch, vermute ich«, zischte sie.

»Tamar!« meinte mein Vater.

»Sie haben ihren Anteil am Krieg«, erklärte Henri. »Suzannes Schwester ist Krankenschwester, alle Frauen arbeiten ...«

»Rebecca und ich«, sagte Simone, »wir helfen im Geschäft.«

»Sie packen die Pakete«, verharmloste *Señor Padre.*

Ernesta fragte mit ihrer näselnden Stimme, ob man sich in diesen Breiten leicht erkälte. Sie hatte gehört, daß die Nächte in der Wüste äußerst frisch seien.

Henri antwortete, daß das Cheliff-Tal nicht mitten in der Sahara liege, sondern in der Nähe des Meeres, zwischen Algier und Oran. Mein Neffe Leon, der immer noch darauf wartete, in das Land unserer Vorfahren reisen zu können, erinnerte an die blutigen Pogrome von 1897 und die rassistischen Ansprachen Édouard Drumonts. Dieser Junge war eine einzige Anthologie des Leides, das man den Juden angetan hatte.

»Ist gut, ich mach's«, erklärte Ernesta, als opferte sie sich. »Jedenfalls hat Rebecca eine ungeschickte Hand und Simone ist zu jung.«

»Widerliche Krähe«, murmelte ich zum großen Erstaunen *Señor Padres*.

»*Bos de puerko no suve al sielo* – Die Stimme des Schweins reicht nicht zum Himmel«, belehrte mich meine Mutter.

Ich verließ das Haus und flüchtete zu Vitali.

»Ich hasse sie, ich hasse sie, ich hasse sie!« explodierte ich.

Das amüsierte Lächeln meines Bruders war das letzte, was ich ertragen konnte.

»Sag etwas!« rief ich. »Ich weiß, was du denkst! Daß ich mich schämen sollte, mich zu quälen! Mich für unglücklich zu halten! Nun ja, sei's drum. Ja, jeden Tag werden die Jungen meines Alters in Fetzen gerissen, aber deswegen suhle ich mich nicht im Glück. Wenn ich hier bleibe, bringe ich mich um! Ich schwöre dir, ich bringe mich um!«

Er antwortete nicht. Ich senkte den Kopf.

»Du findest mich feige ... Du hast recht. Wer wirklich weg will, erreicht auch sein Ziel ... Man braucht nur die Zeitungen zu lesen ... Irgendein Armenier auf der Flucht hat sich selbst den Blinddarm operiert, ein Ukrainer hat Hunderte von Kilometern barfüßig im Schnee zurückgelegt, und jene schwangere Jüdin, die zweimal vergewaltigt worden ist ...«

»Hör auf, Rebecca, du tust dir weh für nichts.«

»Muß man am Leben hängen? Lieber sterben, als das Unerträgliche ertragen!«

Stumm, schmerzlich sah Vitali mich an. Ich fuhr in klagendem Ton fort: »Ich bin sicher, daß Ernesta lieber bleiben würde. Sie macht das nur, um mir eins auszuwischen.«

Mein Bruder räusperte sich.

»Rebecca, du sollst nach Paris fahren … Nicht zu Henri. Da unten wirst du vor Langeweile sterben … Errätst du nicht, warum Suzanne nach jemandem ruft?«

Er lächelte über meinen verwirrten Gesichtsausdruck.

»Du kennst doch Henri …«

»Er war im Krieg!«

»Und die Urlaube? Er unterhält ein Mädchen. Eine Berberin.«

»Seine Frau weiß Bescheid?«

»Zweifellos. Unser Bruder ist kein mieser Kerl, er will nicht, daß sie unglücklich ist … Daher die Idee, ihr eine Freundin mitzubringen!«

»Woher weißt du das alles?"

»Gebrechlichen erzählt man viel«, sagte er, eine Grimasse schneidend. (Einen Augenblick Schweigen, der Blick senkt sich zum leeren Hosenbein, und das Unbehagen setzt ein.)

»Verstehst du, was ich meine?«

Ich hatte nicht die geringste Lust, dieses Thema anzuschneiden.

»Sei's drum, Vitali. Ich will weg. Von Algerien werde ich nach Frankreich fahren. Es ist der erste Schritt. Hilf mir …«

»Wann schifft Henri sich ein?«

»Gleich nach Passa … Es gilt, keine Minute zu verlieren.«

5

Vitali hielt sein Versprechen.

Es gab an jenem Abend einen Überraschungsgast, um das Seder-Mahl mit einzunehmen: Gaston Faraggi, ein Neffe von *el godro,* der eigens aus Smyrna gekommen war, um seine Verlobte, meine Schwester Ernesta, zu treffen. Ein Klumpfuß hatte ihn vor der Einberufung gerettet. Er wirkte sanft und nett. Ein Gesellschaftsvertrag im Geschäft meines Vaters besiegelte die Angelegenheit. Ernesta, verkauft und bald verheiratet, weinte vor Glück. Ich auch.

»*Quen no tiene la hermoza, besa la mocasa* – wer die Schöne nicht haben kann, begnügt sich mit der Häßlichen«, flüsterte mir Henri ins Ohr.

Ich lachte fröhlich.

Mein Wunsch wurde Wirklichkeit: Ich verließ Hasköy und meine Familie. Dank der Alliance fühlte ich mich seit der Kindheit als Französin. Ich emigrierte also nicht, ich begab mich einfach nur in das Vaterland meines Herzens, aus dem ich irrtümlicherweise entfernt worden war.

Es ging alles sehr schnell. Ein Sack Mehl und ein Pfund Zucker beschleunigten die Ausstellung meines Passes in der französischen Gesandtschaft. Darin stand der Hinweis »Israelitin aus dem Orient«. Mein erster Paß, mein Visum für die Freiheit! Ich hatte Lust, ihn mit ganzer Armlänge herumzuschwenken, die Passanten zu umarmen, vor Freude zu brüllen.

»Achtung!«

»Allmächtiger Gott!«

»Aus dem Weg!«

Den Aufprall spürte ich nicht, aber den Widerhall in meinem ganzen Körper. Die Ernüchterung kam ebenso schnell und gänzlich wie der vorausgegangene Rausch. Fast hätte ich angefangen, wie ein Kind zu weinen. Da erst setzte der Schmerz ein und weckte meine Abwehr.

Mich hatte ein Auto angefahren, als ich die Hauptstraße von Pera überquerte.

»Die Straßenbahn kommt! Wir müssen sie wegbringen! Hören Sie mich? He? Mademoiselle?«

Die Stimmen drangen durch einen Nebel zu mir. Ich verstand, ohne zu reagieren. Ich war einfach nur Zuschauerin.

»Rufen Sie einen Krankenwagen!«

»Nein!«

War das wirklich ich, die gesprochen hatte? Meine Augen kreuzten die eines jungen, *a la franca* gekleideten Mannes, blieben dort hängen.

»Helfen Sie mir, aufzustehen«, bat ich ihn. »Vorsicht, mein Fuß ...«

Man trug mich zu einem Café, wo man mir ein Kreislaufmittel verabreichte. Ein Arzt, der aufgestöbert worden war, untersuchte meinen Knöchel.

»Ich fahre morgen weg, mit dem Schiff, nach Algier«, keuchte ich.

»Kommt gar nicht in Frage, junges Mädchen, es sei denn, Sie möchten einen Hinkefuß behalten ... Sagen Sie uns nun, wo man Sie hinfahren kann. Sie haben nichts Schlimmes. Drei Wochen Bettruhe, und es wird nichts zurückbleiben.«

Ich schloß die Augen, hörte auf, gegen die Übelkeit, gegen den kalten Schweiß und gegen den Knoten anzukämpfen, der mir die Kehle zuschnürte und mich am Atmen hinderte.

Als ich wieder zu Bewußtsein kam, befeuchtete Vitali meine Schläfen mit Zitronenwasser. Ich war bei ihm, lag auf seinem Sofa, und mein Knöchel war bandagiert. Ich fing zu weinen an.

»Komm schon, kleine Schwester«, sagte er. »Tut es so weh?«

»Vitali«, flehte ich ihn an. »Laß sie mich nicht nach Hause bringen. Behalte mich bei dir. Sonst sterbe ich.«

Ich weiß nicht, wie mein Bruder die Familie dazu brachte, daß ich nicht nach Hasköy zurückkehren mußte. Simone war einverstanden, statt meiner nach Algerien zu fahren. Bevor sie sich mit Henri einschiffte, nahm sie mir das Versprechen ab, nicht zu verzweifeln … und ihr sofort zu telegraphieren, wenn ich Nachricht von Agop Kaledjian hätte.

Vitali und ich bildeten ein schönes Krüppelpaar. Zur Unbeweglichkeit gezwungen, verbrachte ich lange Stunden damit, mich über mein Schicksal zu beklagen. Dann siegte mein Überlebensinstinkt, der zweifellos ebenso mächtig wie unerklärlich war, über die Verbitterung. Ich war in meinem Schwung gebrochen, gab aber nicht auf, mir meine Freiheit zu erobern. Die Bibliothek meines Bruders strotzte von Schulbüchern, Überresten aus seiner Zeit in Galatasaray. Ich beschloß, mich für das Baccalauréat vorzubereiten. Vitali war begeistert, glaubte mich geheilt. Ich war ständig am Schluchzen, weigerte mich aber, mich unterkriegen zu lassen.

Eines Morgens, als ich meine lateinischen Deklinationen herunterleierte, klopfte es an der Tür. Vitali war im Geschäft, ich hinkte zum Eingang. Zunächst erkannte ich den jungen Mann nicht, der vor mir stand.

»Hugues Gauthier«, sagte er und hielt mir die Hand hin.

»Ich komme, mich nach Ihrem Befinden zu erkundigen. Ich war der Fahrer des Autos, das Sie angefahren hat. Sie haben nicht hingesehen, und ich konnte noch so sehr auf die Bremse drücken … Glauben Sie mir, es tut mir unendlich leid, was Ihnen passiert ist.«

»Waren Sie es, der meinem Bruder Bescheid gesagt, mich hierher gebracht hat?«

»Sie hielten Ihren Paß in der Hand …«

Ich schlug die Augen nieder.

Während er einen wäßrigen und ungesüßten Kaffee schlürfte, erklärte er mir, daß er der Sohn eines Schweizer Diplomaten hier in Istanbul sei.

»Komische Vorstellung, hierher zukommen und seine Ferien hier zu verbringen«, meinte ich. »Wir befinden uns im Krieg, und es gibt nichts zu essen. Sie wären besser bei sich zu Hause geblieben!«

»Genf langweilt mich«, antwortete er. »Ich studiere seit mehreren Jahren an der Sorbonne. Und Paris ist im Augenblick nicht sehr lustig.«

Er warf einen Blick auf mein Buch und war erstaunt, mich mit Cicero beschäftigt zu sehen. Ich teilte ihm meine Pläne mit, die alten und die neuen.

»Würden Sie meine Hilfe annehmen? Für mich ist Latein kein Geheimnis! Das bin ich Ihnen schuldig ...«

»Wozu? Ich kann mich nicht einmal für das Baccalauréat einschreiben!«

»Ach was, mit etwas Geschick ist hier alles möglich ...«

Mir wurde mein leichter Akzent bewußt, meine zu schweren Haare, mein unmodernes Kleid, die Röte auf meiner Stirn.

»Es gibt einen lateinischen Sprachkurs im September. Glauben Sie, daß ...?«

Ich sah ihn am nächsten Tag mit einem ganz neuen Buch zurückkommen.

»Haben Sie Proust gelesen?« fragte er. »Hier, das wird Ihnen gefallen.«

»Aber Sie kennen mich nicht!«

»Eine Vorahnung!«

Er hatte recht: Ich war hingerissen. Zum erstenmal sah ich meine geheimsten und manchmal kaum formulierten Gedanken schwarz auf weiß dargelegt mit all ihren Windungen und Frechheiten, ihren Widersprüchen und ihrer Komik. Ja, so mußte man schreiben! Indem man die Einzelheiten, aus denen ein Gedanke sich zusammensetzt, mit der Genauigkeit eines Insektenforschers seziert.

Ich hatte in Hugues meinen ersten Gesprächspartner gefunden. Elie Abravanel, nun verheiratet und Arzt an den Pariser

Krankenhäusern, hätte diese Rolle spielen können, aber unser Altersunterschied war zu groß. Vitali war kaputt gemacht worden. Simone war eher sinnlich als kopfgesteuert. Mein neuer Freund schien entzückt zu sein, mich auf die Abiturprüfung vorzubereiten. In Paris, sagte er, hätten die Mädchen denselben Unterricht wie die Jungen, obwohl die Lehrpläne noch nicht miteinander vereint seien. Ich hörte ihm zu, wie er sich über die dadaistische Bewegung, die Entwicklung der Sitten, den Konservatismus der Rechten und den Weiberhaß der Linken ausließ. Mir fehlten so viele Bezüge. Ich hatte so viel gelesen, aber ohne Erklärungen oder Abstand zu bekommen. Ich hatte keine Ahnung von den geistigen Strömungen, von Bergson und den großen Meistern der Philosophie. Meine Intuitionen waren jedoch häufig richtig. Wenn die Theorie meinen Instinkt bestätigte, war ich entzückt und sah mich schon die Aufnahmeprüfung der École normale supérieure von Sèvres, der Pädagogischen Hochschule, bestehen …

6

Hugues hatte beschlossen, meine Bildung zu vervollkommnen. Er führte mich ins Theater und in die Komische Oper. Ich sah die großen französischen Schauspieler Dullin und Jouvet, ich sah die russischen Ballette: Trotz des Krieges blieb Istanbul für die Künstler eine bevorzugte Stätte. Die Abende, an denen wir ausgingen, waren von großem Zauber. Ich entdeckte das Vergnügen, begleitet zu werden. Mein mir dienender Ritter stellte mich seinen zahlreichen Bekannten vor. Die ersten Male jagten mir diese mondänen Begegnungen, auf die ich in keiner Weise vorbereitet war, Angst ein. Meine Gesten waren linkisch, ich errötete und stammelte. Eines Tages erblickte ich mich in dem großen Foyerspiegel inmitten anderer Zuschauer, und ich fand mich schön. Ich hielt mich gut, mein Blick war klar und zeugte von echter Gelöstheit – nicht ganz echt, denn ich genoß jeden Augenblick, als sollte es der letzte sein. Zum erstenmal drückte ich mir nicht die Nase am Schaufenster der Welt platt: Ich gehörte dazu.

Ich stellte mir das glänzende Leben vor, das ich mit Hugues führen könnte, wenn er sich erklärte und wenn ich annähme. Aber es brachte mich in Wut, in diesem absurden Film nur Postkartenbilder vorbeiziehen zu sehen.

Um so abstraktere Bilder, als er keine unziemliche Geste versuchte. War ich denn so wenig begehrenswert? Meine Verstauchung störte mich beim Gehen nicht mehr. Ich fühlte mich trotz der sommerlichen Hitze wach und voller Energie. Auf meine Bitte verzierte Nita meine Kleider mit Schleifen. Aus den Unterröcken, die Simone zurückgelassen hatte, nähte sie mir ein neues. Ich steckte mir die Haare unter meiner Haube hoch, und die Bänder auf der Höhe der Ohren konnten einen glauben machen, daß ich die Haare kurz trug.

Bemerkte Hugues überhaupt meine Koketterie?

Ich wußte nicht, ob ich ihn liebte oder ob ich es spielte, ihn zu lieben, weil er gut aussah, reich und intelligent war und ich mich, da ich bei Vitali wohnte, frei fühlte. Das änderte jedoch nichts an meinem Entschluß: Sobald der Krieg beendet war, wollte ich nach Paris fahren, wo man, wie ich meinte, auf der Straße Proust, im Café Flaubert und auf den Quais Zola zitierte.

Wenn es mich auch nicht gelüstete, zu heiraten und wie meine Schwestern zur Sklavin zu werden, konnte ich es dennoch kaum abwarten, diese Jungfräulichkeit loszuwerden, durch die ich, wie ich überzeugt war, gefährlich verletzbar war. Und wenn ich schwanger wurde? Ein Schreckensfilm lief in meinem Hirn ab: Scham, Leiden, ein vielleicht für immer unfruchtbarer Körper …

Meine Nichte Simone hätte sich mit solchen Überlegungen nicht geplagt. Ich warf mir vor, mit mir selbst zu geizen. Über die wahre Liebe diskutiert man nicht. Ich hatte mich so sehr gehütet, in die Falle zu geraten, daß ich am Rand des Abgrunds unentschlossen blieb und das Für und Wider abwog. Jedenfalls wäre alles so viel einfacher gewesen, wenn Hugues sich erklärt hätte.

Am Tag des Examens fuhr er mich in seinem Hispano-Suiza in das Galatasaray-Gymnasium. Er hatte meinen Federhalter und den Tintenvorrat geprüft, denn er nahm seine Rolle als Pygmalion sehr ernst. Ich war das einzige Mädchen und ertrug erhaben den Blick meiner Mitschüler.

Als ich schließlich mit wankenden Beinen herauskam, gingen wir ins Café Lebon nahe der Stelle, wo er mich mit seinem Auto angefahren hatte. Zu meinem Besten, dachte ich.

»Und?« fragte er.

Ich berührte meine heiße Stirn, ohne zu antworten, und mit

einemmal nahm ich meine erweiterten Poren, meine zerzausten Haare und die unvorteilhafte Vernachlässigung meines Körpers wahr. Ein Gedanke schoß mir durch den Kopf: Ich mußte aussehen wie eine Frau, die sich gerade der Liebe hingegeben hatte: unziemlich, gesättigt und aufgelöst. War es normal, daß die intellektuelle Arbeit mich in einen solchen Zustand versetzte?

»Ich schreibe gern«, antwortete ich. »Ich habe nicht gemerkt, wie die Stunden verstrichen sind.«

Die mündliche Prüfung wurde für ein Mädchen, das daran gewöhnt war, in der Gegenwart von Männern zu schweigen, zu einer echten Qual. Die Lehrer, mit rechteckigen Kappen und langen Roben bekleidet, stellten nacheinander ihre Fragen. Wenn ich die Antwort wußte, unterbrachen sie mich und ließen eine weitere Frage los. Hatten sie nur das Ziel, mich zum Schweigen zu bringen? Einer der Prüfer glich *Señor Padre.* Sein Blick war zornerfüllt, als wenn ich das Gesetz übertreten hätte. Was ich unleugbar getan hatte.

An dem Tag, an dem die Ergebnisse herauskamen, schloß Vitali das Geschäft und begleitete mich zum Gymnasium. Kaum angekommen, erblickten wir Hugues, der mit einem Rosenstrauß auf uns zulief. Ich hatte bestanden. Ich glaubte, vor Glück in Ohnmacht zu fallen.

»Ohne Sie hätte ich das nicht geschafft«, stammelte ich. »Ich spreche Ihnen meinen Dank auf Knien aus …«

Überraschung blitzte in seinen Augen auf, und ich errötete, weil mir unter dem Druck der Emotion ein so wenig pariserischer Ausdruck herausgerutscht war. Ich beeilte mich ihn zu korrigieren.

»Ich bin Ihnen unendlich dankbar.«

Ich war Abiturientin! Rebecca Gategno war Abiturientin! Vitali jauchzte.

»Man muß *Señor Padre* informieren!« sagte er. »Halten Sie einen Fiaker an!«

Ein einfacher Vorwand, Hugues und mich miteinander allein zu lassen. In Hasköy hatte niemand das geringste Interesse für meine Ausbildung gezeigt. Mein Vater fand es vermessen, daß ich mich da versuchte, wo Vitali ihn enttäuscht hatte. Das Thema war also vom Familientisch verbannt. Was Mama anging, war sie zu sehr damit beschäftigt, mit seit zwanzig Jahren vergilbten Stickereien Ernestas Truhe zu füllen – die die heiratsfähigen Mädchen nie selbst öffneten, denn es verbargen sich dort, so hieß es, unheilvolle Geister –, als daß sie sich um meine Extravaganzen hätte kümmern können.

»Fahren Sie meine Schwester spazieren«, sagte mein Bruder, während er sich mühsam in den Einspänner hievte, »sie hat es wirklich verdient, und das Wetter ist so schön ...«

Wir hatten fast den Krieg und die vor Anker liegenden Kriegsschiffe in den Meerengen vergessen. Ich schlug die Hügel von Kandilli vor, wohin mich die Abravanels mit zum Picknick genommen hatten, aber das war zu sehr in der Nähe der bulgarischen Schlachtfelder. Die Süßen Wasser Asiens, die von den reichen, um ihren Sultan trauernden Türken verlassen waren, hatten ihren Zauber von einst verloren. Das Osmanische Reich ging unter allgemeiner Gleichgültigkeit, die meine eingeschlossen, dem Ende zu.

Wir fuhren auf aufgewühlten Straßen ziellos dahin. Hugues lenkte schweigend. Ich sah die noch warme Stunde kommen, wenn der Tag erlischt und Melancholie erwacht. Mein Herz quoll über von verdrängten Erklärungen, von heruntergeschluckten Schreien.

»Halten wir an? Ich würde gern die Sonne über dem Bosporus untergehen sehen.« Das Panorama war außerordentlich. Ich stieg aus dem Auto, und die Seebrise liebkoste mein Gesicht. Meine Augen wurden feucht. Mir war danach, mich zu bedanken. Danke Vitali. Danke den Prüfern. Danke der Süße des Abends. Danke Hugues. Er stand nahe vor mir und sah auf das Wasser. Wortlos umschloß ich seine Finger. Er löste sich und kreuzte dann seine Hände auf dem Rücken.

Mein Lächeln erstarrte. Ich riß die Augen auf, um keine Tränen hochkommen zu lassen. Warum stieß er mich zurück? Ich stieg wieder ins Auto, und wir fuhren wortlos nach Pera zurück. Ich kämpfte mit aller Macht gegen den Drang zu weinen. Die Erschöpfung schlug über mir zusammen, die Anspannung der letzten Tage, die rasende Angst vor dem mündlichen Examen, meine orientalische Sprachungeschicklichkeit vor dem Gittertor des Gymnasiums und zum Schluß diese demütigende Zurückweisung. Ich hatte die Freude, bestanden zu haben, schon fast vergessen. Ich öffnete die Tür, dankte kalt.

»Nicht böse sein, Rebecca«, sagte er.

»Fürchten Sie nichts«, erwiderte ich, »ich werde Sie nicht mehr belästigen. Eine Gategno mit einem Diplomatensohn? Sie meinen zweifellos, ich wolle geheiratet werden?«

Er antwortete nicht. Wir starrten einander an, er sitzend, ich stehend, und die Tränen sammelten sich hinter meinen Augenlidern. Ich bedauerte meinen harten Ton.

»Ich respektiere Ihre Freiheit, Hugues«, murmelte ich. »Ich brauche zu sehr die meine.«

Sein Gesicht war verspannt, schmerzverzogen. Er stellte den Motor ab und blickte eine Weile auf seine Hände mit den herausstehenden Adern.

»Sie dürfen mir nicht böse sein«, wiederholte er. »Sie sind charmant, aufrichtig und intelligent. Aber …«

»Jüdisch«, fiel ich ihm ins Wort.

»Solche Vorurteile habe ich nicht, im Gegenteil!« protestierte er. »Wenn man inmitten von … Kalvinisten groß geworden ist, haben Empfindsamkeit und Empfänglichkeit einen unschätzbaren Wert! Nein, in Wirklichkeit liebe ich jemanden anders. Die Person lebt in Frankreich. Und meine Gedanken sind immer bei ihr.«

Ich brauchte einige Sekunden, um diese Mitteilung zu verdauen und den Film in umgekehrter Richtung abzuspulen. Hugues und ich, die Kreuzfahrten, die Reisen, das glänzende intellektuelle Leben, das war zu Ende.

»Ist sie hübsch?«
Er lächelte traurig.
»Sehr. Gute Nacht, Rebecca.«

Hugues zeigte sich in den nächsten Tagen nicht.

Seltsamerweise entspannte ich mich: Ich brauchte mich nicht mehr um meine Kleider, meine Haare und meine Aussprache zu sorgen.

Ich hatte noch den zweiten Teil des Baccalauréat vorzubereiten.

7

Dieser endlose Krieg schien dem Ende zuzugehen. Die Offensiven des französischen Marschalls Foch wurden von den Europäern in Pera mit Begeisterung begrüßt. An der östlichen Front schien der Sieg der Alliierten jeden Tag etwas wahrscheinlicher. Im September 1918, nach dem bulgarischen Zusammenbruch, traten die Jungtürken zurück zugunsten einer Regierung, die den Alliierten genehm war. Durch den Waffenstillstand von Moudros wurde einige Wochen später die Kapitulation des Osmanischen Reiches offiziell. Der Bosporus und die Dardanellen wurden den Entente-Mächten übergeben.

Die Türken waren besiegt, aber Istanbul war niemals eine türkische Stadt gewesen. Die Besetzung durch die siegreichen Truppen – darunter eine Armee senegalesischer Schützen, die ersten Schwarzen, die ich je gesehen hatte – ging ruhig vonstatten. Der Zucker tauchte wieder auf. Sobald der Postverkehr wiederhergestellt war, schrieb ich an den Sitz der Alliance in Paris und riet Simone, das gleiche zu tun. Sie langweilte sich entsetzlich in dem algerischen Kaff, wo sie Kindermädchen spielen mußte. Die schnelle Antwort ließ mich vor Freude taumeln: Man erwartete mich ebenso wie meine Nichte noch immer an der Pädagogischen Hochschule und beglückwünschte mich zu meiner Ausdauer.

Noch einmal wurde meine Geduld auf eine harte Probe gestellt. Während meine Nichte das Schiff nach Marseille bestieg, kaum daß der Waffenstillstand unterzeichnet war, mußte ich Ernestas Heirat abwarten, bis ich losfahren konnte.

Um die Ironie auf die Spitze zu treiben – die Heirat wurde ebenso schnell annulliert wie geschlossen! Noch vor Ablauf des Syete, der siebentägigen Hochzeitsfeierlichkeiten, kam meine liebe Schwester mit rotgeweinter Nase zurück und wohnte wieder bei unseren Eltern. Um dem Klatsch zu entgehen, fuhr der unglückliche Bräutigam nach Smyrna zurück. Ich bedrängte Vitali mit Fragen, aber er kannte die Gründe für den Skandal genausowenig wie ich.

»Ernesta war vielleicht nicht vorgewarnt für das, was sie erwartete«, murmelte er. »Du kennst unsere Mutter ...«

Ich antwortete nicht. Dann, von einem plötzlichen Impuls erfaßt, schüttete ich mein Herz aus und erzählte, wie Hugues Gauthier mich zurückgewiesen hatte.

»Ich glaube, wir sind nicht für die Liebe gemacht ... bedenke nur, was dir passiert ist, dann Adela, Ernesta ... Und ich, die ich doch anders bin als meine Schwestern ... Oh, Vitali, ich schäme mich so ... Er hat mir so viel gegeben, und ich habe ihm so wenig zurückgegeben ... Wie soll ich ihm jetzt danken? Ich habe ihn nicht einmal nach seiner Adresse in Paris gefragt!«

Ich war nicht mehr eifersüchtig. Ich wünschte meinem Freund alles Glück der Welt mit der Frau seiner Träume. Diese Liaison, die ich geheim wähnte, vielleicht ehebrecherisch, rührte mich. Welch perverses Vergnügen fand ich darin, mich an den Liebschaften anderer zu weiden? Der Status des Beichtvaters wie der des Lesers läßt einen durch die Vollmacht des anderen leben. Ich befürchtete, daß das meine einzige Berufung sei.

»Rebecca«, murmelte Vitali, »ich muß dir etwas sagen. Du irrst dich, was Hugues Gauthier angeht. Auf ihn wartet in Paris keine Frau.«

»Was willst du damit sagen? Woher weißt du?«

»Die Leute reden.«

»Warum sollte er gelogen haben?«

»Er ist vom anderen Ufer, Rebecca. Er lebt mit einem jungen Tänzer, einem Russen ...«

Ich sah meinen Bruder verständnislos an. Dann lächelte ich über meine eigene Blödheit. Eine Woge der Erleichterung durchfuhr mich. Ich drückte Vitali einen Schmatz auf die Wange.

»Ich liebe dich«, hauchte ich.

Ich fand mich etwas lächerlich, weil ich nicht begriffen hatte, war aber beruhigt, gerührt, fühlte mich fast als Komplizin. Ich war Jüdin und Hugues homosexuell.

Wir wußten beide, was Vorurteile und Ausgrenzung bedeuteten.

Am Vorabend meiner Abreise betrat ich einen Frisiersalon und ließ mir die Haare kurz schneiden.

Caminos de leche y miel! Quedavos en bon'hora!

VIERTER TEIL

Paris

1

Simone erwartete mich auf dem Bahnsteig der Gare de Lyon, den Nacken frei und den Mund blutrot. Wir fielen einander in die Arme. Sie ergriff mein Gepäck und zog mich ins Restaurant des Train Bleu, wo sie für mich eine heiße Schokolade bestellte und für sich einen Kräutertee. Es herrschte arktische Kälte.

»Findest du meine Figur nicht schön?« meinte Simone und zog ihren Mantel aus. »Bei fünfzig Kilo verbrenne ich mein Korsett.«

Wie war es ihr gelungen, in so kurzer Zeit ihre levantinischen Rundungen zu verlieren? Sie betrachtete mich aufmerksam und stellte fest, daß mir mein Aufenthalt bei Vitali gut getan hatte.

»Algerien ist dir auch nicht schlecht bekommen, weißt du ... Du bist dunkel wie Körnerbrot!«

»Wir brauchten beide Ferien«, räumte sie ein.

»Ferien? Wie kommst du da drauf?« gab ich zurück.

»Erinnerst du dich vielleicht, daß du mit einer Abiturientin sprichst?«

Sie verbeugte sich ehrerbietig, und wir brachen in Lachen aus. Ich blickte um mich. Ich war in Paris, mit Simone, und alle diese Männer mit Schirmmütze oder Hut, alle diese Frauen in Kittelschürzen oder Jerseykostümen würden nun jeden Tag meinen Weg kreuzen. Ich würde lernen, wie sie zu gehen, wie sie zu sprechen.

»Onkel David wollte mich zum Bahnhof begleiten«, nahm meine Nichte das Gespräch wieder auf, »aber ich bin lieber allein gekommen. Wir essen heute abend bei ihm. Du hast gerade Zeit, dich etwas frisch zu machen ...«

Das wäre kein Luxus: Mein Gesicht war mit Spuren von

Flugasche übersät, wirre Haare kringelten sich um meinen Hut, und mein Kleid bedurfte eines Bügeleisens.

»Nachricht aus Hasköy?« fragte ich.

Als Antwort hielt mir Simone einen Brief von ihrer Mutter hin.

»Lies ihn später«, meinte meine Nichte. »Hör lieber: Agop ist in den Vereinigten Staaten.«

»Er hat dir geschrieben?«

»Nein, aber ich bin nach Alfortville gefahren, wo die armenischen Flüchtlinge leben. Sie verfügen über eine Kartei, sind gut organisiert. Stell dir vor, Agop arbeitet beim Film. In Hollywood.«

»Hat man dir seine Adresse gegeben?«

Simone nickte.

»Ich habe einen Papierkorb mit Liebeserklärungen gefüllt ... Oh, du hast mir so gefehlt, glaub mir! Schließlich habe ich nur ein kurzes Briefchen geschrieben und die Adresse des Pensionats angegeben ... Seitdem warte ich! Indem ich meinen blauen Eyup-Stein reibe. (Sie begann zu lachen.) Wenn man in einem Schlafsaal schläft, ist Knoblauch unter dem Kopfkissen eine delikate Angelegenheit.«

Ich drückte lächelnd ihren Arm. Ich hatte meine Gefährtin von früher wiedergefunden.

Ich wollte trotz meines Gepäcks bis zum Boulevard Bourdon laufen, wo sich das Pensionat Bischoffsheim befand. Die Nacht brach herein, aber der Verkehr blieb eindrucksvoll. Ich war von dem Gewoge und dem Lärm betäubt. Die Fahrzeuge – Autos, Straßenbahnen, Fuhrwerke, Karren, von Rössern gezogen, deren Hufe auf dem Holzpflaster wiederhallten – bahnten sich mit Hupen oder Brüllen einen Weg. Auf den Bürgersteigen drängten sich Schwarzmarkthändler. Auf dem Grünstreifen der Place de la Bastille – sorgten Gewichtheber und Feuerschlucker für kleine Menschenansammlungen.

»Schade, er ist nicht da!« rief Simone.

»Wer?«

»Der Froschschlucker! Er spuckt sie lebend wieder aus, es ist unglaublich! Schau, ein Einmannorchester!«

Das Köfferchen, das ich mit der linken Hand trug, wäre mir fast heruntergefallen. Es war von einem Krüppel angerempelt worden, einem armen Teufel von kaum zwanzig Jahren, der in einer Holzkiste auf vier Rädern versuchte vorbeizukommen.

»Uniformen und Amputierte«, seufzte Simone. »Man sieht nichts anderes … Nur Mut, wir sind gleich da.«

Ich war an Schlafsäle nicht gewöhnt, und ich erschauerte, als ich die lange Reihe identischer Betten sah.

»Ich habe dir einen Platz an meiner Seite reserviert, und nicht allzu weit weg vom Ofen. Komm, dort sind die Waschräume.«

»Und die Schülerinnen?«

»Draußen, beim wöchentlichen Ausflug!« meinte meine Nichte und zog eine Fratze. »Wasch dich, dein Bruder wartet nicht gern …«

Ich wäre lieber mit dem Autobus gefahren, aber das hätte zuviel Zeit gekostet, und die Metro brachte uns direkt zur Avenue Wagram. Ich hielt den Atem an, als uns der Fahrstuhl bis zur fünften Etage hochzog, dem Stockwerk der »feinen Leute«.

Ein Dienstmädchen mit echten Bauernbacken öffnete uns die Tür und führte uns in den Salon. Ich war schrecklich eingeschüchtert.

Glich David noch den Photos, die die Wand des Salons in Hasköy zierten – gebeugt, dürr, mit dünnen Lippen und niedergeschlagenen Augen –, so hatte Sarah ihr gutes Aussehen verloren: War diese Veränderung auf die Schwangerschaft, die spanische Grippe oder einfach auf die Tatsache zurückzuführen, daß sie das Leben meines Bruders teilte?

David küßte mich auf die Stirn und fragte nach Neuigkeiten aus der Familie. Ich beugte mich nieder, um Sarah, die auf einer Chaiselongue lag, einen Kuß auf die Wange zu drücken.

Lucette, in Matrosenbluse und Plisseerock, machte einen Knicks, bevor sie sich für die Nacht zurückzog.

Die Wohnung war gut geheizt, reichlich möbliert und dekoriert. Nichts fehlte, weder das Radio noch das Grammophon. Ich hatte den Eindruck, eine weitere chinesische Vase zu sein. Wir benetzten unsere Lippen mit einem Fingerhut voll Portwein, und das Dienstmädchen kam und verkündete, daß das Essen serviert sei.

Kaum war die Suppe heruntergeschluckt, streckte Sarah schon die Hand nach der silbernen Klingel aus. David hielt sie mit einer Geste zurück, wischte sich den Mund, räusperte sich und ergriff das Wort: »Rebecca, ich wiederhole dir gegenüber, was ich schon Simone gesagt habe. Ich habe hier eine bestimmte Stellung inne. Wie du weißt, ist meine Mutter eine geborene Asseo, eine sehr gute Familie. Fast ebenso bekannt wie die der Nahmias von Saloniki, zu der meine Gemahlin die Ehre hat zu gehören. Es hat nie eine Lehrerin bei uns gegeben. Die Zeiten haben sich geändert, das ist eine Tatsache, und ich respektiere die Entscheidung *Señor Padres*. Ich hoffe nur, daß ihr seinem Namen Ehre zu machen versteht.«

Er machte Sarah ein Zeichen, die die Klingel betätigte. Ich begriff, daß man nicht vor dem Dienstmädchen reden durfte, deshalb wartete ich, bis sie mit dem Servieren fertig war, bevor ich antwortete.

»Was willst du damit sagen?«

»Ich erwarte von euch Korrektheit und Bescheidenheit. Wenn ich es richtig verstanden habe, seid ihr mit eurer Ausbildung schon ziemlich weit. Ein Jahr ernsthafte Arbeit sollte euch ermöglichen, den Abschluß zu bekommen und im nächsten Sommer nach Konstantinopel zurückzukehren.«

»Was mich angeht«, sagte ich, »habe ich vor, Gymnasiallehrerin zu werden. Wenn ich meine Examina bestehe, werde ich die Alliance bitten, mich hier einzustellen.«

Mein Bruder legte Messer und Gabel hin.

»David hat höchste Befugnisse«, sagte Sarah.

Ich begriff den Bezug nicht. Der *Ermano* klärte mich auf.

»Der Präsident meiner Bank sähe das nicht gern.«

»Wie bitte?«

»Du hast sehr gut verstanden.«

Simone zerbröselte ein Stück Brot. Ich warf ihr einen flehenden Blick zu, und sie versuchte, die Atmosphäre zu entspannen.

»Ah, die jüdischen Familien!« seufzte sie. »Alles ist Vorwand für eine Diskussion.«

»In Paris heißt das ›israelisch‹«, sagte mein Bruder mit schneidender Stimme.

»Aber das beste ist noch, gar nichts zu sagen«, fügte Sarah hinzu.

Nachdem der Kräutertee im Salon serviert worden war, setzte der *Ermano* uns in ein erstklassiges Taxi Richtung Boulevard Bourdon. Ich konnte keinen Schlaf finden und lag mit offenen Augen regungslos im Dunkeln, die Kiefer vor Nervosität zusammengepreßt, während um mich zwanzig Atemsägen die Stille durchschnitten.

Am nächsten Morgen war ich nach dem Gespräch mit Monsieur Bloch, dem Direktor des Bischoffsheim-Instituts, endgültig verstört. Das Pensionat, erklärte er uns, beherberge etwa fünfzig israelische junge Mädchen, arm und ehrsam, die studierten, um Privat- oder Schullehrerinnen zu werden. Die anderen, »Arbeiterinnen« oder »kaufmännische Gehilfinnen«, lernten einen Beruf, um ehrlich ihren Lebensunterhalt zu verdienen. Unter den »Lehrerinnen« nähme die Stiftung eine Handvoll Orientalinnen auf, die von der Alliance Israélite Universelle ausgesucht wurden. Im allgemeinen verschreckte und fügsame junge Mädchen, die vier Jahre später, mit einer Lehrerausbildung ausgestattet, zurückführen, um ihren jungen, auf arabischer Erde verirrten Schwestern das Alphabet beizubringen.

Monsieur Bloch verbarg nicht sein Unbehagen: Was sollte er

mit uns machen? Nichts hatte ihn darauf vorbereitet, zwei junge Mädchen von neunzehn und zwanzig Jahren aus Istanbul, von denen die eine schon eine halbe Abiturientin war, aufzunehmen. Verdammter Krieg!

»Für Orientalinnen«, fuhr er fort, »sind normalerweise Sonderkurse eingerichtet: Ratschläge für die Lektüre, Gespräche über Hygiene, gute Manieren und Verhalten. Wir bringen ihnen ebenso bei, ohne zu große Schnörkel zu schreiben …«

»Ich putze mir regelmäßig die Zähne mit Zahnpuder«, sagte Simone eher amüsiert als verärgert.

»Und ich nenne die Dinge beim Namen«, fügte ich hinzu.

Monsieur Bloch räumte ein, daß es vielleicht möglich sein würde, uns ausnahmsweise diese Zurückstufung im Niveau zu erlassen. Durch diesen Sieg ermutigt, sprach ich die Vorbereitung für meine zweite Baccalauréat-Prüfung an.

»Sie möchten sich im Gymnasium einschreiben? Und was noch? Hören Sie auf zu träumen, Mademoiselle! Sie werden ihre Examina wie Ihre Kameradinnen im Rathaus ablegen. Die Alliance bezahlt ihren Aufenthalt hier, vergessen Sie das nicht!«

»Ich kann alles zusammen machen«, erwiderte ich.

»Du kennst noch nicht die Regeln des Hauses, Rebecca«, warf Simone ein. »Unser Zeitplan ist zwischen dem Dienst im Schlafsaal, dem Kleiderraum und dem Speisesaal voll ausgelastet … Und da wir einer höheren Stufe angehören, sind wir gehalten, den Kleinen Unterricht zu geben …«

»In Ihrem eigenen Interesse«, unterstrich Monsieur Bloch. »Das ist die beste Möglichkeit, sich in Pädagogik zu üben.«

»Was die Nachmittage angeht«, fügte meine Nichte heimtückisch hinzu, »sind sie den Unterrichtsfächern Stoffe-Zuschneiden und Wäsche gewidmet … Deine Lieblingsfächer, meine Liebe.«

»Und die Prüfungskurse?« fragte ich frech. »Finden sie nachts statt?«

»Am Abend«, antwortete Monsieur Bloch ungerührt. »Um die externen Schüler zuzulassen, von denen viele tagsüber arbeiten. Wir haben sogar zwei oder drei Kriegswitwen, Familienmütter, die gerne Lehrerin werden möchten, die Armen!«

Ich wartete, bis ich mit Simone allein war, um ihr ihre Verhaltensweise vorzuwerfen. Sie hätte mich unterstützen sollen, statt mir in den Rücken zu fallen. Die Diskussion fiel kurz aus: Simone hatte nicht die geringste Absicht, sich Tag und Nacht in den Studienräumen einzuschließen. Sie wartete auf ein Zeichen von ihrem Geliebten, um ihm nach Amerika zu folgen. Für sie war Paris nur eine Etappe, ein Zwischenspiel, das sie sich so angenehm wie möglich gestalten wollte.

Sie verließ mich mit einer Pirouette, und ich konnte kaum die Tränen der Wut zurückhalten. Meine Enttäuschung entsprach den Träumen, die ich gehegt hatte: Sie war riesig. Ich hatte geglaubt, endlich meinen Käfig verlassen zu haben. Konnte ich ahnen, daß man mir die Flügel stutzen würde, um mich daran zu hindern abzuheben?

2

Nach einer schlaflosen Nacht schrieb ich ein Briefchen an meine Freunde Abravanel. Man sollte mir nicht nachsagen, ich hätte den ganzen Weg für nichts und wieder nichts gemacht. Während Rachel und Nissim in Louveciennes lebten, wohnte Elie mit seiner Frau in der Rue de Javel. Der Vorort Vaugirard war mit der Vorortbahn zu erreichen, und ich nahm voll Freuden eine Essenseinladung bei meinem alten »Verlobten« an. Er hatte auch noch die Liebenswürdigkeit, seine auf dem Land lebenden Eltern zu holen, damit das Wiedersehen vollkommen wurde. Ich zerfloß törichterweise in Tränen, aber es waren Glückstränen.

Der alte Mitschüler meines Bruders im Galatasaray-Gymnasium hatte ihren gemeinsamen Traum verwirklicht. Als ich hinter den beiden auf dem Prinkipio-Strand hergestapft war, hatten sie über ihre Vorstellungen von ihrem zukünftigen Leben gesprochen. Vitalis und Fortunées Schicksal war mit den Launen der Geschichte kollidiert. Elie und Louise glaubten noch an die Möglichkeit, eine andere Welt aufzubauen.

Sie waren Krankenhausärzte, kämpferische Sozialisten und Eltern eines kleinen Gérard – der die Woche in Louveciennes verbrachte – und quollen über vor Leidenschaft und Aufbegehren.

Man wollte mich hindern, das Gymnasium zu besuchen und den zweiten Teil des Baccalauréat abzulegen? Im Namen der Chancengleichheit wurde mein Kampf der ihre.

»Erlaubst du, junge Freundin?« unterbrach Nissim und zwinkerte mir zu. »Ich kenne Jacques Bigart, den Generalsekretär der Alliance. Laß mich mal machen!«

»Aber wenn ich mit den Kameraden spräche, könnte man ein Exempel statuieren!«

»Nein, mein Schatz«, lächelte Rachel. »Kümmer dich lieber um Frau Ruhe und Herrn Heil!«

Ich hörte zu, ich lachte und verstand nichts. Schon ließ sich Elie über die Verheerungen der Schwindsucht aus, und Louise forderte die Verbreitung der BCG-Impfung.

»Das Röntgen der Lungen muß obligatorisch werden.«

»In den Fabriken. Auf Kosten des Eigentümers.«

Daraufhin wandten sie sich den Maßnahmen gegen den Alkoholismus, der Kinderarbeit, dem Zustand der Krankensäle in den Krankenhäusern zu …

Dieser wunderbare Abend sollte einige Tage später in einer Einladung in die Rue de Trévise, dem Sitz der universellen israelitischen Alliance, münden: Jacques Bigart wünschte mich kennenzulernen.

Er war ein kalter, nüchterner Mann, zweifellos der beste Kenner des Mittelmeerraums, den Frankreich hatte. Die Lehrer und jeweiligen Direktoren legten ihm jede Woche einen Bericht über ihr Tun vor, das in hohem Maße von der politischen und gesellschaftlichen Situation des Landes abhing, in dem sie unterrichteten.

Monsieur Bigart war nicht wie die Männer bei uns gegen Frauen mit Hirn allergisch, aber es widerstrebte ihm, einen Präzedenzfall zu schaffen. Er wußte, daß Madame Béhar mich vor dem Krieg schon angekündigt hatte, er achtete Nissim und Rachel Abravanel, und meine Prüfung für das erste Baccauréat beeindruckte ihn ebenso, wie sie ihn irritierte. Schließlich erteilte er mir die Erlaubnis, mich in der Philosophieklasse des Victor-Hugo-Gymnasiums einzuschreiben, wenn der Unterricht im Januar wieder losging. Unter dem Vorbehalt, daß ich den Unterricht in Bischoffsheim nicht vernachlässigte.

»Ich hoffe, daß es Ihnen auch darauf ankommt, die Lehrerprüfung abzulegen«, fügte er hinzu. »Es ist bei uns Tradition, daß die Orientalinnen sich bei dem Examen hervortun. Enttäuschen Sie mich nicht.«

Ich beschloß, die Situation zu nutzen.

»Ich werde mein Bestes geben«, sagte ich. »Mein Traum wäre, bis zum Staatsexamen, ja vielleicht bis zum Doktorexamen zu kommen … Wenn es mir gelänge, könnte ich, besser als in den türkischen Volksschulen zu unterrichten, meine Diplome in den Dienst der israelitisch-orientalischen höheren Schule von Paris stellen?«

»Die Jungenschule?« würgte er heraus.

»Rachel Abravanel hat mir erzählt, daß Sie in Versailles eine Mädchenschule bauen …«

»Es wurde gerade erst der Grundstein gelegt!« erwiderte Monsieur Bigart. »Hören Sie, junges Fräulein, bestehen Sie Ihr Examen, studieren Sie Philosophie, und über Ihre ehrgeizigen Pläne werden wir später sprechen.«

Seine Stimme hatte einen metallischen Klang angenommen. Er erhob sich und bedeutete damit, daß die Unterhaltung beendet war.

Monsieur Bloch machte keinerlei Anmerkung: Er respektierte die Autorität, und daran fehlte es Monsieur Bigart nicht. Simone, die um nichts gebeten hatte, wurde in die letzte Klasse von Victor-Hugo eingeschrieben.

Es blieben uns noch drei Wochen Halbferien. Im Bischoffsheim absolvierte ich meinen Pflichtdienst und besuchte die Abendkurse. Das ließ mir genügend Zeit. Elie hatte mich auf ein paar Buchhandlungen hingewiesen, wo ich mir gebrauchte Bücher fürs Gymnasium besorgen konnte. Simone litt unter der Kälte und hatte wenig Lust, mich zu begleiten. Die Haltung meiner Nichte begann mich ernsthaft zu irritieren. Wir hatten so viele Ausflüge vorbereitet, mit Hilfe eines Stadtplans, den wir bei einem Buchhändler in Istanbul gefunden hatten! Eines Plans, der sich als ziemlich veraltet erwies …

Ich ging also alleine auf Eroberungstour durch Paris. Ich kaufte mir Maronen an den Kreuzungen und marschierte los, die Hände über den warmen Schalen verkrallt. Etwas furchtsam wegen der Dunkelheit, die schon um 16 Uhr einfiel, beschränkte ich mich in der ersten Zeit auf die unmittelbare

Umgebung der Bastille, wo ich wohnte, und der Place des Vosges, wo sich mein zukünftiges Gymnasium befand. Alles war neu, schnell, rauh und ungastlich. Nichts verlief wie vorgesehen. Wenn ich auf meine innere Stimme gehört hätte, wäre ich wie Simone in sicherer Vertrautheit und in der Wärme geblieben. Aber ich schuldete meinem Stolz diese Gewaltmärsche, diese weit geöffneten Augen, diesen Drang, alles wahrzunehmen, auch auf die Gefahr hin, das Wesentliche zu verfehlen.

Tag für Tag lief ich, die Hacken eroberungslustig, das Herz in Aufruhr, durch die Pariser Straßen und machte mir im Geist eine Liste aller neuen Entdeckungen: Arbeiter mit Schirmmützen, Angestellte mit Seidenmanschetten, Frauen ohne Kopfbedeckung, Kohlenträger mit Säcken auf den Köpfen, kleine Dienstmädchen, Vogelfutterverkäufer. Pferde mit Kleiesäcken um den Hals, Querpfeife spielende Ziegenhirten, Schiffe der Waschfrauen und Barkassen, die darauf warteten, die Schleuse zu passieren. Straßenorchester, die für ein paar Münzen Chansontexte anboten, die die Gaffer lauthals übernahmen. Reklame für Meunier-Schokolade oder Thermowatte. Funken unter Pferdehufen, Füchse um Damenhälse, Polsterinnen in den Höfen. Grüngelbe Karren des Pflanzers von Haifa, die leuchtend rote Uniform des Postkutschers, »Trauerkleidung in 24 Stunden« als Werbung an den Fenstern der Reinigungen …

Keine rabenschwarzen Frauen, keine galgengesichtigen Eunuchen. Keine *hamals,* also keine vornübergebeugten Lastenträger, auch keine mit Wasser beladenen Esel. Weder Rabbinerhüte noch orthodoxe Kappen. Die Anpreisungen der Weintraubenverkäufer, das Klirren von Gläsern und Untertassen, das Miauen heimatloser Katzen, die Kuhglocken der Fakire, der Singsang der Straßentänzerinnen, das Krächzen der Taucher und der Schrei der Büffeltreiber gehörten der Vergangenheit an. Gott und der Alliance sei Dank.

Die Höhe der Wohnhäuser und ihre fehlerlos geradlinige Ausrichtung verblüfften mich. Bei uns waren die Häuser eng und mit dunklem Holz bedeckt. Ihre Erker ragten schief über die Straße: keine scharfe Kante, kein rechter Winkel. Wir blieben ungenau bis in unsere Behausungen. In einem zivilisierten Land war die Eleganz rechtwinklig. Außer der Geometrie, dem Lärm und den Gerüchen entdeckte ich voll Entzücken neue Wörter wie *»bougnats«*, Kohlenverkäufer, *»biffin«*, billiger Stoff, *»hirondelles«*, Schornsteinfeger, *»apaches«*, Banditen, und brannte darauf, mir diese blumige Sprache anzueignen. Ich hatte schon von den ersten Tagen an begriffen, daß meine geschliffene Sprache, mehr noch als mein leichter Akzent, meine fremde Herkunft verriet.

Eines Abends, als ich mit Simone meinen Dienst im Kleiderraum verrichtete, konnte ich mich nicht mehr zurückhalten, ihr Vorwürfe zu machen.

»Du solltest dich mehr aufraffen! Was hast du seit deiner Ankunft in Paris gesehen?«

Sie kniff die Lippen zusammen.

»Du könntest antworten, wenn man mit dir redet!«

»Ich bin noch nicht mit dem Wäsche-Zählen fertig«, sagte sie mit düsterer Stimme. »Ich muß noch die Toilettenräume prüfen.«

Ich seufzte.

»Was hast du heute nachmittag gemacht? Warst du hier?«

»Im Gaumont Palace gab es einen Film von Griffith ...«

»Ja und?«

»Er war traurig. Ich habe geweint.«

Sie warf mir einen so mitleiderregenden Blick zu, daß ich sie in die Arme nahm. Wir hielten uns eine lange Weile umschlungen.

»Warum schreibt er mir nicht?« schluchzte sie. »Im Kino warte ich mit aller Ungeduld auf den Abspann ... Aber nichts ... nicht das geringste von Kaledjian ... Glaubst du, daß er den Namen geändert hat? Oder Hollywood verlassen? Oh, Rebecca, er fehlt mir so ... In Istanbul war es noch einigermaßen erträglich, aber hier ... hier ...«

»Im Gegenteil«, redete ich ihr zu. »Es gibt so viele Ablenkungen! Du solltest ausgehen, ins Museum gehen ...«

»Ins Museum? Rebecca, wach auf! Diese Stadt fließt über vor Liebe, vor Begierde, vor Genuß ... Aus diesem Grund ersticke ich in den Straßen ... Paris ist nur etwas wert, wenn man zu zweit ist ... Ich habe den Eindruck, daß ein Teil von mir tot ist ... Kannst du das verstehen?«

Verstehen, nein. Mir vorstellen, bestenfalls.

3

Unser guter David (schrieb ich an Vitali) *hat es für mehr »auf der Höhe« gehalten, das Abendessen am Sabbat durch das Huhn im Topf am Sonntag mittag (im Wechsel Lammkeule) zu ersetzen. Wir sind gehalten, ihm seine Mühe mit Dankbarkeit und Komplimenten zu vergelten ... Du weißt, wie sehr ich die Schmeichelei verabscheue. Der* Ermano *sieht also Simone lieber, die nicht zögert, sich vor seiner wunderbaren Leistung zu verbeugen.*

Kann ich Dir gestehen, daß ich keine überschwengliche Zuneigung zu unserem ältesten Bruder empfinde? Die Last der Verantwortlichkeiten hat ihn vorzeitig altern lassen. Er ist snobistisch und pompös, Bankier bis zum letzten Westenknopf, wahrscheinlich schneidend mit dem niederen Personal und unterwürfig vor seinen Vorgesetzten: ein Spitzenmann.

Sein großes Lebenswerk außerhalb seiner Arbeit ist die Erziehung Lucettes. Während man darauf wartet, sie mit Pré-Catelan zu verheiraten, unterrichtet Sarah sie zu Hause. Einmal die Woche begeben sie sich gemeinsam zu einem Privatkurs, wo sie abgefragt wird: Stell Dir fünfzehn kleine Mädchen vor, wie sie alle in Begleitung ihrer Mütter auf die Fragen alter Fräulein antworten! Wer besteht die Prüfung? Die pädagogischen Amateure oder ihre schüchterne Nachkommenschaft?

Aber das ist nicht alles. In ihren Mußestunden lernt Lucette Gesang, Solfeggio, Ballett und Klavier. Eine Spaziergängerin führt sie jeden Nachmittag in den Park Monceau. Überflüssig zu sagen, daß das arme Kind, Gegenstand so vieler Aufmerksamkeiten, von dieser Betreuung erdrückt zu sein scheint.

Ihr Vater kümmert sich um ihre religiöse Erziehung: das strikte Minimum. David hat in seinem überschwenglichen Begehren, französisch zu sein (das Sarah mit ihm teilt), nichts da-

gegen, daß man seinen Namen Gatégnaud schreibt. Ich glaube im Gegensatz zu Señor Padre, *daß unser Bruder erleichtert ist, eine Tochter gezeugt zu haben. Die Frage der Beschneidung hätte ihn zerrissen.*

Armer David! Wie sehr er sich seiner Herkunft schämt! Ich muß zu seiner Entlastung sagen, daß das israelitische Frankreich entsetzlich hierarchisiert ist (genau wie unsere Gemeinde, wirst Du mir sagen, nur gibt es eine Umkehrung im Kräfteverhältnis ...). Steif und hochmütig setzt sich der Hof des Königs Rothschild nur aus Aschkenasim aus dem Elsaß zusammen. Viele sind 1870 vor dem deutschen Stiefel geflohen, aber die »Wahren der Wahren« waren schon Pariser. Dazu kommen die Juden des Papstes, ursprünglich Sepharden, wie die Naquets und die Crémieux', die sich wie ihre lieben Kameraden vom Konsistorium das Recht anmaßen, uns als Fremde, Wilde, Unterentwickelte, kurz als »Türken« anzusehen. Uns, die alten Großen Spaniens! Was für eine Beleidigung! Wenn ich daran denke, was Mutter über die Todescos von Galata sagte, die nach Knoblauch stanken und gesetzeshörig waren!

Diese Kluft bringt mich ebenso auf, wie sie mich verdrießt. Im Bischoffsheim haben wir das Recht auf wöchentliche Ausgänge, die von diesen schrecklichen alten Schachteln mit unaussprechlichem Namen organisiert werden. Sie verteilen Schokolade an uns, fahren mit uns aufs Land und peinigen uns mit Ratschlägen: entsetzlich! Wie gerne hätte ich, daß diese Damen aufhören, mich als eine Negerin aus Afrika zu betrachten ... Eine von ihnen ist mit Cécile Brunswick verwandt, einer Feministin, die für die Geburtenkontrolle kämpft und offenbar zum Muttertag für die großen Familien einen »Bauchstreik« organisiert. Du kannst Dir vorstellen, wie gerne ich sie kennenlernen würde! Aber ich bezweifle, daß unsere barmherzigen Matronen es gerne sähen, wenn das Ferment des Aufstands bei ihren armseligen Schützlingen gären würde ...

4

Das Jahr 1919 begann mit einem Fest im Pensionat, wo unsere Wohltäterinnen jeder Schülerin einen Muff, ein Nähetui, ein Paket mit Gewürzbrötchen und ein Fünf-Franc-Stück aushändigten. Wir hatten Anspruch auf eine Rede von Monsieur Bloch, der sich beglückwünschte, weil er zwei Arbeiterinnen in den Fabriken von Troyes untergebracht hatte, wo man sehr zufrieden mit ihnen war.

Einen Monat früher hätte ich meine Gereiztheit schlecht unterdrücken können. Aber die Aussicht, in wenigen Tagen den Hof des Victor-Hugo-Gymnasiums betreten zu können, erfüllte mich mit Nachsicht.

Das war nicht so bei Simone. Monsieur Bloch käute seine Danksagungen wieder, als sie ihre Geschenke auf den Boden warf, sich erhob und die erleuchtete Aula verließ. Es gab einen Augenblick der Verblüffung, den ich benutzte, um mich zu verdrücken und zum Schlafsaal zu laufen.

Meine Nichte lag bäuchlings auf dem Bett und schluchzte. Auf ihrem Nachttisch lag ein aufgerissener Brief, der mit Agop Kaledjian unterzeichnet war.

»Darf ich ihn lesen?«

»Er ist verheiratet«, stieß sie hervor.

Die Türken wollten uns vernichten, uns von der Landkarte streichen (schrieb Agop). *Simone, ich habe Dich geliebt, wie ich niemals mehr lieben werde. Aber das war vorher. Sie haben Mutter, Papa, Ana und Lila getötet. Meine Frau hatte das Glück, schon 1912 hierher zu kommen. Ihre Familie ist die meine geworden. Ich habe eine Pflicht gegenüber denjenigen, die tot sind. Meine Kinder werden Armenier sein. Eines Tages wirst Du mich vielleicht verstehen. Glaub mir, die Überlebenden haben nicht immer den besseren Part. Ruben Mamoulian, der große Regisseur, hat mich als Assistenten angestellt. Dieser Beruf, dieses Land, in dem alles möglich ist, die Solidarität der Unseren und die Zärtlichkeit meiner Frau, vor der ich nichts von meiner Liebe zu Dir verborgen habe, geben mir die Hoffnung, daß dieses neue Jahr uns allen Glück und Frieden bringt …*

Ich nahm Simone an die Hand und schleppte sie durch Paris. Sie bedauerte bald, daß sie ihren Muff weggeworfen hatte, denn es wehte ein eisiger Nordwind. Ich hatte beschlossen, ihr die Sorbonne zu zeigen, wo wir im Juli unser Baccalauréat machen würden. Sie sollte begreifen lernen, daß ein neues Leben begann, daß Agop der Vergangenheit angehörte.

Meine Nichte ließ sich wie ein Kind führen. Meine Ermahnungen prallten an ihrem Schmerz ab, ohne ihren Verstand zu erreichen. Ich nahm keinen Anstoß, ganz Mitempfinden und Zärtlichkeit. Simone hatte im Augenblick keine andere Wahl mehr, als zu mir zurückzukommen.

Die Nacht war schon hereingebrochen, als wir am Montparnasse ankamen. Ich beschloß, mein Fünf-Franc-Geschenk im Café de Dôme anzulegen.

»Zwei Absinth?«

Ich nickte mit dem Kopf. Mein Nachbar, ein junger Dandy, brach in Lachen aus und belehrte mich, daß dieses Getränk seit fast fünf Jahren in Frankreich verboten sei. Der Flegel hatte sich über uns lustig gemacht. Allerdings sahen weder Simone noch ich wie Barhockerinnen aus.

»Bringen Sie ihnen Ihren Haus-Cocktail«, bestellte der pomadige Kerl.

Ich ließ es fröhlich geschehen, und ich fühlte mich zum erstenmal seit unserer Ankunft in der Hauptstadt glücklich. Der Augenblick, der Rahmen hatten etwas Magisches. Ich war am Ziel angekommen. Hohlwangige Künstler in schmutzigen Kitteln und mit beunruhigendem Blick ließen sich von exzentrisch gekleideten Mannweibern zu einem Glas einladen. Soutine, Modigliani? In Paris war alles möglich. An einem anderen Tisch waren sorglose Bonvivants in Fahrt. Tzara, Breton? Waren diese Frauen mit schriller Stimme, die sie auf den Mund küßten, Prostituierte oder Nymphen?

Als ich Simone zwang, mit mir anzustoßen, zeigte sie ein armseliges Lächeln. Eine Sekunde später lachten wir lauthals, als jede von uns eine Grimasse schnitt: Was für ein ekelhafter Geschmack! Aber das Brennen, das der Trunk in der Kehle hinterließ, war auszuhalten, ja danach sogar angenehm.

Zufrieden und erschlafft, erkannte ich nicht sofort Hugues Gauthier, als er sich unserem Tisch näherte. Er war nachlässig angezogen, ein wenig zu aufgeräumt, und die Bande, die ihn begleitete, lärmte herum, ohne im übrigen den geringsten Unwillen hervorzurufen.

»Rebecca! Meine Lieblingsschülerin! Gutes neues Jahr!«

Er sprang buchstäblich auf mich zu, um mich zu umarmen, und ich wurde knallrot.

»Wer ist diese Schöne?«

»Simone Behmoiras. Meine Nichte ...«

»Gutes neues Jahr!«

Sie hatte Anspruch auf dieselbe Behandlung. Die Bande hatte beschlossen, daß das Dôme an jenem Abend öde war.

»Wir gehen ins Bœuf sur le Toit!« rief Hugues.

Wir durften nicht später als 21 Uhr in das Pensionat kommen. Der Marsch, der Alkohol und mein kurzer Überschwang hatten mich erschöpft. Mir gefielen Hugues' glänzende Augen nicht. Monatelang hatte ich davon geträumt, ihn gegen die Vorurteile und Verfolgungen zu verteidigen ... Quatsch! Er brauchte meine Sympathie in keiner Weise. Wir waren nicht mehr in Istanbul. Ich hatte den romantischen jungen Mann geliebt. Der provozierende Ephebe rief Unbehagen in mir hervor. Ich wollte die Einladung ablehnen, als Simone sich erhob: »Ich komme mit!« sagte sie.

Auch sie hatte zu glänzende Augen und zu rote Wangen. Ihr Blick war voller Herausforderung.

»Simone«, murmelte ich, »die Tür wird geschlossen sein.«

»Ja und?«

Ich senkte die Augen. Der Tag meines neunzehnten Geburtstages in Hasköy, die Absurdität meiner Sittsamkeit stand mir plötzlich vor Augen. Wenn ich gekonnt hätte, hätte ich mich auch verloren. Mit morbidem Fleiß. Aber im Gegensatz zu Simone war ich unfähig, mich zu verlieren: Ich fand mich immer wieder. Verrückt werden, ja, vielleicht ... Vor allem, wenn meine Komplizin von früher, die ich wiedergefunden zu haben glaubte, mich von neuem verließ.

Simone kam in jener Nacht nicht nach Hause, und Monsieur Bloch benachrichtigte meinen Bruder David. Wir waren Unruhestifter, ich mit meinen schulischen Extravaganzen und Simone mit ihrem skandalösen Verhalten. Das war das letzte Mal, daß er Pensionatsschülerinnen aufnahm, die älter als fünfzehn Jahre waren. Was für ein Vorbild waren wir für die jungen Mädchen des Instituts! O weh, selbst die gebildeten Orientalinnen hatten noch Benimmunterricht nötig ...

Meine Nichte erschien am nächsten Morgen gegen elf Uhr, erschöpft und prahlerisch. Sie war Jean Cocteau und Darius Milhaud über den Weg gelaufen, hatte wilde Musik gehört und in einem Atelier der Rue Delambre auf dem Boden geschlafen. Der kleine Trupp hatte sie adoptiert, Hugues übernahm die Aufgabe, ihr eine Wohnung zu suchen, und sie war nur vorbeigekommen, um ihre Sachen zu holen.

»Willst du damit sagen, daß du das Pensionat für immer verläßt?«

»Genau das.«

»Aber ... der *Ermano* ... Und deine Mutter?« stammelte ich. »Das bringt sie um.«

»Wir wollten doch leben, oder? Ich habe damit angefangen.«

»Und ich? Ist dir das egal?« rief ich. »Sie halten mich hier für verantwortlich ... Ich hatte es geschafft, dich im Gymnasium einzuschreiben. Du denkst also nur an dich?«

»Du wirst Absolventin für zwei sein«, bemerkte Simone ironisch. »Der Ehrgeiz war immer dein Part.«

»Mach dich nur lustig«, entrüstete ich mich. »Ich erinnere dich daran, daß Paris unser beider Idee war.«

»Ja, aber nicht das Gymnasium. Auch nicht die Diplome und das Lehrerin-Werden. Paß auf, Rebecca! Wenn du mit dir selbst hart bist, ist das deine Sache, aber nichts gibt dir das Recht, es mit anderen zu sein!«

Ich war am Boden zerstört.

»Ich bin nicht hart! Im Gegenteil! Ich brauche es, daß man mich liebt, genau wie du, wie alle. Und du läßt mich im Stich!«

»Du hast immer alles für uns beide entschieden«, erwiderte Simone. »Seit wir klein waren!«

»Simone, du warst meine Schwester ...«

Sie sah mich traurig an, ihre Stimme wurde leise: »Laß mich, Rebecca. Ich weiß, was ich tue. Du hast nie verstanden, wie verschieden wir sind. Du willst, daß man deine Verdienste anerkennt. Und ich möchte, daß man mich ansieht. Nicht um mich mit Worten zu begnügen oder davon nachts zu träumen, sondern um es zu fühlen, dort!«

Sie deutete auf ihren Unterleib. Mein Herz setzte aus. Stechender Schmerz machte sich breit. Ich konnte nicht glauben, daß er von meiner alten Komplizin kam. Das war ein Alptraum, ich würde daraus erwachen ...

Simone klappte ihre Tasche zu, ich stürzte vor, um ihr den Weg zu versperren.

»Bleib! Ich werde mich ändern! Du wirst es sehen!«

»Warum solltest du dich ändern?« sagte sie ohne Bissigkeit. »Um eine Welt zu schaffen braucht man von allem etwas.«

Ich trat einen Schritt zurück, sie verließ den Schlafsaal und lief leichtfüßig die Treppe hinab. Ja, ich war hart, fordernd, kalt und kopfgesteuert. Zweifellos auch lasterhaft, da ich mich an der Liebe der anderen weidete, der Liebe von Vitali und Fortunée, Agop und Simone, von Hugues und seinem Tänzer ...

Aber entschlossener denn je. Nichts würde mich von dem Ziel abbringen, das ich mir gesetzt hatte. Weder die Einsamkeit noch die Verzweiflung.

5

In der Avenue de Wagram war die Stimmung kritisch.

»Noch niemals«, wütete der *Ermano,* »ist unserer Familie eine solche Beleidigung widerfahren.«

»Und Henri?« fragte ich zurück.

»Er ist ein Mann, das ist etwas anderes.«

Mein Bruder vergewisserte sich, daß die Türen gut geschlossen waren und daß weder Lucette noch das Dienstmädchen etwas hören konnten.

»Was für ein erbärmliches Vorbild für unsere Tochter!« jammerte Sarah.

»Sie wird niemals die Wahrheit erfahren! Da habe ich volles Vertrauen zu euch!« spöttelte ich.

David zog die Augenbrauen hoch.

»Willst du mich vielleicht auch noch belehren, wie ich mein Kind zu erziehen habe? Das ist der Gipfel!«

»Gott sei Dank trägt Simone nicht unseren Namen!« meinte Sarah. »Und ich habe keine Zeit gehabt, sie unseren Verwandten vorzustellen ...«

Das war keine Zeitfrage. Mein Bruder und meine Schwägerin waren sorgfältig darauf bedacht gewesen, vor ihren Freunden unsere Ankunft in Paris zu verbergen.

»Ihr könntet ein wenig an sie denken!« warf ich ein.

»Weil du sie verteidigst? Unglückselige! Hat der Krieg die Frauen dazu gebracht, ihren gesunden Menschenverstand zu verlieren? Allen Respekt sich selbst gegenüber?«

Ich war wütend auf meine Nichte und neidisch auf ihren Wagemut. Aber die Haltung Davids verursachte mir Übelkeit.

»Und natürlich«, meinte er weiter, »ist es an mir, die Nachricht ihrer Mutter zu übermitteln.«

»Ich habe schon an Nita geschrieben«, murmelte ich.

»Mit welchem Recht?« lehnte sich Sarah auf. »Es ist die Aufgabe des *Ermanos*, solche Sachen in die Hand zu nehmen. Was wird *Señor Padre* denken?«

Ich seufzte, ohne zu antworten. Ich fühlte mich allein und orientierungslos. Simones Worte hatten mir schrecklich weh getan. Statt mir nun die notwendige Zuneigung zu bezeugen, flennten mein Bruder und meine Schwägerin über ihren verletzten Stolz. Ich hatte fast Lust, ihnen von Simones armenischem Geliebten zu erzählen, nur um des Vergnügens willen, sie vor Entrüstung außer sich zu sehen.

»Und die Alliance?« rief mein Bruder. »Dankt man so seinen Wohltätern?«

Ich hätte antworten können, daß die Arroganz dieser Einrichtung zum großen Teil daran schuld war, daß Simone und ich uns nach unserer Ankunft in Paris so unwohl fühlten.

»Sag ihnen, daß sie Heimweh hat«, murmelte ich. »Zahl ihnen das Pensionatstrimester zurück und spende etwas für die Stiftungen ... Wir kriegen dann einen Muff mehr im nächsten Winter!«

»Danke für deine Ratschläge!« zischte er. »Nun ja, gerade das paßt mir nicht in den Kram! Ich bin nicht sehr liquide im Augenblick. Ah, der *Señor Padre* hat mir ein tolles Geschenk gemacht, als er mich als Betreuer bestimmte!«

Gott wird mich (schrieb mir Nita) *bestimmt bestrafen, aber ich kann mein Herz nicht daran hindern, sich trotz der Angst, die ich empfinde, zu freuen. Simone ist zu gebildet, zu schön und zu feurig, als daß sie das Schicksal der armen jungen Mädchen hier erleiden sollte ... Mein lieber Nahum hat nicht lange genug gelebt, um eine Aussteuer für sie zusammenzubringen. Bin ich eine Rabenmutter? Mir ist es lieber, sie glücklich und frei als sie wie Deine Mutter mit einem Witwer und Familienanhang verheiratet zu wissen. Ich weiß, daß zwischen Dir und Tamar nie eine große Zuneigung bestanden hat, aber überlege mal, wie ihre Jugend und ihr Leben als Frau aussahen ... Meine Simone wird nie geopfert worden sein, ohne gelebt zu haben. Sie wird nicht ihren wunderbaren Humor und schönen Teint verloren haben, um eine brummige* balabaya *zu werden. Mag ich dich auch schockieren, ich freue mich für sie …*

Nita wußte, wovon sie sprach. Im Gegensatz zu den Frauen des *cortijo* hatte sie in den Armen ihres Mannes das Glück kennengelernt.

Ihr Brief verstärkte meine Verärgerung und meine Eifersucht: Meine eigene Mutter hätte mir nie solche Nachsicht entgegengebracht. Ich antwortete nicht, denn ich fühlte mich verraten und verlassen. Ich verdankte der Liebe meiner ältesten Schwester gewiß die Kraft, die in mir wirkte. Aber auch die Ungeduld und Wut, die mir ihre stumme Resignation seit Jahren einflößte.

Simones Schweigen machte mich wahnsinnig. Um mich am Grübeln zu hindern, stürzte ich mich in die Arbeit. Der Januar war düster und eisig. Ich war in das Gymnasium mit einem Trimester Verspätung gekommen und büffelte verbissen, um meine Lücken zu schließen. Es fiel mir nicht allzu schwer. Da ich zwischen einer analphabetischen Mutter und einem gleichgültigen Vater aufgewachsen war, hatte meine Intelligenz sich ungehemmt entwickeln können. Ich hatte dank der Abravanels und Hugues Gauthiers mehr unterschiedlichere Werke gelesen als meine Klassenkameraden. Mein Blick auf die klassischen Texte war weniger ehrfürchtig als der ihre. Und selbst wenn ich mir der zweideutigen Rolle der Alliance bewußt wurde, mußte ich doch anerkennen, daß ihre Pädagogik bemerkenswert war. Sie verband die Neugierde und die jüdische Allseitigkeit mit der Rousseauschen Achtung vor dem Kind.

Aber ich litt darunter, daß ich mich überall und unablässig fremd fühlte. Ich war so anders als die kleinen Mädchen, die ich donnerstags morgens in der Bischoffsheim-Stiftung unterrichtete. Anders als Marguerite Rosenberg, meine Nachbarin im Gymnasium, aus einer alten französischen Familie, nichtpraktizierende Jüdin, deren Vater in der Polytechnique, einer der französischen Eliteschulen, ausgebildet worden war und das Kreuz der Ehrenlegion trug. Anders als Marie Dussaut, ältestes von acht Kindern und zu den Zweihundert Familien gehörend. Anders als Rose Lamour, Tochter eines Lehrers und selbst Stipendiatin.

Anders als mein Bruder David. Anders als Elie, mein früherer »Verlobter«.

Anders als Simone, die sich von mir abgewandt hatte.

Kurz vor Fastnachtsdienstag, als ich im Refektorium Dienst hatte und mit der Verteilung der Post beauftragt war, stieß ich auf die Schrift meiner Nichte. Sie hatte sich endlich dazu entschlossen, mir zu schreiben! Ich hatte mir geschworen, einen Brief ungelesen zu zerreißen, besser noch, ihn ungeöffnet zurückzuschicken. Töricht und romantisch! Meine Finger zitterten, als ich den Umschlag aufriß.

> *Liebste Rebecca, wenn Du mich nicht zu sehr verabscheust, komm mich 113 Boulevard Raspail, 7te Etage, Tür 22 über die Dienstbotentreppe besuchen, und zwar zwischen sieben und acht Uhr abends. Ich bin glücklich und umarme Dich, Deine Simone.*

Sie wohnte im Dienstmädchen-Stockwerk in einem dieser Haussmannschen Gebäude, die vor dem Krieg errichtet worden waren, mit Quadersteinen und einem Balkon in der zweiten und fünften Etage, hohen Fenstern und hohen Decken. Es gab eine prächtige Eingangshalle, aber die Dienstbotentreppe war erbärmlich.

In jedem Stockwerk drangen aus den Toiletten *a la turca* greuliche Gerüche, die sich im siebten mit dem von Kohlsuppe vermischten. Der Gang, der zweimal um die Ecke bog, war keinen Meter breit. Ein Waschbecken tropfte in einer Ecke. Das Licht verlöschte alle dreißig Sekunden. Meine Füße stolperten über lose Steinplatten. Einige rauhe, wütende Stimmen drangen durch die Papierwände. Man konnte kaum an den vielen grauen Türen die auf Schablonen angebrachten Nummern erkennen.

Simones Zimmer war winzig, eine Mansarde mit einem Klappfenster zum Himmel hin. Ich war vom Treppensteigen außer Atem und unsicher, wie ich mich verhalten sollte, aber meine Nichte fiel mir um den Hals.

»Entschuldige, Rebecca. Ich habe schreckliche Dinge zu dir gesagt.«

Ich nickte und brachte dann ein tapferes Lächeln zustande.

»Bist du glücklich?« fragte ich.

»Sehr.«

Sie traf sich mit Malern, Dichtern und Jazzmusikern, ging ins Tanzcafé und übte sich im Foxtrott ...

»Das große Leben«, murmelte ich mit meiner Lehrerinnenstimme. »Und wie ernährst du dich? Unterstützt dich einer deiner Herren?«

Sie machte eine unbestimmte Geste: Jene, die Geld hatten, zahlten für die anderen.

»Und die Miete?«

»Ich stehe Modell.«

»Nackt?«

»Ja ... ich empfinde keine Scham. Der Blick eines Malers ist niemals schmutzig.«

»Und seine Hände?«

»Du bist vulgär..«

Sie ging mit ihrem Wasserkrug auf den Flur hinaus, füllte ihn und bereitete mir auf einem kleinen Gasbrenner einen Tee.

»Meine Freunde würden dir gefallen, wenn du weniger Vorurteile hättest«, sagte sie. »Vor allem die Russen. Einige sind Juden, haben aber keine Ähnlichkeit mit uns. Wie es dir erklären? Selbst die geringfügigste ihrer Handlungen ist ein Kampf. Man hat den Eindruck, daß sie abwechselnd von widersprüchlichen Gefühlen beherrscht werden, sie sind empfindlich wie die Babys und heftig wie die Kosaken … Jedenfalls malen sie, um nicht zu krepieren.«

»Vor Hunger?«

»Nein, das ist ihnen egal. Sie haben das Bedürfnis, irgend etwas zu bewegen … ich weiß nicht was. Es ist eine Notwendigkeit.«

Sie dachte nach.

»Schöpferische Kraft kann nur gebieterisch sein«, fuhr sie fort. »Zwingend, sonst ist sie vergebens.«

Ich spürte, wie ich bleich wurde. Simone befand sich auf meinem Terrain. Sie wußte, daß Schreiben mein heimlicher Traum war. Es machte mich wütend, sie ihre Meinung über Kunst äußern zu hören. Ihre Freunde waren nur alkoholabhängige Parasiten. Es genügt nicht, arm und aggressiv zu sein, um Genialität zu beanspruchen.

»Hast du deiner Mutter geschrieben?« fragte ich.

Sie sah mich mit schmerzvoller Miene an.

»Fang nicht wieder an, Rebecca!«

»Aber wie kannst du hier in den Tag hineinleben? Ohne Disziplin, ohne Ziel?«

Sie antwortete nicht und begnügte sich damit, leise zu seufzen.

»Und Agop?« fuhr ich fort.

»Was Agop? Es herrschte Krieg, wenn du dich vielleicht erinnern kannst! Millionen Menschen sind tot. Man kann nichts mehr mit den Augen von früher beurteilen. Agop wird ein großer Regisseur werden…« (sie prustete los) »und ich eine große Künstlermuse!«

»Mich selbst würde das frustrieren, nur zum Inspirieren da zu sein«, erklärte ich. »Ich handle lieber.«

Simone war so nett, es mir nicht heimzuzahlen. Ich ging kerzengerade und wütend auf mich von dannen. Handeln. – Was hatte ich in den zwanzig Jahren meiner Existenz zustande gebracht?

Die Türken sind besiegt (schrieb mein Bruder) *und Istanbul lebt auf. Es ist die große Revanche der Nicht-Muslime. Das Geschäft ist noch nie so gut gegangen. Ich sollte mich darüber nicht beklagen, aber die Unseren spielen mit dem Feuer. Der Großrabbiner Haïm Nahum hat das Reich gegen die Griechen und die Armenier unterstützt. Heute ist alles ins Gegenteil verkehrt: Die Zionisten ergreifen die Partei der Eindringlinge gegen die Einheimischen. Der neue starke Mann der Gemeinde heißt Emmanuel Carasso. Nachdem er sich durch den Krieg bereichert hat, ist er bereit, uns zu ruinieren, indem er auf das falsche Pferd setzt:* Arrovan pitas i bezan mezuza – *Sie stehlen das Brot und küssen die Mesusa, den Türpfosten mit den Bibelsprüchen. Ein Volk auf die Knie zu zwingen hat noch nie zu etwas geführt. Doch, zu Gewalttätigkeit. Wenn die Türken wieder erwachen – sie werden notgedrungen erwachen –, wird es ein Blutbad geben. Je mehr ich darüber nachdenke, um so mehr glaube ich, daß wir uns undankbar benommen haben. Der Sultan Bejazet hat uns aufgenommen und uns die Freiheit gegeben, unsere Religion auszuüben. Zweifellos haben wir ihm die Druckerkunst und die Aufklärung Spaniens gebracht, die Medizin und das Waffenwesen. Aber während wir frei von jedem Zwang die mittelalterlichen* juderias *wiederherstellten und glaubten, daß die Reichsten am besten geeignet seien, unsere Gemeinde zu leiten, während wir uns aus Idiotie und Überempfindlichkeit gegen jeden äußeren Einfluß schützten, das altehrwürdige Modell kleinlich neu schufen, wurden wir nur ärmer und schwächer, bis die Alliance uns eine mögliche Ausflucht wies: die Rückkehr zum Westen.*

Da sich nun ein neues Gleichgewicht im Orient bildet, klammert sich die Institution an alte Schemen. Der Großrabbiner Nahum ist in geheimer Mission in die Vereinigten Staaten gereist; er wurde vom Sultan dazu aufgefordert, der mit Henry Morgenthau, einem Sohn Zions, türkischer Botschafter und Vertrauensmann Präsident Wilsons, privilegierte Beziehungen unterhält … Nahum ist eine Marionette, der Sultan ein Ham-

pelmann – vielleicht wäre es Zeit, wieder mit den Füßen auf die Erde zu kommen.

Inzwischen hat General Franchey d'Esperey, Oberkommandeur der Armeen des Orients, auf einem schönen Schimmel einen triumphalen Einzug gehalten. Alle riefen: »Es leben die Streitkräfte der Entente!« Die Griechen waren außer Rand und Band (ke mal mos kera, *würde Mutter sagen). Sie unterstützen zusammen mit den Armeniern die Besatzungstruppen am glühendsten. Die Franzosen lagern in Istanbul, die Senegalesen in Galata und die Italiener in Pera, was unseren* buenas familias *nicht mißfällt. Viele von ihnen halten es sich zugute, nach der Vertreibung aus Spanien über Livorno hierher gekommen zu sein, und Du weißt, welche Bedeutung die »Original«-Reise für die Sephardim hat. Das Problem mit den Italienern ist, daß sie im trunkenen Zustand Opernarien singen; vom Taxim-Platz bis zum Lébon-Café ist an Schlafen nicht mehr zu denken. Ansonsten fordern die Zionisten noch immer ihr jüdisches Heim in Palästina – und Leon fährt mit seiner »liebenswürdigen« Propaganda fort –, aber die Engländer zaudern. Mustafa Kemal hat die Hauptstadt verlassen und ist nach Anatolien gezogen, wo seine Gefährten heimlich zu ihm stoßen: Es ist ein offenes Geheimnis, die Verschwörer überqueren den Bosporus mit Perücken und falschen Brillen, und die Moslemstadt Skutari dient als Umschlagplatz. Die Alliierten machen die Augen zu, sie wollen keine Scherereien.*

Ernesta erholt sich langsam von ihrem Abenteuer. Sie muß sich auf hysterische Weise Gaston Faraggi verweigert haben. Das arme Mädchen ist sehr abgemagert, sie hat Ringe unter den Augen und einen gelben Teint. Nun, das wichtigste ist, daß Du Hasköy verlassen konntest, wie Du gewollt hast …

Leon verbittet sich, daß Simones Name im Haus genannt wird. Nita verkriecht sich. Aber mach Dir keine zu großen Sorgen: Ich glaube, ein Teil von ihr frohlockt. Ihre Tochter ist frei, vielleicht sogar glücklich. Selbst wenn ich Dich damit aufbringe, denn ich kenne Deine Unbeugsamkeit, bin ich nicht weit davon entfernt, ihren Standpunkt zu teilen. Simone hat eine Bereit-

schaft zum Glück, die Fähigkeit, den Augenblick zu genießen, worum einige »Kopfgesteuerte« sie beneiden könnten ... ich meine niemand Bestimmten!

Mit Señor Padre *geht es ziemlich bergab, und ich kümmere mich im Augenblick allein um das Geschäft. Ich habe die Buchhaltung modernisiert und ein System erfunden, womit ich jeden Augenblick mein Lager erfassen kann. Das würde Dir gefallen, treue kleine Assistentin!*

Aus diesem Brief hatte ich nur zwei Worte behalten: »unbeugsam« und »kopfgesteuert«. Sie taten weh.

6

Ich war nach den Klassenarbeiten des zweiten Trimesters erschöpft. Die intellektuelle Anstrengung war das einzige, was in mir eine Art Hochgefühl weckte. Die Konzentration wirkte auf mich wie eine Droge. Ich fühlte mich leicht, ich vergaß, was um mich herum war, die Zeit existierte nicht mehr. Zweifellos hatte ich meine Kräfte überschätzt, denn eines schönen Morgens sah mich Marie Dussaut, meine Nachbarin in der Lateinklasse, mit der Nase mein Heft durchbohren. Marie war eines der wenigen Mädchen meiner Klasse, das sich mir etwas kameradschaftlich zeigte, ohne daß ich sie dazu ermutigt hätte. Ich schloß mich niemandem an und verabscheute es, zu erzählen, woher ich kam und wo ich wohnte. Die Erfahrung im Sion-Gymnasium hatte mich Vorsicht gelehrt. Mir war meine bewußt gewählte Einsamkeit lieber als die Verfemung, die meine Herkunft hervorrief.

Marie war fast so alt wie ich, das heißt, zwei Jahre älter als die anderen. Eine Nierenentzündung hatte sie ein ganzes Jahr vom Gymnasium ferngehalten, und ein Mißerfolg beim Abitur zwang sie, ihre Philosophieklasse zu wiederholen.

»Ich verbiete dir, heute mittag zu arbeiten«, erklärte sie. »Du wirst krank bei diesem Rhythmus.«

Da ich nicht antwortete, fügte sie hinzu: »Übrigens, um sicherzugehen, kommst du zu uns zum Mittagessen.«

»Aber dafür bin ich nicht angezogen«, protestierte ich.

»Was glaubst du? Daß ich am englischen Hof wohne?«

Ihr Haus (ein altes Privathaus in der Rue des Francs-Bourgeois) glich einem Bienenstock. Monsieur Dussaut arbeitete nicht. Seit dem Zusammenbruch des russischen Kapitals lebte er von seinen Ländereien und seinem Viehbestand. Madame

Dussaut kümmerte sich eifrig um ihre acht Kinder und ihr Haus, wenn auch ohne großes Talent. Solange sie Dienstboten hatte, konnte sie den Leuten Sand in die Augen streuen, aber jetzt zeigte sie sich so, wie sie war: ohne jeglichen praktischen Sinn, unberechenbar und wunderlich.

Ich fragte mich, ob man mich zu einem Mittagessen oder einem Boulevardstück geladen hatte. Man servierte uns Linsen und Schweinswürstchen (oh, der Geschmack der verbotenen Frucht) auf Tellern, auf denen sich vergoldete Initialen ineinanderschlangen. Die Familie war zwar ruiniert, hatte aber schöne Restbestände. Alles war ein fröhliches Durcheinander. Die Kinder siezten ihre Eltern, aber verspotteten sie ziemlich dreist. Trotzdem war keinerlei Boshaftigkeit in jenen Wortgefechten. Der Vater führte den Reigen an. Die Mädchen – seine Frau, die Kinder bis zu der alten Bediensteten – äfften ihn fröhlich nach.

Ich hatte noch nicht einmal den Mund aufgemacht, als Monsieur Dussaut sich schon schmeichelte, ein Bewunderer Voltaires, ein Pfaffenfresser und, seit der ersten Minute, ein Dreyfusanhänger zu sein. Meine jüdische Herkunft war also niemandem entgangen. Nun ja, mit einem solchen Vornamen …

Alles war neu für mich: die Kargheit des Mahls, die Leichtigkeit, mit der man der Zukunft entgegensah, die Verachtung, die man den äußeren Zeichen des Reichtums entgegenbrachte, die Gleichgültigkeit gegenüber dem »Was werden die anderen sagen …«

»Wo verbringen Sie die Osterferien, Rebecca?« fragte mich Madame Dussaut zwischen Birne (winzig) und Käse (nicht vorhanden).

Ich wagte nicht zu erwidern, daß ich das Passa-Fest schon bei meinem Bruder gefeiert hatte. Das Bischoffsheim-Institut folgte dem jüdischen Kalender, der nicht mit den Schulferien übereinstimmte.

»Könnte sie nicht mit uns nach Tréchandière kommen?« fragte Marie.

»Es ist … ich gebe Unterricht«, stammelte ich.

»Sehr gut. Sie werden die Schulaufgaben von allen überwachen … Es ist in Saintonge, ein Familienbesitz … Aber, Achtung, wenig Komfort!«

»Gleich Null!« setzte Madame Dussaut lachend noch eins drauf.

Ich war zwischen Angst und Neugierde hin und her gerissen. Diese Leute beeindruckten mich, ich kannte ihre Umgangsformen und Gebräuche nicht, ich hatte Angst, mich lächerlich zu machen. Auf der anderen Seite erschöpfte und erstickte einen die Stadt. Ich hatte Paris so sehr ersehnt, daß ich mich bis zum Überdruß mit seinem Grau vollgesogen hatte. Mir fehlten die Farben, die Bäume, der Himmel. Landschaften, so weit man blicken konnte. Und das Meer, von dem ich mich vorher nie entfernt hatte.

Ich nahm die Einladung an.

Die Eltern und die jüngsten Kinder waren im Auto hinuntergefahren. Ich nahm mit Marie und ihren Brüdern den Zug. Am Bahnhof von Saint-Jean-d'Angély erwartete uns eine alte Kiste, die ein Bauer mit einer Pfeife im Mund fuhr. Ich drang ins tiefe Frankreich vor.

Ich erwartete ein Schloß und entdeckte eine große Villa mit einem quadratischen Säulenvorbau am Eingang, einem Innenhof und zerfallenen Gesindehäusern. Ich bewunderte die Proportionen, den strohgelben Stein, das Weinlaub drumherum.

Madame Dussauts Eltern wohnten ständig dort, und doch roch das Haus schimmelig. Ich fand bald heraus, daß es durch die römischen Dachziegel hereinregnete, es keine Elektrizität gab, daß man erst zur Teestunde im großen Salon das Feuer anzündete und die Betten mit Wärmflaschen versah, bevor man sich für die Nacht in die eiskalten Zimmer zurückzog.

Trotz Maries Freundlichkeit war ich sehr eingeschüchtert. Am Tisch nahm niemand vor der Großmutter Platz, die, ihrem

Gatten gegenüber, präsidierte. Ich hatte noch nie etwas Würdigeres, Eleganteres und Natürlich-Vornehmeres gesehen. Ich schwor mir, wenn ich später eine Familie gründete, sollte jeder buchstabengetreu die Regeln vollkommener Lebenskunst befolgen. Das Essen, das bei den Juden so wichtig war, daß man ihm geräuschvoll huldigen mußte, schien bei meinen Gastgebern die zweimalige Gelegenheit am Tag zu sein, zusammenzukommen und einander dazu zu gratulieren, daß man etwas Besseres war. Eigentlich gab es nichts zu essen oder fast nichts. Nur Brot und Wein gingen ständig herum.

Bei uns, so lautet das Sprichwort, *el padre se kome la karne* – ißt der Vater das Fleisch. Das Familienoberhaupt wird als erstes bedient und hat Anspruch auf die besten Stücke. Bei den Dussauts wurden die Platten erst den Frauen ihrem Alter nach angeboten, dann den Männern. Und man wartete, bis jeder seinen Teller gefüllt hatte, bevor man anfing.

Ich lernte, ich bewunderte. Die Feinheit des Kaffeeservices und die geschmacklose Flüssigkeit, die man hineingoß. Den Respekt der »Leute«, die sich an Madame und Monsieur wandten, indem sie ihre Kappe an ihre Brust drückten. Die Tee-Zeremonie. Die Besuche von Nachbarn, die Flirts der Jugend. Die Bonmots, mit denen man sich unter humorvollem Anschein über die Protestanten, die Radikalsozialisten, die Bolschewiken und vor allem die Juden lustig machte. Ich erfuhr auf diese Weise, daß Georges Mandel, von dessen Existenz ich bisher keine Ahnung hatte, sich gerade zum Präsidenten des Generalrats der Gironde hatte wählen lassen.

»Der Unhold heißt Rothschild!« verkündete Maries Vater lachend. »Er hat den Namen gewechselt, um in die Politik zu gehen.«

»Der Saint-Simon vom Getto!« setzte sein ältester Sohn noch eins drauf. »Das sagt Clemenceau.«

»Ein Rothschild! Genau das bräuchten wir, um diese Tapeten zu erneuern«, seufzte Madame Dussaut und deutete auf die Fetzen, die von den Wänden hingen.

Ich schrumpfte zusammen.

Diese Art von Plänkelei war an der Tagesordnung, und den Dussauts, die sich einbildeten, liberal zu sein, kam es nicht in den Sinn, daß sie mir unangenehm sein könnten. Die Großeltern, die weit davon entfernt waren, die geistige Offenheit der »jungen« Generation zu teilen, waren fast genauso befangen wie ich, aber aus anderen Gründen: In ihren Augen war ich die intrigierende, ehrgeizige Abgesandte des internationalen Judentums, das ihnen einen Strick drehen wollte.

»Die russische Anleihe – dazu hat der Bankier uns geraten! Ein gewisser Lazare, kennen Sie ihn?«

»Nein, nein, überhaupt nicht! Und meine Familie auch nicht …«

Der gereizte Ton in meiner Stimme klang mir selbst unangenehm in den Ohren, selbst wenn er mehr aus Trotz als aus Verachtung gegenüber den Aschkenasim rührte. Im Gymnasium hatte mich Marguerite Rosenberg buchstäblich geschnitten, und trotzdem wäre ich lieber ihr nahegekommen als Marie Dussaut. Auch wenn sich die französische Bourgeoisie ihre »guten Juden« hielt, verkehrten die Israeliten längst nicht mit jedem.

Ostersonntag fragte man mich, ob ich die Familie zur Messe begleiten wolle.

»Ja, komm mit!« rief Marie. »Ich stelle dir meinen Verlobten vor.«

»Deinen Verlobten?«

»Na, klar. Hast du meinen Ring nicht gesehen?«

Sie würden den Sohn eines Weinhändlers aus Bordeaux heiraten, der reich und ungebildet war und seine Lehre bei einem Winzer in Saintes absolvierte.

»Ja … und das Abitur?« fragte ich verdutzt.

»Wozu würde es mir nützen? Ich vergrabe mich in der Provinz, meine Liebe. Ich werde meinen Jour fixe haben, meine Wohltätigkeiten und ein englisches Kindermädchen.«

»Und das gefällt dir?«

»Man muß irgendwie zu Potte kommen! Philippe hat versprochen, sich um Tréchandière zu kümmern …«

Bei der Messe stand ich mit den anderen auf, sang und kniete mich hin. Ich hatte die Gebete im Sion-Gymnasium gelernt. Zum Erstaunen der Großeltern rezitierte ich sie also. Hätte man mich nach dem jüdischen Ritual gefragt, hätte ich nicht zu antworten gewußt. Die Frauen begaben sich nur in Ausnahmefällen in die Synagoge, und dann auf den Balkon als einfache Zuschauerinnen: Sich mit Gott zu unterhalten war Sache der Männer. Diese wickelten sich lederne Gebetsriemen um den linken Arm. Sie wiegten sich beim Beten auf und nieder. Warum? Was war in der kleinen schwarzen Büchse, die sie an die Stirn hefteten? Ich wußte es nicht. Die Jüdin, die die Gojim in mir sahen, war eine leere Hülse. Ein schändliches Geheimnis, das jede Seite gleichermaßen schockiert hätte.

Im Verlauf des Gottesdienstes dachte ich über eine Konvertierung nach. Ich empfand ein fast schmerzhaftes Bedürfnis, in einer Mehrheit zu verschmelzen. Wäre ich Katholikin, würde ich mir eine bäuerliche Herkunft mit einer schönen republikanischen Geschichte sozialen Aufstiegs erfinden. Ich würde mein Brot in die Suppe tunken und große Gläser Rotwein trinken und in meine Unterhaltung bodenständige Ausdrücke und rohe Scherze einfließen lassen. Als ewig gute Schülerin würde ich ohne Schwierigkeiten eine Rolle lernen und sie perfekt beherrschen. Und dann würden eines Tages die Leute die Wahrheit herausfinden. Sie finden sie immer heraus.

Ich wollte ein Schwammtier sein, entdeckte mich als Seeigel, der sich an die Felsen der anderen klammerte. Mit Stacheln bedeckt.

Maries Verlobter war gut gebaut, großtuerisch, leicht vulgär. Man hatte meine Freundin verkauft, wie man die Mädchen bei uns verkaufte. Die Zulassung zum Klub der Zweihundert Familien gegen bares Geld. Ich fragte mich, ob all das, was mich bei den Dussauts verführt hatte, nicht eine gigantische Täuschung war. Die Verhaltensnormen im tiefsten Frankreich waren ebenso zwingend wie die unseren. Mit mehr Eleganz und weniger Gefräßigkeit. Und ohne den Haß der anderen.

7

Elie und Louise Abravanel versuchten, mich zur 1.-Mai-Kundgebung mitzuschleifen. Ich redete mich damit heraus, daß ich noch für das Baccalauréat lernen mußte. Es war mein Glück. Paris war ein Hexenkessel. Selbst im Studiersaal des Bischoffsheim-Instituts hörte ich das Schreien, das Singen, die Demonstrationszüge, die Steinwürfe und das Gewehrfeuer der Polizei. Ich konnte nicht arbeiten. Massenbewegungen haben mich immer erschreckt. Ich stellte mir die Übergriffe, die Manipulationen, die potentielle Gewalttätigkeit dieser Millionen Männer und Frauen vor, die ihren für mich niederen Instinkten ausgeliefert waren.

Meine Bücher, die mich in der Illusion gewiegt hatten, daß ich alles gelebt hatte, während mein Körper noch nichts empfunden hatte, hatten mich von der Mittelmäßigkeit der menschlichen Seele überzeugt. Ich sah das Leben als ein fortwährendes Messen der Kräfte. Die Mächtigen zertraten die Schwachen. Ich war dreifach unter die Schwachen geboren: Der Westen beherrschte den Orient, die Männer beherrschten die Frauen, die Nichtjuden beherrschten die Juden. Aber ich weigerte mich, zertreten zu werden, was im Grunde bewies, daß ich auf der Seite der Starken war. Der Bösen. Der Lebendigen.

Mit Beginn des Frühlings verstärkte sich mein Gefühl der Einsamkeit. Die Luft war weich und die Kastanienbäume blühten. Die Strohhüte ersetzten die Melonen, man hörte die Frauen zum Klang der Drehorgeln singen.

Ich weinte.

Ich begab mich zu Simone. Aber meine Nichte hatte ihr Zimmer aufgegeben, ohne eine Adresse zu hinterlassen. Um nicht der Trostlosigkeit zu verfallen, beschloß ich, zu Lucette zu eilen und sie zu umarmen. Ich geriet mitten in den Nachmittagsschmaus der Kinder. Meine Schwägerin gab mir zu verstehen, daß man in Paris nicht aufs Geratewohl bei den Leuten klingelte. Zum erstenmal fragte ich mich, ob ich recht daran getan hatte, Istanbul zu verlassen.

Als ich zum Boulevard Bourdon zurückkam, fiel mir ein, daß ich dieses Pensionat, meinen Nonnenschlafsaal und die ganze Bevormundung jener verabscheute, die mit gutem Gewissen zukünftige Sklaven heranzogen. Ich verabscheute die Mildtätigkeit. Ich verabscheute den jüdischen Militantismus. Ich verabscheute Monsieur Bloch, die dicke Madame Lévy und ihre Geschenke in Form von Schokolade, Pökelfleisch und gefüllten Karpfen. Ich verabscheute es, danke zu sagen, danke und nochmals danke. Ich verabscheute es, Schuhe und Schirme zusammenzuzählen. Ich verabscheute es, den schon resignierten Mädchen Buchhaltung beizubringen. Ich verabscheute es, meine Aussteuer zu fertigen. Ich verabscheute es, arm und abhängig zu sein. Ich verabscheute mich selbst.

Die Portiersfrau wischte die Treppe des Bischoffsheim-Instituts und blockierte den Aufgang. Es war mild, und ich hatte es nicht eilig. Ohne nachzudenken, überquerte ich die Boulevards Beaumarchais und Richard-Lenoir.

»Munchos y buenos!«

Die Stimme meiner Mutter. Ich fiel fast in Ohnmacht.

»Que le vaya bien!«

Ich setzte mich mit klopfendem Herzen auf eine Bank. Vor mir tauschten zwei Hausfrauen die üblichen Höflichkeitsformeln aus. Ich war nicht nach Konstantinopel zurückgekehrt, und meine Mutter war Tausende von Kilometern entfernt. Ich war nur im sephardischen Getto von Paris gelandet. Obwohl ich mir geschworen hatte, dort keinen Fuß hinzusetzen. Doch der Frühling, die Mutlosigkeit und die Portiersfrau des Pensionats hatten meinen Entschluß über den Haufen geworfen.

Meine Landsleute hatten im elften Bezirk ihre *juderia* wiederhergestellt und waren so gegen die Neidischen und den bösen Blick geschützt. Zum großen Teil Mützen- und Strumpfhändler – vom Straßenverkäufer bis zum Grossisten –, bewohnten sie einen Bereich, der durch die Rue Basfroi und ihre Verlängerung, die Rue Popincourt, die Rue de la Roquette, die Rue Sedaine und den Boulevard Voltaire begrenzt wurde. Ich hatte diese Namen schon in Hasköy kennengelernt, vor Pera oder Taxim. Für viele Familien von uns ließ sich Frankreich (in Wirklichkeit der ganze Westen) in der Place Voltaire zusammenfassen.

Wie vier Jahrhunderte zuvor, als sie Spanien verlassen hatten und sich im Mittelmeerraum ansiedelten, hatten sich die Turko-Sephardim gemäß ihrer Herkunft neu zusammengefunden: Die Synagogen von Istanbul trugen die Namen von Saragossa, Catalunga und Maïorca. In dem Roquette-Viertel wurde die Unterscheidung, wenn man sich nicht mehr auf eine iberische Provinz berief, über die Städte des Reiches herbeigeführt: So unterschied man den Wohnblock der Salonikiner, den der Konstantinopeler, den der Juden von Brussa oder von Adrianopel.

Diese ganze kleine Welt sprach ladino. Nur der soziale Aufstieg bewirkte, daß sie gleichzeitig ihre eigene Sprache aufgaben und zum Faubourg Montmartre weiterwanderten, oder noch besser in den 17. Bezirk wie mein Bruder David.

Was für ein Wahnsinn also, hierhergekommen zu sein, als ich mich unglücklich und verletzbar fühlte. Aber nie hätte ich die Grenze zum Getto überschritten, wenn ich im Vollbesitz meiner Kräfte gewesen wäre ...

Mit trockenem Mund und die Kiefer zusammengepreßt, beobachtete ich die Schaufenster der Geschäfte, die Dominospieler auf den Bänken und wagte einen Blick in die Höfe der Wohnblöcke. Ich kam aus dem Staunen nicht heraus, welch Vergnügen ich dabei empfand, Ladino sprechen zu hören. Ich kaufte einem Jungen mit Glatzkopf *El Tiempo* ab. Die Griechen waren in Smyrna eingedrungen, und die Übergriffe gegen die

Juden vervielfachten sich. Ich dachte an den armen Gaston Faraggi, den die gescheiterte Ehe mit meiner Schwester in die Hölle zurückgeschickt hatte. Während ich die Neuigkeiten aus der Gemeinde überflog, war ich zwischen den Gefühlen der Zugehörigkeit und des Widerwillens hin und her gerissen. Alles bäumte sich in mir auf, ich hatte nichts mehr im Griff. Wolle es der Himmel, daß mir kein bekanntes Gesicht über den Weg lief. In meinem augenblicklichen Zustand wäre ich unfähig, der Tyrannei zu widerstehen, die die Meinen Gastfreundschaft nennen … Weshalb stieß ich also die Tür des Bar-Restaurants Le Bospore in der Rue Sedaine auf? Dieses Café, von dem ich soviel gehört hatte, diente den spanischen Juden des alten Osmanischen Reiches als Begegnungszentrum, als Verschiebebahnhof und als Informationsschalter.

»Buenas dias tengan!«

»Buenas, tengan salud y vida.« murmelte ich.

Ich warf einen Blick um mich und erstarrte. Sie waren mir so vertraut, diese Männer, die ihren Kaffee aus winzigen Tassen schlürften, daß es mir das Herz zusammenschnürte. Sie waren mein Volk. Sie waren ich. Ich hätte ihre Frauen, ihre alten Mütter, jedes ihrer Kinder beschreiben können. Die unnachahmliche Offenheit der Gesichter und des Lachens. Tausendmal hatte ich diese großsprecherischen Stimmen gehört, mal vorsichtig, mal klagend, spöttisch oder fatalistisch.

Aber ich erkannte niemanden inmitten dieser Leute, die mir so vertraut waren. Und niemand erkannte mich.

»Sie wünschen?«

Die Eigentümerin hatte mich auf französisch angesprochen, während sie mit ihren anderen Kunden auf ladino scherzte.

»Einen Mandelmilch-Saft …«

Mein Glas war leer. Ich hätte mich erheben und gehen müssen. Ich blieb auf meinem Stuhl kleben. Um mich herum nahmen die Gespräche ihren Lauf. Ich mußte meinen üblichen Gesichtsausdruck haben, denjenigen eines entschlossenen Mädchens, das nichts und niemanden brauchte. Das schon vor Beginn des Spiels jedes Annäherungsmanöver unterband. Und doch hätte ich alles darum gegeben, daß man mich ansah und mit mir redete ... Je mehr ich litt, um so mehr entfernte ich jene, deren Mitgefühl ich gerne geweckt hätte.

Eine weinende Frau mit zerzaustem Haar und einem Brief in der Hand trat ein: Das Geschäft ihres Vetters in Smyrna war in Brand gesteckt worden *(ke mal mos kera)*. Klagen und Verwünschungen wurden ausgestoßen. Dann wurde das Solidaritätsnetz ausgespannt. Einer der Männer würde von seinem Chef, ebenfalls aus Smyrna, einen Arbeitsvertrag besorgen. Ein anderer würde ein Zimmer im Hotel Europa mieten, das den Neuankömmlingen Kredit gewährte. Eine Mütze ging herum, jeder warf seinen Obolus hinein.

Der Neid nahm mir den Atem. Ich flüchtete eilends.

8

Als ich meine beiden Zulassungszeugnisse für das mündliche Baccalauréat und die Lehrerausbildung in den Händen hielt, begab ich mich von neuem zu Monsieur Bigart und flehte ihn an, mir einen Aushilfsposten in der Schule von Auteuil zu geben. Leutselig und amüsiert fragte er mich nach meinen Klassenarbeiten und gab mir einige Ratschläge für das mündliche Examen. Ich versuchte, meine Ungeduld zu verbergen: Wenn er meiner Bitte nicht entgegenkam, hätte ich nur noch zwei Wochen in Paris! Ich hatte mir eingeredet, daß meine Traurigkeit mit meinem Status als Pensionatsschülerin zu tun hatte. Wenn ich frei und selbständig wäre, würden sich meine Gefühle der Unlust schon verflüchtigen …

»Halten Sie sich für fähig, eine Klasse von dreißig Jungen zu leiten?«

»Ja, Monsieur.«

»Das ist gut. Sie werden die erste Lehrerin an dieser Schule sein.«

Ich hatte gewonnen! Ich würde nicht nach Konstantinopel zurückkehren! Die letzten Prüfungen machten mir nicht allzuviel Angst: Hatte ich nicht schon bei dem ersten Teil des Abiturs über unerbittliche Prüfer triumphiert? Ich würde Geld verdienen, mir ein Zimmer ganz für mich allein mieten, ausgehen, mich amüsieren, leben!

Ich bestand das mündliche Examen am Vorabend des 14. Juli. Als ich die Sorbonne verließ, dröhnten noch die Sätze in meinen Ohren, so daß die Angst vor dem Ergebnis verdrängt wurde. Jemand hielt mir von hinten die Augen zu. Ich war überrascht, unfähig eines zusammenhängenden Gedankens. Es war Simone.

»Wir führen dich zum Essen aus«, rief sie. »Und danach gehen wir uns die Parade ansehen!«

Ein Mann begleitete sie, offenbar ein Maler. Er trug einen Hut und eine Samtweste, hatte lange Haare, einen ungepflegten Bart und schöne helle Augen.

»Ich stelle dir Jacques Guillebaud vor. Und? Hast du geglänzt?«

Als Antwort fiel ich meiner Nichte um den Hals. Sie hatte sich das Datum des Examens, die Prüfungszeiten notiert und auf mich gewartet! Da fand ich ihre Großzügigkeit und ihre Feinfühligkeit wieder.

Jacques und Simone wohnten mit anderen Künstlern in einer Wohnsiedlung im fünfzehnten Bezirk, der Cité Falguière. Ich begriff, daß es an Geld mangelte und die Suche nach Mäzenen zu oft demütigenden Geselligkeiten zwang, bei denen der Alkohol dem Stolz als Schutzwall diente. Aber die Liebe machte meine Nichte schöner denn je, sanft und strahlend. Sie ging bei Mietschaninoff, Soutine, Modigliani ein und aus, all jenen, von denen ich vor sechs Monaten bei meiner Ankunft in Paris geträumt hatte, sie kennenzulernen.

»Echte Genies«, versicherte Jacques. »Mit einem Viertel der Hälfte ihres Genies wäre ich ein gemachter Mann ...«

»Du bist auch ein großer Künstler«, versicherte Simone.

Er küßte sie heftig auf den Mund, richtete sich wieder auf und lächelte mich an. Mir wurde klar, warum seine hellen Augen meine Neugierde geweckt hatten: Sie waren wie Glas.

»Habt ihr Plätze reserviert?« fragte ich. »Offenbar gibt es keinen freien Quadratzentimeter auf den Champs-Elysées!«

Meine Wahlheimat bereitete sich darauf vor, auf grandiose Weise den Jahrestag der Einnahme der Bastille zu feiern. Dieses Mal teilte ich die allgemeine Ausgelassenheit, und trotz meiner Angst vor der Menge brannte ich darauf, den Siegeszug zu sehen.

»Ach was, das kriegen wir schon hin! Wir kennen eine Menge Leute!«

Das stimmte. Während ich für meine Prüfungen büffelte, hatte meine Nichte in Paris ihren Weg gemacht. Ich erhielt einen Klappsitz in der Nähe der Tribünen. Es war phantastisch. Die Menge war in einem Rausch und jubelte Männern aller Rassen, aller Farben zu. Mit Tränen in den Augen schwenkte ich frenetisch meine kleine Fahne. Dieses Schauspiel verbreitete Optimismus. Alles schien möglich, Glück, Frieden, Verständigung zwischen den Völkern. Die Leute riefen einander fröhlich zu. Wir waren Brüder und Schwestern. Ja, dieser 14. Juli 1919 war wirklich strahlend. Ebenso wie die Zukunft, die mich erwartete. Das Fest dauerte die ganze Nacht. In den Straßen wurde getanzt. Ich fühlte mich trunken, leicht, im Einklang mit mir selbst. Als ich schließlich vor Müdigkeit nicht mehr konnte, lud Simone mich ein, bei ihr zu schlafen. Ich nahm an. Unmöglich, nach einem solchen Tag brav in den Schlafsaal zurückzukehren!

In der Cité Falguière teilten Simone und Jacques ein mit Deckenbalken ausgestattetes Atelier. Ein einziger Raum, in den Licht durch ein Glasdach drang. Man hörte alles, was sich bei den Nachbarn abspielte. Aber es war weniger düster als das Dienstmädchenzimmer am Boulevard Raspail. Und vor allem wimmelten hier die Genies wie ein Haufen Ameisen.

Ich bemerkte, daß es nicht gerade allen Künstlern rosig ging. Viele schienen krank oder unterernährt zu sein, und das gab ihnen ein ungepflegtes Aussehen. Ich mußte wieder an Simones Überlegung zum »gebieterischen« Charakter der schöpferischen Kraft denken, und ohne wirklich zu begreifen, hörte ich auf, mich darüber zu ärgern. Sie hatte recht: Die Schroffheit der Stimmen und der Gesten hatte etwas Dringliches, das mich beeindruckte.

Trotzdem verließ ich am nächsten Morgen, nachdem ich mit Simone einen Kaffee getrunken hatte, den Ort ohne Bedauern. Sie sagte mir, daß Jacques lange schlafe; er ziehe zum Malen das Licht des Nachmittags vor. Seine Bilder standen zur Wand gekehrt. Die Staffelei zeigte die Kohlezeichnung einer Gestalt.

»Du?« fragte ich.

Sie nickte lächelnd mit dem Kopf. Es gefiel mir nicht, sie hier zu wissen. Aber was kann man einer verliebten Frau sagen?

Weiß vor unterdrückter Wut wartete David auf mich im Pensionat.

»Wo warst du?« bellte er.

»Ich möchte dich darauf aufmerksam machen, daß ich fast einundzwanzig Jahre alt bin.«

Er wedelte mit einem Telegramm vor meiner Nase.

Entsetzliches Unglück Hinscheiden Adelas Stop Brief folgt Stop Isaac Gategno.

9

Als meine Schwester Bonjour Coenca geheiratet hatte, war das Glas nicht zersplittert. Zweifellos stand an jenem Tag schon fest, daß ein widerspenstiges Kristallglas mir mein Leben zersprengen würde.

Es gibt bei uns ein Gesetz. Lange Zeit glaubte ich, daß es der sephardischen Gemeinde vorbehalten sei, aber offenbar respektieren es auch bestimmte Aschkenasim. Wie bei allen Gesetzen unseres Volkes geht es darum, die Nachkommenschaft zu schützen. Das Überleben. Bevor sie Spanien 1492 verließen, verheirateten unsere Vorfahren alle Kinder, die älter waren als zwölf Jahre, untereinander. Nicht so sehr, um den Schutz der Mädchen zu gewährleisten: Verheiratetsein hat noch nie eine Vergewaltigung verhindert. Das eigentliche Ziel dieser Vereinigungen war, die Rasse fortzusetzen.

Nach diesem Gesetz wird eine junge Mutter, wenn sie in den Tod gerissen wird, durch eine unverheiratete Schwester ersetzt: Die Familie der Verschiedenen »schuldet« dem Ehemann eine neue Ehefrau, sozusagen als Schadenersatz. Schließlich muß sich jemand um die Kinder kümmern. Außerdem wird so die Frage des Eigentums geregelt. Durch den Ersatz innerhalb eines Klans wird vermieden, daß die Mitgift der Toten von einer Fremden verschleudert wird. Adela hinterließ drei kleine Kinder im Alter von sechs, vier und zwei Jahren, aber der Herrgott war so klug gewesen, ihr zwei Schwestern zu schenken, Ernesta und mich.

War es Zufall? Ich fühlte mich vollkommen glücklich, als ich an jenem Morgen des 15. Juli 1919 in dem Pensionat ankam. Keinerlei Eifersucht bohrte in mir, keinerlei Bitternis, fast ertrug ich mich.

Ich sollte dafür hart bezahlen müssen. Die Rechnung ließ nicht auf sich warten.

»Rebecca, wir müssen die Zukunft ins Auge fassen«, sagte David.

»Morgen ...«

»Ich habe Verabredungen in der Bank«, seufzte er. »In Ordnung, ich werde es einrichten. Komm zum Tee in die Avenue de Wagram.«

Ich streckte mich vollkommen angezogen auf meinem kleinen Eisenbett in dem Bischoffsheim-Pensionat aus. Die Zukunft ins Auge fassen. Bonjour Coenca heiraten. Warum ich? Warum jetzt? Das war zu ungerecht. Lieber sterben. Nein, besser wäre es, ernsthaft krank zu werden, man würde mir dann Mitleid entgegenbringen. Und wenn ich flüchtete, da ich ja seit jeher unfähig war, Mitleid zu erregen? Keine dieser romanhaften Lösungen gefiel mir. Genausowenig wie ich mich zum Opfer bereit fühlte. Es gelang mir nicht zu weinen, weder über meine tote Schwester noch über das Schicksal, das mich erwartete. Meine Wut war zu groß. Ich war zu sehr angeekelt.

»Es ist deine Schuld!« säuselte eine leise Stimme in meinem Innern. Mußte ich nicht für das schlimmste Verbrechen büßen, nämlich für das, von meiner eigenen Mutter nicht geliebt zu werden? Mit meinen blauen Augen und meinem Ungeschick hatte ich es den bösen Geistern ermöglicht, in ihr Haus einzudringen. Mir wurde eine Chance geboten, es wiedergutzumachen, endlich die mütterliche Liebe zu verdienen. Meine Augen wurden feucht. Wann würde ich endlich mein brennendes Bedürfnis nach Zuneigung besiegen. Ich wurde dadurch zu einer solch leichten Beute ...

Oh, ich konnte noch so sehr den jüdischen Charakter verhöhnen! Überzeugt, schuldig zu sein, bevor ich gesündigt hatte, war ich jüdischer als ganz Hasköy zusammen. Und dazu auch noch feige. Wozu mich in Hoffnungen wiegen? Die völlig neue Freiheit, die mich nach dem Abitur erwartete, erschreckte mich. Es war einfacher, über die Ungerechtigkeit meines Schicksals zu stöhnen, als mir selbst die Furchen eines neuen Lebens zu graben.

Falsch. Ich spürte in mir genügend Energie, um mich in die Ferne zu begeben. Aber würde ich den Mut haben, die Anker zu lösen und mich der Ungnade, der echten, auszusetzen, die mich für immer am Ufer der Schande stranden ließe? Ich stellte mir vor, wie Mama ein mit Nadeln gespicktes Stück Seife ins Goldene Horn warf und mich damit meinte. Ich war zwar nicht so töricht zu glauben, daß Fortunée durch diese lächerliche Praxis der Hexerei umgekommen war. Doch konnte ich auch nicht übersehen, daß sie gestorben war, weil sie eine Ausgestoßene war.

Das gestrenge Gesicht des *Señor Padre* tauchte vor mir auf. Du bist eine schlechte Tochter, sagte er, eitel und egoistisch. Du hast nicht das Recht, deine Interessen vor die deiner Familie zu stellen. Welche Interessen eigentlich? Glaubst du, du bist die einzige, die zwei Seiten über Kant und unseren Urgroßvetter Spinoza schreiben kann? Was brauchtest du das Abitur? Die Alliance hätte für dich eine Stellung in unserer Nähe, nahe bei den Deinen gefunden. Aber nein, du hältst dich für überlegen. Du verachtest uns. Eine Tochter soll ihre Mutter achten und ihren Vater bewundern. Ich verfluche dich, Rebecca, und ich bin nicht der einzige. Die ganze Gemeinde verflucht dich. Du glaubst, ohne uns auskommen zu können? Was für eine Anmaßung! Weißt du nicht, daß die ganze Welt uns verabscheut? Außerhalb seines Volkes ist der Jude zur ewigen Einsamkeit verdammt.

Der Morgen dämmerte hinter den Jalousien. Ich hatte diese Schreckensnacht überlebt und würde noch viele andere überleben: Man stirbt nicht in einer Sackgasse. Ich hatte geglaubt, davonlaufen zu können. Blödsinn! Die Freiheit gehört denen, die den Mut haben, das Band der Schuld zu zerschneiden, das sie an ihre Eltern kettet.

Ich hoffte, daß meine Ringe unter den Augen meinen Bruder rühren würden. Aber er war es, der litt, und es war für niemanden unter den anwesenden Familienmitgliedern – Sarahs Familie, einige entfernte Vettern – zu übersehen.

»Was für ein Unglück, mein Gott, was für ein Unglück!«

»Drei Kinder im Kleinkindalter!«

»Zum Glück hat der Ehemann eine gute Stellung.«

»Und wer ist jetzt erst einmal eingesprungen?«

»Ernesta, vermute ich … Aber seit dem Zusammenbruch ihrer Ehe ist das arme Kind nicht mehr gut beisammen!«

»Ich dachte, die Schwiegermutter …«

»Tamar möchte ihr nicht die Haushaltsführung überlassen …«

»Weise Entscheidung … Eine Wiederheirat ist immer noch möglich: Vorsicht bei Autoritätskonflikten!«

Alle Blicke richteten sich auf mich. Es war wie in einem schlechten Film. Da geschah etwas Seltsames: Mitten in der Handlung verschwand ich von der Leinwand. Ich war noch immer da, aber ich spielte nicht mehr mit. Meine Sinne waren eingeschlafen. Ich litt nicht mehr. Die Stimmen erreichten mich verzerrt, ich hörte, ohne zu verstehen. Mein von Entsetzen gelähmtes Bewußtsein schenkte mir einen Aufschub.

David beobachtete mich mit Groll, ohne damit die geringste Wirkung auf mich auszuüben. Ich hätte ein wenig guten Willen zeigen können – sagten seine erzürnten Augen –, um ihm die Aufgabe zu erleichtern. Konnte ich denn nicht etwas Rücksicht nehmen auf sein krankes Herz? Wo soviel Arbeit auf ihn im Büro wartete? Mein Mangel an Mitwirkung beleidigte ihn. Mußte er mich anbetteln, meine Pflicht zu tun? Jede andere normal veranlagte Schwester hätte ihm diesen Schimpf erspart.

Da von mir keine Reaktion kam, wurde die Atmosphäre noch drückender. Ein Besucher erinnerte an den Brauch des Levirats: »Hat der sehr weise Moses nicht die Wiederheirat der Witwe mit dem Schwager des Ehemanns gesetzlich festgelegt?«

»Das hat nichts zu sagen«, lehnte sich sein bärtiger Nachbar auf. »Es ging nur darum, dafür zu sorgen, daß ein Nachkomme des Verstorbenen seinen Namen trüge!« Sie stritten eine Weile wegen verschiedener Verse im Deuteronomium. Sarah verkrampfte sich jedesmal, wenn das Dienstmädchen vorbeiging.

»Lassen Sie uns allein, Mariette«, sagte sie schließlich. »Ich werde selbst bedienen.«

Es läutete an der Tür, und das Geräusch holte mich aus meiner Stumpfheit heraus. Die Portiersfrau brachte einen von Briefmarken und Stempeln übersäten Umschlag. David steckte ihn eilig ein. Diese Stempel bestätigten die Vermutung, daß wir Verwandte im Ausland hatten.

»Sie hätten sich nicht diese Mühe machen sollen!«

»Schien dringend zu sein«, meinte die Portiersfrau und warf einen neugierigen Blick in die Wohnung.

»O weh«, rief mein Bruder. »Ein Todesfall in der Familie ...«

Er biß sich auf die Lippen, merkte, daß er sich verraten hatte.

> *Deine arme Schwester* (schrieb Señor Padre expreß) *ist einem plötzlichen Typhusanfall erlegen. Warum hat Gott uns das hingebungsvollste aller Geschöpfe genommen? Adela war eine vollkommene Tochter, Gattin und Mutter, und unsere Tränen reichen nicht aus, um sie zu beweinen. Meine liebe Tamar hat am Bett der Kranken mehr Zeit verbracht, als ihre Gesundheit es ihr erlaubte. Mit grausamer Heftigkeit haben ihre Magenschmerzen wieder eingesetzt. Und als ob unser Unglück nie ein Ende haben soll, wurde nun Ernesta, die sich uneingeschränkt aufopferte, plötzlich von einem heftigen Fieber befallen. Der Arzt, der fürchtete, sie habe sich angesteckt, legte Senfpflaster auf und verordnete die Rasur ihres Kopfes. Aber Gott hat Mitleid mit uns gehabt; es war nur ein falscher Alarm, zweifellos auf die Erschöpfung zurückzuführen.*

»Arme Ernesta!« bemerkte David. »Ihre Haare waren ihre einzige Pracht!«

Er holte einen weiteren Brief aus dem Umschlag hervor; Mutter hatte ihn Nita diktiert. Meine Stirn war heiß, und das Blut klopfte in meinen Schläfen.

> *Ich bekomme nur Schafskäse herunter* (bestätigte meine Mutter), *so sehr brennt mein Magen. Die Hundstage sind mir noch nie bekommen, Gott ist mein Zeuge, und in diesem Jahr ist es am schlimmsten. Aber wie könnte ich auf mich Rücksicht nehmen, solange Unschuldige um mich herum leiden? Bonjours Verzweiflung ist besorgniserregend. Während des Syete, der siebentägigen Trauer, haben wir um seinen Verstand gefürchtet. Er hat nichts mehr getrunken und nichts mehr gegessen, und allein der Anblick der armen Engel löste entsetzliches Schluchzen bei ihm aus. Ich mache mir solche Sorgen um diese Kinder, die nebenbei gesagt wunderbar gelungen sind* (ke mal mos kera). *Bei all den Prüfungen schickt Gott zum Glück die Lösungen …*

»Aufhören!« rief ich. »Aufhören, seid barmherzig!«

Mein Schrei hallte merkwürdig wider. Schweigen trat ein. Alle sahen mich an. Ich war in der Mitte der Arena. Der Kreis schloß sich wieder um mich und erstickte meine Hilfeschreie. Allein inmitten von Feinden. Nein, nicht einmal Feinden. Man muß sich über jemanden Gedanken machen, um ihn zu hassen. Es waren Statisten, Wachspuppen, Automaten.

Ein Witwer mit kleinen Kindern muß sich wieder verheiraten. Artikel X des Familienkodex. Hinrichtung. Ich brach in ein nervöses Lachen aus. Wozu flehen? Ich existierte genau wie sie, ich bestand genau wie sie aus Fleisch und Blut. Wir waren da, um ein Gesetz auszuüben.

»Rebecca! Wie kannst du in einem solchen Augenblick lachen?« fragte David vorwurfsvoll.

Mein Zustand der Betäubung war zweifellos nur ein vergeblicher Versuch, die Nervenkrise zu unterdrücken. Ich brach in Tränen aus, und daraus entwickelte sich ein entsetzliches Schluchzen mit erschreckender Atemnot. Man flößte mir ein Abführmittel ein, Orangenblütenwasser und ein mit Pfefferminzlikör durchtränktes Stück Zucker. Nichts half. Ich entleerte mich durch die Augen, in der vagen Hoffnung, daß von mir nichts mehr übrig sein würde, wenn mir David die schicksalhafte Frage stellen würde. Mir die schicksalhafte Entscheidung aufzwingen würde.

»Reine Komödie, ich kenne mich da aus!«

»Diese Intellektuellen sind alle durchgedreht.«

»Aber wenn sie in Starrsucht verfiele?«

»Müßte man nicht Doktor Coenca rufen?«

»Bloß nicht. Das ist der Bruder des Witwers.«

Jedesmal wenn ich versuchte, Atem zu schöpfen, stieg ein neuer Krampf aus den Tiefen meines Körpers auf, und die Tränen strömten erneut. Man brachte mich in das Pensionat. Ich hörte nicht auf, mit den Zähnen zu klappern und lange ununterdrückbare Schluchzer auszustoßen. Am nächsten Morgen verlegte man mich ins Krankenzimmer.

Es verstrichen einige Tage in einem wattigen Nebel. Ich war schwach, aber ruhig. Ich schlief viel. Als ich eines Tages aufwachte, fand ich Elie Abravanel an meinem Bett sitzend.

»Sie wollen, daß ich dorthin zurückkehre«, sagte ich. »Daß ich meinen Schwager heirate.«

»Ich weiß«, seufzte er. »Mein Vater hat mit David gesprochen. Er verschanzt sich hinter seiner Pflicht ... Du kennst das alte Lied: die Kinder über alles.«

»Ich möchte nicht mehr leben.«

»Aber ja doch.«

Er hatte recht. Seit dem Abend zuvor verspürte ich wieder Hunger. Selbst mein Körper verriet mich.

»Ich kann dir aufbauende Mittel verschreiben, aber du brauchst keinen Arzt.«

Ich schwieg.

»Es tut mir leid, Rebecca«, begann er von neuem. »Wenn ich irgend etwas tun kann …«

»Finde Simone und bring sie zu mir.«

Meine Nichte suchte mich an einem Freitagabend auf. Sie nutzte die Abwesenheit der Pensionatsschülerinnen, die den Sabbat in ihren Familien feierten, und teilte mir mit, daß ich das Baccalauréat mit der Note gut bestanden hätte.

»Du wirst ihnen das Geschenk nicht machen! Ich weiß, wo du hingehen mußt, nach Südamerika. Dort gibt es keine Verzweigungen der Familie. Du fängst ein neues Leben an.«

Sie war blaß, fiebrig. Ich antwortete nicht. Note: gut …

»Du mußt weg!« drängte sie.

Ihre scharfe Stimme durchbohrte mir das Trommelfell.

»Ganz allein? Ohne Geld?«

»Das haben schon andere vor dir gemacht.«

Immer wieder diese Epen, diese heroischen Berichte über unsere verfolgten Brüder. Ich schloß die Augen.

Sie spielten ihre letzte Karte aus. *Señor Padre* stieg, von Hitze und Staub erschöpft, an der Gare de l'Est aus dem Zug und begab sich direkt zum Boulevard Bourdon. Er machte mir angst, so war es vorgesehen. Gealtert, bibbernd, unrasiert und einen modrigen Geruch verströmend, hielt er krampfhaft zwischen seinen zitternden Händen das Photo meiner zu Waisen gewordenen Neffen fest.

Ich lag im Bett, er konnte sich kaum aufrecht halten und flehte mich an. Sein Ende sei nahe, meinte er. Er hätte sein ganzes Leben dem Glück seiner Familie geopfert. Würde ich ihm die ewige Ruhe verweigern?

»Deine Mutter verzehrt sich, sie ißt nichts mehr …«

»Und Ernesta? Warum soll sie ihn nicht heiraten?«

»Das arme Kind! Siehst du sie sich um eine Familie kümmern? Rebecca, mein Liebes, ich habe dich immer zärtlich geliebt … Du wolltest nach Paris? Mein Herz hat geblutet, aber ich habe dir deinen Wunsch erfüllt.«

Wirklich? Und der Besuch von Madame Béhar, als ich vierzehn war?

»Bedenke die Opfer, die ich für deine Ausbildung gebracht habe … nicht nur in finanzieller Hinsicht … Wie häufig haben mir meine Freunde den Vorwurf gemacht, dich zu den Ordensschwestern geschickt zu haben …«

Er hustete ausgiebig, kämpfte, um wieder zu Atem zu kommen, und brach auf dem Bettrand zusammen. Jemand klopfte an die Tür.

David trat ein, sein Gesicht glänzte von Schweiß.

»*Señor Padre*, geht es Ihnen gut?«

Er küßte ihm die Hände, wie wir es jeden Abend in Konstantinopel gemacht hatten.

»Sie scheinen müde zu sein. Ich bringe Sie nach Hause. Sarah hat *borrequitas* gemacht.«

»Ich werde nichts herunterkriegen«, jammerte mein Vater.

»Leg die Hand auf mein Herz, ich fühle mich beklommen, der Arzt hatte mir untersagt zu reisen, aber ich wollte Rebecca sagen, wie sehr wir sie brauchen …«

Ich hatte genug gesehen, genug gehört.

Am nächsten Morgen erhob ich mich und machte mich fertig. Mein Entschluß stand fest. Ich würde mich ehelichen und in ein Dienstmädchen verwandeln lassen, aber meinen Körper würden sie nicht kriegen. Diese Ehe würde nicht vollzogen werden.

Mir drehte sich der Kopf. Ich nahm ein Taxi, um mich zu David zu begeben. Während ich durchs Fenster die Frauen beobachtete, die durch die Straßen gingen, fragte ich mich, ob die Abstinenz meinem Teint, der Struktur meiner Haut und dem Glanz meiner Haare schaden würde. *La mujer i la rosa fiske la afreskas te turna ermoza* – Die Frau und die Rose bleiben schön, solange du sie begießt, sagte man im Hammam. Und die Gevatterinnen überboten einander: Die Jungfrauen trocknen von oben aus und setzen von unten Fett an; ihre Brüste hängen wie leere Euter, ihre Haut wird faltig, ihre Zähne lockern sich, und ihre Lippen verlieren alle Farbe. Bald überkommen sie organische Krankheiten, die sie hysterisch und bösartig werden lassen, sie bluten nicht mehr regelmäßig, es wird ihnen heiß und sie schwitzen, häufig schwillt ihr Bauch, so daß man meinen könnte, es sei ein Baby, aber es ist Krebs, denn die Gebärmutter rächt sich und sie sterben unter entsetzlichen Schmerzen …

Ich traf inmitten des Dramas ein. Mein Vater hatte nachts einen Hirnschlag gehabt. Der Arzt war bei ihm. Sarah rempelte mich mit einem Handtuch in der Hand an.

»Na so was! Du bist auf?« meinte sie. »Ich wußte genau, daß alles Komödie war. Im Gegensatz zu deinem Vater.«

David kam heraus, hinter ihm Dr. Coenca. Er stellte uns einander in einer von Unausgesprochenem drückenden Atmosphäre vor.

»Monsieur Gategno ist nicht transportfähig«, verkündete mein zukünftiger Schwager. »Die rechte Seite reagiert nicht mehr.«

»Aber er wird sich doch erholen, oder?« fragte Sarah.

»Ich möchte nicht zu viele Illusionen in Ihnen wecken. Vielleicht wird er wieder sprechen können, aber was die Lähmung angeht …«

Schweigen trat ein.

»Möchtest du ihn sehen?« fragte David mich in anklagendem Ton.

Er packte mich am Arm, ohne mir Zeit zum Antworten zu lassen, und stieß mich ins Zimmer. Ich preßte die Fäuste und die Kiefer zusammen. Das Gesicht meines Vaters war deformiert, er röchelte leicht. Die Beine sackten mir weg. David stellte mich unsanft wieder hin.

»Kann er hören?«

»Weil du ihm jetzt etwas zu sagen hast?«

David, dachte ich, ich verabscheue dich. Wir gingen wieder in den Salon. Sarah hatte sich wie erschlagen auf einen Stuhl fallenlassen.

»Er wird hier bleiben«, stammelte sie. »Er wird hier bleiben ...«

»Ich werde Ihnen eine Krankenschwester und jemanden für die Nacht schicken«, sagte Lucien Coenca. »Es tut mir wirklich leid ...«

Er wandte sich an mich: »Sie tun eine gute Tat, meine Kleine. Mein Bruder hat Glück in seinem Unglück. Umarmen Sie fest die Kinder von mir. Und zögern Sie nicht, mir zu schreiben, es wird mir immer eine Freude sein, Ihnen zu helfen.«

Das war das erste freundliche, aufrichtige Wort, das ich in dieser Wohnung hörte. Fast hätte ich wieder angefangen zu weinen.

Ich war schon wieder in dem Pensionat und dabei, meine Koffer zu packen, als mir ein Gedanke durch den Kopf schoß: Ich hatte nicht einmal gesagt: »Ich bin einverstanden.«

Niemand hatte wirklich daran gezweifelt, daß ich mich wieder nach Konstantinopel aufmachen würde. Aber wegen meines Widerstands lag nun *Señor Padre* stumm und bewegungslos in Davids und Sarahs kleinem Salon. Tausende von Kilometern von seinem Zuhause und seiner ihm ergebenen Gattin entfernt. Würde ich lange genug leben, um dieses entsetzliche Verbrechen zu sühnen?

FÜNFTER TEIL

Rückkehr

1

Ich besorgte mir einen Platz im Schlafwagen zweiter Klasse. Ich hatte den Orient-Expreß immer mit Kälte, dunkler Nacht und eisigen serbischen Ebenen in Verbindung gebracht. Aber es war Sommer, und das Licht tat mir weh.

In Venedig stiegen Reisende zu, und eine amerikanische Touristin mit einem Glockenhut, einem Jerseykostüm und langer Zigarettenspitze richtete sich in meinem Abteil ein.

»Begleiten Sie mich in den Speisewagen, meine Liebe!« befahl sie. »Wir müssen feiern.«

»Ah ja? Was denn?« meinte ich, während ich ihr in den Gang folgte.

»Frauen dürfen wählen!« tönte sie. »Unsere politischen Rechte sind endlich anerkannt!«

Sie bestellte zwei Cocktails. Wählen ..., dachte ich, wozu, wenn man einen nicht einmal sein eigenes Leben wählen läßt.

»In Amerika vielleicht«, wandte eine nach der Mode der Vorkriegszeit gekleidete Schweizerin ein.

»Und bald in England«, bemerkte ein dunkelhaariger Mann mit Bart und Melone.

»Aber noch nicht in Frankreich«, murmelte ich.

Ich wußte, daß der Senat das Gesetz abgelehnt hatte. Jene Herren hatten Angst, der Klerus könnte einen zu großen Einfluß durch uns erhalten. In meinem Gymnasium hatten einige Suffragetten ein Protestkomitee gebildet. Wie weit weg das war ... Ich kippte meinen Cocktail in einem Schluck hinunter und spürte den Blick des bärtigen Engländers auf mir. Mir war alles gleichgültig.

Abends setzte er sich an den Tisch, an dem ich gerade mein Essen zu mir nahm. Er hieß Pariente und handelte mit Rosinen zwischen Konstantinopel und dem grünen Britannien.

Wir hatten nicht die geringste Mühe, gemeinsame Vettern zu entdecken. Um keinerlei Argwohn an der Keuschheit seiner Absichten mir gegenüber aufkommen zu lassen, erzählte er mir von seiner Ehefrau, der es in London so gut gefalle, und holte aus seiner Brieftasche ein Photo von seinem Sohn heraus, einem Engel, dessen lockiges Haar eine Girlande um seinen Kopf bildete.

Er versuchte herauszufinden, was mich nach Istanbul zurücktrieb: Jene von uns, die das Osmanische Reich verlassen hatten, traten nie die Rückreise an. Außer Händlern wie ihm für kurze berufsbedingte Aufenthalte. Aber eine junge Frau allein und offensichtlich aus *buena familia* …

Ich ließ ihn mit seinen Fragen allein, schützte Migräne vor und kehrte in mein Abteil zurück. Venedig, das Heck der zivilisierten Welt. Noch zwei Tage Betäubung, sagte ich mir, zwei Tage unsaubere Wäsche, unbegründete Angst vor den Paß- und Zollbeamten, zwei Tage unverdauliche Mahlzeiten inmitten eines freien, unbekümmerten Sprachwirrwarrs – ah, diese Touristen, wie ich sie beneidete! Unterbrechungen nutzte ich, um mich auf den Bahnsteigen zu ergehen und die Bronzebuchstaben auf den Seitenwänden der Waggons zu mustern: »Compagnie Internationale des Wagons-Lits et des Grands Express Européens«. Dabei fragte ich mich, ob ich mich wie Anna Karenina unter die schwärzlichen Radachsen werfen sollte. Doch wußte ich genau, ich würde es nicht tun. Zwei Tage Aufschub und Unwirklichkeit vor dem Gefängnis.

Meine Entscheidung, diese Ehe nicht zu vollziehen, würde mir meine körperliche Integrität bewahren. Aber wie sollte ich die Abstumpfung meiner geistigen Fähigkeiten verhindern? Ich hatte immer schreiben wollen. In Paris war der Wunsch noch brennender geworden. Ich hatte es nicht gewagt. Mein Stolz, vielleicht auch mein Ehrgeiz, hatte mich davon abgehalten, den nutzlosen Zeilen meiner Klassenkameradinnen noch weitere nutzlose Zeilen hinzuzufügen.

In Istanbul würde ich schreiben, um zu überleben.

Angesichts der lächelnden Beharrlichkeit des Señor Pariente erzählte ich ihm schließlich von der Krankheit meines Vaters und daß dies meine einsame Reise erkläre. Pariente nahm mich unter seinen Schutz, obwohl meine Tugend in keiner Weise bedroht war. Ich wandte mit Vergnügen mein Englisch an. Es machte mir immer Freude, Fremdsprachen zu sprechen. Vielleicht weil keine wirklich die meine war. Er befragte mich über Hasköy, wo er vor vierzig Jahren geboren worden war und das er 1908 verlassen hatte. Ich erzählte ihm von Vitali, dem Geschäft, dem jüdischen Gymnasium und den Zionisten.

»Schön, wie Sie sind«, meinte er, »werden Sie sich bald verheiraten. Sie werden in einem schönen steinernen Wohnhaus in Pera wohnen, mit allen modernen Annehmlichkeiten, und Sie werden wunderbare Jungen in die Welt setzen. Es gibt nichts Schöneres, als dem Erwachen eines Kindes zuzusehen ... Leider Gottes geht das so schnell vorbei.«

Ohne allzusehr daran zu glauben, hoffte ich, daß er recht hatte. Der jüngste meiner beiden Neffen, Caesar, war zweiundzwanzig Monate alt. Er würde seine religiöse Großjährigkeit in elf Jahren erreichen. Ich wäre dann zweiunddreißig Jahre alt und würde der Familie nicht einen zusätzlichen Tag mehr meines Lebens schenken. Aber in welchem Zustand wacht man aus einem elfjährigen Schlaf auf?

Mama und Nita nahmen mich am Bahnhof von Sirkeci in Empfang. Nita umarmte mich weinend. Meine Mutter hatte seit meiner Abreise aus Istanbul zugenommen. Hätte ich ein Zeichen von Zärtlichkeit von ihrer Seite erwartet, wäre ich enttäuscht worden: Sie war das Opfer.

»Ach, ach, *que me muero yo*! – Könnte ich doch sterben!« jammerte sie und vergaß nicht, den umgekehrten Zauberspruch von sich zu geben. Meine Qualen – elf Jahre des Lebens, von Verlusten und Gewinnen geprägt – erschienen lächerlich neben den ihren. Ihre Tochter war tot, ihr Mann leidend, Tausende von Kilometern von ihrem Heim entfernt, und die liebe Ernesta hatte ihre schönen Haare verloren.

Ein Taxi brachte uns nach Hasköy, indem es sich seinen Weg durch die schwarz verschleierten Frauen, räudigen Katzen, Bettler und Krüppel bahnte. Die Esel und die Lastenträger drängten sich noch immer nahe der alten Hängebrücke, und der Gestank der Färbereien mischte sich mit dem der in der Sonne gärenden Abfälle.

Ich bemerkte (aber was kümmerte es mich eigentlich?), stärker als vor meiner Abreise die Anwesenheit der Besatzungstruppen, die Wickelgamaschen der griechischen Offiziere, die Zweispitze und die Schwalbenschwänze der Italiener, die roten Jacken der Senegalesen. Und andere zerlumpte Uniformen, die um abgemagerte Körper schlotterten.

»Russen«, antwortete Nita auf meine stumme Frage. »Die Armee des Generals Wrangell. Sie sind überall ...«

»Alkoholiker, Degenerierte!« setzte Mama noch eins drauf. »*El Dio que me mate si es mentira lo que digo.* – Gott soll mich töten, wenn ich lüge.«

Der Wind wirbelte den Staub in den gewundenen Gassen hoch. Ich sah Gesichter an den Fenstern: *Asi bivas! Asi vos dé Dios salud!* hallten die Willkommensgrüße der Gevatterinnen, bevor sie mich begierig fragten: »Wie geht es *Señor Padre*?«

»Konnte er deine Reise segnen?«

»Oh, was für ein Unglück, was für ein großes Unglück für deine arme Familie!«

Meine Lippen waren trocken, meine Zunge gelähmt.

Das Schwarz verlieh Ernesta den Teint einer Aubergine. Sie hatte *meze, douzico* und einen Topf mit Rosenmarmelade vorbereitet. Das Haus in Hasköy erschien mir eng und schäbig mit seinen nachgemachten Mahagonimöbeln und Messingbetten, seinem Wärmeofen, seinen Kelims und seinen Sofas. Mein Neffe Leon ähnelte in seiner Makkabi-Uniform eines zionistischen Klubs einem Pfadfinder.

»Herzlich willkommen«, meinte er mit wichtiger Stimme. »Du bist vielleicht erstaunt, daß ich noch immer da bin?«

»Leon war so nett, seine Abreise aufzuschieben«, murmelte Nita, »angesichts all der ... der Dramen, die die Familie heimgesucht haben ...«

Der junge Gockel spreizte sich. »Du weißt, daß man einen bestimmten Namen in diesem Haus nicht aussprechen darf. Ich habe keine Schwester mehr, nie eine gehabt.«

»*Ijo*«, flehte Nita und wischte sich die Augen.

Ich war zu niedergeschlagen, um mich aufzulehnen.

»Es reicht, Leon«, ertönte eine Stimme hinter mir. »Ich verbiete dir, in diesem Ton zu sprechen!«

Ich wandte mich um. Da stand Vitali, kraftvoll, mit seinen regelmäßigen Zügen und seinem sanften Blick. Ich warf mich ihm schluchzend in die Arme, wobei ich ihn fast umgeworfen hätte. Meine ersten Tränen.

»Du bist elegant«, sagte er zu mir. »Eine echte Pariserin! Und Glückwunsch zu deinem guten Bestehen des Abiturs! Ich bin stolz auf dich, kleine Schwester, sehr stolz ...«

Ich schluchzte und kickste um die Wette. Mama regte sich auf: Bonjour und die Kinder warteten auf mich, ich würde doch wohl nicht mit roter Nase und naßgeweinter Kleidung erscheinen! Ist es denn des Unglücks niemals genug?

»Was fürchten Sie?« rief ich. »Daß er mich verschmäht?«

Wir machten uns also, erst per Schiff, dann zu Fuß, zu meinem zukünftigen Ehemann auf. Eine Pferdedroschke hätte Vitali die Unbequemlichkeiten des Weges erspart. Ich wußte, daß meine Mutter mit ihrer Knickrigkeit nur mich im Visier hatte, nicht ihren geliebten *ijiko*. Aber ich war nicht in der Lage, mich zu wehren. In Pera hatten viele neue Restaurants eröffnet, Cabarets und Bars mit anzüglichen Plakaten. Ich sah tief dekolletierte Frauen mit hochhackigen Schuhen. Ihre Haut war weiß und ihre Haare hell, so daß sie nicht den Levantinerinnen ähnelten.

»Man nennt sie Charachos«, flüsterte Vitali mir zu. »Das heißt ›gut‹ auf russisch. Die Türken sind verrückt nach ihnen ... Die Alliierten noch mehr!«

»Und du?« fragte ich.
»Oh, ich …«
Sein Gesicht verschloß sich, und ich bedauerte meine Gedankenlosigkeit. Ich war zu angespannt, um meine Worte abzuwägen. Ich hatte den Eindruck, daß ich nur noch ein Bündel kalter und harter Verzweiflung war. Hätte ich ein Gläschen *douzico* hinunterschlucken können, hätte ich vielleicht die mich verwüstende Klarheit verloren. Leider war meine Kehle wie zugeschnürt gewesen und ließ keinen Tropfen durch, und bei dem Anblick des Tabletts, das meine scheinheilige Schwester herbeitrug, hatte mich Übelkeit überkommen.

Mein zukünftiger Mann wohnte zwar in Pera, das inzwischen Beyoglu hieß, mit dem Pariser Quartier Latin, dem es ähneln sollte, hatte es jedoch nichts gemeinsam. Wir kamen nicht vor einem (mit allen Annehmlichkeiten ausgestatteten) Steinhaus an, sondern vor einem Holzhaus in der Nähe des Friedhofs der »Kleinen Felder«. Das Erdgeschoß war vom Lampengeschäft besetzt. Ich war an der Endstation, und mein Bruder konnte nichts mehr für mich tun.

Bonjour Coenca öffnete die Tür. Er war abstoßend. Der Tradition gehorchend, hatte er sich seit Adelas Ableben nicht mehr rasiert. Die wenigen und fetten Haarsträhnen, die zu lang waren, hingen ihm um die vollen Backen herum. Ich wich zurück, als er sich mir näherte. Mama stieß mich vorwärts, und ich trat ein. Die drei Kinder drückten sich verängstigt in eine Ecke zu ihrer Großmutter Elise Coenca.
»Umarmt eure neue Mama«, sagte sie.
Georgette warf mir einen mißtrauischen Blick zu und machte einen kleinen Knicks. Ich strich über die schmierige Wange Josephs, der mich stumpf anstarrte. Caesar, der Letztgeborene, breitete die Arme aus und lief auf mich zu. Ich hob ihn hoch, nahe an mein Gesicht und atmete seinen milchigen Geruch ein. Seine Haut war warm, in seinen Adern klopfte heißes Blut. Ich hatte an meine Neffen wie an Gewichte ge-

dacht, Hindernisse für meine Freiheit. Aber sie waren lebendige Wesen.

»Na also, zumindest einer, der zivilisiert ist!« sagte Vitali.

Ich verstand die Botschaft meines Bruders: Schau, dieses Kind liebt dich schon. Verliere nicht die Hoffnung. Hinter dem Schlimmsten verbirgt sich manchmal das Beste.

»Wie sehr wir uns freuen, Sie hier zu haben, Rebecca!« sagte Elise Coenca. »Nicht wahr, Bonjour? Sie werden in dieses Haus wieder Glück bringen. Wollen Sie sich das Anwesen ansehen? Es ist klein, aber behaglich. Mein Sohn wird Sie führen. Inzwischen regeln wir die letzten Details, nicht wahr, Tamar?«

Bonjour rühmte vor mir aufgeregt und schwitzend die Vorzüge seiner Behausung, als wolle er sie mir verkaufen. Außer dem zur Straße liegenden Salon mit einem Erkerfenster gab es zwei Schlafzimmer zum Hof hinaus, eine Küche, in der es von Fliegen wimmelte, und einen Waschraum mit WC *a la franca*, was mir mein zukünftiger Gatte als den Gipfel an Luxus darstellte. Gebadet wurde im Hammam.

Vitali las den Brief vor, den David, der *Ermano*, mir anvertraut hatte, damit der Vertrag fertiggestellt werden konnte.

»Die Truhe von Adela ist noch zu drei Vierteln voll«, versicherte Mama. »Ich hatte ihr geholfen, alles zu ordnen, bevor … Oh, mein Gott, was für ein Unglück!«

Sie zog ihr Taschentuch heraus. Ich preßte die Zähne zusammen.

»Es ist mir unangenehm, Ihnen zu widersprechen, liebe Tamar«, meinte Elise, »aber von dem Dutzend Kleidern bleibt kaum die Hälfte. Die Goldfäden der Bettdecke haben ihren ganzen Glanz verloren, und der Teppich ist von Motten zerfressen.«

»Motten! Das gab's in Hasköy nicht!« entrüstete sich meine Mutter.

»Das werde ich alles mit Bonjour besprechen«, erklärte Vitali.

Schweigen.

»Wegen der Hochzeitszeremonie«, begann mein Bruder von neuem, »habe ich mit dem Rabbiner gesprochen. Sie wird eine Woche nach dem Trauermonat stattfinden ... Angesichts der Umstände wird sie sehr einfach sein, nur die engste Familie.«

Georgette reichte ernst das Tablett mit dem Gebäck herum, während Elise mich über die Eßeigenarten eines jeden Kindes, ihr Schlafengehen-Ritual, die Faulheit der Dienstmädchen, den Wassermangel zur heißen Zeit und die Schurkereien des Lebensmittelgeschäfts an der Ecke aufklärte. Sie steckte ihr Terrain ab. In dem Gesicht meiner Mutter spiegelte sich Wut. Sie versuchte, Joseph auf ihre Knie zu ziehen. Caesar hatte sich auf die Erde neben mich gesetzt.

In einer Ecke des Zimmers leuchtete zum Andenken an die Verstorbene ein Licht.

Das Zimmer zu betreten, das ich in dem alten Haus in Hasköy mit Simone geteilt hatte, wurde zu einer Prüfung. Am ersten Abend überraschte mich Nita am Fenster wie zu der Zeit, als ich klein war. Ich kuschelte meinen Kopf an ihre Brust, und sie streichelte mein Haar.

Ich erzählte ihr von Simone und von Jacques in Paris in der Avenue de Wagram.

»Unser Vater wird sterben«, sagte ich. »Ich verstehe nicht, warum Mama nicht zu ihm reist.«

»Sie hatte für eine Schiffsüberfahrt gebucht«, erklärte mir Nita. »*El godro* Farraggi hat sich sogar angeboten, sie zu begleiten. Und dann hat sie sich plötzlich am Abend vor der Abreise umentschieden und ist nicht gefahren.«

»Warum?«

Nita senkte die Augen.

»Wegen deiner Heirat. Sie wollte sichergehen, daß du nicht entwischst.«

Durch sie erfuhr ich auch, daß Vitali sich bis auf den Bahnsteig heftig mit *Señor Padre* gestritten hatte.

»Armer Papa!« seufzte Nita. »Es wundert mich nicht, daß er

krank geworden ist … Seine letzten Tage hier haben ihm sehr zugesetzt … Er liebt Vitali so sehr!«

»Ich bin also nicht allein für seinen Zustand verantwortlich …«

»Rebecca, warum bist du so streng mit dir selbst?« fragte meine Schwester mit ihrer sanften Stimme.

Am Abend vor der Hochzeit besuchte mich Vitali. Ich ging nicht mehr aus meinem Zimmer hinaus. Aber ich konnte noch so sehr die Augen schließen und den Kopf unters Kopfkissen stecken, es gelang mir nicht, meine Verfolger zu vergessen: Ernesta mit ihrem zufriedenen Gesichtsausdruck, weil sie ihre Rache bekommen hatte; Leon und seine Art, seine Mutter zu quälen; Mutter und ihre Schmerzgrimassen, ihren Puder, ihre Abführmittel und ihre Salben. Selbst der klagende und resignierte Ton Nitas brachte mich auf. Meine Heirat hatte wenigstens den Vorteil, daß ich dieses Haus endlich verlassen konnte.

Und doch weigerte sich noch etwas in mir, daran zu glauben. Ich dachte, irgend etwas würde passieren. Ein zweiter Weltkrieg ausbrechen, ein Brand, ein Erdbeben …

»Komm schon, ein kleines Lächeln!« sagte mein Bruder.

»Erzähl mir von Simone, dem Gymnasium, von Marie Dussaut, Elie Abravanel, den Romanen, die du gelesen, was du im Theater gesehen hast …«

Ich schüttelte den Kopf. Ich konnte nicht.

»Und was hier los ist, interessiert dich das? Die Streitereien in der Gemeinde, die Ausflüchte der Besatzungstruppen …? Ich sehe schon, nein …«

»Entschuldige«, murmelte ich.

Wir sprachen eine Weile gar nichts, waren verlegen und unglücklich. Dann schleppte mich mein Bruder hinunter ins Erdgeschoß, um die letzten Details zu regeln. Ihm lag daran, daß die Familie mir Kamer, unser treues Dienstmädchen, abtrat, und man mir nicht die kleine Ostjüdin aufzwingen würde, die Elise eingestellt hatte.

»Rebecca will alles!« spottete Ernesta. »Pera, die Wohnung, Kamer, alles!«

Ich war bereit ihr das ganze Paket zu überlassen.

»Wenn sie meint, daß ich dafür diese Schmutzliese nehme!« entrüstete sich Mutter. »Eine Rumänin! Die das Essen verdirbt! Die Elise hat das nicht gestört: Sie hat nie einen Unterschied zwischen *kachkaval* und Seife gemacht!«

»Ach was«, meinte Nita. »Wir sind nicht mehr so zahlreich! Ich werde Kamer ersetzen.«

»Nein!« rief ich aus. »Ich verzichte lieber auf Dienstpersonal!«

»*Tu mira tu jamin!* – Du wirst dein Recht wahren! Dein Bruder entscheidet!« erwiderte Mutter. »Und geh aus meiner Küche heraus, damit mein Teig in Ruhe aufgehen kann!«

Am nächsten Morgen genügte eine Viertelstunde in der Synagoge Maior, um mein Schicksal zu besiegeln. Es wurde kein Glas zerbrochen, und man bot mir keinen Fisch zum Überspringen: Zum Glück für mich reichte Adelas Fruchtbarkeit für das Glück der Coencas.

2

15. Oktober 1919
Seit einem Monat schon setze ich mich an diesen Tisch und versuche zu schreiben. Seit einem Monat verfluche ich meinen leeren Kopf und meine kraftlose Hand. Ich bin unfähig, über die Mauern dieser Wohnung hinauszugucken. Aber die Schreie, die ich unterdrücke, ersticken mich, deshalb habe ich beschlossen, meinen Jammer diesem Heft anzuvertrauen, bis ich zu Besserem fähig bin.

Bonjour ist ausgegangen. Er spielt in einem Café mit seinen Freunden Karten. Wenn er, nach Raki und Tabak stinkend, zurückkommt, werde ich schon im Bett liegen, mit dem Gesicht zur Wand. Unter Tränen eingeschlafen, werde ich träumen, wie ich weine. Meine Alpträume werden vom Schnarchen meines Mannes, dem Lärm an den Bordellausgängen, dem Schluchzen der im Freien schlafenden Flüchtlinge und dem Säuseln der Prostituierten begleitet: Ich bin bereit, ihnen alles zu vergeben, ihre aufreizenden Blicke, ihre Hustenanfälle, ihre Beleidigungen, ihre bemalten Lippen, ihre Syphilis, ihre Art, an die Fenster zu klopfen, hinter denen sie zur Schau gestellt werden. Aber nicht dieses kehlige Lachen, das mich bis in meinen Schlaf verfolgt. Denn ich schlafe wie ein Sack. Ich habe noch nie soviel geschlafen, und noch nie war ich beim Erwachen so müde.

21. November 1919
Vitali hat mir am Telefon den letzten Brief unseres Bruders David vorgelesen. Señor Padre *ist wieder ein kleines Kind geworden, das man wickeln und ausschimpfen muß, wenn es sich vergißt. Ich ertrage diese Vorstellung nicht. Ich habe Vitali angefleht zu schweigen. Überrascht und zweifellos enttäuscht, hat er eingehängt.*

3. Januar 1920
Als ich vorhin den kleinen Caesar ins Bett brachte, ist mir ein Wiegenlied in den Sinn gekommen, das Nita gesungen hat.

Durme, durme mi andjeliko, ijiko tchiko de tu nasyon
kriatura de Sion
porke nombre ay! Me demandas
porke no kanto yo
akortaron las mis alas, y mi bos amudisyo
Ay! ke mundo de dolor, no konoces la dolor.

(Schlaf, schlaf, mein kleiner Engel, Geschöpf Zions.
Du fragst mich, warum ich nicht singe.
Sie haben mir die Flügel beschnitten, und meine Stimme ist verstummt.
Oh, was für eine Schmerzenswelt, du kennst den Schmerz nicht.)

Georgette hat mich den Refrain beenden lassen. Dann hat sie in eisigem Ton bemerkt, daß die Lieder ihrer Mutter lustiger waren. Sie mag mich nicht. Joseph ist einfacher: Man braucht ihm nur genug zu essen zu geben. Wie schön wäre es, wenn es bei seinem Vater genauso wäre. Ich lebe zum erstenmal in der intimen Nähe eines Mannes, und ich habe Angst, für immer kalt zu werden. Ich empfinde nichts als Ekel vor seinem Geruch, seinen Haaren, seiner fahlen Haut und den Geräuschen, die seinem Körper entschlüpfen.

In den ersten Nächten hat er mich in Ruhe gelassen. Dann hat er sich aufgelehnt: »Die Gategno-Mädchen stellen sich alle an. Willst du vielleicht auch heulend zu deiner Mutter heimkehren? Ich warne dich, ich lasse mich nicht zum Gespött der Straße machen wie der arme Faraggi! Verrückt! So seid ihr! Und ich weiß, wovon ich rede! Wenn ich mich meiner verstorbenen Gattin näherte ...« Ich frage mich, wie lange ich ihn mir noch vom Leibe halten kann. Ich darf nicht nachgeben.

Manchmal träume ich, daß ich meinen Entschluß vergesse, daß ich Bonjour an mich heranlasse. Daß ich in einer Sekunde der Geistesabwesenheit alles verliere, was mir geblieben ist. Körperliches Vergnügen, heißt es, verzögert den Alterungsprozeß. Ich bin versucht, das zu glauben: Man braucht nur die vor Liebe strahlende Simone und die in ihrem Saft verfaulte Ernesta zu vergleichen. Werde ich verwelken, bevor ich gelebt habe?

20. März 1920
Mein Vater, Isaac Gategno, ist tot.

Als einziger von acht Kindern hat der Ermano der Beerdigung beigewohnt. Wozu ist Familie nutze? In dem Augenblick, wenn Trost und Begleitung vonnöten sind, ist niemand mehr da. Gilt es aber, zu fordern, Zwang auszuüben, ein Geschäft, eine Mitgift, Interessen zu sichern, ja dann werden die notwendigen Kräfte plötzlich mobilisiert.

Unser Vater ist nicht dem Ritus unseres Volkes gemäß in einem Leichentuch bestattet worden, sondern in aller Eile nach französischem Brauch. David hat nicht einmal eine jüdische Liturgie lesen lassen. Er fürchtete zweifellos den Aufmarsch von schwarz gekleideten Juden mit bis zu den Ohren heruntergezogenen Hüten vor der Loge der Portiersfrau. In der Avenue de Wagram darf kein Kaddisch, kein Totengebet, erklingen.

Armer David! Schon vor geraumer Zeit hat ihm seine Portiersfrau den Spitznamen »Der Jud aus dem fünften« verpaßt.

Die Seele von Señor Padre *wäre wohl in jener Welt nicht glücklicher, wenn sich vor seiner Leiche zehn Grauköpfe im Takt gewiegt hätten. Aber es war der Wunsch des alten Mannes gewesen, daß alles den Regeln entsprechend verlief und das hätte respektiert werden müssen.*

Etliche Tage lang konnte ich meine Gefühle beherrschen. Ich habe den Kindern erzählt, welchen Stolz ich empfunden hatte, wenn mein Vater seine Freunde zum Aperitif empfing. Wie er Vitali ins Leben zurückgebracht hatte. Seine edle und würdige Patriarchengestalt. Seine Verbeugungen, als der Türke seinen Tisch umgeworfen hatte, habe ich verschwiegen. Seine Haltung gegenüber Madame Béhar. Sein Erscheinen im Pensionat Bischoffsheim. Sein bemitleidenswertes Ende.

Bei genauem Nachdenken kann ich ihm nichts vorwerfen. Er hatte immer das Interesse der Familie vor das eigene gestellt. Im Gegensatz zu mir. Ja, ich bin schuldig, nicht so sehr weil ich seinen Schlaganfall provoziert habe. Sondern weil ich nach meinen Wünschen leben wollte und dabei vergaß, daß ein Jude, ganz besonders aber eine Jüdin nur durch den Clan und für den Clan existiert.

Doch heute morgen sind mir die Nerven durchgegangen. Ich bin zu Vitali geeilt, und ich habe lange in seinen Armen geweint. Er ist genauso unglücklich wie ich. Die Erinnerung an die letzte Auseinandersetzung bis zum Bahnsteig zermürbt ihn. Er empfand genau wie ich Todesangst, jetzt da mein Vater nicht mehr war. Ich gestand ihm, daß mich oft Melancholie überfällt und ich aus dem Leben scheiden will. Daß mich nur der Gedanke zurückhält, ich müsse noch ein Werk vollbringen. Aber die Zeit vergeht, die Jahre zerrinnen mir zwischen den Fingern. Jetzt, nach Señor Padres *Tod, stehe ich in der ersten Reihe. Ich kann morgen sterben, und niemand wird jemals wissen, wozu ich fähig gewesen wäre, wenn man mir meine Freiheit gelassen hätte. Mein Vater wird mir niemals sagen: »Ich bin stolz auf dich, meine Tochter.«*

Vitali hörte mir schweigend zu. Aber er fragte mich, welches Werk ich meine. Und ich konnte ihn nur mit großen verlorenen Augen ansehen.

3

Ich ging mit den Kindern im Taxim-Garten spazieren, als ich einen Ruf hörte: »Rebecca! Rebecca Gategno!«

Ich drehte mich um. Eine elegante junge Frau lächelte mich an.

»Erkennst du mich nicht? Komm schon, die Alliance-Schule, Mademoiselle Mayer, samstags im Großen Basar.«

»Rachel Caro? Wie schön du geworden bist!«

»Sind das deine?« lächelte sie und deutete auf meine Neffen.

Ich erklärte ihr in wenigen Worten die Situation. Sie hatte mehr Glück gehabt. Sie war mit einem Bankier verheiratet, Mutter einer Tochter und teilte sich die Zeit zwischen Einkäufen und gesellschaftlichen Ereignissen.

»Jetzt, da wir uns wiedergefunden haben«, sagte sie lachend, »kannst du mir nicht mehr entkommen. Ich erwarte dich nächsten Donnerstag.«

Ich lernte ihren Mann kennen, Danon Ventura, der in der Osmanischen Bank arbeitete, und ihre kleine Tochter Pauline. Georgette bewunderte schweigend das schöne Haus, die Möbel, die Spielsachen, die hübsche Kleidung Paulines. Joseph zerbrach ein Porzellanschwein, und Caesar pinkelte auf den Boden. Trotz Rachels Liebenswürdigkeit war ich am Boden zerstört.

Wir gewöhnten uns an, einmal die Woche mit den Kindern zusammen spazierenzugehen. Meine Freundin liebte die Musik, und wir blieben oft in den Tepebashi-Gärten, um russischen Gesängen zu lauschen, oder im Taxim zur Tanzteestunde oder in den Musikpavillons an den verschiedenen Plätzen Peras …

»Du hast mich noch nie zu dir nach Hause eingeladen!«

beschwerte Rachel sich eines Tages, als der Regen unseren wöchentlichen Ausgang abkürzte.

Wie sollte ich ihr gestehen, daß ich mich Bonjours, des verstaubten Geschäfts und der Mengen unverkäuflicher Glühbirnen mit einfach gezogenen Glühfäden schämte, die der Angestellte als solche mit spiralenförmig aufgerollten Fäden zu verkaufen versuchte? Widerwillig schleifte ich sie zu den »Kleinen Feldern« mit.

Ich hoffte, daß mein Mann im Café war. Leider hielt er sich ausnahmsweise im Geschäft auf. Er zeigte sich großtuerisch, pfiff dem Syrer, damit er Tee brachte, und führte seine Wandlampen vor, die zur Hälfte nicht funktionierten …

»Sowas Solides wie diese ist der Tod eines jeden Händlers, Ehrenwort! Bei gewöhnlichem Material kommt der Kunde wieder, will eine Reparatur, ein Zusatzteil, aber das hier ist ein Verlustgeschäft! Möge ich auf der Stelle sterben, wenn ich lüge! Lesen Sie, hier steht es geschrieben: zehn *lumen* pro verbrauchte Watt! Sie kennen nicht das *lumen*? Oh, die Technik ist nicht jedem zugänglich. Die Amateure, die gibt's nicht mehr. Die Stunde der Spezialisten hat geschlagen. Bringen Sie mir Ihren Gatten, ich werde ihm alles gratis erklären, ja?«

Ich war purpurrot geworden. Rachel lächelte, fühlte sich keineswegs an der Nase herumgeführt und kaufte die Lampe. Ich schickte Georgette in die Wohnung, damit sie Elise von unserer Ankunft unterrichtete. Der Syrer kam mit dem Tee zurück, die Gläser waren schmutzig.

»Wir können nicht bleiben«, sagte ich. »Caesar braucht seinen Nachmittagsimbiß.«

Meine Schwiegermutter war ausgegangen. Ich schämte mich, weil ich keine Kekse da hatte wie die Frauen bei uns. Ich machte das Silbertablett fertig, das ich von Adela geerbt hatte. Georgette reichte mir den Topf mit Rosenmarmelade … und er entglitt mir.

Das Unbehagen, die angesammelte Beklemmung sprühten mir in Fontänen aus den Augen. Ich schluchzte angesichts des durchsichtigen Breis auf dem Teppich. Rachel kam mir liebevoll zu Hilfe.

»Geht zur Seite, Kinder«, sagte sie. »Schneidet euch nicht an den Glasscherben!«

Georgette brachte ihr eine Schüssel, ein Tuch, und sie beseitigten den Schaden.

»Rebecca«, sagte meine Freundin, »du brauchst eine Luftveränderung. Ich verbringe das Wochenende in Büyük Ada, in der Villa meiner Schwiegerfamilie, komm mit, das wird dir guttun ...«

Ich schluchzte herzzerreißend, während die Kinder mich erstaunt anguckten.

»Ich habe nichts anzuziehen«, sagte ich, »nur die alten Kleider meiner Schwester ...«

»An deiner Stelle«, antwortete Rachel mit einem Augenzwinkern, »würde ich mir keine Sorgen machen. Weißt du, daß deine Figur mich eifersüchtig werden läßt?«

Es gelang mir, zu lächeln. Mich überkamen Erinnerungen von ganz weit her, das Baden im Meer, die nackte Haut, die herrliche Müdigkeit der Muskeln nach dem Schwimmen, das Wehen des Windes, die Liebkosung der Sonne.

»Nein«, sagte ich, »es ist unmöglich ...«

»Mein Mann fährt nach Wien, und seine Eltern kuren in Bursa«, drängte Rachel, »nur wir sind da ... Bring den Kleinen mit, er kann mit meiner Pauline spielen!«

»Aber ... der Sabbat?«

Sie brach in Lachen aus, und ich fiel ein, ebenso die Kinder. Dann weinte ich von neuem, weil zum erstenmal ein Funken Fröhlichkeit in diesen Raum gedrungen war.

4

Ich habe geträumt, daß ich das Baccalauréat ablegte, ohne die Aufgaben zu kennen. Schweißgebadet wachte ich auf, zunächst erleichtert (ich hatte ja bestanden), dann verzweifelt (wozu war es nutze?).

Ich erhob mich und zog die Vorhänge auseinander. Es war strahlendes Wetter. Das Marmarameer war noch nie so blau gewesen. Eine Kutsche rollte auf der von Kiefern gesäumten Straße vorbei, die die Villa vom Strand trennte. Ich ging auf den Balkon. Ein Dienstmädchen deckte den Frühstückstisch in einem schmiedeeisernen Pavillon, an dem sich die ersten Sonnenstrahlen hochrankten. Ich mußte mich beeilen, wollte ich im Meer baden, bevor das Haus erwachte.

Der Russe war da, genau wie gestern und vorgestern. Mit nackten Füßen, die Uniformhose über die Waden hochgerollt, amüsierte er sich damit, Steinchen über die Wasseroberfläche flitzen zu lassen. Nein, er amüsierte sich gar nicht. Sein Gesicht war verschlossen. Er sah mich an, und mir lief ein Schauder die Wirbelsäule hinunter. Ich eilte zum Meer. Ich, die ich es immer verabscheut hatte, abrupt ins kalte Wasser einzutauchen, schlug seit zwei Tagen alle Schnelligkeitsrekorde. Beim Hineingehen wie beim Hinausgehen.

Mir gefällt die Erregung nicht, in der ich mich befinde. Sie macht mir Angst. Ebenso wie diese elektrischen Ströme in den Beinen, diese Angespanntheit aller Muskeln, dieser Wunsch, zu berühren, zu nehmen und genommen zu werden. Ich möchte meine innere Kälte wiederfinden, gegen die ich sonst so ankämpfe. Ich brenne und meine Abwehr schmilzt dahin. Es liegt nicht an der Sonne. Die Heftigkeit, die sich in mir verbirgt, erschreckt mich. Ich weiß, daß mein Wille gegen dieses Überschäumen nicht mehr ankommt.

Ich schäme mich. Zweifellos ist das jetzt so ein Aus-den-Fugen-Geraten, von dem die Frauen im Hammam sprechen. Ich bin hysterisch geworden, lateinisch *hustera*, Uterus. Das kalte Wasser beruhigt mich nicht. Ich schließe die Augen, halte den Atem an und lasse mich sinken. Dieser Mann sieht unglaublich gut aus. Wie aus einem Kinofilm, in Farbe und ohne Schminke. Groß, athletisch, hellblonde Haare, die Haut von der Sonne vergoldet, Augen wie klares Wasser, verlockend wie das Gewürzbrot, das es auf den Pariser Märkten zu kaufen gibt. Ich habe Lust auf ihn. Eine Lust, die an einer Stelle sitzt, die ich nicht benennen könnte, von deren Existenz in mir ich nichts wußte.

Er ist im Wasser zu mir gekommen. Seine Beine verursachen Wellen, die wie Liebkosungen sind. Ich lasse mich von der Sanftheit des Wassers tragen. Ist es die Strömung, die mich ans Ufer treibt, gestrandet und schon willfährige Nymphe?

Der Sand klebt an meinen Haaren und an meiner salzigen Haut. Ich denke an das Schiff, das mich heute abend nach Istanbul zurückbringen wird. An das glänzende Gesicht meines Mannes. Der Russe läßt sich auf die Knie sinken, sieht mich an und lächelt.

»Ich heiße Pavel Inoukine«, sagt er.

Ich antworte nicht.

Er beugt sich über mich. Mit seinem Hemd wischt er mir zart den Sand von der Haut. Ich müßte aufspringen, ihm eine Ohrfeige geben und flüchten. Ich bewege mich nicht. Irgend etwas krampft sich in meinem Unterleib zusammen. Ein Fremder hat seine Hände auf mich gelegt, und ich habe es geschehen lassen. Noch mehr: Es ist himmlisch.

»Hören Sie auf«, flehe ich. »Ich bin nicht …«

Er macht weiter. Ich denke an nichts mehr. Ich treibe auf dem Meer, höre zärtliche Worte und lächle glückselig, tausend Meilen von mir selbst entfernt. Er trägt mich in seinen Armen.

Er ist stark und sanft zugleich, seine Achselhaare kitzeln mich, und ich empfinde keinerlei Ekel. Er legt mich auf ein Bett aus Kiefernnadeln, zieht mir meinen Badeanzug aus. Ich habe Vertrauen zu ihm. Er küßt meine Brüste, meinen Bauch, er dringt sanft in mich ein. Ich möchte, daß die Zeit stehenbleibt, möchte mir die köstlich brennende Erinnerung an den endlich eröffneten Durchlaß bewahren.

Ich spürte, wie er in mir kleiner wurde, und ich schlang die Arme um seinen Rücken, damit er blieb. Aber mit einem Hüftschwung löste er sich. Es war, als zog er mir bei lebendigem Leib die Haut ab. Mir flossen die Tränen, benetzten meine Schläfen, drangen in meine Ohren.

»Habe ich dir weh getan?« fragte er besorgt. »War es das erste Mal? Aber ...« Er deutete auf meinen Ehering.

Ich wollte nicht in die Wirklichkeit zurück. Noch nicht. Ich war kraftlos, konnte sie nicht abwehren. Wie würde ich den Mut finden, die tausend Stiche der Scham zu ertragen? Ich meinte, den Schmerz zu verachten, aber ich empfand eine panische Angst bei dem Gedanken, leiden zu müssen.

»Mir ist kalt ...«

Er reichte mir seine Jacke mit dem Andreas-Kreuz.

»Nein, nicht auf diese Weise kalt«, stammelte ich.

Ich klapperte mit den Zähnen.

»Hören Sie, machen Sie sich keine falschen Vorstellungen von mir ... ich möchte nur ...«

Er küßte mich auf die Augenlider.

»Was?«

»An diese Minuten zurückdenken können, ohne mich selbst zu verachten ... Ich wollte es und brauchte es auch ... Sie können es nicht verstehen.«

»Meinst du?«

Es war mir gelungen, die Bewegungen meiner Kiefer unter Kontrolle zu bekommen.

»Sie müssen vergessen, was passiert ist«, sagte ich. »Ich habe einen Mann, ich ziehe seine Kinder groß, ich kehre heute abend in die Stadt zurück ...«

Ich stand, war wieder angezogen. Der Russe nahm meine rechte Hand und führte sie an seine Lippen. Ich ging zum Haus, ohne mich umzudrehen.

5

31. August 1920
Ich bin heute zweiundzwanzig Jahre alt geworden. Manchmal frage ich mich, ob ich die Begegnung mit dem Russen am Strand des Marmarameers nicht geträumt habe. Nein. Ich bin keine Jungfrau mehr. Das ist mein Geheimnis und mein Glück. Es erstaunt mich, daß niemand die Veränderung an mir wahrgenommen hat. Rachel hat keine Frage gestellt, als ich zu spät zum Frühstück erschien. Natürlich, man sieht ja auch nichts … Wie ist es dann möglich, daß mich eine schmerzliche Wärme einhüllt, ich mich langsamer bewege, ich gegen meinen Willen lächele, daß ich mich endlich rund, empfänglich, als Frau fühlte?

20. Dezember 1920
Es ist Purim, und Bonjour ist mit den Kindern ins Alhambra gegangen, um einen Film von Charlot zu sehen. Meine Schwiegermutter hat dies genutzt, um mir eine Standpauke zu halten. Wenn ich mich gegenüber ihrem Sohn nicht »netter« verhielte, würde er sich das, was er nicht bei sich zu Hause fände, anderswo suchen. Entgegen der Regel (Amistad entre suegra i nuera no ay – *Zwischen Schwiegermutter und Schwiegertochter gibt es keine Freundschaft) verstehe ich mich ganz gut mit Elise. Ich schätze ihre Würde. Sie ist eine echte Señora. Und ich habe es gern, in ihren Augen den Ausdruck von Lucien Coenca, dem Arzt, zu finden, der kurz vor meiner Abreise so freundlich zu mir in Paris gesprochen hatte.*

Ich habe ihr geantwortet, daß ich mir weder Bonjour noch dieses Leben ausgesucht hätte. Ich bemühe mich jedoch, meiner Aufgabe gegenüber den Kindern so gerecht wie möglich zu werden. Was den Rest anginge … Daraufhin haben wir eine Weile geschwiegen. Ich wünschte, Bonjour suchte sich irgendwo ein Mädchen. Aber wie soll man das einer Mutter sagen?

9. März 1921
Caesar hat Scharlach. Ist das meine Bestrafung?

12. März 1921
Heute morgen ist endlich Caesars Fieber gefallen. Wenn es ihn dahingerafft hätte, ich glaube, ich hätte es nicht überlebt. Ich fühle mich diesem Kind verbunden, als sei es mein Sohn. Als er krank wurde, hat Mutter, statt mir zu helfen, ihren Freundinnen des cortijo erzählt, ich kümmerte mich nicht richtig um meine Neffen.

19. März 1921
Bonjour scheint es kaum abwarten zu können, daß ich meine Arbeit im Geschäft wieder aufnehme, jetzt da Caesar außer Gefahr ist. Das war Elises Idee, und ich bin ihr dankbar dafür. Erstens weil das Geschäft den Bach hinunterging. Dann weil ich endlich etwas habe, das ich mit Bonjour teile und dies unserer Beziehung gut tut. Und schließlich, weil es mir Spaß macht. Ich kümmere mich um die Buchhaltung und das Lager. Vor mir hat nie jemand die Bestellungen geprüft. Der Syrer belohnte sich mit Schmiergeldern, unzufriedene Kunden sammelten sich zuhauf, und mein Mann tauschte mit großartiger Geste die defekten Lampen aus, die er teuer bezahlt hatte …

9. April 1921
Warum kann ich nicht in einem Theaterstück, einer Novelle oder einem Roman die Absurdität des Passa-Mahls in Hasköy beschwören? Ich habe nur dieses Tagebuch, und ich weiß von vornherein, daß ich von meinem Bericht enttäuscht sein werde. Es würde eines Proust bedürfen, um die Lächerlichkeit und die Grausamkeit darzustellen.

Seit Señor Padre nicht mehr da ist, um am Tisch zu präsidieren, sind jegliche Haltung, jegliche Feierlichkeit dahin. Was *für eine Ironie! Ausgerechnet ich trauere diesem so oft verspotteten Zeremoniell nach!*

Es waren nur drei Männer da. Mama behandelte Bonjour wie einen Fremden. Vitali verhielt sich wie ein Gast, und Leon spielte mit seinen neunzehn Jahren den Patriarchen … Nita war das Dienstmädchen, Elise der Eindringling, ich die Feindin. Mama und Ernesta ließen ihre Boshaftigkeiten an uns aus. Joseph verhaspelte sich, als er die vier traditionellen Fragen stellte, Georgette mißlang der Kaffee, und Caesar übergab sich. »La ija, ni naska ni muera! – *Möge das Mädchen weder geboren werden noch sterben!*« *seufzte meine Mutter und sah mich an. Es war schrecklich. Eine mit Haß geladene Atmosphäre. Ich fühlte mich von Feinden umgeben. Hätte jemand mein Leben bedroht, niemand hätte einen Finger gerührt. Von Langeweile und Unbehagen betäubt, döste Vitali vor sich hin. Nita glich einer verängstigten Maus. Die anderen blutgierigen wilden Tieren.*

Die Familiensolidarität, der Zusammenhalt, die früher trotz aller Streitereien und Unstimmigkeiten vorherrschten, sind mit meinem Vater dahingegangen.

Als ich hier ankam, war ich zu sehr mit meinen eigenen Problemen belastet, um die Veränderung bei meiner Mutter richtig wahrzunehmen. Offensichtlich hat sie mit fünfzig Jahren die Faulheit entdeckt. Die Zeit als Opferlamm ist vorbei. Das ist etwas so Neues, so Merkwürdiges, daß sie dem ihre ganze Energie opfert. Während sie von ihrer eigenen Kochkunst nie ein Gramm zugenommen hatte, setzen die Süßigkeiten der anderen bei ihr ziemlich an. Sie wird dick, ihre Wangen und ihr Hals verfetten. Ihr Magengeschwür ist verschwunden. Ihr Bauchumfang macht sie träge, und so ist sie nicht mehr zu ihren unvorhersehbaren Schroffheiten fähig, die mich in meiner Kindheit gelähmt hatten. Aber nun ersetzen vergiftende Worte die Gesten der Wut.

Der Grund für diese Wandlung? Sie hat sich endlich der Männer entledigt. Mein Vater ist tot, Vitali ist auf Distanz gegangen. Leon lebt sein Leben. Und die Kleinen von Adela, um die sie sich aus Pflicht gekümmert hatte – und um Elise zu ärgern –, habe ich in meiner Obhut. Bleibt ihr Ernesta, ihre Gefährtin, mehr ihre Freundin als ihre Tochter. Und Nita – zum Fußbodenputzen. Geradezu ein Traum! Natürlich wird die Schrumpfung der Familie als großes Unglück dargestellt, um nicht los mejores de nosotros *zu provozieren.*

6

TOD. Das Wort breitete sich in schwarzen Lettern auf den Mauern, den Schaufenstern und den Springbrunnen Peras aus. Auf englisch und auf türkisch. In Istanbul war der Belagerungszustand ausgerufen worden. Obwohl die Hochkommissariate die Sperrstunde eingeführt hatten, häuften sich die Attentate des kemalistischen Widerstands. Jeden Morgen fand man wieder die Leiche eines Geschäftsträgers oder eines Offiziers der Alliierten. In der Stadt herrschte eine wahre Bürgerkriegsatmosphäre.

Ich schauderte, als ich auf den Laden meines Bruders zuging. Vitali schloß gerade ein Geschäft ab, und ich hütete mich, ihn zu stören. Unter solchen Umständen schlägt das geringste Augenzwinkern zu Buche. Gewinnen wird der Gerissenste, der natürlich vorgibt, sich aus Nächstenliebe zu ruinieren. Eine Inszenierung, die absolute Konzentration erfordert.

Das Wetter war schön, und ich beschloß, ein wenig spazierenzugehen, um des reinen Vergnügens willen, meine Lungen und meine Muskeln zu beanspruchen. Meinen Körper funktionieren zu spüren.

In der Nähe der Gesandtschafts- und Botschaftsgebäude trafen sich junge Franzosen, um Tennis zu spielen. Mit ihren Büchern in der Hand stolzierten Studenten vor der Universität herum. Ich warf ihnen im Vorübergehen einen neiderfüllten Blick zu. In den griechischen Geschäften hingen abwechselnd Porträts von Venizelos im Tropenanzug und schwarzer Brille und König Konstantins. Die Generalstabswagen hupten, und Büffelkarren knirschten. Wie gewöhnlich vermittelte die Stadt den Eindruck von Elend und internationaler Verschwörung.

Was machte ich hier? Was hatte ich mit jenen goldzahnigen Maklern, jenen schnurrbärtigen Kurden, jenen Amulettverkäufern und Weiße-Armee-Flüchtlingen gemeinsam? Alle Rassen, alle Uniformen hatten sich zusammengetan, nur ich war allein. Erbärmlich allein. Allein in meiner Art. Allein, allein …

In Lumpen gehüllte Russen standen vor dem amerikanischen Roten Kreuz und der Schule Sainte-Pulchérie Schlange. Andere drängten sich am Ausgang des *Tunel*, wo sich ihr Informationsbüro befand. Sie waren entsetzlich mager, und ihre tief in den Höhlen liegenden Augen hatten einen verlorenen Ausdruck. Ich fragte mich, ob mein schöner blonder Liebhaber heute diesen wandelnden Kadavern ähnelte. Ich ging die große Treppe hinunter, die zu einem richtigen Flohmarkt geworden war. Man tauschte Rubel gegen einen Laib Brot, Medaillen gegen eine Traube … Ich hatte schon arme Menschen gesehen, sogar solche, die vor Hunger starben: Alle waren resigniert unter ihrem Elend. Jene Russen hingegen schienen von ihrem Leiden völlig überrascht, und das war entsetzlich mitanzusehen.

Im Herzen Eiseskälte stieg ich wieder Richtung Pera hinauf.

Der Laden war geschlossen. Ein gutes Zeichen! Vitali hatte das Geschäft abgeschlossen und begoß das Ereignis im Café. Ich wartete auf dem Bürgersteig und sah die Autos vorbeifahren. Ein Taxi hielt vor dem kleinen Laden einer Modistin. Der Chauffeur war blond, rauchte eine Zigarette mit langem Mundstück … »Wenigstens einer, der sich zu helfen wußte«, dachte ich. Eine Frau verließ den Laden, eine Französin oder Italienerin, zierlich, elegant. In diesem Augenblick sah ich Vitali auf seinen Krücken in meine Richtung hinken. Der Taxichauffeur stieg aus und öffnete seiner Kundin die Tür. Es war mein Russe, Pavel Inoukine! Unsere Blicke kreuzten sich, wir waren erstarrt, wie vom Donner gerührt. Dann klopfte die Frau ans Fenster, und er setzte den Motor in Gang. Vitali zog den eisernen Vorhang des Ladens hoch.

»Fühlst du dich nicht gut?« fragte mein Bruder. »Willst du ein Glas Wasser?«

Ich schluckte.

»Vitali … Es kann sein, daß eines Tages ein Taxi vor deiner Tür hält … Der Chauffeur ist ein Russe, sehr gutaussehend … Könntest du ihm … äh, hast du ein Stück Papier und einen Bleistift?«

Wortlos reichte er mir, um was ich ihn gebeten hatte. Als ich ging, küßte er mich auf die Stirn.

»Sei vorsichtig, kleine Schwester.«

7

Mit welchem Entzücken schlüpfte ich in die Haut einer anderen! Ich liebte. Wie in den Romanen. So daß ich Appetit und Schlaf verlor. Nur Vitali bemerkte meine Verwandlung. Mama grummelte weiter, wenn sie mich sah: »*Mujer anojada, maldisyon de Dyo!* – Widerspenstige Gattin, Verwünschung Gottes!« und das beruhigte mich. So gering war mein Täuschungstalent wohl doch nicht. Die Müdigkeit, die ich seit meiner Rückkehr nach Istanbul mit mir herumschleppte, fiel von mir ab. Ich führte mein Doppelleben mit einem Wohlbefinden, dessen ich mich nicht für fähig gehalten hatte. War das wirklich ich, diese junge strahlende Frau, die Georgette und Joseph zur Schule brachte, mit Caesar spielte, Kamer zuhörte, Bonjours Bestellungen prüfte und dann mit Jubel im Herzen unter dem Vorwand, Einkäufe oder karitative Besuche machen zu müssen, davonflog? War das wirklich ich, die Elise mit solcher Inbrunst anlog, anlachte, umarmte und streichelte? Ich traf mich mit Pavel im Schutze der theodosianischen Mauer im griechischen Viertel von Fener. Niemand kannte uns dort, und niemand verstand das Französisch, das wir sprachen. Mein Geliebter parkte sein Taxi in einer Gasse in der Nähe des orthodoxen Patriarchats. Er sagte mir, daß ich schön sei, und ich glaubte es. Wenn wir das Auto verließen – ich mußte ja mit Einkäufen zurückkommen –, bedeckten uns die Weinspaliere und die ineinander verschlungenen Ranken mit ihrem komplizenhaften Schatten. Ich erblickte auf der anderen Seite des Goldenen Horns den Hügel von Hasköy und den Friedhof, wo meine Vorfahren begraben lagen. Aber ich hatte keine Angst. Nicht solange mich Pavel in seinen Armen hielt.

Panik überkam mich abends, wenn ich den Tisch abdeckte, wenn Bonjour nach einem letzten Rülpser zögerte, im Café nebenan eine Partie Tricktrack zu spielen. Wenn er doch nur ginge, wenn er mich allein ließe! flehte ich innerlich und befingerte eine Knoblauchzehe.

Ich brauchte das Alleinsein, um Caesar Wiegenlieder zu singen. (*Notches, notches, buenas notches, notches son d' enamorar* – Die Nächte, die Nächte gehören den Liebenden. Oder *Puntcha, puntcha, la roza nela, i el amor mutcho me duele* – Stich, Rose, stich, und die Liebe schmerzt mich ...) und um Pavels Liebkosungen, unsere langen Gespräche wiederaufleben zu lassen.

Wie alle Russen aus guter Familie hatte er Französisch bei seiner Gouvernante gelernt. Sein Vater, Offizier des Zaren, war im Krieg gegen Japan umgekommen. Nach einer sorglosen Jugend auf dem Land begann Pavel ein Literaturstudium an der Universität von Sankt Petersburg. Er schrieb gerade einen Aufsatz über Tschechow, als er eingezogen wurde und die Zärtlichkeit einer Musik ausübenden Mutter, das Gelächter seiner beiden kleinen Schwestern und die Faszination aufgeben mußte, die er für den Autor der *Möwe* hegte. Und das um einer Schlächterei willen, wo das Absurde und das Entsetzen miteinander wetteiferten.

Sein Bedürfnis und seine Schwierigkeiten, darüber zu reden, rührten mich.

»Nach der Revolution von 1917 und dem Separatfrieden waren die Einheiten ohne Führung sich selbst überlassen. Niemand wußte, wo er hingehen sollte, es herrschte ein unvorstellbares Durcheinander ...«

»Erzähl es nicht, wenn es dir weh tut.«

»Doch. Du mußt wissen, was ich erlebt habe. Wie weit die menschliche Niedertracht gehen kann.«

»Ich kann es mir schon vorstellen ...«

Er blickte mich an, ohne mich zu sehen.

»Ich bin auf einen Freund meines Vaters gestoßen, der in einer Krankenstation auf dem Land ohne Pflege dahinsiechte. Er riet mir, mich der Weißen Armee der Ukraine anzuschließen. Ich hätte mir besser sofort eine Kugel in den Kopf jagen sollen.«

»Odessa?«

Pavel nickte, sein Gesicht war verzerrt. In der Stadt gingen entsetzliche Berichte um über den Sieg der Bolschewiken. Wie die Truppen General Wrangells die Krim räumten. Wie sie das Schwarze Meer durchquert hatten und an Bord überlasteter Schiffe in Konstantinopel ankamen –

»Daraufhin hat man uns auf den Prinzeninseln zusammengepfercht, wo ich dir begegnet bin ... Niemand weiß was mit uns anzufangen. Wenn wir nach Rußland zurückkehren, werden die Roten uns töten. Und um zu emigrieren ... dazu braucht man ein Visum ...«

»Hast du darum ersucht?«

»Natürlich! Für Frankreich ... Ich warte. Wir warten alle. In den Bordellen von Pera oder den fauligen Gräben des Neuen Gartens, ohne Geld, ohne Pläne, ohne überhaupt zu wissen, was aus den Unseren geworden ist.«

»Und dein General?«

»Wrangell? Ein Verrückter! Er bildet sich ein, er repräsentiere die Exilregierung ... Sein Ziel ist, den Türken Konstantinopel wieder zu nehmen, die Stadt umzutaufen in Zargrad und sie den Romanows zu schenken! Dabei ist er ohne sein Wissen von bolschewikischen Agenten umgeben ...«

Ich schloß ihm den Mund mit einem Kuß.

»Ruhig, ich bin da«, murmelte ich.

Ich wiegte mich in der Illusion, daß Pavel in meinen Armen seine Situation vergessen würde. Ich war seine Geliebte, seine Mutter, seine Schwester und sein Asyl. Dank meiner entging er dem Schicksal seiner Gefährten, die jeden Tag etwas alkoholsüchtiger und drogenabhängiger wurden.

Ohne ihn gebeten zu haben, bot mir Vitali seinen Wohnungsschlüssel an. Unsere Treffen wurden so etwas bequemer. Ich fühlte mich nicht schuldig. Mir war jede Vorstellung von Moral oder Gewissen abhanden gekommen. Wir lebten von einem Tag zum anderen. Die Alliierten teilten sich das dahinsiechende Osmanische Reich, und unsere Zukunft lag in ihren

Händen. Was würden wir morgen sein? Kadaver in einem Sammelgrab? Verbannte auf der Flucht? Englische, französische, russische, griechische oder türkische Bürger? Ich taumelte mit Pavel durch den uns umgebenden Wahnsinn. Wir klammerten uns aneinander, blind, von Eile getrieben, hungernd nach Zärtlichkeit und tiefen Gefühlen.

Pavel war meine Zuflucht und ich die seine.

8

Ich war gerade dabei, *borrequitas* mit Spinat zuzubereiten – nach einem Rezept Elises, von meiner Mutter schlechtgemacht –, als Nita an die Wohnungstür klopfte. Als ich sie aufgelöst und in Tränen sah, glaubte ich mich entdeckt. Sie hielt mir einen entsiegelten Brief hin.

Ich hatte meine Verteidigung vorbereitet. Die Kinder waren in gutem Zustand, wohlgenährt. Das Haus strahlte Ordnung und Sauberkeit aus. Bonjour … Nun ja, Bonjour konnte nach Belieben ausgehen, und er zierte sich nicht. Ich war gekommen, um ihm den Haushalt zu führen, und so geschah es. Man konnte mich nicht zwingen, mit einem Mann zu schlafen, den ich nicht liebte. Mein Verhalten verursachte keinerlei Skandal, denn ich achtete darauf, meine Liebesbegegnungen zu tarnen. Eine Stunde am Tag, und das nicht einmal jeden Tag, es war ein Trinkgeld, das mir die Familie für meine Dienste gewähren konnte: Dienstmädchen wurden schließlich auch bezahlt.

»Simone, *ija mya* …«, hörte ich, als ich gerade Atem holte, um zu meiner Verteidigungsrede anzusetzen.

»Simone?«

»Lies …!«

Der Brief war von David. Meine Nichte war in der Rue Mouffetard zwischen Gemüsekarren ohnmächtig geworden. Die Schutzleute hatten in ihrer Tasche die Adresse des *Ermanos* gefunden. Simone litt ganz einfach unter Hunger, hatte seit zwei Tagen nichts gegessen … Außerdem hatte der Arzt Schwangerschaft im dritten Monat diagnostiziert. Unter dem Deckmantel des Mitleids waren die Entrüstung und die Wut meines Bruders herauszuspüren. Simone war gegenwärtig in einem Dienstmädchenzimmer in der Avenue de Wagram untergebracht, trotz des Widerstands der Portiersfrau, die dort ihren Neffen wohnen lassen wollte. Die Situation war unhaltbar, da die Feindseligkeit der Portiersfrau das Leben der ganzen Familie ruinierte. Und überhaupt, was für ein Vorbild für Lucette?

Kurz, er mußte von dieser Gebärenden befreit werden.

Nita weinte. Ich hatte ihr von Jacques erzählt, dem Kleckser, der mit Simone lebte. Sie hatte sich in ihrem Unglück naiverweise über die Wahl ihrer Tochter gefreut.

»Ein Künstler ...«, murmelte sie ehrerbietig. Ein Egozentriker, ein Alkoholiker, korrigierte ich innerlich.

»Hast du Vitali gesehen?« fragte ich.

Sie schüttelte den Kopf. Sie kam gerade von einer schrecklichen Szene mit ihrem Sohn. Leon hatte sie aufgefordert, zwischen ihren beiden Kindern zu wählen: »Wenn sie zurückkommt, gehe ich«, hatte er gesagt.

»Soll er doch gehen, das wollte er doch schon lange«, seufzte ich. »Er geht uns allen auf die Nerven.«

Ich war wütend auf diesen Haustyrannen, dessen Intoleranz an die der alten spitzbärtigen Rabbiner Ende des letzten Jahrhunderts erinnerte.

»Und Mama?«

»Ernesta hat sie zu Bett gebracht, aber sie hat mit gutem Appetit gegessen. Rebecca, was sollen wir machen? Mein kleines Mädchen braucht mich. Du kennst David, er macht ihr das Leben unmöglich ...«

Ich dachte nach.

»Du mußt nach Paris fahren. Vitali leiht dir das Geld. Von dort brecht ihr nach Amerika auf.«

»Paris, Amerika ... Sieh mich an, Liebes: Ich bin eine alte Frau. Und ich huste wie mein armer Nahum.«

Ich ließ mich geschlagen auf einen Stuhl fallen. Die *Señoras* Gategno, Mutter und Tochter, hatten die sanfte Nita klein gekriegt. Mit Hilfe Leons, *el ijiko las vejes ...* Und ich hatte nichts unternommen, um es zu verhindern.

»Kann man ihr wenigstens schreiben? Gibt David die Briefe an sie weiter?«

»Ich weiß es nicht. Ich muß jetzt nach Hause. Warum kommst du uns niemals besuchen, Rebecca? Du fehlst mir …«

Wie sollte ich ihr erklären, daß sie mir auch fehlte. Daß ich es aber nicht ertrug, mich in den *cortijo* zu setzen und mich feindselig von den Frauen anstarren zu lassen, die die Jungenhosen flickten und mich wegen meines Schicksals bedauerten, um – vergebens – Mamas Blicke zu besänftigen?

Ich eilte zu Vitali, der mich mit einem herzlichen Lächeln empfing.

»Na, kleine Madame? Was darf es sein für Sie? Wir haben gerade einen Westinghouse-Staubsauger bekommen. Das Neueste vom Neuen! Zu einem Freundschaftspreis!«

Fünf Minuten später war er weniger gut gelaunt. Ich erinnerte mich an den Ehemann, den er für Ernesta gefunden hatte, und mit einemmal hatte ich Angst. Ich wollte nicht, daß man Simone gegen ihren Willen verheiratete. Sie war in der Lage, zu arbeiten und ihr Kind allein großzuziehen. Unter der Bedingung, daß man sie der Familie entriß.

»Sie will es behalten?« fragte er.

»Das Kind? Wenn sie es hätte loswerden wollen, hätte sie es schon längst gemacht.«

»Und der Vater?«

»Seit zwei Monaten ist sie ohne Nachricht von ihm.«

Glaubte man David, war Simone aus dem Atelier der Cité Falguière vertrieben worden, nachdem Jacques ins Ungewisse verschwunden war. Sie hatte hier und dort geschlafen, auf die Großzügigkeit von ihr bekannten Malern und Modellen angewiesen.

»Wir müssen Elie Abravanel benachrichtigen«, sagte ich.

Vitali zog einen Brief aus seiner Schublade und reichte ihn mir. Nissim war gerade an einer Krebsgeschwulst operiert worden. Louise hatte ihren Dienst in der Klinik abbrechen müssen, um den kleinen Gérard wieder zu sich zu nehmen.

»Ich möchte ihn im Augenblick nicht belästigen«, meinte mein Bruder.

Es zerriß mir das Herz: Nissim Abravanel würde sterben.

»Wann hast du das erfahren?« fragte ich.

Vitali hörte mir nicht zu. Seine Augen leuchteten mit einem besonderen Glanz.

»Ich habe eine Idee«, meinte er. »Aber bevor ich Simone schreibe, möchte ich deine Meinung hören. Du weißt, daß ich euch alle beide liebe und daß ich euch immer geliebt habe.«

Ich verstand sofort.

»Du wirst sie heiraten! Ihr Kind anerkennen! Oh, Vitali!«

Ich brach in Tränen aus, ohne genau zu wissen warum. Die Erleichterung, die Emotion, ein Stich von Eifersucht, die nachträgliche Angst (ich hätte ja auch schwanger werden können) und eine schreckliche Traurigkeit: War das das Schicksal der beiden Perlen der *juderia* von Hasköy? Ich war der Ersatz für eine farblose Schwester geworden. Simone würde ihren Onkel ehelichen, den »Ersatz« für einen Mann ... aber den besten unter ihnen.

»Sie kommt hierher zurück ... ich werde eine Freundin haben.«

»Nein!«

»Wieso nicht?«

»Ich habe beschlossen, nach Südamerika zu gehen.«

»Oh! Vitali! Laß mich nicht im Stich ...«

Dieses Mal war es das Ende.

»Rebecca, ich habe lange nachgedacht. Viele von uns sind schon dort unten. Ich habe Kontakte mit Argentinien und Uruguay aufgenommen, aber schließlich habe ich mich für Caracas entschieden. Es gibt dort eine kleine sephardische Kolonie, Juden aus Tetuan in Marokko.«

»Alle machen sich auf und davon«, murmelte ich. »Rachel Ventura auch.«

»Was haben wir hier für eine Zukunft? Eine neue Türkei wird kommen, und das wird das Ende der Minoritäten sein. Venezuela ist ein reiches Land. Es gibt Edelmetalle, und man ist gerade auf Öl gestoßen. Es muß unendlich viel gebaut werden, es werden Männer gebraucht.«

»Und der Laden?«

»Faraggi wird einen Neffen oder einen Schwiegersohn an meine Stelle setzen. Mutter wird er eine Rente aussetzen ...«

Fast hätte ich Simone wiedergehabt, und nun entschlüpfte mir auch Vitali.

»Aber ich«, schluchzte ich, »ihr könnt mich doch nicht allein lassen! Und Nita? Sie ist schwindsüchtig!«

Er nahm mich in die Arme und erklärte mir sanft, daß sich alle Familien um uns herum auflösten. Daß die Sephardim nach mehreren Jahrhunderten einer provisorischen Zuflucht sich erneut ins Exil aufmachten. Das war unser Schicksal. Wir hielten uns umschlungen und schwiegen.

»Glaubst du, sie wird annehmen?« begann Vitali von neuem. Ich hatte keine Ahnung, in welchem Zustand meine Nichte war, bis zu welchem Grad man ihre Antriebskraft zerbrochen hatte. Nach der Einsamkeit, der Kälte, dem Hunger, nach Davids Vorwürfen und der Angst, ihr Kind in einem Asyl für ledige Mütter zur Welt zu bringen, mußte Vitalis Vorschlag wie ein unerhofftes Glück kommen. Aber sie müßte auf das verzichten, was ich in den Armen Pavels entdeckt hatte.

»Ja.«

»Wir werden in Paris heiraten, und sobald das Kind reisen kann, brechen wir auf ... In Amerika wird niemand wissen, daß ich nicht der Vater bin.«

»Weiß sie Bescheid, wegen ... ich meine ...«, stammelte ich.

»Ich werde nichts vor ihr verbergen.«

Er wurde knallrot, wandte den Blick ab und fügte hinzu: »Die Dinge haben sich übrigens etwas weiterentwickelt seit fünf Jahren ... Es gibt Ärzte, die behaupten, daß ... Du solltest Freud lesen, man lernt viel von ihm, ich glaube, er ist ins Englische übersetzt ... Kurz, die schlimmsten Gebrechen sind diejenigen, die man sich selbst zimmert.«

Vitali dachte konsequent. Ich erinnerte mich an einen Brief

aus Saloniki, noch vor dem Krieg, in dem er schon die Schriften des Wiener Psychiaters erwähnte.

»Ich muß nach Hause, das Mittagessen ist noch nicht fertig«, seufzte ich.

»Wie geht es bei dir?« fragte er. »Du bist doch hoffentlich vorsichtig …«

Ich zuckte die Schultern. Mein Bruder küßte mich auf die Stirn.

»Wenn ich Simone anekeln sollte wie …, na ja, du und Bonjour, glaub mir, ich würde nicht darauf bestehen.«

9

8. Oktober 1921
Vitali geht fort, Nita ist krank, Simone kommt nicht mehr zurück. Unser Stamm beginnt sich aufzulösen. Wird dieses Tagebuch eines Tages die einzige Spur von dem sein, was einst eine buena familia *in Konstantinopel war?*

Pavel hat sich verändert. Nein, ich bin es, die sich verändert hat. Seit der Geschichte mit Simone habe ich Angst, mich ihm hinzugeben. Was passiert, wenn ich schwanger werde? Ich verstehe nicht, wie ich mich mit einer solchen Sorglosigkeit in diese Sackgasse habe begeben können. Aber Schluß mit dieser Levitenleserei. Ich kehre auf den Boden zurück, und das tut weh.

Ich schloß mit müder Geste und desillusioniert mein Tagebuch. Ich war es leid zu lügen, jede Gelegenheit auszunützen, von einem Viertel ins andere zu rennen. Pavel von dem Abgrund fernzuhalten, zu dem seine Gefährten ihn hinziehen wollten. Mein Geliebter wußte nicht mehr, an was er sich halten sollte. Taxifahren war ihm zuwider, und er spürte, wie er grob und dümmlich wurde. Wenn wir über Literatur sprachen, verzerrte sich sein Gesicht vor Pein. Es gelang ihm nicht mehr zu lesen, es machte ihm Angst. Jeden Tag kamen Hunderte von Flüchtlingen, die immer dürrer wurden, unverrichteter Dinge von den Konsulaten zurück. Manchmal machte sich Pavel mit einer Theatralik über sich lustig, die ich seinem slawischen Charakter zuschrieb. In Wirklichkeit feierte er auf seine Weise den Selbstmord eines Bettnachbarn. Weinend, nach brutalen Umarmungen, die uns beschämten, erzählte er mir davon.

Er hatte sich dem panrussischen Komitee der Semstwos angenähert, wo der Antisemitismus, atavistisch bei den Russen, sich in dem Maße verstärkte, wie die Verzweiflung wuchs. Hinzu kamen starke antifranzösische Gefühle. Pavel beklagte sich, in seinem Taxi einen »wulstlippigen Juden« befördert zu haben. Oder eine »Nutte aus Paris«, die wahrscheinlich im Dienst des Kommissars Colombani stand, der hinter jedem Weißrussen einen bolschewikischen Spion sah. An dem Tag, an dem die Yacht General Wrangells Schiffbruch erlitt, sah Pavel seine letzten Hoffnungen auf Rückkehr schwinden. Er trank mehr als vernünftig und demolierte sein Taxi. Als ich ihn fragte, wovon er zu leben gedachte, wurde er ausfallend: »Ich werde mich aushalten lassen, darauf kannst du dich verlassen! Warum sollte das den Frauen vorbehalten sein? Du kannst doch froh sein, daß dein dicker Schwachkopf von Ehemann dich ernährt, oder?«

»Ich verbiete dir das!«

»Was bin ich schon für dich? Ein Hengst! Ich hätte unrecht, ihn den anderen zu versagen …«

Ich hatte mich in den Armen eines Mannes verlieren wollen. Ich erntete das, was ich gesät hatte.

An jenem Abend brachte ich es nicht fertig zu kochen und wärmte die Bouletten des Vortages auf.

»Das schmeckt mir nicht«, sagte Georgette. »Mutter gratinierte die kalten Bouletten.«

»Deine Mutter war eine *Señora*«, setzte Bonjour noch eins drauf. »Sie hatte nicht jeden Gemeinsinn verloren, um sich wie andere in Paris dem ausschweifenden Leben hinzugeben …«

Die *buenas familias* von Istanbul hatten von Simones Schande gehört, und Bonjour wütete. Seine schlechte Laune hatte sogar die Kündigung des syrischen Angestellten bewirkt.

»Er behauptet, er würde bei Stakos zweimal soviel verdienen!«

»Soll er damit selig werden!« sagte Elise. »Er war eine vertrocknete Feige.«

»Vielleicht, aber man schafft einen Laden nicht ganz allein«, seufzte mein Gatte.

»Rebecca wird dir halt noch etwas mehr zur Hand gehen, das ist alles«, meinte Elise.

»Ah, glaubst du? Schau mal, meine Frau ist viel zu beschäftigt, als daß sie sich für uns interessierte!«

Mein Herz hörte auf zu schlagen.

»Was willst du damit sagen?«

»Man hat dich deine Einkäufe bei den Griechen machen sehen!«

»Das ist lächerlich! Ich habe bei einem Buchhändler in Fener ein Leseabonnement! Ich gehe einmal die Woche dorthin, vielmehr ich ging, jetzt wo Nita krank ist …«

»Ich weiß! Ich bin das Gespött des ganzen Viertels. *Es mutchu negru de tomar mujer savia!* – Es ist ganz schlecht, sich eine gebildete Frau zu nehmen. Das hat mir noch heute morgen mein Freund Benvéniste gesagt. Eine Frau, die weder nähen noch kochen kann, noch …«

»Noch was?«

»Du weißt, was ich sagen will!«

»Bonjour …«, unterbrach Elise.

»Oh, ich habe die Nase voll! Ich verschwinde!« sagte er.

Er rasierte sich und schnitt sich. Er rief mich, damit ich ihm die Wunde mit einem Alaunstein rieb. Dann parfümierte er sich und strich auf seinen fast kahlen Schädel eine Pomade.

»Du fragst mich nicht, wohin ich gehe?«

»Die vier Pfund verspielen, die du heute verdient hast, vermute ich.«

»Genau! Und willst du wissen, mit wem?«

»Nein!«

»Mit einer Frau, meine Liebe. Einer richtigen Frau, und nicht mit einer vertrockneten Jungfer, *maldita*.«

Ich hätte fast gebrüllt, daß auch ich eine richtige Frau war. Daß ich genug davon hatte, daß er sein Geld bei Wettläufen von Küchenschaben oder anderen Glücksspielen vergeudete. Daß alle Menschen, die meinem Herzen teuer waren, mich allein ließen. Daß ich mich der Beleidigungen schämte, die der Mann, mit dem ich schlief, ausgestoßen hatte.

Am nächsten Tag entschuldigte sich Pavel, und ich verzieh ihm. Aber etwas war zerbrochen. Unsere Begegnungen wurden angespannt. Wir legten unsere Worte auf die Goldwaage, um einander nicht zu verletzen. Dann reiste Vitali nach Paris ab, und wir mußten uns ein neues Versteck suchen. Nachdem das Taxi zuschanden gekommen war, brachte ich Rachel Ventura dazu, ihn als Gärtner einzustellen. Eine vorübergehende Arbeit, da ja Rachel auch auf dem Absprung war. Immerhin bot sie uns Möglichkeiten zum Zusammensein in der Hütte, wo man die Werkzeuge aufbewahrte.

Pavel trank immer mehr. Ich hatte immer die Alkoholiker gefürchtet, das verwarloste Bild, das sie abgeben. Sie waren kaum wiederzuerkennen. Ich erlebte den Verfall meines Liebhabers wie eine Strafe. Unsere Liebe erstarb nicht, sie wurde morbide. Wir suchten jeweils beim anderen die Widerspiegelung unserer eigenen Verzweiflung. Die Leidenschaft blieb, doch sie wurde zerstörerisch. Wir taten uns gegenseitig absichtlich weh. Pavel beschuldigte die Juden, die sozialistische Revolution hervorgerufen, das ganze Unglück des russischen Volkes bewirkt zu haben. Er ereiferte sich gegen einen gewissen Lehmann, der innerhalb weniger Monate und dank der *charachos* König der Istanbuler Nacht geworden war.

»Junge Mädchen der Aristokratie, die sich wegen einer Morphiumspritze prostituieren! Durch die Schuld dieses Schweins!«

»Für das Laster brauchen deine Landsmänninnen keinen Verführer!« hielt ich ihm entgegen. »Vergiß sie, und nimm deine Arbeit über Tschechow wieder auf! Worauf wartest du? In Wahrheit hast du keinerlei Ehrgeiz. Warum würdest du sonst bei diesen Saufbolden, Drogenabhängigen, diesem menschlichen Abschaum bleiben?«

»Es ist die gleiche Rasse, Rebecca! Ich brauche dir nicht zu erklären, was das Wort bedeutet. (Seine Stimme wurde brüchig.) Wir sind keine Menschen mehr, sondern Hunde und müssen uns gegenseitig den Hintern beschnüffeln!«

Ich schwieg. Hatte ich nicht auch auf mein Studium verzichtet, um mich meiner Horde anzuschließen?

Trotz dieser entsetzlichen, fast täglichen Auseinandersetzungen gab ich meine Besuche nicht auf. Auch nicht nach Rachels Abreise nach Frankreich und dem Verkauf ihres Hauses. Dann zogen die neuen Eigentümer ein. Eines Morgens sah ich Bauarbeiter im Garten. Die Hütte war dem Erdboden gleichgemacht. Ich lauerte auf Pavel, aber er kam nicht. Auch am nächsten Tag nicht.

10

10. Februar 1922
Heute morgen habe ich Nita begraben. Niemals werde ich die Kälte ihrer Haut vergessen, als ich sie das letzte Mal umarmte. Der Tod macht mir solche Angst ... Doch muß man verrückt sein, um am Leben zu hängen.

Kurz nachdem Leon nach Palästina abgereist war, hatte sich der Zustand meiner Schwester mit einemmal verschlechtert. Simone war mit Vitali und dem Baby in Caracas angekommen. Zweifellos dachte Nita, daß sie nichts mehr auf der Welt hielt.

Und ich, hat sie an mich gedacht?

Bis zu ihrem letzten Atemzug hatte mich meine Schwester angefleht, mit der »armen Tamar« Frieden zu schließen. Gute unschuldige Nita.

»Ehre Vater und Mutter«, hat der Allmächtige gesagt. Ich büße. Ich büße für diesen Zorn, der sich unser bemächtigt, wenn Mama und ich uns begegnen. Es ändert nichts. Ich kann meine Arme nicht ausstrecken. Was ich in ihr verabscheue, ist das Schicksal der jüdischen Frau. Was sie bei mir nicht erträgt, ist mein unbändiger Drang, ihm zu entgehen.

»Du schreibst, Rebecca?« fragte meine Schwiegermutter. »Das ist gut, das erleichtert.«

Im Gegenteil. Das Tagebuch drehte das Messer in der Wunde herum. Es diente als Spiegel für meine Bedeutungslosigkeit. Warum war ich unfähig, mein Leiden umzusetzen, ihm ein Buch zu entreißen? Ich vergrub meinen Kopf in den Händen.

»Ruh dich aus«, begann Elise von neuem. »Ich gehe mit den Kindern ins türkische Bad.«

Ich döste auf dem Sofa im Salon, als Georgette mich mit

einer Hibiskusblüte kitzelte, die sie unterwegs gepflückt hatte. »Für dich«, sagte sie. Meine Augen füllten sich mit Tränen. Es war das erste Geschenk, das sie mir machte.

Bonjour brachte ein Huhn, einen Fisch und eine Flasche Wein für den Kiddusch mit. Meine Schwiegermutter bereitete das Abendessen. Es war ein friedlicher Sabbat, und ich fand die Kraft, mit den anderen zu singen. Ich war nicht allein, ich hatte eine Familie.

Ich beschloß, den Laden wieder ernsthaft in die Hand zu nehmen. Es war Zeit, wir liefen geradewegs in die Pleite. Dank der Güte eines entfernten Vetters schaffte ich es, das Tabakgeschäft wieder anzukurbeln. Bonjour war mir dankbar dafür: Wir hatten für ein Jahr ausgesorgt.

Danach … Bah, wer machte in dieser Stadt schon Pläne? Der Warnschuß war heftig gewesen, und ich überzeugte meinen Mann davon, unsere Aktivitäten zu erweitern.

Faraggi war einverstanden, daß wir Vitalis zurückgelassenen Bestand an elektrischen Apparaten übernahmen. Um zu lernen wie sie funktionierten, investierte ich in einige Physikbücher und wurde in wenigen Wochen unschlagbar, wenn es um Joule-Gesetz und den Widerstand der Leiter ging.

In dem Laden gab es jetzt ein Angebot von Staubsaugern, Bügeleisen und elektrischen Nähmaschinen. Ich stellte sogar einen Eisschrank im Fenster aus. Offensichtlich hatten die Kunden aber kein Vertrauen zu einer Frau, wenn es darum ging, das Funktionieren von Motoren zu erklären, und Bonjour war häufiger im Café als im Laden. Ich leitete also einen jungen Verkäufer an, der Neugierde und schnelle Auffassungsgabe bewies und den mir ein Klempner in der Blumenpassage empfohlen hatte.

Simone und Vitali überschwemmten mich mit begeisterten Berichten über ihr neues Zuhause in Caracas. Ich fühlte mich angeschmiert. Hätte ich mich nicht genausowenig wie meine

Nichte um Moral und Gefühle scheren sollen? Nita war an Kummer gestorben. Offenbar entgingen gewisse Vatermörder der Hölle ...

Ich ließ dieses Schreiben ohne Antwort, da ich fürchtete, meine Mißbilligung scheine zu deutlich zwischen den Zeilen durch. Bis zu dem Zeitpunkt, da ich, ganz stolz auf meine Errungenschaften in Mechanik, endlich einen persönlichen und ehrlichen Brief formulieren konnte. Simone antwortete darauf mit großer Herzlichkeit:

> *Du darfst nicht die Hoffnung verlieren, meine Liebe. In der Existenz eines Menschen gibt es mehrere Leben: Dafür erhalten wir jeden Tag den Beweis. Die Emigranten kommen nach Venezuela, weil sie alle eine zweite Chance suchen, und sie finden sie. Vergiß nicht, daß Du eine Covo und eine Gategno bist: Die* nona *von Galata lebt noch immer, und wenn ich mich nicht täusche, hat der* nono *von Ortaköy die neunzig Jahre überschritten. Man macht hier ziemlich viel Witze über die Langlebigkeit der Juden aus der Türkei.*
>
> *Offenbar schützt Sauermilch vor Krankheiten. Ach, Papa mochte keine Milchspeisen, und Mutter versagte sie sich für uns ...*
>
> *All dies, um Dir zu sagen, meine Lieblingstante, daß Du noch zahlreiche Jahre vor Dir hast und daß Du eines Tages, dessen bin ich gewiß, Deine Ziele verwirklichen wirst. Du weißt, daß ich nach dem Tod unserer armen Mutter Leon geschrieben habe. Er hat mit einem rührenden Brief geantwortet, auf hebräisch, den mir Vitali übersetzt hat. Ich glaube, er ist dabei, sich zu ändern ... endlich! Er lebt in Deganja, im Süden des Sees Genezareth, und scheint mit sich versöhnt zu sein. Er bearbeitet den Boden, er hat »seine« Familie, eine Zukunft und einen Lebensraum gefunden. Er ist nicht mehr ein kleiner Jude, sondern ein Pionier. Seine Feinde sind die Engländer, die Araber, die sich des Nachts hinausstehlen, um ein Schaf zu erwürgen ... oder ein Kibbuz-Mädchen. Obgleich er mir darüber nichts sagt, habe ich den Eindruck, daß er verliebt ist. Die Sonne, die klare*

Luft und die Gefahr sind machtvolle Aphrodisiaka. Mutter hätte sich darüber gefreut, daß mir mein Bruder verziehen hat …

11

5. September 1922
Noch immer keine Nachricht von Pavel. Ich bin durch die Wohnheime gezogen, die die Wohltätigkeitsvereine den Flüchtlingen zur Verfügung gestellt haben. Ich habe keine Spur von ihm gefunden. Das panrussische Komitee behauptete an einem Tag, er sei nach Frankreich abgereist, am nächsten, er habe sich umgebracht, und dann wiederum, er sei in Amerika.

Die französischen und englischen Kriegsschiffe liegen noch immer im Bosporus vor Anker, aber man bereitet die feierliche Einsetzung des Kalifen Abd ül-Medschid in der Fatih-Moschee genauso pompös vor wie zur guten alten Zeit des Sultanats. Bonjour scheint sich wegen des Vordringens der Gazi, der »siegreichen Kämpfer«, in Anatolien nicht zu beunruhigen. Er macht sich über die Juden lustig, die auswandern: »Sollen sie doch abhauen! Je weniger wir sind, um so mehr Geld können wir verdienen! Vor einem Türken Angst zu haben! Was für eine Farce!«

Er scheint zu vergessen, daß ich sein Geld verdiene.

2. November 1922
Ich habe geträumt, daß Pavel mit zwei Fahrkarten kam, um mich für das Schiff nach Marseille zu holen. Ich folgte ihm, schaffte es aber nicht, die Wohnungstür hinter mir zuzumachen. Caesar hatte den Fuß in die Öffnung geschoben. »Laß mich nicht allein, Tiatia« sagte er. Tränenüberströmt bin ich aufgewacht.

Ich hatte bei meiner Ankunft solche Angst gehabt, für immer hart und gefühllos zu werden. Diese Kinder haben mich in der Falle der Liebe gefangen. Allen voran Caesar mit seinen vertrauensvollen Augen und seiner kleinen ernsten Schnute, wenn er mit den Soldaten seines Bruders oder den leeren Glühbirnenschachteln spielt. Georgette, so überlegt, so vernünftig, die sich nie gehen läßt. Sie weiß, daß ich ihren Willen bewundere und daß ich ihn nie bekämpfen werde, so wie man den meinen bekämpft hat. Und Joseph, viel weniger eigenständig als sein Bruder, aber rührend in seinem Wunsch, alles richtig zu machen. Um ihn mache ich mir im Augenblick Sorgen. Er hat Schwierigkeiten in der Schule. Obwohl er von Geburt an Linkshänder ist, will Bonjour ihn dazu zwingen, mit der rechten Hand zu schreiben. Er regt sich seinetwegen auf und droht, ihn in die türkische Schule zu stecken. Dies birgt um so mehr Ironie, als von den dreien Joseph der einzige ist, der seinem Vater ähnelt. Er ist träge, wenig widerspruchsfreudig und gerät nur in Wut, wenn er mit dem Rücken zur Wand steht. Ich habe Simone um Rat gefragt. Eine Freundin von ihr ist Psychoanalytikerin und kennt Melanie Klein ... Ich will meinen Neffen die Mittel an die Hand geben, auf bestmögliche Weise ihr Leben selbst zu gestalten. Wenn das lieben ist, ja, dann liebe ich sie.

21. November 1922
Heute beginnt die Lausanner Konferenz. Was wird mit uns geschehen? Ich werde Pavel nie wiedersehen, wenn wir Konstantinopel verlassen müssen. Im nachhinein wird mir bewußt, wieviel unsere Liaison der politischen Situation verdankte. Im Sommer 1920 hatte die Unterschrift des Vertrags von Sèvres die Minoritäten mit Freude erfüllt. Die Niederlage der Türken ermöglichte die Rückkehr des Systems der Zugeständnisse: jene steuerlichen und gesetzlichen Privilegien, die seit Jahrhunderten die rayas *auf Kosten des Osmanischen Reiches bereichert hatten. Aber wir waren nur ein Spielzeug in den Händen der Mächtigen. Während die Engländer und Franzosen unsere Reste untereinander aufteilten, träumten die Griechen davon, den Muslimen Byzanz wieder abzunehmen, und die Armenier verbanden sich mit den Bolschewiken. Mustafa Kemal schmiedete Komplotte in Ankara und holte sich einmal bei den Franzosen, einmal bei den Russen Unterstützung ... Inmitten dieses*

ganzen Spektakels hatte unsere Gemeinde wieder einmal ihren Mangel an politischem Verständnis bewiesen, indem sie den Rabbiner Nahum durch ein Trio von Emporkömmlingen ersetzte. Sie taten sich darin hervor, die Juden gegen die Türken aufzuhetzen. Sich mit Christen zusammenzutun – schlimmer noch Orthodoxen –, um die Muslime zu bekämpfen. Hatten sie denn nichts aus der Geschichte gelernt?

Pavel und ich fanden uns als Statisten inmitten eines Balletts widersprüchlicher Interessen, von den Ereignissen geschüttelt, hin und her gerissen zwischen Hoffnungen und Enttäuschungen, falschen Gerüchten und echten Dramen. Wie alle um uns herum machten wir keinen Unterschied mehr zwischen Traum und Wirklichkeit. Wir mußten leben, so intensiv wie möglich, hatten keine Zeit zu verplempern.

Unser Abenteuer hatte zweifellos keine Zukunft, aber ich leide darunter, eines echten Epilogs beraubt worden zu sein. Ich fühle mich gedemütigt, als wäre ich immer nur ein Körper zwischen seinen Armen gewesen. Ein schändlich verhungerter Körper.

3. März 1923

Das Reich ist dem Zusammenbruch nahe. Die Türken haben Smyrna zurückerobert, und die Christen fliehen. Die Regierung bezeichnet die Deportationen als »Austausch der Bevölkerung«. Die Armenier wissen nur allzugut, was das bedeutet. Dieses Mal wandern Tausende von Griechen über die Straßen, den Blick hohl von Leiden und Angst.

Die Engländer, die ich für die Feinde der Türken hielt, haben die Flucht des Sultans Mehmed VI. organisiert. Verstehe das, wer kann! Mustafa Kemal verhandelt im geheimen mit den Alliierten ..., die anfangen, ihr Bündel zu schnüren. Selbst wenn die Diskussionen immer noch um das Problem der Kapitulationen kreisen, ist klar, daß die Besetzung ihrem Ende zugeht. Bald wird die Republik ausgerufen werden.

Unsere Gemeinde ist dezimiert. In den Alliance-Schulen sind die Klassen wie Chagrinleder geschrumpft: fünf Schüler in der von Georgette, sieben in der von Joseph. Unsere Führer, die die Besatzungsarmeen unterstützt hatten, senden zahlreiche Abordnungen nach Ankara, um Mustafa Kemal unserer Loyalität zu versichern. Ich schäme mich. Zum Glück ist Vitali nicht da, um das zu sehen.

Die türkische Presse wird jeden Tag ein wenig antisemitischer. Es genügt nicht mehr, sich diskret zu verhalten und mit gesenktem Kopf zu warten, bis der Sturm vorüber ist. Die Zeit der Minoritäten geht vorbei. Entweder verlassen wir dieses Land, oder wir sind bereit, wirklich dazuzugehören. Aber wie werden die Sieger uns behandeln? Bonjour gewöhnt sich nach und nach an den Gedanken aufzubrechen. Ich habe ihn davon überzeugt, sich zur französischen Botschaft zu begeben und sich über die notwendigen Schritte zu informieren. Ich gehe nach meinem Gutdünken vor und überlasse ihm scheinbar die Entscheidungen.

Ich habe es nun eilig, nach Paris zurückzukehren. Die Kinder ins Gymnasium zu schicken. Ein Radio zu bekommen. Die ganze Welt – außer uns – hat die Übertragung des Boxkampfes Carpentier–Dempsey gehört. Mir ist das Boxen ziemlich egal, aber wie aufregend muß es sein, von den Ereignissen direkt zu hören.

24. Juli 1923

Dieses Mal ist wirklich Frieden! Die Alliierten ziehen ab und die Zugeständnisse gegenüber den Angehörigen christlicher Völker werden endgültig abgeschafft.

Bonjour ist letzte Woche nach Paris gereist. Seinem Bruder, dem Arzt, ist es endlich gelungen, einen Arbeitsvertrag zu bekommen; davon ist das Visum abhängig. Mein Mann hat Konstantinopel noch nie verlassen. Als der Zug losfuhr (Caminos de leche y miel)*, streckte er, unter seinem Fes vor Angst schwitzend, den Kopf durch die Wagentür und grüßte uns. Auf dem gegenüberliegenden Bahnsteig kühlte gerade der Kessel eines anderen Orient-Expresses, während Tausende von Hüten sichtbar wurden, die auf Befehl des Atatürk von nun an die* *legendären osmanischen Kopfbedeckungen ersetzen werden. Elise, die Kinder und ich werden in einigen Wochen nach Marseille aufbrechen und vor Beginn des Schuljahres in Paris ankommen. Mir liegt sehr daran, daß Georgette die Chancen nutzen wird, die mir nicht geboten wurden. Ich habe Lucien Coenca gebeten, sich um die Einschreibungen zu kümmern. Hat er mir nicht zugesagt, ich könne mich, wenn ich ihn brauche, an ihn wenden?*

In der Zwischenzeit kümmere ich mich darum, den Lampenbestand an den jungen Verkäufer zu verkaufen, den ich in die Geheimnisse der Dioden und Leitungswiderstände eingewiesen hatte. Ich verwandle unsere armselige Habe in Goldstücke und stehe Schlange wegen der Papiere. Die neue Republik feiert keinen bescheidenen Sieg. Fünfzehnmal am Tag behandelt man mich als Fremde, als Ausbeuterin und als Feindin der Türkei. Elise sichtet die Sachen zum Mitnehmen.

Ich kann mir noch so oft sagen, daß wir nicht verjagt worden sind, daß wir aus eigenem Willen in ein Land reisen, das wir uns selbst gewählt haben. Ich falle nicht darauf herein. Im Gegensatz zu meinen sephardischen Brüdern, die alle meinen, aus freien Stücken den großen Sprung zu wagen. Zwar werden wir nicht von bewaffneten Soldaten zur Grenze geführt, aber indem sie uns der Mittel zum Überleben berauben, indem sie uns zwingen, die türkische Nationalität anzunehmen, unsere Namen zu türkisieren und unsere Kinder in die türkische Schule zu schicken, weist uns der Gazi mit Nachdruck die Tür.

Der letzte Snobismus der osmanischen Juden wird sein, sich nicht für Exilanten zu halten.

12

Was sollten wir mit Mama und Ernesta machen? Konnten wir die letzten Mitglieder meiner Familie zurücklassen? Man stellte die Frage dem *Ermano*, und das führte zu einem intensiven Briefwechsel zwischen Paris, Caracas und Istanbul.

Sie wohnten noch immer in dem Haus von Hasköy in der Aynali-Kava-Straße (»*La ija kon la madre komo la unya i la karne* – Mutter und Tochter sind – unzertrennbar – Fingernagel und Fleisch«, hatte meine Schwiegermutter immer gesagt). Sie weigerten sich, das Viertel zu verlassen, obwohl die Nachbarhäuser inzwischen von anatolischen Bauern und mittellosen Flüchtlingen bewohnt waren.

Mutters Egoismus war ebenso extrem geworden wie ihre frühere Diensteifrigkeit. Mich verblüffte das über die Maßen. Sie interessierte sich nur für ihre eigene Person, Ernesta war nichts als deren Erweiterung. Beide betrachteten sich als alte abhängige Frauen und hörten nicht auf, mich an meine Pflichten als Tochter zu erinnern. Ich stattete ihnen also regelmäßig einen Besuch ab, lud sie am Sabbat und an anderen jüdischen Festtagen zum Essen ein. Ganz in Schwarz gekleidet, mit einem schäbigen Schal über den Schultern, weinerlich und aggressiv, verbittert und tyrannisch zeigten sie erstaunliche Lebendigkeit trotz aller Jammerei. Man brauchte nur zu sehen, wie sie sich aufs Essen stürzten, sich den Mund mit Wein ausspülten, bevor sie ihn tranken, wie sie noch einmal nahmen und sich gleichzeitig über ihre Zähne oder Mägen beklagten, ohne jemals aufzuhören, das Hin und Her der Teller der anderen zu überwachen … Raubvögel.

Woche für Woche ließen Mama und Ernesta Versuchsballons los, um unsere Pläne zu erfahren. Wir wichen den Fragen aus oder zitierten irgendwelche Redensarten: »*En tus afanes i apretas toma konsejo de tas refranes.* – In leidigen und peinlichen Situationen befrage deine Sprichwörter.«

Schließlich einigten sich meine Brüder und informierten uns über ihre Entscheidung. Da David keine Lust hatte, sich mit meiner Mutter (die nicht seine war) oder meiner Schwester zu belasten, schlug Vitali vor, sie aufzunehmen, bis Bonjour eine bessere Stellung fand – was einige Zeit dauern konnte.

»*Ken ijo kria oro fila.* – Wer einen Sohn großzieht, zieht einen Golddraht«, war Elises Kommentar.

Sie war genauso erleichtert wie ich: Meinem Mann wäre es mit dem Gehalt eines Ladenangestellten unmöglich gewesen, eine ganze Familie durchzubringen. Ganz zu schweigen von der Unvereinbarkeit der Temperamente …

»Vitali ist ein guter Sohn, der beste von allen«, schluchzte meine Mutter.

Dann sorgte sie sich wegen des Tropenklimas, der Skorpione und Schlangen, der Indianer und zapatistischen Räuberbanden.

»Das ist in Mexiko, nicht in Venezuela«, wandte ich ein.

»Jedenfalls«, sagte Ernesta, »gehen wir da nicht hin.«

»Warum?«

»Ich habe nicht die Absicht, in dem Haus einer Irregeleiteten zu wohnen.«

Ich wechselte einen Blick mit Elise. Mama verschlang ihren Fisch mit gutem Appetit. Nach dem Huhn wurde ihr plötzlich schwindlig, und sie mußte sich hinlegen. Ich rief Dr. Ezratti, der sie lange abhorchte, bevor er mich beiseite nahm.

»Sie wird uns alle beerdigen«, war seine Meinung.

Mein Herz klopfte. Ich hatte Angst, meinen Ärger nicht zurückhalten zu können.

»Ich kann sie nicht mitnehmen«, sagte ich. »Sie … sie ist mir nicht gut gesinnt.«

»Eine Mutter ist ihrem Kind immer gut gesinnt«, schimpfte er.

Ich senkte den Kopf. Er begann mit sanfter Stimme von neuem.

»Beruhige dich, Rebecca, deine Mutter hat nicht die geringste Absicht, ihre *juderia* zu verlassen, soll mich der Blitz treffen, wenn ich mich irre!«

»Also ... wozu dann diese ganze Komödie, diese fortwährenden Vorwürfe, dieser Appell an die Gefühle? Wissen Sie, weshalb ihr übel wurde? Weil nicht ich das Essen zubereitet habe. Ich war in der Botschaft, Elise hat es mir abgenommen. Mama verabscheut ihre Art zu kochen ...«

Er lächelte und tätschelte mir freundlich die Hand.

»Alles wird gutgehen. Wir werden ein Wohltätigkeitskomitee in Hasköy organisieren. Die Emigrationswelle hat viele unserer Alten alleine zurückgelassen. Die Gemeinde wird sie nicht im Stich lassen. Und wenn du in Paris bist, vergiß nicht, meine Tochter zu besuchen.«

Rosa war in der Alliance-Schule Ernestas Freundin gewesen. Als Frau eines Apothekers wohnte sie in Vésinet. Ich warf meiner Schwester einen Blick zu. Warum war sie nicht auch verheiratet, normal, lebendig?

Mama war bei der Abfahrt des Schiffes nicht zugegen. Ernesta sagte mir, sie sei zu traurig und zu krank, um meine Siegesmiene zu ertragen.

»Sieg? Was habe ich denn gewonnen?«

»Du gehst weg, zu verläßt uns! Du spuckst auf uns, seit du geboren bist. Arme Mama! Wie sehr hat sie geweint und den Herrn angefleht, deinen Charakter zu besänftigen. Aber nein, du bist ein Miststück, bist es immer gewesen, und niemand wird dich jemals lieben. Und weißt du warum? Weil du niemanden liebst. Du hältst dich gerade und stolz wie die Gerechtigkeit in Person. Glücklich, wer Gnade vor deinen Augen findet. Für wen hältst du dich, daß du meinst, über jeden richten zu können? Ich will dir was sagen: In Hasköy hatten die Leute Angst vor dir. Sie berührten Knoblauch und Gewürznelken, wenn sie dir begegnet waren, um sich vor dem bösen Blick zu schützen. *Maldita! Maldita!*«

Der Zorn brachte sie zum Husten. Sie rang nach Atem und schloß: »Siehst du, in welchen Zustand du mich versetzt. Du hast mich immer tot sehen wollen.«

Schockiert, schwer atmend, aber trockenen Auges bestieg ich das Schiff. Ernesta hatte laut ausgesprochen, was ich ganz leise dachte: Ich war ein Ungeheuer. Ich hatte alles, was mir zustieß, verdient.

13

Meine liebe Simone, ich schreibe Dir vom Schiff, das im Hafen von Marseille unter Quarantäne liegt. Ich tippele vor Ungeduld herum. Caesar war die gesamten zehn Tage der Reise seekrank. Georgette hat nun schon den Beginn des neuen Schuljahres verpaßt. Wir haben unsere Marseiller Vettern informiert, Dr. Coenca … Vergebens. Die französischen Behörden fürchten den Typhus und die Cholera. In der letzten Nacht haben Diebe einer Familie von Rhodos Gold und Dokumente geraubt. Du kannst dir die Schreie, die Tränen vorstellen. Elise und ich haben beschlossen, abwechselnd Wache zu halten.

Eigentlich schläft niemand mehr, denn jeder von uns trägt sein »Vermögen« in seine Kleider eingenäht. Die meisten Männer sind wie Bonjour ihrer Familie vorausgeeilt. Wir schwachen, mit kleinen Kindern belasteten Frauen sind leichte Beute. Der Schlafmangel und die Enge sind unerträglich, die Kinder weinen, es gibt keine saubere Wäsche mehr, die Duschen reichen nicht aus. Da unsere Vorräte zur Neige gehen, müssen wir a la franca *essen, das heißt mit Butter und nicht mit Öl. Trotz der Pakete des Marseiller Vetters ist Elise krank geworden. Ich wage mir gar nicht vorzustellen, in welchem Zustand wir in einigen Tagen an Bord der PLM in Richtung Paris klettern werden …*

Danke bitte Gisela Bauer für ihre Ratschläge. Joseph hat sein Lächeln wiedergefunden, seit ich ihn seine linke Hand benutzen lasse und sein Vater nicht mehr da ist, um dagegen anzugehen. Aber er muß bald wieder in die Schule gehen. Ich bin beunruhigt, Simone. Paris macht mir angst, ich schleppe mein Gefängnis mit …

SECHSTER TEIL

Place Voltaire

1

Bonjour erwartete uns in Begleitung Lucien Coencas und dessen Frau Alice an der Gare de Lyon. Ich fühlte mich beruhigt, als ich den Spitzbart, die runden Brillengläser, den kahlen Schädel und das wohlwollende Lächeln meines Schwagers sah. Seine Frau überragte ihn um einen ganzen Kopf. Sie hatte die großzügigen Formen der Salonikerinnen. Sie stürzte auf uns zu, und ich dachte, sie würde mich gleich ersticken. Aber es war Elise, die, durch ihre gastrischen Beschwerden noch geschwächt, in ihren Armen verschwand.

Mein Mann hatte eine Wohnung am Boulevard Voltaire gefunden, mitten im jüdisch-spanischen Getto. »Das ist nur vorübergehend!« verkündete er und warf mir einen besorgten Blick zu. Die Schmährede Ernestas kam mir wieder in den Sinn: Alle hatten Angst vor mir.

Es ging auf Mitte Oktober zu, und es war kalt. Lucien und Alice hatten Elise mitgenommen. Die Kinder taumelten schon vor Müdigkeit. Wir schleppten uns die vier Etagen hinauf. Der Geruch nach Kohlsuppe erinnerte mich an Simones Dienstmädchenzimmer. Vier Jahre waren vergangen, seit ich sie in ihrem Dachgeschoß besucht hatte. Vier Jahre, eine Ewigkeit. Die Wohnung bestand aus einer Küche, einem Eßzimmer und zwei Schlafzimmern. Zerschlissene Tapeten hingen über abgeblätterten Holztäfelungen. Das Eßzimmer ging nach Norden und der Rest auf den Hof. Die Toiletten waren auf dem Treppenabsatz. Von nun an würde ich also in diesem düsteren und heruntergekommenen Loch leben.

»Nur vorübergehend«, wiederholte Bonjour. »Der Eigentümer wohnt in der dritten Etage. Er hat uns Möbel überlassen, bis unsere kommen.«

»Was für Möbel?« seufzte ich. »Ich habe alle verkauft.«

»Bei den Franzosen«, belehrte mich Bonjour, »ist es sinnlos, alles bis ins Detail zu erklären. Besser, sie glauben, man besitzt etwas. In der zweiten Etage wohnen Leute von Haydar Pascha. Und in der fünften Vettern von Castro. Jeder ist in der Textilindustrie. Die Atmosphäre ist sehr fröhlich, sehr freundlich ...«

Er strich über seinen Schädel, während er sprach.

»Mir ist kalt am Kopf«, seufzte er, »aber in Paris trägt man kein Käppchen.«

»Außer in der Rue des Rosiers«, warf ich ein.

Er machte Anstalten, aus dem Fenster zu spucken. Aber auch das macht man in Paris nicht.

»Diese Hungerleider von Todescos!«

Er führte uns zum Essen in ein Restaurant der Auvergne im selben Viertel. Dort gab es sowohl Kalbfleisch auf orientalisch wie auch Bohnen-Hammel-Eintopf. Man paßte sich der Kundschaft an. Der Patron hatte sogar gelernt, im besorgten Ton einer sephardischen Mutter zu fragen: *»Usted gusta?«*

Die Kinder waren erschöpft und eingeschüchtert. Bonjour teilte mir seine beruflichen Pläne mit. In der Rue Basfroi würde ein Laden frei; man wartete nur noch auf mich – und ein wenig Geld –, um das Geschäft abzuschließen. Da ich Paris kannte, sollte ich mich um den Gewerbeschein und die Genehmigungen kümmern. Mein Mann konnte es kaum erwarten, sein eigenes Geschäft zu eröffnen. Man hatte ihm gesagt, wie er an einige Bestände von Beleuchtungskörpern und Haushaltsgegenständen herankäme.

»Ich habe eine Idee für später«, fügte er hinzu.

»Rundfunkgeräte. Aber dazu müßte man den Laden vergrößern. Der Nachbar versichert, daß ...«

Ich schnitt ihm das Wort ab. »Alles zu seiner Zeit. Die Augen sollten nicht größer sein als der Magen.«

Er senkte die Augen wie ein ertapptes Kind, und Georgette warf mir einen bösen Blick zu.

Das Bistro füllte sich mit Männern, die nach dem Essen Karten spielen wollten. Sie begrüßten uns freundlich mit einem »*Anyos munchos y buenos*«. Ihre Ehefrauen waren zu Hause geblieben und nähten unter der Lampe – wie in Istanbul.

»Es gefällt mir gut hier«, meinte Bonjour, »es ist so vertraut.«

23. Oktober 1923
Heute morgen hatte ich endlich den Mut, dieses Tagebuch zu öffnen und es noch einmal zu lesen. Als ich bei der letzten Seite angekommen war, mußte ich weinen. Nicht so sehr wegen meines armseligen Lebens seit meiner Heirat als über meinen Bericht darüber. Das Unglück, das über mich hereingebrochen ist, hätte mich inspirieren müssen. Große Werke entstehen aus großem Leid. Vielleicht leide ich nicht genügend. Schließlich trinkt Bonjour nicht, er hat niemals die Hand gegen mich erhoben, und die Kinder sind auch leicht zu handhaben. Nein, ich mache mir etwas vor. Das Problem ist, daß mein Talent nicht meinen ehrgeizigen Zielen entspricht. Ich erinnere mich, wie erschüttert ich im Taxim war, als das Orchester eine Symphonie von Beethoven zu spielen begonnen hatte. Mit sieben oder acht Jahren war mir plötzlich zu Bewußtsein gekommen, wie eng alles um mich herum war. Kleine Straße, kleines Haus, kleine Streitereien, kleine Musik …

Ich bin im Kleinen steckengeblieben.

3. Dezember 1923
Es ist kalt. Der Dauerbrennofen im Eßzimmer ist unsere einzige Wärmequelle. Sofort nach dem Essen setzt sich Georgette an ihre Hausaufgaben, und Caesar spielt, wie ich als Kind, unterm Tisch. Im Winter wird die Armut zum Elend. Bonjour ist immer dabei, ein tolles Geschäft abzuschließen, das dann nie zustandekommt. Das Geld, das er mir zum Einkaufen gibt, reicht kaum. Da ich keine Pelzstiefel habe, wage ich mich nie weiter als bis zur Schule. Ich hätte das Kleine nutzen sollen: Ich versinke im Winzigen.

20. Dezember 1923
Heute morgen ist der Schnee geschmolzen, und ich habe mich mit meinen dünnen Sohlen in die Kälte hinausgewagt. Ich empfand dieselbe Gier wie bei meinen ersten Spaziergängen 1919. Paris ist eine Baustelle: Man hat auf dem ganzen westlichen Ring die Befestigungen abgetragen, und majestätische Wohngebäude aus rosa Ziegelsteinen wachsen aus dem Boden. Dort würde ich gerne wohnen. Es heißt, sie seien für die Günstlinge der Regierung reserviert.

Zweifellos faszinieren sie mich deswegen: In der sechsten Etage der Avenue du Général-Clavery beim Parc des Princes zu wohnen, wo die Tour de France ankommt, das hieße der Roquette zu entkommen, aber auch dem Sentier, dem Faubourg Montmartre und der Monceau-Ebene, den erhabenen Wohnorten der Juden. Das hieße, mich wirklich in der französischen Gesellschaft zu verankern, Zugang zu denselben Privilegien zu haben wie die gebürtigen Pariser.

26. Dezember 1923
Trotz des Protests von Bonjour habe ich die mania de caton, *die schweren Armreifen Adelas veräußert, um mir ein Radio zu kaufen. Es ist das erste Mal, daß ich mir selber etwas geschenkt habe. Ich habe mit den Kindern einen Schaufensterbummel vor Weihnachten gemacht. Am Abend des 24. habe ich ihre Socken mit Süßigkeiten gefüllt. Wie eine Christin.*

Mit dem Radio fühle ich mich nicht so allein und von der Welt abgeschnitten. Ich höre die Werbung, die die Befreiung der Frau durch den technischen Fortschritt rühmt. Im Laden für Haushaltsgeräte gibt es offenbar Bohner- und Waschmaschinen und Elektroherde. Ich säubere den Boden mit schwarzer Seife, die Fensterscheiben mit Schlemmkreide und das Geschirr mit Sodakristallen. Ich gehe einmal pro Woche ins Waschhaus der Sackgasse Popincourt, während zu Hause auf dem Herd, der von der Gasgesellschaft geliehen ist, der Suppentopf köchelt. In der Türkei aßen wir an den Waschtagen Bohnen … Es bedurfte einer Revolution, um eine solche Veränderung zu bewirken!

Zu Beginn des zweiten Trimesters, als ich die Jungen in die Volksschule begleitete, nahm mich Caesars Lehrer beiseite und riet mir, meinen Neffen im Voltaire-Gymnasium einzuschreiben. Ich fühlte mich stolz und glücklich.

»Kommt nicht in Frage!« entschied Bonjour. »Wenn er die Volksschule abgeschlossen hat, wird Caesar eine Handelsschule besuchen und das Geschäft übernehmen, da Joseph nichts zustandebringt.«

Er nahm nie auf Anhieb meine Vorschläge an. Aber ich war Expertin darin geworden, seine Verbote zu umgehen.

Es war mir zuwider, wie er seinen Jüngsten abwertete. Joseph konnte bei seiner Ankunft in Paris kaum eine Seite entziffern. Sein Lehrer, Monsieur Berteaux, hatte sich bereit erklärt, ihm nach dem Unterricht Nachhilfe zu geben. Ich dankte ihm mit *bunuelas* und *orejas de aman*, die meine Nachbarin der zweiten Etage zubereitete. Um sie zu entschädigen gab ich ihrem Ältesten Französisch-Stunden …

»Joseph hatte diese Woche schon drei gute Noten«, entgegnete ich. »Caesar wird ins Gymnasium gehen. Ich werde das notwendige Geld verdienen.«

»Ich will nicht, daß du arbeitest. In den *buenas familias* bleiben die Frauen zu Hause.«

»In Ordnung. Ich werde zu Hause unterrichten.«

»Und wo das? In meinem Schlafzimmer?«

Ich warf Georgette einen Blick zu, in der Hoffnung, sie werde mich unterstützen, aber sie rührte sich nicht.

Sie besuchte als Externe das Jules-Ferry-Gymnasium, zusammen mit ihren Cousinen Yvonne und Denise, den Töchtern »meines Bruders, des Herrn Doktors«, wie Bonjour sagte. Bei ihrem Onkel väterlicherseits hatte sie eine Ersatzfamilie gefunden. Meine Nichte wußte, wie sehr ich für ihre Schulausbildung gekämpft hatte und wollte mit Sicherheit, daß ihrem Bruder die gleiche Chance gegeben würde. Aber bei meinen Diskussionen mit ihrem Vater ergriff sie nie meine Partei. Ich hatte sogar den Eindruck, daß sich ihre Feindseligkeit mir gegenüber unter dem Deckmantel vollkommener

Korrektheit immer mehr vergrößerte. Bonjour richtete eine Mauer zwischen uns auf. Wie alle Mädchen hatte Georgette das Bedürfnis, ihren Vater zu bewundern. Je mehr Zeit verging, um so mehr behandelte ich meinen Mann mit verächtlicher Nachsicht. Meine Nichte beschuldigte mich, ihn herabzusetzen, und ersparte sich damit den Schmerz, ihn so zu sehen, wie er war.

»Das Gymnasium ist zu teuer für uns! Sieh dir doch an, was ich allein für Georgettes Bücher bezahle.«

Sein Bruder trug zwar dazu beträchtlich bei, aber ich wollte nicht mehr diskutieren. Ich werde arbeiten, sagte ich mir, ob du willst oder nicht.

2

Am Tag, als Lenin starb, kam ich von dem Palast der Neuheiten zurück. Das Gebrüll der Zeitungsverkäufer führte überall zu Menschenaufläufen, und ich hatte Mühe, mir einen Weg zu bahnen. Aber wie gewöhnlich hatte ich es eilig: Ich hatte nur wenige Stunden zwischen dem Mittagsabwasch und dem Unterrichtsende zur Verfügung. Vor einer Buchhandlung eingezwängt, betrachtete ich mechanisch die ausgestellten Bücher, als plötzlich …, nein, ich träumte nicht! Der Autor des Buches mit dem Titel *Onkel Wanja oder die Schwäche des russischen Mannes* trug wirklich den Namen Pavel Inoukine!

Pavel lebte! Pavel war in Paris und hatte seine Arbeit über Tschechow wiederaufgenommen.

Die Beine versagten mir. Ich knickte unentwegt um, bis ich die Volksschule erreichte.

»Bist du krank, Tiatia?« fragte mich Caesar.

»Nein, nein … Bring Joseph seine Nachmittagsvesper.«

Caesar nahm das Stück Brot, durchquerte den Pausenhof, und schon bald sah ich seine kleinen schmutzigen Beine wiederauftauchen.

»Ich habe zehn Punkte im Diktat!« trompetete er.

Ich hörte nicht hin.

»Albert hat drei Schläge mit dem Lineal gekriegt, dazu die Eselsmütze. Sagst du das Monsieur Berteaux?«

Als ehemalige angehende Lehrerin der Alliance verurteilte ich Schikanen und körperliche Züchtigungen. Aber an jenem Abend hatte ich andere Sorgen. Meine Nachbarin der fünften Etage, Renée Castro, arbeitete als Näherin zu Hause. Ich überließ ihr Caesar und nahm die Linie C bis zum Rathaus. Das Buch lag noch immer da, und ich kaufte es, schuldvoll errötend.

»Ist es als Geschenk gedacht?«

»Nein, nicht notwendig, es einzupacken ...«

Seit die Busse Gummireifen hatten, konnte man lesen, ohne seine Nachbarn anzurempeln. Ich verfehlte die Haltestelle, fluchte und rannte nach Hause ... und fand Georgette mit strenger Miene in der Küche vor.

»Ich habe die Kartoffeln geschält«, sagte sie.

Ich zog die Schuhe aus und band die Schürze um.

Ich erlag wieder Pavels Charme, als ich seinen Aufsatz las. Wenn er den Charakter Onkel Wanjas und Konstantins in der *Möwe* oder den Gajews im *Kirschgarten* analysierte, legte er seine eigene Seele bloß. Ich stieß wieder auf seine überschnellen Ausbrüche der Ungeduld, seine gespielte Ungezwungenheit. Wie er seine Bildung aufs Korn nahm, obwohl sie sein einziges und letztes Kapital war, die Verlockung des Nichts, die ihn jeden Tag mehr bedrängte, die hochnäsige Romantik, die Verachtung jeglicher Konzession ...

Ich schrieb an den Verlag, um die Adresse des Autors von *Onkel Wanja oder die Schwäche des russischen Mannes* zu bekommen. Da mein Brief ohne Antwort blieb, begab ich mich zu dem Verlagshaus in der Rue du Dragon im sechsten Bezirk. Ich wurde von einem alten weißhaarigen Herrn empfangen, der Französisch mit starkem russischen Akzent sprach.

»Auf meinen Sohn warten. In Lieferung unterwegs«, sagte er zu mir. »Sollte bald kommen ... Sie so eilig?«

Sinnlos, einem Mann zu erklären, daß die freien Minuten einer Frau immer knapp bemessen sind.

Der alte Aristokrat beschwor den heiligen Georg, mich zu schützen, was sofort Wirkung zeigte, denn beim Hinausgehen stieß ich auf seinen Sohn. Ich habe keine Ahnung, ob meine Geschichte oder mein Hut ihn rührte – Renée Castro hatte mir ein Hütchen geliehen, das man bei ihr zur Verwahrung gelassen hatte –, jedenfalls gab er mir gerne die notwendigen Auskünfte. Ich schwebte auf einer kleinen Wolke zum Boulevard Voltaire zurück.

Der Verleger hatte mir mitgeteilt, daß ich Pavel bei den *Neuesten Nachrichten* finden würde, einer Tageszeitung in russischer Sprache. Ich kannte weder den Lärm noch die Hektik einer Druckerei, und hatte große Mühe, mich verständlich zu machen.

»Pavel Inoukine? Aber Sie sind ihm gerade über den Weg gelaufen! Dahinten, der mit der Brille!«

Jenen Mann hatte ich nie zuvor gesehen. Ich ging auf den Hof hinaus. Es war grau und kalt draußen. Meine Schuhsohlen waren durchlöchert. Ich vergrub das Gesicht in den Händen.

»Sind Sie es, die Pavel suchen?«

»Ja.«

»Sie kommen aus Konstantinopel?«

»Ja.«

»Gehen wir eine Tasse Tee trinken.«

Er sagte mir nicht seinen richtigen Namen. Er erklärte mir, daß er mit Pavel und anderen russischen Flüchtlingen eine Wohnung geteilt habe.

»Sie waren seine ›kleine Jüdin‹ ... Mißverstehen Sie mich nicht: Er hat sie aufrichtig geliebt. Und dann ...«

»Ich bin schuld. Ich habe es nicht verstanden, ihm zu helfen.«

»Sie konnten gar nichts für ihn tun.«

»Ich hätte ihn am Trinken hindern müssen.«

»Wie? Den Prozeß der Selbstzerstörung aufhalten? Mit dem Visum ging es nicht voran. Es gab Meinungsverschiedenheiten zwischen uns, Streit ... Wir konnten einander nicht mehr ausstehen ... Eines Tages erhielt Pavel Nachricht von seiner Familie. Kosaken hatten seine Mutter und seine Schwester vergewaltigt, dann zu Tode geprügelt. Zwei Tage und zwei Nächte lang wurde er nicht mehr nüchtern. Am dritten Morgen hat man ihn am Ofenrohr erhängt gefunden.«

Ich senkte den Kopf.

»Selbstmorde waren an der Tagesordnung, wissen Sie ... Man hatte keinerlei Hoffnung mehr. Aber Pavel hätte es schaffen können: Am Tag nach seinem Tod wurde ihm ein Visum erteilt.«

»Und Sie haben seinen Platz eingenommen.«

»Die Polizei suchte mich, man beschuldigte mich, ein bolschewikischer Agent zu sein. In Wirklichkeit habe ich nur ein bißchen Schmuggelei betrieben, um zu überleben. Das panrussische Komitee verschaffte mir falsche Papiere, und ich verließ das Land mit Pavels Visum. Seine Studie über Tschechow habe ich mitgenommen. In unserer armseligen Behausung hatte Papier nur zum Feueranmachen gedient. Aber jene Blätter hütete er gut. Ich habe zwei Jahre gebraucht, um einen Verleger zu finden.«

»Stört es Sie nicht, mit der Identität eines anderen zu leben?« fragte ich. Er zeigte ein trauriges Lächeln.

»Ich versuche, ihm keine Schande zu machen. Ich habe meine Einbürgerung beantragt. Wenn ich Franzose werde, werde ich den Namen Jean Dubois annehmen ...«

Jetzt lächelte ich.

»Und Sie?« fragte er. »Wie sind Sie hierher gekommen?«

Ich stand auf.

»Das ist kaum interessant«, seufzte ich. »Ich muß jetzt nach Hause.«

Er bestand darauf, mich bis zur Place Voltaire zu begleiten. Ich erzählte ihm von meinen vereitelten literarischen Bestrebungen, meiner Heirat und den elektrischen Lampen, den Kindern, der Schule, dem Haushalt.

»Ich habe eine Idee«, meinte er plötzlich. »Hätten Sie Lust, Geschichten für Zeitungen zu schreiben? Zehn Centimes die Zeile. Es ist die reine Ausbeutung, ich sage es Ihnen ganz offen. Aber wenn es Ihnen aus der Patsche helfen kann ...«

»Ich habe noch nie ...«

»Man sucht das Exotische. Lesen Sie noch einmal Loti, Farrère: Haremsgeschichten sind ungemein beliebt. Eine unmögliche Leidenschaft, ein Neuanfang, ein Happy-End. Je unwahrscheinlicher es ist, desto besser. Sie halten mich für zynisch?«

»Ich weiß nicht«, gestand ich. »Wenn ich mich später dazu entschließen kann zu schreiben, richtige Bücher, habe ich Angst, daß ...«

»... daß das Ihre literarische Ader zerschleißt? Einige sehen darin eine Gefahr. Ich bin nicht der Meinung. Die wahren Schriftsteller bringen ihre Stimme schließlich immer zu Gehör.«

War mein Herz von einer Stimme erfüllt oder nur von Gefühlswallungen, einer übertriebenen Empfindsamkeit, einer bodenlosen Verzweiflung?

Noch am selben Abend erfuhr ich von Bonjour, daß er einen Posten Glühbirnen für Rundfunkgeräte gekauft hatte, die seiner Meinung nach das Geschäft wieder ankurbeln würden. Er wollte eine Anzeige in *La Fraternité*, die Zeitung des Verbands der sephardischen Jugend von Paris, setzen.

»Mit welchem Geld?« fragte ich. »Wir haben noch nicht die Gasrechnung bezahlt.«

»Lucien wird mir helfen.«

»Aber, mein armer Freund, wer liest die *Fraternité*? Kleine Leute wie wir! Glaubst du, daß sie ein Rundfunkgerät haben?«

»Wir haben ja auch eines!«

Er setzte sich hin, um die Übertragung der Olympischen Winterspiele in Chamonix zu hören. Er wußte nicht einmal, wie ein Paar Ski aussahen.

Ich ging hinunter ins Café de la Mairie, um Lucien anzurufen. Ich wollte nicht, daß er Bonjour in seinen Dummheiten noch ermutigte.

»Rebecca«, sagte er zu mir, »mein Bruder muß sich beweisen, daß er ein Mann ist. Und es damit auch Ihnen beweisen. Sie verstehen, was ich sagen will.«

»Er hat keine Ahnung von Radios.«

»Egal, ich kann es mir erlauben, einige Hundert Franc zu verlieren.«

»Aber er steht vor der Pleite! Wieder einmal!«

»Nicht wenn Sie hinter ihm stehen. Offenbar haben Sie sich in Physik kundig gemacht. Sie sind eine fähige Frau, Rebecca ... Behandeln Sie Bonjour mit der Achtung, die einem Ehemann gebührt, und Sie werden sehen, daß alles gut wird.«

Ich antwortete nicht.

»Rebecca? Verstehen Sie mich?«

»Hören Sie, Lucien«, seufzte ich, »ich weiß, was Sie alle denken. Daß ich kalt und herzlos bin. Es stimmt nicht. Ich hatte Pläne, wissen Sie, ich wollte die Welt kennenlernen, mir meinen Lebensunterhalt verdienen, vielleicht schreiben. Ich habe sie noch nicht ganz aufgegeben. Wenn Bonjour und ich ... Nun ja, Sie verstehen, ich kann es mir nicht leisten, ein Baby zu kriegen!«

Ich hatte das unangenehme Gefühl, alle Augen im Café seien auf mich gerichtet, doch ich konnte am Telefon nicht flüstern.

»Das ist nur ein Vorwand, Rebecca«, antwortete Lucien sanft. »Was meinen Sie, warum unsere Frauen hier sich auf ein oder zwei Kinder beschränken, wohingegen ihre Mütter in Konstantinopel neun oder zehn hatten? Kommen Sie bei mir vorbei, ich werde Ihnen dieselben Ratschläge geben wie meinen Patientinnen!«

Ich konnte ihm nicht eingestehen, daß sein Bruder mich anwiderte, daß mir bei seiner Art zu essen schlecht wurde, daß sich mir die Haare aufstellten, wenn ich ihn seine Fußnägel schneiden hörte, daß ich alle möglichen Tricks anwandte, um nicht seinen Atem ins Gesicht zu bekommen, und daß ich es möglichst vermied, nach ihm auf die Toilette zu gehen?

»Sehr gut Lucien«, sagte ich. »Kaufen wir diese Bestände.«

Einige Tage später stieß ich, als ich von meinen Einkäufen zurückkam, auf Lampenkisten; der Lieferant hatte im Geschäft niemanden angetroffen. Wollte ich den Vorschlag Pavel-Jean Dubois' annehmen und schreiben, um Geld zu verdienen, mußte ich meinem Mann jemanden Vertrauenswürdigen zur Seite stellen.

Ich begab mich zur *Bene Mizrah*, der »Jugend des Orients« in der Rue Richer, wo sich das Arbeitsamt befand. Man stellte mir einen Vertreter für Nähmaschinen vor, einen Beleuchtungsinstallateur und zahllose Straßenverkäufer, die es leid waren, die Märkte abzuklappern und mit leeren Taschen zurückzukommen.

Einer von ihnen gefiel mir, selbst wenn er keine Ahnung von Elektrizität hatte. Er war Waise, bestimmt nicht aus einer *buena familia*, aber ergeben und arbeitsam. Er hörte auf den Namen Pépo. Ich schrieb ihn in der Volkshochschule der »Jugend des Orients« ein, wo er sich mit den modernen Techniken vertraut machte. Pepo enttäuschte mich nicht. Er lernte schnell, und trotz seiner Fähigkeiten hatte er soviel Feingefühl, Bonjour das Gefühl zu geben, der Chef zu sein.

3

12. Februar 1924

Le Petit Parisien *vermittelt von der Frau ein abstoßendes Bild; sie ist entweder verschreckt, unterwürfig, pervers oder in ihrer Dummheit gefangen. Ich kann mir noch soviel Mühe geben, die Chefredakteurin macht mir unentwegt zum Vorwurf, zu »literarisch, zu kompliziert, zu intellektuell« zu sein. Ich streiche, verwerfe und schränke bewußt mein Vokabular ein. Es wäre wohl zweifellos besser gewesen, gar nicht zu schreiben, statt mit aller Kraft das zu zerstören, was mir am teuersten ist ... Ich muß mir selbst Zwang antun!*

15. Februar 1924

Ich habe gestern mein erstes Honorar erhalten, und ich dachte, vor Glück zu zerspringen. Diese paar selbstverdienten Kröten rechtfertigen alle Demütigungen. Ich hatte Lust zu teilen, zu feiern. Ich habe eine Flasche Schaumwein gekauft. Bonjour wollte sie öffnen und zerbrach sie. Ich beschuldigte ihn, es absichtlich getan zu haben, und verließ wütend den Tisch. Caesar begann zu weinen.

Georgette küßte die Hand ihres Vaters und servierte statt meiner das Abendessen. Ich bin zu Renée Castro hinaufgegangen. Sie machte mir einen türkischen Kaffee, und ohne mit dem Säumen der Seidentücher innezuhalten, erzählte sie mir, daß zu Lebzeiten ihres Mannes er das ganze Geld eingesackt habe, das das Paar verdiente ... Ich habe beobachtet, wie sie mit fast erloschenen Augen und gekrümmten Fingern, deren Spitzen von der Näharbeit dicke Hornhäute trugen, nähte. Wie dir verzeihen, o Herr, daß du uns zu Sklavinnen gemacht hast?

22. April 1924
Ich habe mich heute nachmittag im Spiegel eines Friseurs erblickt. Ich werde alt und häßlich. Zu Hause fliehe ich vor allen Spiegeln. Wenn ich ausgehe, prüfe ich lediglich, ob meine Strümpfe keine Falten haben und mein Rock richtig fällt. Ich bürste mir, den Kopf nach unten gebeugt, die Haare von hinten nach vorn, um der Gefahr zu entgehen, mir selbst zu begegnen. Ich wasche mir mit geschlossenen Augen das Gesicht mit Seife. Wenn ich meinen Hut aufsetze, achte ich nur darauf, ihn gut festzustecken.

Trotzdem weiß ich es. Ich kenne den bitteren Zug um die Mundwinkel, die ausgewaschene Farbe meiner Augen unter den blassen Wimpern. Bis zu meinem fünfundzwanzigsten Lebensjahr hatte ich schöne rote Lippen. Jetzt sind sie farblos geworden wie mein Teint, und auch meine Zähne wirken weniger weiß. Ich habe das Gesicht, das ich verdiene: verbittert und enttäuscht.

Mein Körper bleibt schön, aber das weiß nur ich.

Donnerstags, wenn ich die städtischen Bäder aufsuche, verbringe ich etliche Minuten damit, meinen festen Bauch zu befühlen, meine Schenkel zu streicheln, Posen einzunehmen. Ich stelle mir vor, ein fließendes Maschenkleid von Worth zu tragen, mit langen Ketten und einem Glockenhut auf knabenhaft kurzgeschnittenen Haaren, mit einer Zigarettenspitze im Mundwinkel. Der Traum dauert nie lange. Jemand klopft an die Tür, Caesar ruft mich, damit ich ihn einseife, und meine Haut, gerade noch so weich, überzieht sich mit Gänsehaut. Ich schlüpfe zitternd in das rauhe und strenge Ensemble, das Renée Castro jedes Jahr um einen Zentimeter kürzt. Ich werfe einen Schal über meine Schultern und gürte meine Hüften mit meiner blauen Kammgarnschürze: die Uniform der alten Tiatia.

5. Juli 1924
Paule Fraysse, meine Chefredakteurin, hat mich heute fast beglückwünscht. Meine letzten türkischen Skizzen gefallen ihr. »Übung macht den Meister«, meinte sie und blies mir

den Rauch ihrer Zigarette ins Geischt. Übung … Ein Unternehmen freiwilliger Verdummung. Ich habe über verschleierte Odalisken, über mit Rosenblättern parfümierte Bäder, grausame Sultansfrauen und düstere Eunuchen geschwafelt. Aber während ich karikaturhafte Situationen erfinde und den Mündern meiner Helden Sätze übersteigerter Lyrik entfahren und meine Phantasie an die Grenzen des Lächerlichen stößt, entziehe ich mich dem Leben. Und darum geht es. Seit meine maschinengeschriebenen Blätter sich in Zehn-Franc-Stücke verwandeln, reiße ich mich mit Mühe von meinem Arbeitstisch los. Es macht mir Freude, Geld zu verdienen. Ich habe einen Tourbillon-Staubsauger und ein Grammophon »His master's Voice« gekauft. Ich denke sogar an einen kurzen Urlaub auf dem Land. Vielleicht in Isle-Adam. Es würde den Kindern so gut tun. Und wenn ich meine Schreibmaschine mitnähme, könnte ich ihnen für den nächsten Winter ordentliche Mäntel kaufen …

10. September 1924
Simone schreibt mir, daß es ihr Sorgen mache, mich »mein Talent vergeuden« zu sehen. Ich hätte besser vor ihr wie vor der übrigen Familie meine feuilletonistischen Aktivitäten verborgen. Nein, Simone ist meine Verbündete. Und die südamerikanischen Werke, die sie mir schickt, sind gerade recht gekommen, um meiner Phantasie einen Schub zu geben. Es waren Momente großer Rührung, als ich diese Seiten in einer unbekannten Schreibweise entziffert und begriffen hatte. Das Spanische meiner Kindheit schrieb sich mit hebräischen Buchstaben, und es war mit der juderia, der Vergangenheit verknüpft. Das Französische – und das lateinische Alphabet – verkörperte die Öffnung und den Fortschritt. Die Sprache hat sich zweifellos seit der Vertreibung unserer Vorfahren 1492 weiterentwickelt. Aber das Wesentliche bleibt, und die beiden Teile von mir versöhnen sich in diesen weisen Worten. Die Ruhe des Abschweifens: Simone hat recht, ich verliere Zeit, ich verliere meine Seele, ich verliere mich … Und doch gefällt es mir zu arbeiten, das Beste

von mir zu geben, und möge noch so wenig dabei herauskommen. Mir gefällt es, aus einzelnen Stücken etwas zusammenzusetzen, was es vorher nicht gegeben hat.

Seit dem Erlaß des neuen Mietgesetzes hatte ich beschlossen umzuziehen. Ich ertrug unsere Behausung nicht mehr, die Treppe, auf der man sich in Ladino begrüßte *(»Buenas dias tengan! – Buenos, tengan salud y vida!«)*, die offenen Türen, den Hof, in dem Renée Castro und Rachel Eskénazi trotz des wenigen Lichts Topfpflanzen zogen und sie mit der gleichen Sorgfalt pflegten wie damals im *cortijo*. Und vor allem wollte ich ein Badezimmer. Ich war es leid, die Kinder in die öffentlichen Bäder zu schleppen und meine Wäsche im Badehaus zu waschen.

Bonjour runzelte die Stirn.

»Wir haben nicht genügend Geld.«

Doch dank Pépo, der ein Fachmann in Dioden und Trioden geworden war, ging das Geschäft gut. Er reparierte inzwischen Rundfunkgeräte und bildete sogar einen Lehrling in Elektrotechnik aus.

»Ich habe Ausgaben«, begann Bonjour von neuem und sah mich mit einem merkwürdigen Ausdruck an.

»Was für Ausgaben?«

»Die jedes normal veranlagten Mannes!« brüllte er plötzlich wütend.

»Soll ich um mehr Geld bei der Zeitung bitten?«

Er war schon hinausgegangen.

Ich schrieb den ganzen Tag Ehebruchsgeschichten, aber ich brauchte einige Zeit, um zu verstehen, was Bonjour hatte sagen wollen. Mein Mann unterhielt eine Geliebte. Seit einiger Zeit pflegte er sein Äußeres, rasierte sich jeden Tag, besprenkelte seine Haare mit einem nach Maiglöckchen riechenden Wasser, machte mir Vorwürfe, seine Hemden schlecht zu bügeln … Ich dachte, die Pariser Raffinesse habe auf ihn abgefärbt, der Einfluß Maurice Chevaliers oder Douglas Fairbanks

– alias der Dieb von Bagdad, den die ganze Familie sich im Palais-Rochechouart angesehen hatte – sich bemerkbar mache.

»Bestens«, sagte ich mir, »diese Angelegenheit ist wenigstens geregelt.«

Aber ich zitterte vor Wut. Bonjours Botschaft war einfach: Da ich meinen ehelichen Pflichten nicht nachkam, trieb ich ihn dazu, sich in Unkosten zu stürzen, und beraubte seine Kinder einer angemessenen Behausung. Bildet ein Ehepaar nicht ein Wunder an häuslicher Sparsamkeit? Der Mann darf gratis mit seiner Frau schlafen, und sie spielt das Dienstmädchen, ohne dafür Gehalt zu empfangen. Ich verstand die Bemühungen der Familie, mich zu umgarnen, nun besser. Sie fürchtete weniger das Unbefriedigtsein meines Mannes als das Schwinden unserer Einkünfte.

Am nächsten Morgen begab ich mich in die Rue d'Enghien, wo *Le Petit Parisien* ein Büro hatte. Ich hatte mich mit meiner Chefredakteurin verabredet. Von gewaltigem Umfang, pausbäckig und mit einem Turban auf dem Kopf sah Paule Fraysse eher wie eine Bordellbesitzerin als wie eine Journalistin aus. Als Freundin von Colette und Sarah Bernhardt rächte sie sich an ihren unbekannten Kritzlerinnen dafür, daß sie selbst es weder zur Schriftstellerin noch zur Schauspielerin gebracht hatte. Man hielt sie für eine Lesbierin und kokainabhängig. Vor allem füllte sie schon am frühen Morgen Whisky in sich hinein. Als ich ihr Büro betrat, fiel mir auf, daß ihr linkes Auge halb geschlossen war, ein beunruhigendes Zeichen.

»Coenca, für wen halten Sie sich?«

Sie schleuderte mir meine Blätter ins Gesicht. Ich wich aus, seufzte leicht.

»Kommt es vor, daß Sie Zeitungen lesen? *Le Rifain aux mains nues* – Der Rifkabyle mit den nackten Händen? Ich hoffe, das ist nur ein Scherz.«

»Ich dachte, nach *Dona Flor de Cactus* könnte ich Nordafrika in Angriff nehmen ... Außerdem meine ich, wir hätten darüber gesprochen, und ...«

»Nicht Marokko, blödes Huhn! Im *Petit Parisien* wird keine Politik gemacht, verstanden? Wenn Sie kommunistische Propaganda machen wollen, gehen Sie woanders hin!«

»Aber keineswegs!«

»Ihr Rifkabyle ähnelt Abd-el-Krim wie ein Bruder, und das ist ein Spanier, der seine Berbernutte vergewaltigt!«

Ich kniff die Lippen zusammen. Sie hickste und trank einen Schluck Alkohol.

»Sehen Sie, was ich mit Ihrer Katzenpisse mache!«

Sie schaffte es nicht, den Packen Papier zu zerreißen, und warf ihn schließlich in den Papierkorb.

»Neu schreiben! Der Einheimische gehört zu einer bewaffneten Bande, die ein Dschebel-Dorf angreift. Die französischen Soldaten befreien eine junge Schönheit, die diese Schweine gefangenhalten, und einer verliebt sich in sie. Das ist alles, Coenca. Das nächste Mal greifen Sie Indien an. Das ist weiter weg und unter englischer Herrschaft.«

»Madame, ich möchte mehr Zeilengeld. Es sind schon zwei Jahre her ...«

Sie blies mir den Rauch ihrer Zigarette ins Gesicht.

»Wieviel bezahle ich Ihnen, Coenca? Acht Centimes?«

»Zehn die Zeile, Madame, und ...«

»Und Sie möchten soviel verdienen wie der kleine Kessel?«

»Ich brauche Geld ... um umziehen zu können.«

»Streit unter Verliebten, ich verstehe! Trinken Sie was mit mir und erzählen Sie mir Ihr Leben!«

Selbstverständlich war sie es, die das Ihre erzählte und ich erhielt sechzig Centimes.

Dank meiner Umfragen bei den Portiersfrauen entdeckte ich schließlich das Appartement meiner Träume am Boulevard Richard-Lenoir. Wir blieben im Getto, wo mein Mann seinen Laden hatte und die Kinder ihre Schulkameraden, aber wir verließen den Kreis der Geradeangekommenen.

4

Ich freute mich so über meine neue Wohnung, daß ich sie jedermann zeigen wollte. Ich lud meinen Bruder David und seine Familie eines Sonntags zum Mittagessen ein.

Am Vortag ging ich um fünf Uhr morgens in die Hallen, um eine Lammkeule und frische grüne Bohnen zu besorgen. Ich bearbeitete meinen Blätterteig, daß ich mir fast die Arme ausgerenkt hätte. Meine Auberginen-*filicas* gediehen prächtig.

Sarah knabberte mit spitzem Mund daran und beklagte sich über ihre empfindliche Leber. Mein Bruder aß zwei kleine Pasteten, »um mir eine Freude zu machen«, verweigerte aber das Lamm, das ihm zu rosig war. Er redete getragen über die Börse und befragte Bonjour in einem gönnerhaften Ton nach dem Stand seiner Geschäfte. Mein Mann antwortete wie an einem Samstagmorgen in der Synagoge: mit heftigen Übertreibungen, Lügen, Geschichtchen, in denen er sich mit der Hand auf dem Herzen die Hauptrolle gab. Es war mitleiderregend.

Ich begann mit Sarah ein Gespräch über die Ausbildung ihrer Tochter Lucette, die streichholzdünn und ohne Konturen war und deren Schüchternheit an Geistesstörung grenzte. Caesar hatte die schlechte Idee, an dem riesigen Knoten seiner Cousine zu ziehen, der an ihrem Rücken wie ein Bürzel herausragte. Ich verdonnerte ihn, sich zu entschuldigen. Wir tranken den Kaffee im Salon.

»Du solltest einen Vorhang anbringen, um das Boudoir vom Eßzimmer zu trennen«, stellte meine Schwägerin fest.

»Aber so ist es heller«, wandte ich ein.

»Ach ja, du hast ja auch kein Dienstmädchen ...«

Ich dachte an Kamer, die treue Seele, die ich wieder an Mama hatte abtreten müssen. Eine einfache Frau ohne jegliches Pathos und Illusionen. Ihr einziges Ziel: den Tag zu Ende zu bringen und am nächsten Tag neu zu beginnen.

»Was willst du später machen, Joseph?« fragte mein Bruder.

»Rundfunksprecher werden, wie Radiolo! Der Kerl ist erstklassig!«

»Er weiß es noch nicht«, warf ich ein. »Warten wir es ab, bis er seinen Schulabschluß hat.«

»Lucette hatte eine Einladung zu einem Tanztee ins Racing«, sagte Sarah. »Da war ein Negerorchester! Was für eine Farce, beim Wohltätigkeitsball der ›kleinen weißen Betten‹!«

»Machst du die Schule weiter?« fragte Georgette ihre Cousine.

»Nein«, antwortete David. »Wir denken an eine Hauswirtschaftsschule in der Schweiz.«

»Wenn ich es schaffe, mich von meinem Schatz zu trennen«, seufzte Sarah.

»Und du Caesar? Offenbar gehörst du zu den Pfadfindern?«

Mein Neffe tat, als hätte er nicht gehört.

Er war es leid, in der Schule Julius Caesar genannt zu werden, und so reagierte er seit einigen Monaten nur noch auf den Namen Claude. Mich hatten die Intensität seines Blicks, das Feuer seiner Stimme gerührt, als er mich zu überzeugen suchte: »Ich werde meine Initialen beibehalten ... Claude Coenca ... Das klingt gut, nicht wahr? Du mußt nur den Direktor informieren, machst du das, Tiatia?«

Ich wußte nicht, wie ich mich widersetzen sollte. Im Roquette-Viertel war die französische Anpassung des Vornamens etwas ganz Geläufiges. Im Gegensatz zur Situation in der Türkei empfanden die Sephardim hier den echten Wunsch, sich zu assimilieren. Wir waren überrascht von der doppelten Verfemung durch die Antisemiten und die jüdischen Franzosen, und wir wollten auf keinen Fall mit den Flüchtlingen aus dem Osten vermengt werden. Und so entwickelten wir Distanz zu unserer Religion, die nur unsere Identität prägte nicht unseren Geist. Zwar respektierten wir noch den Fastentag Kippur, doch ersetzten die christlichen Feiertage nach und nach die jüdischen Festtage: Weihnachten trat an die Stelle von Purim und die Ostereier vertrieben das Seder-Tablett. Das konnte kaum überraschen. Wir hatten den Geist der Alliance wieder nach Paris gebracht, wo er hergekommen war. Wir waren französischsprachig im republikanischen Stil erzogen worden und seit der Kindheit daran gewöhnt, unseren Körper genauso zu pflegen wie unseren Geist (Josef, der ein guter Sportler war, genoß bei der »Jugend des Orients« großes Ansehen; sie organisierte jeden Sonntag athletische Wettkämpfe). Auch wenn wir spanisch oder italienisch klingende Namen hatten und das »r« rollten, so war unser Akzent doch nicht leicht auszumachen. Wir entsprachen nicht dem Stereotyp des Juden, wie er in der allgemeinen Vorstellung existierte. Im übrigen fühlten wir uns einem Kaufmann aus Toulouse näher als einem Schneider aus Kiew. So kam es, daß in weniger als einer Generation gemeinsame Berufsverbände mit »Heiden« entstanden und sogar Mischehen geschlossen wurden …

Obwohl er erst zehn Jahre alt war, war Claude der erste in der Familie, der klar sein Lager wählte. Von seinen Kameraden war keiner Jude. Auf seine Bitte hin meldete ich ihn bei den Pfadfindern von Frankreich an, einem weltlichen Verein. Unsere Nachmittage im Kasperle- oder Schattenspieltheater waren damit beendet. Aber ich freute mich, wie gut er sich in seiner neuen Heimat integrierte. Claude glich einem richtigen Pariser Straßenjungen mit lebendigen Augen, verschmitztem Lächeln, X-Beinen und die Taschen von Murmeln ausgebeult. Er rührte mich und vermittelte mir so etwas wie Glück.

Nach David lud ich Lucien Coenca und seine Familie ein. Da Georgette sich entschlossen hatte, wie ihr Onkel den Beruf des Arztes zu ergreifen, hatte der gute Mann angeboten, die Kosten des Studiums zu übernehmen. Ich war ihm dafür zutiefst dankbar.

Alice und Lucien schenkten mir einen hübschen alten Spiegel, den ich über den Kamin hängte. Ich warf einen flüchtigen

Blick hinein und entdeckte ein zur Ruhe gekommenes Gesicht, ein fast fröhliches Lächeln. Die Kinder stießen Freudenschreie aus, als mein Schwager aus seiner Tasche die Sensation herauszog, auf die jeder wartete: ein Fläschchen gut schmeckenden Lebertrans.

»Dies als Entschuldigung!« sagte er.

»Wofür?« widersprach ich. »Sie sind so gut zu uns.«

»Und meine Mandeln?« rief Claude. »Man merkt genau, daß nicht du unters Messer gekommen bist!«

Dieses Mal zeigte niemand Widerwillen gegen mein Essen. Meine Schwiegermutter Elise beglückwünschte mich zu meinen *borrequitas*, und ich bestand darauf, ihr die beiden übriggebliebenen einzupacken. Lucien machte sich liebevoll über mich lustig. Er hatte recht: Ich wurde eine richtige sephardische Mutter, wie Alice, die nie einen Gast weggehen lassen konnte, ohne daß er in einem fettigen Paket ihre Gaben mitschleppte.

An jenem Abend war ich zufrieden und entspannt, darum bat ich Bonjour, nicht ins Café zu seinen Billardkameraden zu gehen.

»Bleiben wir hier und schwätzen miteinander«, meinte ich. »Dein Bruder hat uns verwöhnt, der Spiegel ist wunderschön.«

»Meine Familie mag dich«, gab er zu.

»Und du? Bist du mir noch immer böse? Jetzt, da du jemanden hast …«

Er warf mir einen zunächst besorgten, dann dankbaren Blick zu. Heimlichtuereien waren nicht seine Stärke, und er brannte darauf, mir alles zu erzählen. Seine Geliebte hieß Blanche, sie arbeitete als Büglerin: nett, einfach, ergeben.

»Es hat sich nie jemand um sie gekümmert«, murmelte er. »Ihre Eltern haben sie schon mit dreizehn Jahren zur Arbeit geschickt. Bauern aus dem Indre-Gebiet. Sie hat nur mich.«

Armer Bonjour! Ich konnte ihm nicht die Wertschätzung und die Bewunderung entgegenbringen, die jeder Mann von seiner Gattin erwartet. Aber ich litt genau wie er unter meiner Verachtung für ihn …

»Sei diskret«, sagte ich. »Und richte es dir so ein, daß es nicht zu teuer wird!«

Ich erfuhr, daß er sie mit Pépos Hilfe, der im selben Gebäude seine Gespielin hatte, in der Rue de Chemin-Vert untergebracht hatte.

5

Als ich mich gerade mit Alligatoren und Schrumpfkopfindianern inmitten der überfluteten *llanos*, der Hochgrassteppen im tropischen Amerika, abplagte, schob die Portiersfrau die Post unter meiner Tür durch. Ich freute mich, einen Umschlag aus Caracas vorzufinden.

Einige Minuten später überlief es mich heiß und kalt, ich zitterte und warf heftig den zerknüllten Brief quer durchs Zimmer, riß das Blatt Papier aus der Schreibmaschine und warf es hinterher, suchte mit den Augen einen Gegenstand zum Zerschmettern, fand jedoch keinen und biß mir vor Ärger den Unterarm blutig.

Meine Nichte erwartete ein Baby.

Wenn ich an meine Keuschheit dachte, an diesen vollkommenen Körper, den kein Mann streichelte, hatte ich mir gesagt, daß Simone das gleiche Schicksal teilte. Es hatte mich ein wenig getröstet. Die beiden kleinen Mädchen, die unter dem Eßzimmertisch von Hasköy zwischen den feisten Schenkeln der Männer, die die Gebetsketten zwischen ihren Fingern rollten, Knöchelchen spielten, diese beiden kleinen Mädchen, die sich weigerten, das Leben ihrer Mütter zwischen dem *ogariko*, dem Ofen, und dem *cortijo* zu führen, hatten ihren Weg gemacht. Aber als Strafe würde sich kein Mann auf sie legen und sich zwischen ihren Beinen Zugang verschaffen.

Doch. Meine Nichte hatte alles: den Mann, den Gatten, den Vater.

Und ich einen verzweifelten Liebhaber in einem unbequemen Taxi. Ich betrachtete meinen Papierstapel mit Entsetzen. Wie konnte ich es wagen, Tag für Tag so üppig die Details, die Gesten und die Seufzer der Liebe zu beschreiben. Ich mußte pervers, völlig aus dem Lot sein. Manchmal war es mir im Unterleib zum Schreien heiß. Ich rollte mich zu einer Kugel zusammen, die Arme verschränkt, die Stirn auf den Knien, und ich erstickte fast an meinem Geruch, den ich einatmete. Dann streckte ich mich wieder aus und ließ in einem schamvollen Halbschlaf die Finger sich dorthin verirren, wo es guttut, wenn es wehtut. In einer Sekunde waren all der Stolz und die Befriedigung, die ich in den letzten Wochen empfunden hatte, dahin. Ich wurde wieder neidisch, bitter, von bösen Gefühlen durchdrungen. Und alles ging schief.

Von Südamerika angewidert, nahm ich Asien in Angriff. Ich hatte Schwierigkeiten beim Schreiben. Die Liebe ekelte mich an. Das, was eine Stilübung gewesen war, wurde zu einer richtigen Strafarbeit. Jedes Wort hakte, den Sätzen mangelte es an Rhythmus. Ich hieb in die Tasten, wie man auf Geschwüre drückt. Sechsundzwanzig lebende Geschwüre.

Der Winter war lang und hart. Wir fühlten uns in die Eiszeit versetzt. Auf der Seine trieben Eisschollen. Trotz der Fausthandschuhe litten die Kinder an den schmerzenden Fingerspitzen. Meine Fingerspitzen waren vom Schreiben grau und unsensibel geworden. Zahllose Fußgänger glitten täglich auf dem Eis aus. Nur Paule Fraysse fiel sturzbetrunken die Treppe des *Petit Parisien* hinunter und brach sich die Schulter.

Ich erfuhr von dem Unfall, als ich meine wöchentliche Lieferung vorbeibrachte, diesmal über die Liebe zwischen einer Annamitin und einem Soldaten, der auf einer Dschunke in der Bucht von Along eine Senfgasvergiftung erlitten hatte. Der Mann von der Anmeldung führte mich zu meinem neuen Zensor. Es war ein junger schmallippiger kleinwüchsiger Redakteur, der davon träumte, groß, autoritär und herablassend zu sein. Ich erkannte das Büro kaum wieder: keine schmutzigen Aschenbecher mehr, keine rotrandigen Gläser, statt dessen Militärstiche an den Wänden und ein Dolch als Briefbeschwerer. Ganz zu schweigen von militärischen Belobigungen, angemessen gerahmt, und dem Photo eines Soldaten, um das ein Trauerflor gewunden war ... War der Krieg auch bereits seit sieben Jahren beendet, er geisterte noch immer in vielen Köpfen herum. Claude litt im Gymnasium darunter, nicht auf irgendeine kriegerische Tat seines Vaters stolz sein zu können. Es war leichter, ein Waisenkind zu sein als der Sohn eines Drückebergers.

Ich fühlte mich unwohl und wand mich auf meinem Stuhl.

»Wenn man von einem Soldaten spricht«, sagte der Ersatzmann von Paule Fraysse, »muß man auch seine Waffengattung kennen. In welcher ist Ihr Held versiert?«

»Infanterie ...«, meinte ich kühn.

»Unmöglich. Sind Sie schon einem Infanteristen begegnet?«

Ich antwortete nicht, und er warf mir einen kurzen Blick zu.

»Ihr Gasvergifteter kann nur zur Artillerie gehören. Allenfalls Pionier. Für Sie als Ausländerin ist das alles natürlich reines Chinesisch. Wo kommen Sie übrigens her? Und Ihr Mann? War er in Verdun?«

Dieser Schnösel war jünger als ich, und ich fühlte mich nicht in der Lage, noch lange seinen Ton zu ertragen. Er verkörperte die Macht des Schwachsinns, die des Mannes über die Frau, des *Goi* über den Juden, des Betuchten über den Bedürftigen, des Chefs über den Angestellten. Alles, was mich ankotzte. Würde es mir gelingen, meine Wut zu bezähmen?

»Das hat nichts mit meiner Arbeit zu tun«, murmelte ich.

»Ah, ja? Erlauben Sie mir, daß ich daran zweifle! Unsere Leser wollen richtige Helden haben, Männer, die sich in dem Dreck der Gräben für das Vaterland geschlagen haben ...«

»Ich behaupte nicht das Gegenteil ...«

»Unterbrechen Sie mich nicht dauernd. Man empfängt Sie, man ernährt Sie, man gibt Ihnen Arbeit, und so danken Sie es uns? Diese Affäre zwischen einem französischen Soldaten und einer Eingeborenen ist obszön. Lassen Sie sich etwas anderes einfallen, oder wir verzichten auf Ihre Dienste. Das wäre alles.«

»Was wäre Ihnen lieber? Daß er sich in einem Landhotel einen runterholt?«

Dieser Satz war mir herausgeplatzt. Der Rotznase stand der Mund offen. Ich war für ihn nur eine kleine farblose Maus, es war nicht vorgesehen, daß sie kratzen würde. Ich war fast genauso fassungslos wie er.

»Sie sind entlassen!« japste er. »Verlassen Sie mein Büro! Auf der Stelle!«

Nach einigen Sekunden der Euphorie – man hatte mich geohrfeigt, aber dieses Mal hatte ich nicht auch die andere Backe hingehalten – begriff ich, daß ich zugleich meinen Verdienst und meine Sauerstoffspritze verloren hatte. Ich konnte mir noch so viel vormachen, daß der *Petit Parisien* nur von den Portiersfrauen gelesen wurde und daß ich mühelos bei einer anderen Zeitung eine Stellung finden würde, ich glaubte selbst nicht daran.

Ich hatte das Bedürfnis zu zerschmettern, zu zerstören. Ich handelte, als wollte ich aus meinem Trott herauskommen, versäumte aber keine Gelegenheit, alle Brücken wieder abzureißen. Ich fühlte mich zum Mißerfolg hingezogen, wie die Abwässer zum Gully fließen, und dies mit Ungeduld und innerem Brodeln. Wenn es einem vor sich selber graut, genießt man es auch in gewisser Weise, im Abgrund zu landen.

In diesem Seelenzustand traf ich eine Verabredung mit Geneviève Tabouis, deren Leitartikel ich im Radio hörte. Der Linken zugeordnet, arbeitete sie bei *L'Oeuvre*, dem Organ der Linken. Sie empfing mich liebenswürdig, und ich verrannte mich in erbärmlichen Ausführungen, in denen ich die Radikalen beschuldigte, frauenfeindlich und antisemitisch zu sein. Eher amüsiert denn verärgert, riet sie mir, anderswo Arbeit zu suchen.

Ich unternahm andere Anläufe. Einigen meiner Gesprächspartner schien es leid zu tun, was für ein minderwertiges Bild von mir selber ich vermittelte. Andere hatten einfach keine Zeit zu verlieren.

Zu Hause zeigte ich mich ungeschickt und zerstreut. Ich stieß überall an, ließ Sachen fallen, verdarb alles. Ich weinte viel über Dinge, an denen mir nichts lag, oder über einen blauen Fleck, den ich mir am Bein zugezogen hatte. Ich wünschte mir die schlimmsten körperlichen Leiden herbei, die mich von meinem seelischen Kummer abgelenkt hätten. Aber beim kleinsten Kratzer verging ich vor Schmerz und zerfloß vor Selbstmitleid.

An einem düsteren Morgen verlor ich im Autobus die Treuemarken, die ich zwei Jahre lang im Lebensmittelgeschäft gesammelt hatte, um einen Auer-Gasbrenner anzuschaffen.

Schließlich verloren wir den Laden.

Der Winter war dem Frühling gewichen, und in seinem Gefolge kamen die Infektionskrankheiten. Alle drei Kinder fingen sich Mumps ein. Ich war am Ende meiner Kräfte an jenem Aprilnachmittag, als Bonjour die Wohnungstür zuknallte.

»Schon?« meinte ich.

»Hab' ich nicht das Recht, mein eigenes Haus zu betreten?« schrie er.

»Es ist nur, weil es früher ist als sonst«, seufzte ich.

»Ich hatte Streit mit Pépo.«

»Ach was, das ist nicht das erste Mal ... Du hast ihn doch nicht hinausgesetzt, hoffe ich?«

»Er setzt mich hinaus. Er will mir das Geschäft abkaufen.«

Man konnte es Pépo nicht übelnehmen. Der Erfolg des Unternehmens war auf ihn zurückzuführen. Der Verkauf und die Reparatur der Radiogeräte reichten aus, um unsere beiden Familien zu ernähren. Mit dem Lampenhandel, für den Bonjour weiterhin verantwortlich war, waren kaum die Zigaretten zu bezahlen, die die beiden Männer in Mengen konsumierten.

»Könntet ihr nicht gleichberechtigte Teilhaber werden ...«, schlug ich vor.

»Meinst du, ich hätte ihm das nicht vorgeschlagen? Aber Monsieur will alles. Monsieur hat jetzt eine Frau, die ihn hintenherum aufhetzt! Das geht über meinen Horizont. Warum wollen sie alle selbständig werden?«

Bonjour hatte Pépo der Undankbarkeit beschuldigt. Der andere hatte sich verteidigt und ihm vorgeworfen, den Laden zu ruinieren.

»Hörst du, Rebecca? Den Laden ruinieren. Ich!«

Die Entrüstung meines Mannes war echt. Er begriff nicht. Es hatte ihm noch nie jemand den Vorwurf gemacht, seine Nachmittage im Café oder bei seiner kleinen Büglerin zu verbringen. Seine einzige Arbeit bestand darin, am Samstagabend das eingenommene Geld zwischen sich, Pépo und dem Lehrling zu verteilen. Hörte er die Worte der beiden »Danke, Chef!«, stieß er einen langen zufriedenen Seufzer aus: Die Woche war zu Ende.

»Dieser Pépo! Ich hole ihn aus dem Elend, und er zieht mir die Haut ab. Sprich mit ihm Rebecca. Auf mich hört er nicht.«

Er wollte mir schöntun: *A la mujer savia el marido la yama ermano* – Die gescheite Frau wird von ihrem Mann Bruder genannt.

Ich begab mich in die Rue de Chemin-Vert und schlug dem Jungen vor, einen anderen Laden zu kaufen. Aber Pépo hing an seiner Kundschaft. Wir wußten beide, daß Bonjour sich nicht allein darum kümmern konnte. Das Geschäft an seiner Stelle leiten? Ich hatte weder die Lust noch den Mut dazu. Als Pépo mich schwach werden sah, gewann er an Sicherheit. Bald gab er mir Ratschläge: Warum investierte ich das Kapital nicht an der Börse?

Dies fand die Billigung meines Bruders David. Die kleinen Gepäckträger, meinte er, verdienten ein Vermögen im Palais Brongniart. Er stellte einige Berechnungen auf und bestätigte, mit einem guten Börsenmakler könnte unser Kapital genügend Zinsen abwerfen, um uns eine angenehme Rente zu sichern.

»Aber Bonjour muß doch arbeiten!« protestierte ich.

»Wer sagt denn das Gegenteil?« entgegnete David. »Wenn dein Mann auf die Dividenden der Aktien noch ein Gehalt draufsetzt, werdet ihr keinerlei Schwierigkeiten haben, die Kinder zu versorgen und euer Alter zu sichern.«

Er schlug mir vor, einen Aktienbestand nach Art eines »guten Familienvaters« einzurichten, das heißt, solche ohne Risiko, mit natürlich niedriger, doch sicherer Rendite.

Bonjour geriet in Wut, als ich ihm das Ergebnis meiner Unternehmungen mitteilte.

»Ich war mein Leben lang mein eigener Herr«, rief er, »und du willst, daß ich mich von einem Kollegen anstellen lasse? Was wird man hier im Viertel sagen?«

Ich antwortete nicht. Ich war des Diskutierens müde. Pépos Ehrgeiz, Bonjours Trotz, Georgettes Besorgnis, weil sie drei Wochen im Gymnasium versäumt hatte, der bedeutungsvolle Ton meines Bruders, des Bankiers, all das setzte mir zu, erdrückte mich. Ich wollte mich wieder frei in meiner Wohnung bewegen können. Mit mir allein sein, müßig und bitter. Um mit leeren Händen das Desaster meiner Existenz zu betrachten.

Simone brachte eine kleine Regine zur Welt. Das Kind litt an einer Verformung der Wirbelsäule. Nicht die Blutsverwandtschaft hatte ihm den Buckel verschafft, sondern meine Eifersucht: Ich hatte den bösen Blick.

6

17. April 1926
Ich wurde krank, wie ich es mir gewünscht hatte, aber dadurch ist auch nichts besser geworden. Mein Schwager hat mich behandelt, ohne jedoch genau zu wissen, worunter ich litt. Oder ohne es wissen zu wollen.

Ich habe viel an dieses Tagebuch gedacht. Ich fragte mich, was Bonjour damit machen würde, wenn es mich plötzlich nicht mehr gäbe. Ob er es lesen, es verbrennen, ob er es Vitali und Simone schicken würde, den einzigen Menschen, die mir etwas bedeuten und die durch diese Seiten meine Eifersucht und meine Boshaftigkeit entdecken würden. Schreiben oder krank werden ist in etwa dasselbe. Man richtet einen Hilfeschrei an das Mitgefühl, an die Liebe. In meinem Fall haben sich beide Maßnahmen als gleichermaßen unwirksam erwiesen.

Wenn ich heute eine unendliche Müdigkeit empfinde, wenn ich immer am Rande der Tränen bin, wenn ich bei jedem Klingeln zusammenfahre, bemühe ich mich, von niemandem Trost oder Hilfe zu erwarten. Ich habe abgenommen, mein Gesicht ist hart geworden und meine Augenlider welk. Jeden Morgen wache ich auf, die Kiefer zusammengepreßt, voller Angst vor dem Kampf, den ich bis zum Ende des Tages würde führen müssen.

Manchmal geht mir durch den Kopf, wie anders alles gewesen wäre, hätte ich eine liebende Mutter gehabt, hätte ich mein Gesicht an ihrer Brust bergen können. Die Klammer um meinen Hals hätte sich gelockert, meine Schmerzen hätten sich verflüchtigt, meine Tränen wären wie ein Bächlein zwischen ihren Brüsten getrocknet, eine leichte Hand hätte mir übers Haar gestreichelt, und eine zärtliche Stimme hätte mir ins Ohr gesäuselt: »Duermete mi alma, duermete mi vida, que tu padre viene con muncha allegria! – *Schlafe meine Seele, schlafe mein Leben, und dein Vater wird glücklich sein!«*

Und schon fange ich wieder an zu weinen. Ich sehe nicht mehr klar, ich kann nicht mehr schreiben, nicht einmal, um mein Schicksal zu beweinen.

5. Juni 1926

Danke, Mama. Es ist gut, daß Sie mich aus meinem Jammerzustand herausgeholt haben, sogar ohne Hilfe eines lieblichen Liedes. Seit ich Ernestas Telegramm bekommen habe, daß Faraggi, der frühere Teilhaber Señor Padres, *nicht die verabredete Pension zahlte, ist mein Motor wieder angesprungen. Ich habe Himmel und Hölle in Bewegung gesetzt, um mit* el godro, *der gerade an der Harnblase operiert worden ist, in Kontakt zu treten und die uns zustehende Summe einzufordern …*

Vielleicht hätte meine liebe Schwester sich alleine zurechtfinden können. Aber dann hätte es geheißen, ich würde meine Pflichten derjenigen gegenüber vergessen, die nicht wie ich mit einem Ehemann und in angenehmen Verhältnissen lebt. Dazu schöne Kinder hat, ohne die Schmerzen des Gebärens erduldet zu haben. Ernesta bildet sich ein, ihr Glück dem meinen geopfert zu haben. Statt ihr dankbar zu sein, überlasse ich sie jetzt wie unsere arme Mutter ihrem Schicksal und dem Elend. Schande über die böse Tochter!

Das beste Kapital des Geschäfts der Unseren bleibt unser ständiges Schuldgefühl: kein Risiko, daß keine Waren mehr geliefert werden! Und keine Entrichtung von Zollgebühren!

20. September 1926

Elise hat Eierstockkrebs. Offenbar hatte sie schon geraume Zeit Schmerzen und nicht den Mut, einen Arzt aufzusuchen. Jetzt ist es zu spät. Es lohnt sich wirklich, einen Arzt zum Sohn zu haben! Ich kann nicht umhin zu denken, könnten die Frauen sich bei solchen Sachen an andere Frauen wenden, gäbe es weniger geheimgehaltenes Elend. Abgesehen von seinen Reproduktionsfunktionen ist unser Körper nur ein Schlund der

Schmach. Fünf Tage im Monat sieht man uns als unrein an, haben wir der Synagoge und Küche fernzubleiben. Wir tragen den bösen Blick in uns, heißt es. Warum? Weil wir nicht zeugungsfähig sind?

Arme Elise! Sie ist nur noch Haut und Knochen. Ich habe ihr niemals gesagt, daß ich sie gern habe. Sie hätte mir nicht geglaubt: Warum sie und nicht ihre direkte Verlängerung, ihren »ijiko las vejes«? *Wenn ich mit der armen Kranken allein bin, umfaßt sie meine Hände und fleht mich an, Bonjour glücklich zu machen. Sie tut so, als wüßte sie nicht, daß er eine andere Frau hat: »Laß dich niemals scheiden«, fleht sie, »niemals! Versprich es mir, um der Kinder willen!«*

Ich verspreche es …

4. Dezember 1926

Gegen alle Erwartung ist Bonjour mit seiner Anstellung im Kaufhaus Samaritaine zufrieden. Er hat im »heidnischen« Milieu ein wohlreguliertes Leben und Kameraden ohne Ansprüche gefunden. Er braucht sich nicht aufzublähen, um die Kollegen zu beeindrucken, braucht Lieferanten nicht zu schmeicheln.

Um im Viertel den Schein zu wahren, gibt er sich als Abteilungsleiter aus, auf der Stufe zum stellvertretenden Direktor. Wenn ihm in seinem Kittel inmitten seiner Lampen ein Familienmitglied begegnet, sagt er, er vertrete gerade einen kranken Verkäufer oder er »lernt von der Pieke auf, um seine verantwortungsvollen Funktionen besser ausüben zu können«. Wenn der Snobismus der Unseren weniger groß wäre, wenn der Zwang zum Erfolg weniger zerfleischend wäre, könnte Bonjour das Fabulieren sein lassen … und er wäre in der Vergangenheit nicht so unglücklich gewesen. Heute besänftigt seine entspannte Heiterkeit, so weit das möglich ist, die Pein seiner armen Mutter.

1. Januar 1927

Ich habe beschlossen, mich jeden Tag nach dem Abwasch des

Frühstücksgeschirrs zwei Stunden lang an diesen Tisch zu setzen und mich erst wieder zu erheben, wenn ich fünf Seiten Literatur geschrieben habe. Das Tagebuch zählt nicht.

12. Februar 1927
Heute morgen ist Elise gestorben. Georgette hat die Nachricht bei ihrem Onkel erfahren. Sie ist nach Hause gelaufen und hat sich in meine Arme gestürzt. Wir haben zusammen geweint – es war das erste Mal.

Du hast Dir nichts vorzuwerfen (schrieb mir Simone). *Elise hat in Dir eine vorbildliche Schwiegertochter gefunden. Denke daran, daß in der jüdischen Religion das Interesse des Kindes über allem anderen steht. Du hast die Kinder von Bonjour hervorragend aufgezogen. Außerdem warst Du in keiner Weise verpflichtet, in seinen Armen ein Vergnügen kennenzulernen, an das er als untröstlicher Witwer nicht einmal hätte denken sollen.*

Apropos Frau und Religion: Erinnerst Du Dich, wie Deine Mutter ein Stück Teig ins Feuer warf, wenn sie borrequitas *zubereitete? Das war kein Aberglaube, wie wir meinten, sondern eine heilige Pflicht, die das Vergehen Evas tilgen sollte … Wir anderen Frauen haben alle die Erbsünde begangen!*

Ich wünschte, Du könntest meine Freundin Gisela Bauer kennenlernen. Keine Sorge, ich habe keine Psychoanalyse angefangen, aber ich habe nach Regines Geburt lange mit ihr geredet. Sie hat mir geholfen, meine kleine Tochter so anzunehmen, wie sie ist, anders als das »vollkommene Kind«, von dem wir in der Tiefe unseres Herzens alle eine Wunschvorstellung hegen. Wir ähneln einander nicht, meine Rebecca: Du hättest in der Gebrechlichkeit meines Babys eine göttliche Bestrafung all Deiner wirklichen oder eingebildeten Fehler gesehen. Ich nicht. Auch Vitali nicht. Wir sind heiter und begierig, Regine das beste aller Leben zu bieten. Sie beginnt zu sprechen. Ihr kreischendes Lachen ist uns eine Freude. Jacquot geht liebevoll und besorgt mit ihr um. Sie wird bald begreifen, daß sie entstellt ist, aber wir werden mit unserer Liebe da sein und ihr helfen, die Blicke der anderen zu ertragen. Blicke, denen wir schon ausgesetzt sind, wenn wir als Familie zum Strand gehen, Blicke, die Vitali seit fünfzehn Jahren, seit er sein Bein verloren hat, kennt. Das überlebt man: Dein Bruder ist glücklich, Rebecca, trotz allem, und ich auch.

9. Dezember 1927
Ich hab's geschafft, ich bin Französin … und ich habe nur dieses Tagebuch, um meine Verwirrung zum Ausdruck zu bringen. Zweifellos auch meine Freude, die aber so komplex, so zweischneidig ist. Seit die Regierung die notwendige Frist für die Einbürgerung von zehn auf drei Jahre herabgesetzt hat, ist das Roquette-Viertel mit den Farben der Republik beflaggt. Es ist der große Tanz der Familiennamen. Als ich um meine Ausweise ersucht habe, schlug mir der Beamte, der schon Caesar in Claude (auf unsere Bitte) und Bonjour in Bernard (auf seine eigene Initiative) verwandelt hatte, Reine oder Renée vor. Ich habe mich auf die Hinterbeine gestellt und an Rebecca festgehalten. Eine Veränderung der Identität ist nicht ungefährlich. Der Name ist ein Teil von uns, was auch immer der liebe Claude dazu meint … Bonjour ist entzückt. Er ist losgezogen, um die gute Nachricht Blanche zu überbringen, die ihn bald Nanar nennen wird.

Ich habe keine Ahnung, ob ich mit dieser Einbürgerung nun, was die Ehe angeht, unter die französische Rechtsprechung falle. Ich befürchte nein. In unserer Religion kann nur der Mann die Scheidung verlangen.

Trotz allem ist die Befreiung nahe. Wenn Claude seine religiöse Volljährigkeit erreicht, werde ich ihm vorschlagen, seinen Vater zu verlassen und sich mit mir in einer kleinen Wohnung im Quartier latin einzurichten. Ich werde eine Arbeit finden, und wir werden bis zu seinem Eintritt in die École normale supérieure von meinem Gehalt leben. In diese Schule würde ich ihn gern bringen. Er hat die Fähigkeit und den Ehrgeiz dazu.

Habe ich ganz auf meinen verzichtet? Habe ich alles als gute sephardische Mutter auf meinen Quasi-Sohn übertragen? Ich weiß es nicht. Mehr als einmal habe ich mich zurückgehalten, dieses Tagebuch zu füllen, um nicht meine Kräfte zu vergeuden … Leider reiße ich, sobald ich die ersten Zeilen einer Geschichte geschrieben habe, die Seite heraus und vernichte sie schamvoll in der Befürchtung, die Automatismen der »Schönen Kreolin« wiederzufinden oder des sitzenden Rifkabylen (der Titel ist Matisse entlehnt, ohne daß sich jemand darüber erregt). Ich weigere mich, die Rezepte von Fortsetzungsromanen zu benutzen – Exotik, Melodram, die Neuanfänge. Obwohl es kein gutes Werk gibt, in dem sie fehlen. Der Russe hat sich geirrt: nie hätte ich Romane für zehn Centimes die Zeile schreiben dürfen. Ich habe dabei die Achtung vor meiner Feder verloren.

5. März 1928
Da ich nicht mehr länger den Anblick einer weißen Seite ertrage, habe ich eine Arbeit angenommen, deren Perversität ich heute ermessen kann: Meisterwerke der klassischen Literatur kindgerecht umzuschreiben. Ich, die ich dank meiner Leserei überleben konnte, gebe mich dafür her, die Romane, die ich geliebt habe, zu verstümmeln. Ich kürze, ich vereinfache, merze jegliche Anspielung auf die Sinnlichkeit aus, versüßliche, kurz, ich sterilisiere. Da ich Englisch und Spanisch lese, übe ich meine Zensur bei Daniel Defoe, Dickens oder Swift ebenso wie bei Hugo oder Cervantes aus.

Natürlich schäme ich mich. Aber es ist so angenehm, mich vor die Schreibmaschine zu setzen, ohne die schreckliche Angst vor der Leere zu empfinden …

7

Macht ein Jude in Flanell,
Heiratet er in der Rue des Tournelles.
Macht er in Metall – roh,
Heiratet er in der Rue Buffault.
Tritt er als Persönlichkeit hervor,
Heiratet er in der Rue de la Victoire,
Ist er wirklich comme il faut,
Heiratet er in Saint-Honoré-d'Eylau.

Zu Beginn der dreißiger Jahre schickte sich mein Bruder David an, zu ernten, was er gesät hatte. Seine Tochter Lucette war mit dem Sohn eines Antiquitätenhändlers in der Rue des Saints-Pères verlobt. Natürlich hätte David lieber einen »heidnischen« Verlobten und Kirchenglocken gehabt. Aber es war nicht die Zeit dafür. Die Finanzskandale, die Verhaftung von Louis-Lucien Klotz, dann die von Marthe Hanau hatten den Antisemitismus in der Bevölkerung verschärft. Angesichts der Angriffe der rechtsgerichteten Gruppen wie der *Action francaise*, der *Camelots du roi*, der *Jeunesses patriotes* und der *Croix-de-Feu* des Oberstleutnants de la Roque hielten die israelitischen Franzosen – wie sich mein Bruder bezeichnete – es für klüger, untereinander zu heiraten.

Félix Kahn gehörte zu einer Familie von Möbelhändlern, die ursprünglich aus Mülhausen kam, sich 1870 um die französische Staatsbürgerschaft bemüht und sich zunächst in Allier, dann in Paris niedergelassen hatte, wo sie schnell zu Wohlstand gelangte. Der Verlobte war etwas schwerfällig, aber einziger Sohn, was zu großen Hoffnungen Anlaß gab. Nachdem er zweimal durchs Baccalautéat gefallen war, erlernte er das Tischlerhandwerk in der Werkstatt, die dem Vater gehörte und gegenüber dem Geschäft lag. Die Mutter, blond und snobistisch, spielte intensiv Bridge. Sie ähnelte mit ihren großen Zähnen meinen »Wohltäterinnen« vom Bischoffsheim. Seit meiner ersten Ankunft in Paris waren zehn Jahre vergangen ... Ein Drittel meines Lebens.

Das Paar, hieß es, hegte eine Neigung füreinander. In Wirklichkeit war Lucette viel zu schüchtern und Félix viel zu tolpatschig, als daß er irgendeines seiner Gefühle hätte ausdrücken können. Der Vater des jungen Mannes war Kunde meines Bruders und hatte ein großes Darlehen aufgenommen, um seine Schreinerei kaufen zu können. Eine unerfreuliche Konjunktur verhinderte leider die Rückzahlung. Lucettes Mitgift kam wie gerufen, um den Schatz der Kahns wiederaufzustocken.

Sarah legte die Geschenkeliste des Paars in einem Geschäft an der Place de la Madeleine aus. David, von seinem Stolz geblendet, widmete den Alarmrufen einiger Finanzleute nur zerstreute Aufmerksamkeit. Die Börsenmakler waren in Aufregung? Ach was, die Börse hatte schon ganz anderes gesehen. Die professionellen Kassandras gefielen sich seit eh und je darin, das Schlimmste vorauszusagen. Das Schlimmste war jedoch ein Jahr zuvor in Amerika geschehen, an einem gewissen Schwarzen Freitag ...

Die Zeremonie fand in der berühmten Synagoge der Rue de la Victoire statt, und ein Essen für hundertfünfzig Personen vereinte die hohe Spitze der israelitischen Bourgeoisie im Cercle interallié.

Bonjour und ich, Lucien Coenca und seine Frau Alice sowie unsere fünf Kinder nahmen als einzige Sephardim teil. Meine Schwägerin, geschmückt wie ein Weihnachtsbaum, wies mit verächtlich erhobenem Kinn auf die Aschkenasim-Reiher in ihrer nüchternen Kleidung und dem armseligen Schmuck hin.

»Hast du gesehen, wie sie angezogen ist? Und ihren Diamanten? Man möchte meinen, ein Furunkel! Ah, diese Todescos ... wie erbärmlich!«

Es spielte keine Rolle, ob das Kleid von Lanvin war und daß die mit den Rothschilds verwandte Elsässerin die Hälfte des Konsistoriums bei sich empfing.

In Habachtstellung am Eingang des Salons nahmen die Neuvermählten und die Eltern die Glückwünsche entgegen. Plötzlich hörte man Stimmengewirr. Ein kleiner Herr mit offenem Kragen rempelte, offenbar außer sich, den Ausrufer an.

»Die Börsenwerte der Oustric-Gruppe sind nicht mehr notiert!« rief er. »Die Bank wird ihre Schalter schließen! Der Krach ist da!«

Ich beobachtete entsetzt einen regelrechten Angriff einer Rabenschar. Zwanzig, dreißig schwarzgekleidete Männer stürzten auf den Unglücksraben zu: Bankiers und verschiedene Börsenmakler, den Bauch vorgestreckt, die Daumen in den Westentaschen, die Uhrketten zur Schau gestellt und das Gesicht verzerrt vor Angst.

»Steckt der Großsiegelbewahrer mit drin?«

»Péret? Mehr als ein bißchen?«

»Das Tardieu-Kabinett wird zurücktreten ...«

Mein Bruder taumelte, und jemand brachte ihm einen Stuhl. Sarah sog aschgrau an einem Riechsalzfläschchen. Geflüster folgte auf Gezeter.

»Der arme Gategno! Er hat alles verloren!«

»Hat er bei Oustric gearbeitet?«

»Einer Filiale ...«

»Ich hoffe, die Kahns haben die Mitgift versilbert!«

Abseits des Getöses und in seinem Sonntagsanzug schwitzend, betäubte Bonjour sein Unbehagen am Buffet.

»Schmeckt nach nix, diese geräucherte Zunge«, sagte er. »Dein Bruder ist also bankrott?«

Er hatte nicht begriffen, daß die Geschichte auch uns betraf.

»Du auch, Unglückseliger!« stammelte ich. »David ist unser Börsenmakler! Alles, was wir besitzen, ruht in den Schließfächern der Oustric-Bank!«

Sein Gesicht fiel zusammen, er ließ sein Brötchen fallen, führte eine zitternde Hand an die Stirn und donnerte dann mit der Faust auf den Tisch. Die Champagnergläser sprangen hoch.

»Ah, nein! So nicht! Ich werde mit ihm reden, diesem Leichenträger!«

»Bonjour, hör auf!«

Ich ging Lucien suchen. Mein Mann war schon dabei, David zu schütteln und ihn als Dieb zu beschimpfen. Sarah fiel in Ohnmacht. Lucette brach in Tränen aus. Der Skandal war vollkommen. Die Kahns stotterten vor Entrüstung. Es gelang uns, Bonjour wegzuziehen, und wir verließen unter den empörten Blicken der Gäste den Cercle.

3. Februar 1931
Wir haben alles verloren. Da ein Unglück niemals alleine kommt, habe ich das Wort »Unzucht« auf einer Dumas-Seite stehenlassen, und der Hachette-Verlag hat mich entlassen. Wie soll man zu fünft von einem Gehalt der Samaritaine leben? Ich muß unbedingt Arbeit finden. Bonjour ist wütend, die Gategnos sind bis zur fünften Generation verflucht. Offenbar hat mein Bruder zwei Tage vor der Unterzeichnung des Ehevertrags, als die Kurse am niedrigsten waren, die Kahns gebeten, die Übergabe der Mitgift etwas hinausziehen zu dürfen, weil er hoffte, seine Aktiva zu besseren Bedingungen umsetzen zu können. »Diese Orientalen halten nicht Wort!« empörte sich die Schwiegerfamilie. Mein Bruder hat mit Verlust verkauft, und dies verschlang alles, was er besaß ...

14. März 1931
Ich habe mit Hunderten von Arbeitslosen vor der Turnhalle Japy im 11. Bezirk Schlange gestanden. Die Wirtschaftskrise hat mit Macht den Atlantik überquert. Man hat mich gefragt, ob mein Mann arbeitete, was ich bejaht habe. Man begegnete mir mit Hohn: Bevorzugung der Familien ohne Einkommen. Also der Männer.

Ich mache mir wegen der Kinder Sorgen. Georgette geht auf den zweiten Teil ihres Baccalauréat zu. Wird sie, wie sie möchte, ihr Medizinstudium aufnehmen können? Ich kann nicht umhin, mich schuldig zu fühlen.

2. Juni 19131
Heute morgen habe ich Adelas Hochzeitskette verkauft, den traditionellen ogadero, das letzte Erinnerungsstück an Konstantinopel und unseren dahingegangenen Wohlstand. So wird wenigstens Claude eine ordentliche Bar Mizwa bekommen. Mein Mann wirft mir vor, ihn über unsere Mittel hinaus großzuziehen; dieses Kind zu verwöhnen bleibt meine einzige Freude. Ich habe weniger Gewissensbisse, wenn ich ihm die Colonne-Konzerte und Tennis im französischen Stadion bezahle, seit Bonjours Schwester vorgeschlagen hat, Joseph in die Lehre zu nehmen. Ich denke, daß er bei seinem Diamantenonkel in Brüssel glücklich sein wird, aber es tut mir weh, ihn ziehen zu sehen. Habe ich wirklich meine Pflicht ihm gegenüber erfüllt? Hätte ich ihn dazu bringen müssen, seinen Abschluß noch einmal zu wiederholen?

Abgesehen von seinen schulischen Schwierigkeiten hat sich Joseph als ein netter und leicht erziehbarer Junge erwiesen. Hat er verstanden, daß ich seinen Bruder lieber hatte? Zweifellos. Und zweifellos wird er es mir eines Tages vorwerfen.

8. August 1931
Jetzt ist es an Georgette, uns zu verlassen. Lucien hat für sie ein Stipendium der American Jewish Association erhalten. Sie wird an der Brandeis-Universität in der Nähe von Boston Medizin studieren. Elise wird in ihrem Grab vor Glück glucksen. Die alte Rivalität zwischen ihr und meiner Mutter endet durch k. o. zugunsten der Coenca. Man muß anerkennen, daß sie sich als tüchtig erwiesen haben. Georgette frohlockt, und ich kann mich nicht enthalten, ihre Haltung etwas undankbar zu finden, selbst wenn ich weiß, daß sie recht hat.

Ich frage mich, wie das Haus im nächsten Schuljahr aussehen

wird. Bonjour verbringt viel Zeit bei seiner Geliebten. Selbst wenn Claude sich mir gegenüber liebevoll verhält, ist er doch ganz vom Gymnasium, den Pfadfindern und dem Tennis in Beschlag genommen ... So ist das in seinem Alter. Ich muß unbedingt eine Arbeit finden. Ich hätte nicht gedacht, daß es mir eines Tages schwerfallen würde, diese Vögelchen ein Nest verlassen zu sehen, auf das ich mich unter Zwang setzen mußte.

18. Oktober 1931
Ich habe mich mit Claudes Lehrer für Literatur getroffen, einem Absolventen der École normale supérieure, um ihn zu fragen, ob er nicht eine Doktorarbeit oder ein Gutachten abzuschreiben habe. Ich dachte nicht, daß er so jung sei, noch daß er mich auf diese Weise ansehen würde. Seit meinem Abenteuer mit Pavel weiß ich die Begierde zu erkennen. Schließlich bin ich schmal und gut gebaut, und zu einem Lächeln immer noch fähig, das mein Gesicht lebendig werden läßt.

Aber in fast zehn Jahren habe ich gelernt, jeden Annäherungsversuch abzuwehren. Worin eigentlich eine ganze Menge Perversität steckt: Während ich selbst nicht begehre, bin ich mir bewußt, die Begierde der Männer zu wecken. Ich betrachte sie mit kalten, blasierten und oft ironischen Augen. Sie können mich nicht verführen, weil ich unzugänglich bleibe, eingehüllt in meinen Panzer der Unempfindlichkeit. Das ist mein einziges Mittel, um zu überleben.

Michel Moineau hat mir versprochen, bei seinen Doktoranden-Freunden nachzufragen. Er hat mir viel Gutes über Claude gesagt, und ich habe ihm gestanden, wie gern ich es hätte, wenn Claude sich für die École normale supérieure vorbereitete. Als wir uns voneinander verabschiedeten, reichte er mir eine feuchte Hand. Ich fühlte mich sehr alt in der Rolle als Mutter eines Schülers.

8

Der arme David war nur noch der Schatten seiner selbst. Um zu überleben formulierte er Anzeigen für eine Wirtschaftszeitung, die sich vor allem an Börsenmakler wandte. Der Eigentümer seines Appartements hatte ihn mitleidig in einer Zwei-Zimmer-Wohnung im Souterrain untergebracht. Wenigstens war die Adresse dieselbe geblieben. Sarah führte jetzt ihren Haushalt wie ich. Ihre Tochter Lucette, unfreiwilliger Grund des Schiffsbruchs, wohnte mit Félix bei den Schwiegereltern. Die Wirtschaftskrise erfaßte auch das Antiquitätengeschäft und die Mitgift war beim Bezahlen der Schulden draufgegangen.

Ich ging einmal die Woche zu meinem Bruder und meiner Schwägerin mit einer Tüte Gebäck – *roskas*, Schnecken – in der Hand zum Tee.

David hatte nicht unbedacht gehandelt, sagte ich mir, und der Krach der Oustric-Bank hatte ihn noch mehr gestraft als uns. Er hätte es übrigens nicht verstanden, wenn ich ihm gegenüber so wie Bonjour Bitterkeit empfunden hätte.

»Die Kurse steigen wieder«, stöhnte er. »Ich hätte wieder investieren, auf Hausse spekulieren können ... Aber nein, diese Raubvögel konnten nicht warten. Die Ehre! Ah, die Ehre!«

Ich hatte den Snobismus, die Vorschriften, die Konventionen, die Kälte und die Unterwerfung unter die Meinung der anderen, dieses »Das tut man« oder »Das tut man nicht« in der Avenue de Wagram verabscheut, aber jetzt hatte ich Mitleid. Mein Bruder schlotterte in seinem dreiteiligen Anzug, als wäre der Mann von früher nur ein mit Argongas aufgeblasener Blender gewesen.

Ich half Sarah, den Dauerbrandofen mit Kohle zu versorgen, als es an der Tür klingelte. Es war Lucette ohne Kopfbedeckung und an allen Gliedern zitternd, unfähig, einen zusammenhängenden Satz herauszubringen.

»Félix, Félix ...«, stammelte sie.

»Maman ist ja da, mein Schatz, Maman ist da ... Mein Gott, sie ist in einem schrecklichen Zustand.«

»Man rufe einen Arzt, schnell!« rief David.

Ich lief zum Café hinunter, um Lucien anzurufen. Er beende seine Praxis um sechs Uhr, sagte mir Alice, und werde sofort danach kommen. Als ich wieder in die Wohnung hinaufging, war das Schluchzen Lucettes in den Armen ihrer Mutter ruhiger geworden.

Félix hatte sich übers Ohr hauen lassen. Ein Louis-Seize-Salon, der auf das ehrliche Gesicht eines angeblichen Baron hin in sein Schloß in der Provinz geliefert wurde, war ganz einfach verschwunden. Die Adresse war falsch, die Identität des Aristokraten auch, und es war keinerlei Anzahlung gemacht worden.

Vater Kahn war in solche Wut geraten, daß Félix, am Boden zerstört, das Nicht-wieder-Gutzumachende begangen hatte.

»Er hat sich doch nicht ...?« fragte ich.

David nickte.

»Wie?«

»Mit einer Kugel in den Mund. Mit einem Gewehr aus der Kollektion.«

Erschüttert überließ ich Mutter, Vater und Tochter ihren Tränen. Wenigstens würden sie nun wieder zusammenleben, sagte ich mir. Aber ich hatte einen bitteren Geschmack im Mund. Was für ein Schlamassel, was für ein Schlamassel ist doch dieses Leben für uns alle...

Ich verfolgte die Entwicklung des Oustric-Skandals im Rundfunk. Der Großinquisitor bei dieser Affäre war niemand anderer als der Abgeordnete Georges Mandel, von dessen Existenz ich zehn Jahre zuvor durch die Familie Dussaut in Saintonge erfahren hatte … Ich wollte schon den Knopf drehen, als ich hörte, wie das nächste Programm vorgestellt wurde: ein Bericht von Paule Fraysse … Der Drachen des *Petit Parisien* schrieb für den Rundfunk. Und ich glaubte, sie habe sich zurückgezogen!

Ich lief und holte eine Feder und ein Blatt Papier, um ihr ein paar Zeilen zu schreiben. Dann fiel mir das Telefon ein, das im Vorraum gleich bei der Eingangstür angeschlossen war.

In dem Wohnhaus war vor unserem Schicksalsschlag eine Leitung gelegt worden. Ich hatte einen Apparat gemietet, den wir kaum benutzten, aus Scheu und aus Sparsamkeit. Man mußte bei der Portiersfrau klingeln, damit sie die Verbindung herstellte, dann erneut kurbeln, um die Telefonistin zu bekommen. Ich erfragte die Nummer des Pariser Rundfunks.

»Madame Fraysse, bitte.«

»Sie ist in der Redaktionskonferenz. Wer spricht?«

»Rebecca Coenca.«

Wider Willen brüllte ich in den Hörer hinein.

»Coenca? Wie geht es Ihnen, meine Kleine? Kommen Sie doch bei mir vorbei. Freitag fünfzehn Uhr.«

Ich war so bewegt, daß ich vergaß, der Portiersfrau zu sagen, daß die Leitung wieder frei sei.

Paule Fraysse empfing mich in einem mit Art deco möblierten Büro. Fettleibig und fast kahl, jedoch nüchtern und hinter dem Rauch ihrer Zigarette verschwindend, beobachtete sie mich lange, bis sie erklärte, daß die neue Mode mir mit meinen Beinen sehr gut stehe.

»Sie hören unsere Unterhaltungssendungen? Wissen Sie, an wen die gerichtet sind?«

»Hausfrauen.«

Sie zwinkerte zufrieden mit dem gesunden Auge und reichte mir ein Blatt Papier.

»Hier, in groben Zügen die Themen für den nächsten Monat. Man muß zusammenschneiden, genau berechnen, viele Dialoge bringen. Wenn der Probetext überzeugt, werden

Sie abwechselnd mit unseren regelmäßigen Autoren arbeiten.«

Ich fand in dieser Zusammenfassung die Zutaten, an die ich gewöhnt war: Leidenschaft, Drama, Spannung … Und freudig nahm ich den Deckel von meiner Schreibmaschine und verschob den Beginn eines eigenen Werks auf später, wie immer später. Schöpferische Kraft, hatte Simone gesagt, kann nur gebieterisch zwingend sein, sonst existiert sie nicht. Ich war eine Expertin darin geworden, ihm auszuweichen.

Das Läuten des Telefons überraschte mich in der Tiefe einer australischen Lagune, wo zwanzig Sägefische sich um die Überreste eines entlaufenen Sträflings stritten. Michel Moineau wollte mich sehen.

»Weswegen?« brüllte ich.

»Ich habe ein besonderes Anliegen an Sie«, sagte er.

Ich notierte die Adresse und verbrachte eine gute Stunde damit, Kostüm, Bluse, Schuhe, Hut und die Handschuhe einer verheirateten dreißigjährigen Frau zusammenzusuchen, die (beinahe) Mutter von großen Kindern war. Dann zog ich mich aus und streifte das blaue, zu meinen Augen passende Wollkreppkleid über, das mir Renée Castro von einem Stoffrest aus dem Ausverkauf geschneidert hatte und das meine Waden zeigte.

Seit Monaten hatte ich keinen Fuß auf die Rive Gauche von Paris gesetzt. Michel wartete auf mich im Café Le Balzar. Er war schüchtern und errötete. Er hielt mir ein verschnürtes Paket hin.

»Hier. Das ist ein Roman. Von mir … Reden Sie nicht mit Claude darüber. Sagen Sie ihm, es handle sich um eine Doktorarbeit. Stellen Sie sich vor, vierzig Galgenstricke in dem Alter, wenn die wüßten … Was meine Kollegen angeht … Die alten würden mich mit ihrer Ironie überschütten, und die jungen wären eifersüchtig … Ich hätte gern einen doppelten Zwischenraum und zwei Kohlekopien. Fünf Franc die Seite, in Ordnung?«

Er steckte die Nase in seinen Kaffee, und ich untersagte mir, mein Amüsement zu zeigen. Seine Züge waren weniger regelmäßig als die Pavels, er war von langer Gestalt, seine Nasenflügel zuckten und sein sinnlicher Mund entbehrte nicht des Charmes.

»Ich hoffe, daß Sie meine Schrift lesen können«, begann er von neuem. »Es ist ziemlich persönlich … Ich habe einige Bedenken, diese Seiten einer so hübschen Frau wie Ihnen anzuvertrauen …«

Ich hatte in der Kunst, diese Art von Erklärungen zu überhören, eine Meisterschaft entwickelt. Meine Lippen verzogen sich zu einem distanzierten Lächeln.

»Ich muß arbeiten«, sagte ich. »Wie ich Ihnen schon erklärt habe, hat mein Mann das Wenige, was er besaß und das die Ausbildung Claudes sichern sollte, verloren.«

»Sie lieben ihn wie Ihren eigenen Sohn …«

»Wer hat Ihnen gesagt, daß er es nicht ist?«

»Ich habe es erraten, durch einen Aufsatz, den er abgegeben hat. In welchem Alter haben Sie ihn adoptiert?«

Mein Lächeln schwand. Ich war ziemlich verärgert. Mit welchem Recht hielt sich Claude für ein Findelkind?

»Seine Mutter war meine Schwester. Sie ist gestorben, als er zwei Jahre alt war. Er wurde nicht adoptiert.«

Michel begriff, daß ich nicht die Absicht hatte, mehr dazu zu sagen.

Als Bonjour nach dem Essen gegangen war, bat ich meinen Neffen, mir den berühmten Aufsatz zu zeigen.

»Moineau hat ihn behalten«, sagte er.

»Und was ist das für eine Geschichte mit der Adoption?«

»Oh, nichts …«

Er wechselte das Thema und erzählte mir von seinem Klassenkameraden Jean-Jacques Compas, der in den Weihnachtsferien nach Sankt Moritz zum Skilaufen fahren würde.

»Er lädt mich in sein Haus ein. Darf ich?«

Ich zitterte bei dem Gedanken an die Ausgaben, die Skiferien mit sich bringen würden.

»Müßtest du nicht eher für Hebräisch arbeiten? Ich möchte an deinem dreizehnten Geburtstag die stolzeste Tiatia der Welt sein!«

»Ich habe mich entschlossen, ich will keine Bar Mizwa.«

»Wie bitte?«

»Soviel Geld zum Fenster hinausschmeißen. Ich fühle mich nicht als Jude, das weißt du ganz genau …«

»Denk an deinen Vater, Claude. Es ist deine religiöse Volljährigkeit. Mach dieses letzte Zugeständnis, danach bist du frei …«

»Nein. Und Papa scheint mir in einer schlechten Position zu sein, um sich als Moralapostel aufzuspielen!«

»Du darfst deinen Vater nicht verurteilen.«

»Es wird mir vielleicht peinlich sein.«

Er entschwand in sein Zimmer und schlug die Tür zu. Ich fühlte mich von diesem Aufbegehren, das ich nicht hatte kommen sehen, gleichzeitig überrollt und beruhigt: Er stieß Bonjour zurück, als er vorgab, adoptiert zu sein. Nicht mich. Noch nicht …

9

Alice und Lucien Coenca können ruhig schlafen (schrieb ich Simone), *ihre beiden Töchter sind unter Dach und Fach. Hundertprozentige sephardische Hochzeitsfeiern unter einem gestickten* talamo *mit den üblichen sieben Segnungen, den Gesängen und Liedern auf ladino.*

Erinnerst Du Dich daran, was Mutter immer gesagt hat: »Lo que no se hace en la boda no se hace de la vida. – *Für eine Hochzeitsfeier ist nichts zu schön?« Nun ja, selbst die Sprichwörter haben sich überlebt: Es waren einfache und familiäre Hochzeiten. Die Zeiten, weißt Du, eignen sich kaum für die große Demonstration: DerAntisemitismus verbreitet sich auf beunruhigende Weise. Die Rentner und Kleinbürger, als erste Opfer der Wirtschaftskrise, wettern in einer immer giftiger werdenden Presse gegen die »Clique der Juden und Freimaurer«. Niedriges Niveau!*

Ich arbeite mit Vergnügen für den Rundfunk, selbst wenn Paule Fraysse nicht gerade zart mit mir umgeht. »Sie schreiben, um gehört zu werden!« sagte sie. »Kurze Sätze, Worte, die knallen!« Ich werfe weg, ich beginne von neuem … Du sprichst unentwegt von meinem Werk: Geduld. Unter meinen Händen wird die französische Sprache zu einem Teig, den ich mit Vergnügen und wachsender Virtuosität knete. Ich ruiniere mein Talent nicht (welches Talent?), ich spiele Tonleitern, ich schärfe mein Werkzeug …

Ich blieb einen Augenblick unentschlossen mit dem Federhalter in der Luft sitzen. Geduld oder Aufgabe? Als man mich gezwungen hatte, Bonjour zu heiraten, hatte ich mir eine Frist bis zur Bar Mizwa des jüngsten seiner Kinder gesetzt. Ich hätte schon weg sein müssen.

Was war aus meinen schönen Plänen geworden? Ich schob sie von einem Semester zum anderen auf, da ich – das war zumindest meine Entscheidung – die Folgen des Auseinanderfallens der Familie auf die schulischen Leistungen meines Neffen fürchtete. Vielleicht nach dem zweiten Teil des Baccalauréat? Nein, ich mußte ihn noch höher hinauf begleiten. Bis ins Gymnasium Louis-le-Grand. In die Schule der Rue d'Ulm. Claude würde die beste Universität besuchen, seinen Doktor machen, Schriftsteller werden und schließlich Goncourt-Preisträger sein. Und wem würde er diese wunderbare Karriere verdanken? Seiner Tiatia, der unbekannten Autorin von Fortsetzungsromanen …

Ich war älter geworden. Mein Zorn war verbraucht und damit das Bedürfnis zu brüllen. War es möglich, daß ich resigniert hatte? Oder daß *Sie* mich gezähmt hatten? *Sie*, die Familie, die Tradition, die Männer, die Verfolger mit garantierter Straffreiheit? Nein! Noch nicht … Ich erhob mich so heftig, daß der Stuhl umfiel. Ich lief zum Fenster und schob den Vorhang beiseite. Die Menschen, die über die Straße liefen, waren lebendig. Ich nicht. Auf dem Kamin sah mich ein kleines Buch herausfordernd an; Simone hatte es mir geschickt: *Ein Zimmer für sich allein* von Virginia Woolf. Zwischen Schmerz und Lust hin- und hergerissen, hatte ich diesen Aufsatz verschlungen. Dann hatte ich ihn vergessen. Diese neue Fähigkeit, das auszuradieren, was Gefahr lief, mich aufzuwecken, machte mir angst. Ich ließ den Brief unvollendet auf dem Tisch.

Als Claude an jenem Abend vom Gymnasium nach Hause kam, hatte ich alle meine Sachen in das leere Zimmer von Georgette geschafft. Die Schreibmaschine thronte auf dem Schreibtisch. Mir taten die Arme weh, aber ich zitterte vor Aufregung. In drei, vier Stunden vielleicht würde ich in das kleine Bett meiner Nichte schlüpfen; nach so vielen Jahren des erzwungenen Miteinanders würde ich allein einschlafen. Und morgen würde ich endlich in einem Zimmer für mich allein mein Werk beginnen können …

Mein Neffe verfolgte wortlos die Veränderungen.

»Was hältst du davon?« sagte ich. »Ich habe den Tisch vors Fenster gestellt und das Bücherregal hinter die Tür.«

»Du wirst hier schlafen?«

»Ich schlafe schlecht seit einiger Zeit … Statt mich im Dunkeln zu ärgern, werde ich arbeiten können! Mit der Hand natürlich, der Lärm der Maschine würde euch wecken! Du sagst nichts?«

»Doch, doch, sehr schön … jedenfalls bist du frei, Tiatia, das zu tun, was du willst … Weiß Papa Bescheid?«

»Er kommt spät heim. Seine Kollegen begießen eine Pensionierung.«

Mir gefiel der Blick nicht, den mir Claude zuwarf, bevor er sich in sein Zimmer einschloß. Josephs und Georgettes Auszug hatten das wacklige Gleichgewicht, in dem wir seit der Abreise aus Istanbul gelebt hatten, beendet. Die beiden Ältesten waren nicht mehr da, um einen Schirm zu bilden. Der tiefe Gegensatz zwischen Bonjour und Claude trat offen zutage.

Eingeschüchtert von diesem Pennäler, der zu allem und jedem seine Meinung abgab, und gleichzeitig wegen der zärtlichen Komplizenschaft zwischen uns gekränkt, flüchtete mein Mann sich – genau wie mein Vater früher bei Vitali – hinter die Werte, die sein eigenes Betragen täglich Lügen strafte: Respekt, Pflicht, väterliche Autorität … Angesichts des ironischen Schweigens, das seinen Belehrungen folgte, schikanierte Bonjour seinen Sohn, denn er war auf die Rache der Schwachen angewiesen: Er schnitt ihm das Wort ab, verspottete seine Empfindlichkeit. Bei Tisch vermied ich jede Anspielung auf Studium, Romane und Theater, Themen, denen Bonjour sich nicht gewachsen gefühlt hätte, und bemühte mich, nur über häusliche Dinge zu reden. Vergebens. Mein Mann versäumte keine Gelegenheit, seinen Jüngsten herunterzuputzen, »ihm die Flügel zu stutzen«, wie er sagte, »und ihn das Leben zu lehren«. Wenn Claude auch noch seine Verachtung zurückhielt und seinen Zorn zügelte, wußte ich doch, daß die Explosion unvermeidlich war.

2. Januar 1932
Paule Fraysse deckt mich mit Arbeit ein, und ich nehme unter trügerischen Vorwänden an: das Geld, die Angst, diese Beschäftigung zu verlieren … Jedenfalls schiebe ich den Augenblick hinaus, da ich mich dem weißen Blatt Papier stellen muß. Ich hatte mir geschworen, nicht mehr in dieses Tagebuch zu schreiben, das die erzählerische Distanz verhindert. Wo ist mein Wille geblieben?

Ich bin mit dem Abschreiben des Romans von Michel Moineau fertig. Sein Text hat mich enttäuscht. Claudes Lehrer ist kein Radiguet. Seine platonische Liebe zu einer Freundin seiner Mutter ist banal, mit Selbstgefälligkeiten vollgepfropft. Trotz einiger aufmüpfiger Gedankenflüge hinsichtlich seiner Eltern, eines bankrotten Junkers und einer zugeknöpften Frömmlerin, mangelt es dem Text an der Bosheit eines Mauriac. Man schafft keine schöne Literatur mit schönen Gefühlen.

Es trifft sich gut, ich bin nicht begeistert.

14. März 1932
Große und überraschende Neuigkeit: Lucette wird in kurzer Zeit Schwester Marie-Bénédicte der Kinder Jesu … Das arme Mädchen hat nie ihre Schuld an dem Familienruin überwunden. Während sie ins Hospiz Saint-Vincent-de-Paul ging, um sich als Krankenschwester ausbilden zu lassen, begegnete sie dem Gott der Katholiken und beschloß, ihm ihr Leben zu weihen …

David und Sarah schleichen an der Wand entlang. Den neuesten Informationen nach sind sie nach Elboeuf aufgebrochen, um sich um ein Prisunic, ein Billig-Kaufhaus, zu kümmern.

Wirklich ein seltsames Schicksal, das unsere! Señor Padre *muß sich im Grabe umdrehen. Sind das zwanzigste Jahrhundert, die Zersplitterung und die nicht-jüdischen Ehen an diesem Verfall schuld, oder sind wir aus einem anderen Stoff ge-*

macht als unsere Eltern? Ach was, das Unglück hat auch immer etwas Gutes: Irgendwer wird schon für das Heil unserer Seelen beten.

Ich wurde vom Läuten des Telefons unterbrochen. Es war Michel Moineau. Der Verlag Bernard Grasset hatte seinen Roman abgelehnt.

»Ich leide«, sagte er, »ich brauche Sie ...«

Ich war einverstanden, ins Balzar zu kommen.

Michel hatte schon viel getrunken, als ich im Café ankam. Er sah zerzaust aus, war schlecht rasiert und sprach zu laut. Ich dachte an Pavel.

»Es ist die Clique. Man muß schwul oder Freimaurer sein, um diesen Herren zu gefallen!«

Ich war ihm dankbar, daß er nicht noch »Jude« hinzugefügt hatte.

»Alle eifersüchtig! Wenn jemand von der École normale supérieure kommt oder einen Doktor hat, kriegen sie Komplexe! Aber es ist noch nicht das letzte Wort gesprochen.«

»Versuchen Sie es bei anderen Verlagen«, sagte ich. »Auch Proust ist abgewiesen worden.«

»Sie werden sich umsehen, wenn ich berühmt geworden bin! Sie werden ihren Irrtum bedauern.«

Die Stimme versagte ihm, und er begann zu weinen.

»Michel, nehmen Sie sich zusammen«, murmelte ich. »Ihr Gymnasium ist nicht weit ... Man beobachtet uns ...«

»Es ist mein Vater«, stotterte er. »Sie haben gelesen, was für einen Anzug ich ihm verpaßt habe. Oh, ich habe ihn gut getroffen. Aber er hat einen langen Arm, er wird sich eingemischt haben, um die Veröffentlichung zu verhindern ...«

Ich brachte ihn nach Hause, und er versuchte, mich auf der Treppe zu küssen.

Am nächsten Morgen schickte er mir mit einem Wort der Entschuldigung Rosen. Es war das erste Mal, daß ein Mann mir

Blumen schenkte. Der Panzer, mit dem ich mich umgeben hatte, schmolz klammheimlich. Ich ertappte mich dabei, wie ich mit einem Lächeln auf den Lippen träumte. Meine Gesten wurden runder. Zum erstenmal zog ich eine andere Zukunft in Betracht, eine, die leichter zu verwirklichen war. Ich würde bei Bonjour und Claude bleiben, ich würde nur Auftragstexte schreiben, ich würde mir einen Liebhaber nehmen. Ich würde aufhören, von mir mehr zu fordern, als ich geben konnte. Ich würde mein Schicksal annehmen.

10

Claudes Noten werden schlechter (schrieb ich Simone). *Er konzentriert sich mit seiner ganzen Leidenschaft aufs Tennis. Sobald er vom Gymnasium zurückkommt, stellt er den Rundfunk an und hört trotz des Protests seines Vaters, der lieber* Die Familie Duraton *hören möchte, die Übertragungen vom Davis Cup. Ich vermeide es, mich in diesen Konflikt einzumischen. Ich habe den Eindruck, daß Claude mir böse ist. Hat er von der Szene im Café mit seinem Lehrer gehört? Ich habe jedenfalls nichts Schlimmes gemacht. Nein, es muß die Pubertät sein. Sobald sie drei Haare am Kinn und eine rostige Stimme haben, fühlen sich die Jungen von den Frauen bedroht ... Er hat seine Bleisoldaten und seine verkleinerten Modelle weggeworfen und sein Zimmer mit Photos von Lieblingsstars tapeziert, allen voran Suzanne Lenglen. Bis Jacquot aufsässig wird, hast Du noch einige Jahre vor Dir, aber Achtung! Es kommt schneller, als man denkt.*

Die kriegerische Kälte Claudes bedrückte mich mehr, als ich mir eingestehen wollte. Wir hatten die Angewohnheit, miteinander zu reden, abends, wenn Bonjour ausgegangen war. Nun schloß er sich, sobald das Abendessen beendet war, unter dem Vorwand, noch Hausaufgaben machen zu müssen, in sein Zimmer ein. Was für Hausaufgaben? In seinem Vierteljahreszeugnis hatten sich mehrere Lehrer – darunter Michel Moineau – darüber beklagt, daß er nichts tat. Er verbrachte seine Sonntage mit den Pfadfindern und seine Donnerstage im Stadion. Ich sah ihn nur noch zwischen Tür und Angel.

Eines Abends gelang es mir, seinen Tennispartner zum Essen dazubehalten, einen Jungen, dessen Gesicht von der

Pubertät derart gezeichnet war, daß es mir für ihn peinlich war. Claude schmollte. Er hätte auf dieses Essen »in Familie« gut verzichten können, zu dem sein Freund sich auf mein Drängen hin hatte breitschlagen lassen.

»Schmeckt dir das?« fragte ich. »Nimm dir noch einmal! Es ist noch genug in der Küche.«

Ich füllte eigenmächtig seinen Teller mit *empanadas de pescados*. Je unbehaglicher ich mich fühlte, um so mehr handelte ich auf eine Weise, die meinen Neffen aufbrachte: ein Teufelskreis hielt mich gefangen und ich war mir dessen bewußt. Bonjour erzählte von seinem Tag im Kaufhaus. Ich unterbrach ihn in einem hochnäsigen und gönnerhaften Ton, der in meinen Ohren unangenehm widerhallte.

»Die Schule läuft gut, Robert? Was willst du später machen?«

Der Junge stammelte irgend etwas Undeutliches.

»Claude strebt eine der Großen Schulen an«, tönte ich. »Seine Lehrer halten ihn für einen Literaten, obwohl er ausgezeichnet in Mathematik ist ...«

»Ich bin in nichts ausgezeichnet und die Pauker sind Schwachköpfe«, zischte Claude.

»Also da bin ich, dieses eine Mal, deiner Meinung, *ijo*!« triumphierte Bonjour.

Ich biß mich weiterhin fest, redete wahllos ins Blaue hinein, um ein Schweigen zu überwinden, das immer drückender wurde. Als unser Gast sich verabschiedete, übergab ich ihm, gut eingepackt, die Krokettenreste.

»Das ist sehr nett, aber ich weiß nicht, ob ...«

»Es macht mir Freude!« drängte ich.

»Nein, wirklich ...«

»Tiatia, hör auf!« rief Claude erregt. »Man könnte meinen, du wärst Tante Alice. Wenn er dir doch sagt, daß er sie nicht will! Hör auf, ihn zu nerven, ja?«

Mit der Hand in der Luft erstarrte ich, während Robert verlegen auf seine Schuhe starrte.

»Ich gehe Karten spielen«, verkündete Bonjour. Er erhob sich schwerfällig.

Claude begleitete seinen Freund. Ich wischte den Tisch ab, zog meine Gummihandschuhe an und begann das Geschirr abzuwaschen. Ich fühlte mich unglücklich, unverstanden und zurückgestoßen. Die Tür fiel ins Schloß, und statt in sein Zimmer zu gehen, kam Claude mit den Händen in den Taschen zu mir in die Küche. Ich dachte, er wollte sich dafür entschuldigen, mich angefahren zu haben, und fragte ihn nachsichtig, ob er seine lateinische Übersetzung beendet habe.

»Tiatia, man redet im Gymnasium über dich und Moineau.«

Ich strich mir mit dem Ellenbogen eine Haarlocke aus dem Gesicht.

»Ich habe seine Doktorarbeit getippt. Ich verstehe nicht, was ...«

»Ihr wurdet zusammen im Balzar gesehen.«

»Ja und?«

Er wurde ganz rot.

»Ja und – es heißt, du machst das, damit er mich beim großen Französisch-Wettbewerb, dem Concours, anmeldet. Und das ärgert mich!«

»Was mache ich?«

Er drehte sich auf dem Absatz um, wobei er stammelte: »Das weißt du sehr wohl.«

Ich nahm mir die Zeit, um den Abwasch zu beenden, und klopfte dann an seine Tür. Er antwortete nicht. Ich machte sie auf. Claude lag bäuchlings auf dem Bett. Er schluchzte.

»Ich mache gar nichts, Claude, ich schwöre es dir. Michel Moineau ist ein wenig in mich verliebt, das passiert häufig in jenem Alter, daß man sich von einer reiferen Frau angezogen fühlt ...«

Die Nase im Kissen, heulte er weiter.

»Claude, was ist los? Hast du Schwierigkeiten in der Schule? Wenn du etwas mehr tätest ...«

»Hau ab! Laß mich allein!«

Ich kehrte mit gefrorenem Herzen in die Küche zurück.

Dafür hatte ich also mein Leben geopfert, um mir sagen zu lassen: »Hau ab, laß mich allein!«

»Tiatia, entschuldige …«

Ich hatte ihn nicht kommen hören.

Claude warf sich in meine Arme, und meine Augen füllten sich mit Tränen. Seine Wange zitterte an der meinen wie am ersten Tag in Hasköy.

»Nichts läuft«, schniefte er. »Die Penne ist die Hölle … Ich darf keine guten Noten mehr haben. Neulich wurde ich in Geschichte abgefragt … Der Pauker hat mich beglückwünscht … Wenn du Compas' Gesicht gesehen hättest!«

»Ich dachte, er sei dein Freund.«

Claude schüttelte traurig den Kopf.

»Er gehört zu den Faschisten. Schon seit Monaten gehen sie auf Bloch und Meyer los. Jetzt bin ich dran.«

»Das hast du mir nie erzählt.«

Er machte eine unbestimmte Geste.

»Oh, Tiatia, ich will kein Jude sein, ich will nicht … Ich glaube nicht einmal an Gott! Was hab' ich mit diesen Leuten zu tun? Wenn du wüßtest … Wenn du nicht deinen reservierten Sitzplatz in der Salle Pleyel hast!«

»Salle Pleyel?«

»Für Kippur … Das ganze Konsistorium geht hin.«

Er schwieg einen Augenblick.

»Übrigens sind Bloch und Meyer, die mich seit Anfang des Jahres geschnitten hatten, gekommen und haben mir auf die Schulter geklopft. Tiatia, du darfst Moineau nicht mehr sehen … Du weißt, was man über die jüdische Mutter sagt … Zu allem bereit, um ihrem Arschkriecher von Sohn Vorteile zu verschaffen …«

Armer Claude. Nun war es an ihm, unser ewiges Dilemma zu entdecken: dazugehören oder nicht. In Wirklichkeit gab es gar keine Wahl, weil wir für alle anderen sowieso dazugehörten. Sogar Lucette ist unfähig, mit den Zwiespältigkeiten einer Marranin zu leben, einer jüdischen Christin.

Er redete weiter, entschuldigte sich, weil er nicht schneller groß wurde, mich nicht eher befreien konnte.

»Ich weiß, daß du Papa nicht heiraten wolltest, daß man dich gezwungen und er dich unglücklich gemacht hat. Ich weiß alles, Tiatia.«

»Nein, keineswegs. Auch ich habe mir einiges zuschulden kommen lassen gegenüber deinem Vater. Meinst du, der Arme hätte ein Wörtchen mitzureden gehabt? Du darfst ihm nicht den Rücken zukehren, Claude. Niemals.«

Außer sich richtete er sich auf: »Wirklich? Du arbeitest also die ganze Nacht durch, um seinen Bastard zu ernähren?«

»Was?«

Seine Lippen zitterten, er wandte die Augen ab. Ich schüttelte ihn an den Schultern.

»Was sagst du da?«

Das Schlimme daran war nicht zu erfahren, daß Blanche einen zweijährigen Sohn hatte, sondern daß die ganze Familie im Bilde war: Lucien und Alice, David und Sarah. Und sogar Bonjours Schwester in Brüssel. Ich war wirklich der Idiot in der Farce.

»Ich dachte, du wüßtest das. Ich habe gehört, wie Papa mit Onkel Lucien über ihn geredet hat, wegen einer Keuchhusten-Geschichte.«

»Und Georgette? Joseph?«

»Deshalb sind sie auf und davon ... Dazu die Geldgeschichten. Hör zu, Tiatia, ich habe nachgedacht. Du mußt die Scheidung fordern.«

»Nicht vor dem Concours!« rief ich, ohne nachzudenken.

»Wieso Concours? Was redest du?«

»Nichts, geh schlafen.«

Ich schloß mich in mein Zimmer ein und hämmerte mit der Faust auf das Kopfkissen. Den größten Zorn hegte ich gegen mich selbst. Ich hatte nicht verstehen wollen. Ich gab mich klarsichtig und mutig, während ich unentwegt den Kopf in den Sand gesteckt hatte. Bonjour, der sich mit jedem kleinen Problem an mich wandte (den Launen seines Abteilungschefs, der Feindseligkeit des Lampenkollegen, den Schweinswürstchen in der Kantine ...). Und ich war immer so erleichtert, wenn er nach dem Essen die Serviette auf den Tisch warf – meine Aufgabe, sie zusammenzufalten – und uns wegen einer vorgegebenen Partie Karten oder Billard verließ.

Nun verstand ich all die Fragen in letzter Zeit: »Wo hast du Claudes Würfel hingetan? Stimmt das, daß die Kinderkrippen Brutstätten für Läuse sind?« Die Lügen: »Ich gehe Sonntag ins Kaufhaus, es wird Inventur gemacht ...«

Ja, alles war meine Schuld. Seit ich aus dem Bauch meiner Mutter geschlüpft war.

11

Mit Rändern unter den Augen bereitete ich am nächsten Morgen Claudes Essen und bedeckte es mit einem Tuch. Ich brachte meine Geschichte zum Pariser Funkhaus und nahm den Autobus zur Gare Saint-Lazare. Ich kam um zehn in Elbeuf an, es regnete.

Ein Taxi fuhr mich zum Prisunic, wo sich aufgedunsene und schmutzige Bäuerinnen drängten. Davids Büro war ein verglaster Käfig, der über dem Geschäft aufragte. Mein Bruder war gealtert. Die Falte, die von der Nasenwurzel bis zum Mundwinkel verlief, hatte sich erheblich vertieft.

Ich war, ohne nachzudenken, in den Zug gestiegen, um mir die Information aus dem Mund des *Ermano* bestätigen zu lassen. Auch um mich zu beklagen: Seit zwölf Jahren wartete ich auf ein Wort des Mitleids, das nie gekommen war. Ich hatte nicht die Absicht, eine drastische Entscheidung zu fällen. Aber als ich ihn verlegen, feige und ausweichend vorfand, spürte ich die Wut in mir aufsteigen, und ich verzichtete darauf, sie zu beherrschen.

»Der Laufbursche wird dich zu uns nach Hause bringen«, sagte mein Bruder. »Sarah wird dir eine schöne Tasse Tee machen, und wir reden über alles in Ruhe.«

Es war feucht in dem Häuschen aus Mühlsandstein. Die Haare meiner Schwägerin waren weiß geworden. Sie klagte über ihre Gesundheit. Die Wechseljahre machten ihr zu schaffen. In manchen Nächten schwitzte sie so, daß sie die Bettücher wechseln mußte. Die Worte glitten an mir ab, wurden schnell durch andere ersetzt, die ebenso sinnlos schienen.

»Armer David!« seufzte sie.

Dann sah sie mich argwöhnisch an: »Ich weiß nicht, was du von ihm willst, aber sei vorsichtig, dein Bruder hat ein schwaches Herz.«

Sie brachte ein Tablett mit einem Topf Rosenmarmelade und kleinen Löffeln. Hatte die Konvertierung ihrer Tochter sie ihren Ursprüngen wieder näher gebracht? In der Avenue de Wagram hatte ich sie nie dieses Tablett bringen sehen. Sie lächelte leicht: »Erinnerst du dich, wie man uns eingetrichtert hatte, die Zuckersachen abzulehnen?«

»Nur das erste Mal. Dann mußte man sie annehmen. Und dann gleich soviel, bis man platzte ...«

Die Marmelade war bitter. Sarah jammerte weiter. Das Leben in der Provinz war entsetzlich eng. Niemand lud sie ein.

»Warum?«

»Wir sind Israeliten.«

Zwanzig Jahre lang hatten sie sich in Paris verstellt, gelogen, die Matzen unter Haufen Tüchern verborgen und vor dem Dienstmädchen auf ihre Worte geachtet, um sich dann bei ihrer Ankunft in der Normandie als Juden etikettiert wiederzufinden; dort konnte man die Söhne Zions an einer Hand abzählen: dazugehören oder nicht dazugehören ...

»Und Lucette?« fragte ich.

»Sie betet für unser Heil«, antwortete sie und verzog das Gesicht zu einer Grimasse. »Ach, diese Katholiken, was veranstalten sie nur für ein Theater! Mit ihrer Haube kommt sie nicht einmal unter der Tür durch! Erzähl mir lieber von Paris, von Claude, Boulevardstücken, Ausstellungen ... Ich langweile mich so!«

Ich hatte keine Mühe, es zu glauben: Noch nie hatte sie sich mir gegenüber so geschwätzig gezeigt! Die gestörte Funktion ihrer Eierstöcke, die sie alles andere als dämpfte, machte sie vertrauensselig und nervös.

»Du arbeitest, scheint es? David hat mir von kleinen Sachen für Kinder erzählt?«

Über ihre herablassende Art verärgert, erwähnte ich die Romane, nach Zeilen bezahlt, die Bearbeitungen und die Rundfunkgeschichten.

»Du meine Güte. Davon wußte ich ja gar nichts. Du mußt aufregende Leute kennengelernt haben. Natürlich keine großen Schriftsteller, die mischen da nicht mit, aber Schreiberlinge, Leute der kleinen Feder, wie man so schön sagt? Und du hast noch die Zeit, den Haushalt zu versorgen?«

»Nicht so gut wie du«, zischte ich.

»Gott sei Dank ist dein Mann nicht eifersüchtig! David hätte niemals gewollt, daß ich für Geld arbeite! Außer während des Krieges. Aber das war etwas anderes ... Aber es hat mir Spaß gemacht, übrigens! ... Oh, nein, nun geht es wieder los! Öffne die Fenster, ich ersticke. Siehst du, wie rot ich bin? Und David kommt gleich! Ach, Rebecca, wir Frauen sind schon benachteiligt! Weißt du, was meine Mutter zu mir gesagt hat? ›*A tu ijo ambezalo a ennadar i a tu ija endetchar.* – Lehre deinen Sohn zu schwimmen und deine Tochter zu leiden.‹«

Mein Bruder nieste und wetterte: »Was für ein Wetter! Es hört nicht auf!«

Als er sah, daß mich seine meteorologischen Betrachtungen kalt ließen, tat er mir kund, daß er trotz Bonjours Benehmens, das er beklagte, ein Scheidungsbegehren meinerseits nicht unterstützen würde.

»Eine Scheidung?« würgte Sarah hervor.

»Er hat mit seiner Geliebten ein Kind!« rief ich aus.

»Ach was, er hat es nicht anerkannt ...«

Ich hatte Lust, sie zu schlagen.

»Du mußt die Interessen deiner Neffen im Auge behalten«, begann David von neuem. »Wir gehören einer *buena familia* an, Rebecca, das setzt Opfer voraus.«

»Meinst du nicht, daß ich lange genug Opfer erbracht habe?«

»Du hast deine Pflicht getan, und wir sind dir dankbar. Aber dein Mann hat dir auch einige Freiheiten gelassen, von denen du profitiert hast. Warum nicht so weitermachen bis zu

Claudes Hochzeit? Danach kann jeder für sich wohnen. Unter der Voraussetzung, daß ihr zusammen den Familientreffen beiwohnt. Weißt du, man muß den Schein wahren. Im Interesse der Gemeinde.«

»Der Gemeinde! Seit wann interessierst du dich für die Gemeinde? Du bist ja nicht einmal mehr Jude!«

David deutete auf den siebenarmigen Leuchter, der auf der Anrichte thronte: »Und das?«

»Er ist nicht allzuviel benutzt worden!«

»Richte nicht, Rebecca, wenn du nicht gerichtet werden willst. Jede Familie ist, wie du weißt, ein Stein im sephardischen Gebäude. Es muß im Augenblick den Angriffen von außen trotzen, so sollten wir es vermeiden, es von innen zu zerstören.«

Ich hatte einen bitteren Geschmack im Mund. Als er mit seiner Rede fertig war, schenkte sich der *Ermano* ein Glas Porto ein.

»Du sollst jedenfalls wissen, meine Liebe«, sagte Sarah, »daß wir uns immer wegen deiner großen Diskretion beglückwünscht haben.«

»Welche Diskretion?«

»Komm schon, jeder weiß, daß du ein Privatleben hast ... Gott sei Dank hast du dich vor Unfällen zu bewahren gewußt ...«

»Im Gegensatz zu Bonjour«, unterstrich David.

Wovon redeten sie? Ich blickte mich um. Diese Leute waren Unbekannte. Mein Bruder mit seiner Stimme eines Amtsdieners, meine Schwägerin, fiebrig und schwitzend, mit einem Löffel Marmelade in der Hand. Sie wollte mich kirre machen, mich fesseln, mich gefangenhalten ... Jahrelang hatte ich ihren Plänen gedient. Warum sollte ich nun, zehn Meter vor dem Ziel, mich aufbäumen wollen, ich mußte nur noch die Kinder, diese kostbaren Geschöpfe zur Fortsetzung der Rasse, bis zum *talamo* der Ehe begleiten, und danach könnte ich verschwinden. In den Gebärmuttern der Sklavinnen würde neuer jüdisch-spanischer Samen sprießen ... Es wäre elegant, genau in dem Augenblick zu sterben, an einer schönen schmerzhaften Krankheit, die meine Sünden, meinen Stolz, meine Gier nach Selbständigkeit und alle angeblichen Liebhaber auslöschen würde ... Plötzlich bekamen die Blicke, die die Familie auf mich richtete, eine Bedeutung: Alice, die meine schlanke Linie rühmte, Lucien, der mich zu meinem Teint beglückwünschte, Sarah, die die Kniffe der guten Renée Castro beim Umarbeiten meiner Garderobe bemerkte, David, der vor Simone und mir wie *Señor Padre* die Augen abwandte, weil die Frauen, vor allem die hübschen, unrein sind. Ja, was ich für Zeichen von Interesse, wenn nicht gar Zuneigung, gehalten hatte, waren in Wirklichkeit nur heuchlerische Anmerkungen, um nach Hinweisen eines körperlichen Aufblühens zu suchen, das nur fremde Arme verleihen konnten.

Vor soviel Heuchelei hatte ich Lust zu kotzen, diese Rosenmarmelade herauszukotzen, mit der ich mich dreiunddreißig Jahre lang verklebt hatte, nur weil ich als Mädchen geboren war. Der Regen peitschte an die kleinen Fensterscheiben. Ich packte meinen Mantel, meinen Hut und meine Tasche.

»Ich hasse euch! Ich hasse euch!« rief ich.

»Warte!« meinte David, »es regnet, du wirst dich erkälten.«

»Komm mir nicht zu nahe!«

Mit triefenden Haaren und durchgeweichten Kleidern kam ich in Paris an. Ich wollte nicht nach Hause gehen, ich war zu angeekelt. Ich trank am Ausschank der Gare Saint-Lazare ein Glas Cognac. Ein Mann füßelte mit mir. Ich stieß ihm meinen Absatz voll in die Wade. Er verließ die Bar, indem er mich als Anmacherin beschimpfte.

Ich fuhr mit der Metro bis zur Rue de Javel, wo ich Elie oder Louise Abravanel vorzufinden hoffte. Von allen Menschen, die ich kannte, waren sie die einzigen (mit Paule Fraysse, aber ich konnte ihr in diesem zerbrechlichen Zustand nicht gegenübertreten), die in mir nicht nur die Gattin von Bonjour Coenca sahen. Ich hatte sie seit dem Begräbnis von Elies Mutter, also seit Jahren, nicht wiedergesehen. Sie waren zu sehr mit ihrem Kampf in der französischen Sektion der Internationale und der Sozialarbeit für Frauen beschäftigt.

Es war niemand da. Die Portiersfrau sah mich mißtrauisch an. Ihr Blick blieb an meinem Bauch hängen.

»Sie wollen wahrscheinlich Madame sehen?«

Sie hielt mich für ein verführtes und verlassenes Mädchen. Ich hatte genug: Sah ich denn wie eine Marie-spreiz-die-Beine aus? Ich, die ich seit zehn Jahren keinerlei Liebkosung gekannt, die ich meinen Speichel mit keinem anderen gemischt hatte?

Ich stieg wieder zur Metro hinunter und nahm die Nord-Süd-Linie. Michel Moineau korrigierte Hefte, als ich an seiner Tür klingelte.

12

Die Zeilen tanzten vor meinen Augen auf und ab.

> *Du hast es für richtig gehalten, die einzige Bitte, die ich je an Dich gerichtet habe, zu mißachten* (schrieb mir Claude). *Es ist Deine Entscheidung. Ich habe für meinen Teil beschlossen, mir meine Unabhängigkeit zu verschaffen, sobald ich das Baccalauréat bestanden habe. Mein Vater wäre der letzte, sie mir abzuschlagen. Ich danke Dir, daß Du mir die ganzen Jahre über meine Wäsche gewaschen hast, Du hattest sicherlich Besseres zu tun …*

Michel drückte mich an sich. Schauder liefen mir den Rücken hinunter.

»Mach weiter«, sagte ich, »ich möchte deinen Atem am Hals spüren. Noch einmal.«

Am Morgen des Baccalauréat, als ich wußte, daß das Appartement leer sein würde, begab ich mich zum Boulevard Richard-Lenoir und holte mir einige Kleidungsstücke und meine Schreibmaschine heraus.

Einige Tage später erklärte mir mein Bruder David schriftlich, daß ich nicht mehr zur Familie gehörte.

Ich hätte darüber erleichtert sein sollen. Zu meiner großen Verwirrung stellte ich fest, daß dieser Ausschluß mich in einen Zustand von höchster Angst und Anspannung stürzte. Die Post, das Telefon, die Klingel am Eingang lösten bei mir Herzklopfen aus. Ich vermied es, auszugehen, aus Furcht, in jedem Passanten meinen Vater, meine Mutter oder David zu erkennen.

Ich vergaß alles, ich war nicht mehr ich selbst. Ich fertigte Listen an, die ich jeden Tag zwanzigmal zu Rate zog und auf denen ich nach und nach die einzelnen Punkte ausstrich. Es handelte sich um so belanglose Dinge wie Bettenmachen oder Bügeln. Ich fühlte mich so nahe am Abgrund, daß meine ganzen Anstrengungen nur auf eines hinzielten: nicht umzukippen. Dank der Listen blieb mein Verhalten einigermaßen normal, aber ich wußte, daß ich in Wirklichkeit die Kontrolle verloren hatte. Ich hatte keine Ahnung, wie lange ich simulieren konnte.

Je mehr mich der Gedanke an Claude quälte, um so mehr reagierte ich auf Michels Liebkosungen. Ich ließ mich lieben, so wie man nach einer Zeit des Hungerns alles in sich hineinschlingt. Wenn mein Liebhaber mit seinem vollen Gewicht auf meinem ausgestreckten Körper lag, lösten sich meine Verkrampfungen und ich hörte mein Herz nicht mehr schlagen. Ich ertrug mich nur bedeckt, beschützt. Der Akt selbst beschränkte sich auf einen Augenblick des Vergessens, auf den zu schnell der kalte Strahl der Trennung folgte. Ich dachte an meine Liaison mit Pavel. Weshalb war ich unfähig, Liebe ohne Schande und Bestrafung zu erfahren? Ich gab meinen Körper, um der Wirklichkeit zu entfliehen. Andere trinken oder nehmen Drogen. Jeder, wie er kann.

Die Eltern Moineau nahmen Anstoß daran, ihren einzigen Sohn in den Fängen einer verheirateten Frau zu wissen, »alt genug, um seine Mutter zu sein«. Vorausgesetzt, ich hätte mit fünf Jahren schon ein Kind bekommen. Eine Gauklerin, eine Jüdin. Michel hatte noch eine große Zukunft vor sich. Sie drohten, ihn zu enterben, was bei uns ein Lächeln hervorrief: abgesehen von einem verfallenen (und als Gemeinschaftseigentum unteilbaren) Landsitz, war kein Vermögen vorhanden. Sie versuchten dann, ihn in die Provinz versetzen zu lassen, um ihn von mir zu entfernen. Michel fühlte sich sehr heldenhaft und sehr romantisch in seiner schuldhaften Beziehung. Die Bemühungen unserer beider Familien, diese Beziehung in den Schmutz zu ziehen, verstärkten mit Sicherheit die Intensität unserer Gefühle. Er zeigte mir seine alten Kothurne der Rue d'Ulm und ließ mich, das war er sich schuldig, auf die Dächer der École normale klettern. Bei diesen Ausflügen betrachteten mich die alten Schülerinnen jener hehren Schule mit schlecht verhohlener Antipathie. Ich verkörperte die *Frau*, sie waren nur Kameradinnen. Es war alles ziemlich lächerlich.

Zum Glück hatte ich meine Arbeit. Ihr widmete ich meine Tage und einen Teil meiner Nächte. Das Publikum wollte lachen, das bot ich ihm gegen Geld. Meine Sätze zischten los wie vergiftete Pfeile, und alle trafen mich mitten in die Brust.

Das Schreiben, selbst das auf Bestellung, gab mir die Fähigkeit, abzutauchen, woraus ich erschöpft und verstört, aber vorübergehend unempfindlich wieder hochkam. Ich zog meine Listen immer häufiger zu Rate. Eines Tages entdeckte ich dort das Wort »leben«, das ich wutentbrannt durchstrich.

Bald reichte die Befriedigung, der Moral zu trotzen, nicht mehr als Ausgleich für unsere Schuldgefühle. Es gab Streit: das Klappern der Schreibmaschine, der Roman, den Michel zu schreiben begann und den er mir unbedingt laut vorlesen mußte, Einladungen aufs Land, von denen ich ausgeschlossen war …

Ich rang Paule Fraysse eine Woche Urlaub ab. Wir unternahmen mit dem Tandem eine Fahrt durch die Bretagne. Ich mußte das Meer sehen. An der Spitze von Raz brach ich vor dem zornigen Toben der Elemente in Tränen aus.

Im September merkte ich, daß ich schwanger war. Gut gemacht! dachte ich. Seit Claude mich zurückgestoßen hatte, wartete ich auf die Strafe. Michel war von Entsetzen gepackt. Er gestand mir, daß seine Eltern alles einfädelten, um ihn mit der Tochter eines Abgeordneten zu verheiraten. Es war eine geschickte Form, ihn von mir zu lösen. Michel würde das Lehrerdasein aufgeben und in die Politik gehen wie so viele seiner Kollegen. Als er mir Geld anbot, spuckte ich ihm meine Verachtung ins Gesicht. Armer Michel! Unser Abenteuer entsprang mehr der Provokation als der Liebe.

Ich bin lange auf dem Pont-au-Change umhergeirrt und habe die Ausflugsdampfer vorbeigleiten sehen. Ich habe mein Tagebuch ins graue Wasser geworfen. Es ging schnell unter.

Elie und Louise Abravanel fanden mich schlafend vor ihrer Tür. Sie nahmen sich meiner an. Ich habe vergessen. Ich war krank. Irgend etwas im Bauch. Mein Körper wehrte sich. Rief. Er schwankte zwischen Leben und Tod. Tage, vielleicht Wochen, ich weiß es nicht mehr. Die Zeit existierte nicht. Nur der Schmerz. Ich lag in der Wohnung der Rue de Javel. Neben mir stand ein Tablett, das ich nicht anrührte. Ich weinte. Selbst im Schlaf. Ich schlief viel. Ich roch schlecht. Manchmal sang eine Frau im Hof und der obere Mieter warf ein Geldstück hinunter.

Eines Morgens war Vitali da, neben meinem Bett. Ich glaubte zu träumen, aber meist waren meine Träume traurig. War das wirklich Vitali? Er hatte seine zwei Beine, ein von der Sonne gegerbtes Gesicht und spärliche Haare. Er zeigte mir ein Flug-Ticket, einen Paß. Er wollte mich mit nach Caracas nehmen. Ich hatte nicht die Kraft aufzustehen. Und dann das Flugzeug, war es nicht gefährlich? Er lächelte: »Gefährlich ist, dich hier zu lassen.«

Louise half mir, mich anzuziehen. Die Kleider schlotterten an mir herum. Ich wollte nicht verstehen, nur einfach geschehen lassen. Ein Taxi brachte uns nach Bourget. Meine Ohren fielen zu, und ich träumte, ich schwebte über mir selbst.

In New York wechselten wir das Flugzeug. Ich artikulierte: »New York.« Alles war unwirklich. Nur die Prothese meines Bruders nicht. Er hatte Schmerzen wegen der Luftdruckregulierung. Das weckte mich. Ich half ihm, die Gurte zu lösen. Dann fing ich an zu weinen. Die Passagiere sahen zu uns herüber.

Auf dem Flughafen von Maiquetia war es erstickend heiß. Als ich die Gangway hinunterging, wäre ich fast in Ohnmacht gefallen. Aber ich sah Simone, und ich lief in ihre Arme.

SIEBTER TEIL

Caracas

1

Meine Tränen flossen und befleckten Gisela Bauers Sofa.

Als ich auf Simones Bitte hin einverstanden war, mich einer psychoanalytischen Behandlung zu unterziehen, ging es mir schon besser. Ich konnte um mich blicken, Jacquots und Regines Geplappere hören und anderes als flüssige oder breiige Nahrung zu mir nehmen. Ich hoffte, wenn ich einer Fremden alles erzählte – aber in meiner Muttersprache, dem Spanischen –, würde ich die einzelnen Teile zusammensetzen können. Ein Morgen in Betracht ziehen können.

Ich wischte mir mit einer wütenden Geste die Wangen ab und richtete mich auf.

»Simone und Vitali lieben mich. Ihnen fallen nur Dinge ein, die mir Freude machen.«

»Und ...?«

»Ich schäme mich ... ich schäme mich so ...«

»Bis morgen, Rebecca.«

Die Sonne stand schon hoch. Ich öffnete meinen Sonnenschirm und ging langsam über den Boulevard Sabana Grande. Giselas Praxis war nur hundert Meter vom Geschäft meines Bruders entfernt, aber ich fühlte mich nicht stark genug, um bei ihm hineinzuschauen.

Junge Mädchen saßen vor ihren Fenstern und stickten. Sie warteten auf ihren *novio*, ihren Märchenprinzen, der ihnen von der Straße aus den Hof machen würde, sie drinnen, er draußen, nur durch schmale Holzlatten voneinander getrennt.

Bei uns in Konstantinopel – eine Woge von Heimweh ließ mein Herz schneller schlagen – lebten die Frauen auf der Etage; ihre mit Gittern verzierten Balkone schützten sie vor den Blicken der Männer. Die kreolischen Fenster dagegen dienten dazu, die Kleinode der örtlichen Bourgeoisie zu präsentieren. Was mußte man dem entnehmen, daraus schließen? Nichts. Meine Augen registrierten mechanisch Einzelheiten, die nicht die geringste Neugierde hervorriefen, sondern nur meine Verzweiflung nährten. Hinter den schweren Möbeln im Kolonialstil erblickte ich das Licht eines Innenhofs, das leuchtende Rot eines Flamboyant-Baums, die Pracht einer Bougainvillea. Litt ich wegen dieser zur Schau gestellten jungen Mädchenblüten, die ihre Augen züchtig auf ihre Kettenstiche gesenkt hielten? Verzagtheit legte sich wie Blei auf meine Füße.

Ich war zu sehr mit mir selbst beschäftigt, als daß ich die Stadt verstanden hätte, die im übrigen jeder Zähmung widerstrebte. Laufen geriet zu einer Prüfung, so sehr war das Pflaster ruiniert. Aber die Straßenbahnen kamen nicht vorwärts, und da jegliche Wegweiser fehlten, wurden Taxifahrten zu endlosen Irrfahrten.

Ich hatte meinen täglichen Weg auswendig gelernt – von dem Haus auf den Hügeln der Florida, wo Simone und Vitali wohnten, bis zum Boulevard Sabana Grande und zurück. Ich ging seit drei Monaten jeden Morgen für eine Stunde zu Gisela Bauer, außer sonntags. Weihnachten näherte sich, es war am Tag zwanzig Grad warm und kaum zehn des Nachts, und der Himmel war gleichmäßig blau.

Wenn ich an der Tür meiner Psychoanalytikerin klingelte, kam sie und drückte mir die Hand. Ich wich ihrem Blick aus und streckte mich linkisch auf ihrem Sofa aus, einem einfachen Bett, auf dem eine laubwerkverzierte Decke lag. Ich verschränkte die Arme, dann die Füße. Sie nahm hinter meinem Kopf Platz. Ich weinte viel. Wenn das Schweigen sich hinzog, brachte sie mit unterschiedlichem Erfolg durch ein »Ja?« meinen Monolog wieder in Schwung. Manchmal kamen mir die Sätze leicht, und ich hörte mich mit einem gewissen Vergnügen sprechen, freute mich an den Assoziationen, die sich bildeten, war stolz auf meine Intelligenz und konnte es kaum erwarten, die Belohnung der guten Schülerin zu bekommen.

Aber Gisela beglückwünschte mich nicht. Ganz im Gegenteil, mit einem trockenen oder ironischen Wort, das meine Empfindsamkeit schmerzlich traf, riß sie mich von dem bequemen Weg, den ich gewählt hatte, herunter und holte mich auf den Seziertisch zurück. Es kam auch vor, daß sie, wenn ich gerade meinte, eine interessante Entdeckung gemacht zu haben, mir einfach mit einem »Bis morgen« einem Säbelhieb gleich das Wort abschnitt.

Ich war von der Analyse gänzlich besessen. Wenn ich die staubige Straße zur Florida wieder hinaufging, versuchte ich den Sinn der Worte zu verstehen, die Gisela spärlich wie Almosen von sich gab. Sie waren eher grausam denn barmherzig, da sie nie direkt im Zusammenhang kamen. Ich bearbeitete von morgens bis abends mein Leiden. Des Nachts quälten mich Träume. Ich sollte nicht vor ihnen fliehen, sondern sie im Gegenteil aufschreiben und sie am nächsten Morgen als Stoff mitbringen. Vor meiner Sitzung bereitete ich, während ich zum Zentrum der Stadt hinunterging, meine Rede vor, die ich mit verknoteten Gliedern vorbringen und die Gisela mit Verachtung strafen würde, denn sie war zu durchdacht.

Es war der reinste Nahkampf. Ich war des Leidens müde, meiner selbst müde, meines Vaters, der mich nie angesehen hatte, meiner Mutter, die seit meiner Geburt meine Kraft gespürt hatte, dank derer ich ihr entkommen konnte, müde der Unfähigkeit, jemals aus dieser Kraft, aus meinem Leben etwas gemacht zu haben.

Simone und Vitali behandelten mich wie eine Konvaleszentin. Essen, schlafen, mich waschen waren die drei einzigen Tätigkeiten, zu denen ich fähig war, und selbst sie waren mir noch beschwerlich. Ich hatte aufgehört, der Zeit hinterherzulaufen. Ich war nicht mehr Rebecca, sondern Tausende von Splittern, die darum kämpften wieder ein Ganzes zu bilden.

2

Nach und nach entknoteten sich meine Arme und Beine. Die Luft fand ihren Weg leichter zu meinen Lungen. Ich begann wieder zu sehen und zu hören.

Mein Neffe Jacquot und meine Nichte Regine blieben Fremde wie die Kinder Adelas, bevor sie mir anvertraut wurden, wie die Tochter Rachel Venturas... Ich hatte wahrhaftig keine mütterliche Veranlagung. Die Erinnerung an Claude durchzuckte mich. Ich erinnerte mich daran, mit welcher Freude ich ihn eingeseift, ihm zu essen gegeben und ihm beim Sprechen zugehört hatte. Ich setzte Regine auf meine Knie und drückte sie so fest, daß sie Angst bekam und sich wand, um loszukommen. Mir wurde kalt ums Herz. Die Tränen liefen mir herunter. Ich hörte fernes Flüstern. Es wurde über meinem Bett gesprochen, weit weg in Paris. Louise Abravanel fragte, ob ich noch Kinder haben könnte. Elie beruhigte sie, beruhigte mich. Die Erinnerung kam zurück. Die Fehlgeburt war nicht die Folge meiner Krankheit, sondern ihr Grund. Ich hatte mein Baby umgebracht. Ich hatte mein Baby umgebracht.

»Ich kann Sie nicht empfangen, Rebecca. Ich habe zu tun.«

Sie strafte mich, auch sie. Normal. Ich ging wie eine Schlafwandlerin bis zum Park Los Caobos. Die Bäume waren zu dicht, die Blätter zu saftig, die Mangos zu bauchig. Ich erstickte. Ein Kolibri sang. Ein mit Käfern bedecktes Faultier schaukelte auf einem Zweig. Ein Leguan kroch auf einer Steinbank entlang und wirkte wie ein Vorwurf, der dem Ursprung der Zeiten entkommen war. Ich konnte nicht mehr atmen. Herren im Gehrock spielten Domino, Frauen, deren Köpfe mit Mantillas bedeckt waren, eilten zur Kirche, zwei Mädchen in Schuluniform sagten, mit den Beinen baumelnd, eine Lektion auf. Sie waren fremd und gleichgültig gegenüber meinem Leiden, und das machte sie zu meinen Feinden. Ich erstickte. Soldaten durchquerten im Stechschritt den Park, erschreckten die Tauben und trieben Studentengruppen auseinander.

Ich keuchte. Krämpfe von unerhörter Heftigkeit marterten meinen Bauch einer unwürdigen Mutter. Herr, ich flehe dich an, laß mich sterben, ich kann nicht mehr, habe Mitleid … Die Erinnerungen wallten hoch in Schüben wie beim Erbrechen. Die Sonde, das Blut, die Kompressen, die Louise mir auf die glühende Stirn legte. Ich hatte diese Schlachterei gefordert. Ich hatte geweint und geschrien und geschworen, daß ich dieses Ding da in meinem Bauch nicht behalten wollte. Daß ich mich in die Seine stürzen würde, wenn mich niemand davon befreite. Daß meine Mutter mich verflucht hatte, daß Claude sich von mir abgewandt hatte, daß ich nie würde Leben schenken können, weil mein Körper zu sehr voller Haß war.

Eine Rede formte sich in meinem Kopf, eine dieser Ansprachen, die Gisela zeigen sollten, wie gerissen und klarsichtig ich war. Wie sie gar nichts für mich tun konnte, da ich intelligenter war als sie. Gisela würde mich unterbrechen, ich würde inmitten meiner so gedrechselten Sätze mit offenem Mund töricht und verärgert dasitzen. Nein, ich war es leid, mich zu fügen, Ohrfeigen bis zum K. o. verpaßt zu bekommen. Diese Worte waren die meinen, niemand hatte das Recht, mir das Wort abzuschneiden. Ich sprang auf die Füße und rannte bis zur ersten *pulperia*, einer schmutzigen, von Fliegen summenden Winkelkneipe. Ich verlangte einen Stift und ein Blatt Papier, kehrte zu meiner Bank zurück, verjagte den Leguan mit seinen starren Augen und begann das aufzuschreiben, was Dr. Bauer nicht würde hören wollen.

Als ich den Kopf wieder hob, war es dunkel. Die Bleimine hatte meine Finger geschwärzt, meine gekrümmten Finger zitterten, der Rücken tat mir weh. Ich brauchte einige Zeit, um zu begreifen, wo ich war. Die Bäume knackten beunruhigend, ich mußte nach Hause zurück. Noch vor vier Stunden hatte ich sterben wollen. Aber jetzt schauderte ich bei der Vorstellung, in dieser unbekannten und heimtückischen Stadt niedergestochen, vielleicht vergewaltigt zu werden.

Seit langem zum erstenmal hatte ich etwas zu beschützen, diese rauhen Blätter, die die Feuchtigkeit des Abends aufsogen und die der kleinste Balken des t zerriß. Die Gefahr war nur gering. In den Villen der Wohngebiete begannen die Empfänge. Die Autos entluden weiße Smokings und mit Volants besetzte Kleider, die Orchester stimmten die ersten Foxtrotts an, Rindfleischstücke brieten auf den *parillas*, und die Mücken verdauten ihren abendlichen Orgienschmaus: Flaute für Mordanschläge.

Vitali und Simone waren dennoch in höchster Besorgnis. Gisela hatte sich über die Anordnungen des Meisters hinweggesetzt und beschlossen, aus ihrer medizinisch vorgeschriebenen Neutralität herauszutreten. Ich fand sie beunruhigt bei einer Tasse türkischen Kaffees im Salon vor. Sie schwiegen alle drei, als sie mich mit schmerzendem Körper, abwesendem Blick und einem unbestimmten Lächeln auf den Lippen erscheinen sahen. Ich entschuldigte mich, nichts herunterkriegen zu können, und schlief zwölf Stunden hintereinander. Das war meine erste gesunde Müdigkeit. Es war meine erste Heilnacht.

3

Als ich mein Gekritzel noch einmal las, errötete ich vor Scham. Der Ansatz war schlecht, der Entwurf ungenau. Der Stil glitt ungeschickt vom Intimen ins Lyrische über, der Ton schwankte zwischen einem Plädoyer und einer Beweisführung. Ich war enttäuscht. Verärgert. Ich hätte Einzigartiges, Wesentliches schreiben müssen. Von der Gnade berührt, von meinesgleichen anerkannt, schließlich wegen meines Andersseins geliebt, hätte ich unter den Ovationen des Publikums – und meiner Familie – eine große Karriere als Schriftstellerin eingeschlagen.

Mein Schicksal war aber offensichtlich nicht so romantisch. Ich war vierunddreißig Jahre alt und mußte noch alles lernen. Ich wußte jedoch, daß mich von nun an nichts mehr von meinem Weg abbringen würde.

Nichts und niemand: Ich brach die Psychoanalyse ab, Gisela Bauer hatte mir die Tür geöffnet, ich wollte allein in den jungfräulichen Raum vordringen. Ich hatte nicht alles verstanden und litt noch immer, aber der Augenblick war gekommen, den Schattenzonen den Vorzug zu geben; sie würden mein Prüfstein, mein Laichgrund sein und meine Phantasie steigern.

»Ich frage mich, ob du nicht noch ein paar wenige Wochen deine Behandlung fortsetzen solltest«, meinte Simone besorgt.

»Hat sie mit dir gesprochen?« rief ich aus.

»Nein … Aber du wirst dich ziemlich allein fühlen … und mit dem Wechsel der Jahreszeit … Wenn der Regen einsetzt, fördert das die neurotischen Störungen, alle Leute hier werden dir das sagen.«

»Simone, bitte. Man möchte meinen, du setzt den Klimawechsel auf dieselbe Stufe wie … na, du weißt schon …«

Sie antwortete, ich hätte nie in den Tropen gelebt und wir würden uns in sechs Monaten wieder sprechen.

»Inzwischen habe ich eine Idee«, begann sie von neuem, »machen wir eine Reise! Da kommst du auf andere Gedanken. Die Geschäfte schließen in der Karwoche. Das ist eine Gelegenheit, um Ferien zu machen!«

»Eine Reise?«

Mein Entsetzen zeigte mir, daß ich noch nicht geheilt war. Ich hatte Angst, den flauschigen Kokon der letzten Monate zu verlassen.

»Aber … die Kinder? Und wer fährt das Auto? Sind die Straßen sicher? Wo werden wir schlafen?«

Simones Antworten waren keine Beruhigung für mich, alles andere als das. Meine Nichte erklärte mir in fröhlichem Ton, daß in diesen Gegenden der kleinste Ausflug eine gute Dosis Fatalismus erforderte. Die einzelnen Etappen würden gewiß kurz sein, denn meinem Bruder setzten die Erschütterungen zu. Ich mußte damit rechnen, die bescheidenen Gastzimmer mit etlichen Kakerlaken zu teilen. Und was das Essen anging, würde es vor allem aus schwarzen Bohnen auf Tellern von zweifelhafter Sauberkeit bestehen.

»Erinnere dich an deine Unternehmungen in Paris«, fügte sie hinzu. »Da wollte ich nicht raus, weißt du noch? Jetzt ist es an mir, dich aufzurütteln. Du wirst es nicht bedauern, glaub mir.«

Sie hatte recht, selbst wenn die Angst mich auf der ganzen Reise nicht losließ. Am Anfang konnte ich noch soviel um mich blicken, ich sah nichts. Alles forderte mich heraus, alles machte mir angst. Diese unbegreifliche Feigheit, als ich glaubte, so wenig am Leben zu hängen, erdrückte mich mit Scham … und verflüssigte mir das Hirn. Ich hatte gehofft, auf dieser Fahrt ein Romanthema zu finden, aber es gelang mir nicht, die Ängste abzuschütteln, die mich verschlangen. Da Vitalis und Simones Heiterkeit mein Gefühl des Scheiterns verstärkte, zeigte ich ihnen die kalte Schulter.

Sie wechselten sich ab, um mir das Leben in diesem Lande

zu erklären, wo sie beschlossen hatten, glücklich zu werden. Vitali verkaufte nun Geschirr. Er importierte Porzellan aus Sèvres, Limoges oder Meißen und hatte gerade im Süden des Landes eine kleine Silbermine gekauft, um Bestecke herzustellen. Simone hatte einen französischen Buchladen eröffnet, wo sich Studenten, Diplomaten und Intellektuelle trafen. Ich verstand schlecht, wie sie den Gegensatz zwischen ihrer goldenen Existenz und den Lattenhütten, den nackten Kindern mit aufgeblähtem Bauch und den Fliegen und den Aasgeiern ertrugen, die uns auf der Fahrt begleiteten.

Nach und nach trug die Kraft meiner Umgebung den Sieg über alles übrige davon. Ich öffnete endlich die Augen. Ich entdeckte die Feuchtigkeit und das Zirpen des Amazonas-Waldes. Die Förderschächte von Standard Oil und die Sträflinge des schwarzen Goldes. Die großen Ebenen in der Mitte des Landes, wo die *peones*, die Zuckerschneider, die Kaffee- oder Kakaopflücker nicht den gerissenen Blick der *vedres* von Konstantinopel hatten, wie die Sephardim die Türken nannten, sondern den leeren von Lasttieren.

In ganz Südamerika, belehrte mich Vitali, war das Land in Haziendas aufgeteilt, die auf quasi feudalistische Weise ausgebeutet wurden. Während die reichen Besitzer die »*vida social*«-Seiten der Zeitungen der Hauptstadt füllten, waren die Indianer zu Sklaven erniedrigt. Sie wurden kaum bezahlt und hatten keine andere Wahl, als sich beim Lebensmittelgeschäft des Ortes zu verschulden, wenn sie Mais, Bohnen und den Kaffee kaufen wollten, den sie selber gepflanzt hatten.

»Und das Erdöl?« fragte ich.

»Es bereichert vor allem die Vereinigten Staaten«, erwiderte Simone. »Und die Maitressen des General Gomez …«

Das Auto fuhr an einer Kohorte wandelnder Skelette vorbei, die Spitzhacken trugen und von bewaffnetem Militär eingekreist waren.

»Siehst du diese Männer? Es sind politische Gefangene.

Wenn jemand sich auflehnt, schickt man ihn zum Straßenbau in den Osten. Verlier nicht die Laune, aber wir fahren über einen Friedhof.«

»Und unter den Leichen, die hier begraben sind«, seufzte Simone, »meine kleinen Studenten vom 28. Februar... Jene, die in meine Buchhandlung kamen. Ich konnte dir darüber nicht in meinen Briefen berichten... Die Zensur...«

Vitali erzählte mir von dem Aufstand gegen Gomez, von den Kämpfen, den Solidaritätsstreiks der Bevölkerung von Caracas, der Woche der verrückten Hoffnung, dann von dem Scheitern der Erhebung. Mehr als zweihundert Studenten wurden gefoltert und zur Zwangsarbeit verurteilt: Arturo Uslar Pietri, Miguel Otero Silva, Romulo Bétancourt, Raul Leoni... Viele starben an Malaria oder an Erschöpfung. Jungen im Alter von kaum zwanzig Jahren, die vor Talent strotzten und das ganze Leben vor sich hatten.

»Hattet ihr Angst?« fragte ich und drehte mich nach den Strafarbeitern um.

»Wir erhielten den Besuch der *Jefatura*«, antwortete Simone. »Das Haus, das Geschäft und die Buchhandlung wurden durchsucht, aber da hat sich die französische Botschaft eingeschaltet. Ich mußte trotzdem den Laden schließen und warten, bis die Regierung mir die Genehmigung für die Wiedereröffnung erteilte. Einige Dutzend Kristallgläser haben die Sache geregelt...«

»Dieses Land könnte ein Paradies sein«, seufzte Vitali.

»Ein ideales Klima, Minenschätze, fruchtbarer Boden...«

»Aber die Führer«, seufzte Simone.

Ich glaubte, den Vitali der *Solidaridad Obradera* und die Simone aus ihren Jahren der Bohème wiedergefunden zu haben. Mein Bruder warf mir einen Blick zu und sprach in neutralem Ton weiter: »Träume nicht, kleine Schwester, ich bin der Stammlieferant der *Casona* und des Miraflores-Palastes. Muß ich dir die Devise des guten Kaufmanns ins Gedächtnis rufen? *No te metas en la politica!* – Misch dich nicht in die Politik!«

Ich erinnerte an Louise und Elie Abravanel, die auf ihre Jugendideale nicht verzichtet hatten.

»Sie haben den kollektiven Kampf nicht aufgegeben«, gab Vitali zu.

»Wenn man nur mit einem Bein lebt«, meinte Simone leise, »nimmt jede Ortsveränderung die Form einer Herausforderung an. Man kann nicht an allen Fronten kämpfen.«

Ihr Blick glitt zu dem verunstalteten Körper der kleinen Regine, und ich wurde rot vor Scham. Wer war ich, um Lektionen zu erteilen?

Ich kam verdreckt und müde, aber verwandelt von diesem Unternehmen zurück: Ich hatte die dünne Luft der Anden auf der Haut gespürt, die unbequemen *baños* kennengelernt, in denen es von kleinen Tieren wimmelte, vor Angst aufgeschrien, als ich plötzlich mitten in den verlassenen *llanos* vor einem bewaffneten Reiter stand, ein Beefsteak vertilgt, das zuvor aus einem noch warmen Vieh herausgeschnitten worden war, eine zusammengerollte Schlange im Motor des Autos entdeckt, als ich die Kühlerhaube hob und sogar mit klopfendem Herzen Simone am Steuer des Ford abgelöst. Ich hatte zwar etliche Reiseberichte gelesen, um meine kleinen exotischen Geschichten zu schreiben, aber dieses Mal war es doch anders. Die Empfindungen drangen durch alle Hautschichten, sie lebten in mir. Ich durfte sie nicht entweichen lassen, bevor ich nicht ihre ganze Fülle ausgebeutet hatte.

Ein regungsloser, stummer Indianer, den ich bei einem Ausflug in die Hochebenen erblickt hatte, hätte mich zu einigen Zeilen für zehn Centimes verleiten können. Er verdiente Besseres. Hatte ihn nicht auch, wie uns 1492, das Gesetz der Spanier unterdrückt? War er nicht wie wir zum Bürger zweiter Klasse erniedrigt worden, hatte man ihn nicht auch gehindert, ein Pferd zu besteigen und Waffen zu tragen? Stellten seine Familie und seine Gemeinde nicht auch die Grenzen des Universums dar? Hatte er nicht wie wir eine Volkssprache beibehalten, den Häuptlingen gehorcht und Götter verehrt?

Dort endete der Vergleich. Wir hatten keine Versklavung gekannt, keine aufgezwungene Verblödung, keine Folter und keine Vergewaltigung. Noch nicht.

Das Thema hatte mich gepackt. Trotz meiner Ungeduld gelang es mir, mich nicht mit gesenktem Kopf ins Schreiben zu stürzen. Simone machte mich mit dem Leiter der Alliance Française bekannt, der mir seine Bibliothek zur Verfügung stellte. Dank einiger Geschenke wurde mir auch die der Universität geöffnet.

Ich begann also meine Nachforschungen über das indianische Volk. Diese Arbeit ließ mich endgültig gesunden. Sie beschäftigte meinen Geist, ohne mich von dem Ziel zu entfernen, das ich mir gesetzt hatte: Romanschriftstellerin zu werden.

4

Meine liebe Georgette (schrieb ich), *Du bist heute neunzehn Jahre alt geworden, und ich muß an das kleine Mädchen von sieben Jahren denken, das schon damals so ernst war und das mir im Salon eines Appartements von Pera einen Löffel Rosenmarmelade anbot.*

Wir sind einander nie sehr nah gewesen. Du weißt, daß ich nicht mit Fröhlichkeit im Herzen die Stelle Deiner Mama eingenommen habe. Ich besaß weder ihre Sanftmut noch ihre Hingabe. Vor allem trug ich mich mit anderen Plänen, in denen die Unterwerfung unter einen Gatten nicht vorkam. Was auch immer die Familie denkt, ich habe getan, was ich konnte. Heute bin ich frei, aber verbannt.

Schuldgefühl ist auch ein Gefängnis, noch schädlicher als die Ehe, aber ohne Scheidung.

Ich möchte Dir sagen, meine liebe Georgette, daß ich stolz und glücklich bin, wenn ich an Dich denke. Es ist Dir gelungen wegzugehen, und die Zukunft gehört Dir. Du wirst Ärztin werden, dein Leben wird einen Sinn, einen Nutzen haben. Du wirst zu jenen neuen Generationen von Frauen gehören, die zugleich die Freuden in einer Partnerschaft, Mutterschaft und die persönliche Verwirklichung kennenlernen. Und vielleicht wirst Du eines Tages einräumen, daß ich daran nicht ganz unschuldig bin. Im Jahr Deiner Geburt, 1913, wollte ich ganz allein nach Paris gehen. Die Umstände haben mich daran gehindert. Mein Bruder war kurz vorher verletzt worden, dann kam der Krieg. Dann der Tod Deiner Mutter. Ich hätte mich zweifellos für den Bruch entscheiden können. Fliehen, mir mit Brachialgewalt einen Weg bahnen können. Das haben schon andere gemacht. Aber ich wollte auf nichts verzichten, weder auf die Liebe der Meinen noch auf die Bestrebungen, die mit dieser Liebe nicht vereinbar waren.

Ich beneide und beglückwünsche Dich, weil Du entkommen konntest, ohne Haß auszulösen. Ich wünsche Dir ein wunderbares Leben, das Du verdienst.

Den Ring, den ich meinem Brief beifüge – und den ich einer Person meines Vertrauens mitgebe – habe ich von meiner Schwester Nita. Sie hat mich großgezogen, ich liebte sie wie eine Mutter. Ich wäre glücklich, wenn Du ihn in Erinnerung an uns trügest …

Mein lieber Joseph, herzlichen Glückwunsch zum Geburtstag, möge Dir Dein achtzehntes Lebensjahr Glück bringen. Ich hoffe, daß dieses kleine Paket unversehrt bei Dir ankommt. Es sind Reproduktionen präkolumbianischer Schmuckstücke: Ich dachte, ein zukünftiger Juwelier könnte daraus Anregungen schöpfen.

Vitali und Simone kümmern sich sehr lieb um mich. Ihre Kinder sind bezaubernd. Es ist das ganze Jahr über schönes Wetter, und unser Leben ist einfach angenehm. Mein Glück wäre vollständig, wenn ich nicht fürchtete, Ihr, Georgette, Claude und Du, hegtet weiterhin Groll gegen mich. Ihr seid die Kinder meiner Schwester, und ich werde Euch, so lange ich lebe, liebhaben. Ich glaube, alles in meiner Macht Stehende getan zu haben, damit jeder von Euch den Weg geht, der Euch entspricht.

Erinnerst Du Dich, wie ich darauf bestanden habe, daß Du mit der linken Hand schreibst? Ich habe erst kürzlich erfahren, daß Einstein Linkshänder war, so wie andere große Genies auf dieser Welt. Bestimmt hast Du bei Deinem Onkel und Deiner Tante in Brüssel ein schönes, warmherziges Zuhause gefunden …

Ich wischte meine feuchten Hände an meinem Taschentuch ab, bevor ich die Briefe in ihre Umschläge steckte. Ich brauchte nicht den Kopf zu heben, ich wußte, daß er da sein würde, wie jeden Tag, am selben Tisch beim Fenster sitzend, in ein dickes Buch vertieft. Beim ersten Mal amüsierte ich mich über seine Manie, zu schreiben, ohne den Blick von seinem Buch zu heben. Seine Feder rutschte unaufhörlich auf dem Leder der Schreibunterlage ab.

Ich lief ihm in der Alliance Française über den Weg, in der Universitätsbibliothek und im Deutschen Institut, wo ich die Memoiren von Humboldt entzifferte. Groß und stark. Um die vierzig herum. Dichtes, schwarzes gelocktes Haar. Bartlos, ausgeprägte Gesichtszüge, unregelmäßige Haut. Nicht wirklich gutaussehend. Besser, kraftvoll.

Diese wiederholten Begegnungen hatten nichts Überraschendes: Dieselbe kleine Gruppe suchte dieselben Bibliotheken auf. Noch so geringe Nachforschungen waren mit peniblem Durchforsten der Schlupfwinkel des Wissens verbunden, die in Caracas weniger zahlreich waren als die Spielsäle und Operettenhäuser.

Unsere Blicke trafen sich. Ich versiegelte meine Briefe und stand zögernd auf. Das Buch, das ich ausleihen wollte, war nicht verfügbar. Die Wochen verstrichen, und ich hatte noch keine Zeile geschrieben. Jedes Werk führte mich zu einem anderen, nach dem ich vergeblich in den Karteien forschte und das Simone mit Hilfe ihrer eigenen Verbindungen zu bekommen versuchte. Die Untersuchungsbereiche dehnten sich immer weiter aus: Geschichte, Geographie, Ethnologie, Anthropologie …

»Glaubst du wirklich, daß du das alles brauchst?«

»Simone, ich fange schließlich bei Null an.«

»Ich habe vielmehr den Eindruck, daß du den Augenblick hinauszögerst, dich ins kalte Wasser zu werfen!« antwortete sie lachend.

Ich ärgerte mich, weil sie recht hatte.

Er hatte sich wieder an seine Arbeit begeben. Ich verließ die Bibliothek.

Simone hatte nicht gelogen. Die Regenzeit, der dem *mal de mayo* (Müdigkeit, Fieber und Verdauungsstörungen) vorausging, machte schlapp.

Innerhalb von fünf Minuten wurde der Himmel schwarz – das Ende der Welt. Das Gelände rutschte, Risse klafften in dem, was von den Bürgersteigen seit dem vorhergehenden

Unwetter übriggeblieben war, Straßen verwandelten sich in Flüsse, auf denen alle möglichen Abfälle schwammen, Tierkadaver eingeschlossen. Der Innenhof des Hauses füllte sich mit Wasser, das bald ins Parterre drang. Wassersperrungen (welche Ironie!) folgten auf Elektrizitätsausfälle, von fünf Uhr nachmittags an war ich erschöpft, selbst wenn ich Mittagsschlaf gehalten hatte, die Kinder waren knurrig, und des Nachts quakten Tausende von Fröschen unter unseren Fenstern.

Aber um sechs am nächsten Morgen war der Himmel wie reingewaschen, die Straßen sauber gespült. Die Dienstmädchen fegten den Bürgersteig, der Garten glänzte, und ein betäubender Geruch kitzelte die Nasenlöcher. Die Vegetation wußte nichts von der jahreszeitbedingten Ruhe. Nicht alle Pflanzen waren fleischfressend, aber ihre Üppigkeit, ihre Lebendigkeit zermürbten mich. Als ob ich Angst hätte, ein Stück von mir selbst zu verlieren.

Ich war nicht die einzige, die die stumme Drohung der Elemente spürte. Die Bewohner von Caracas schützten sich vor allem. Sie lebten gleichsam im Dunkeln, unter den Ventilatoren, um die Natur und ihre Auswirkungen abzuwehren. Aber wie dem Prasseln des Regens, dem Brausen des Windes in den Palmen entgehen? Die Hitze verstärkte jede Sinnlichkeit, die die Kirche verdammte, und die Gattinnen flüchteten in eine fast krankhafte Schlaffheit. Am Freitagabend – der schamhaft *viernes cultural* genannt wurde – luden sie sich gegenseitig zu *tés de damas* ein. Es war der Tag, an dem ihre Ehemänner zusammen ins Bordell gingen, um sich dort zu erleichtern. Wenn Vitali auch zu Hause blieb, waren Simone diese kleinen Feste nicht zuwider. Trotz ihres Drängens begleitete ich sie nicht. Ich hatte mir ein heiliges Entsetzen vor Frauenzusammenkünften bewahrt.

Auch begleitete ich meine Nichte und ihre Kinder nur mit Zögern zum Hebraica-Club. Wie jede Gemeinde – die Katalanen, die Basken, die Korsen, die Portugiesen, die Italiener … –

besaßen die Juden ihr paradiesisches Eckchen, frisch und grün, mit Tennisplätzen, einem Planschbecken, einer Veranda zum Kartenspielen, einem koscheren Restaurant, einer amerikanischen Bar, Gärtnern, Dienstboten, Wachtposten, alles, was Geld in einem armen Land bieten kann.

Die Freundinnen Simones waren entspannter und wohlwollender als die Frauen des *cortijo*, aber das wahre Blut läßt sich nicht verleugnen: Da in jeder jüdischen Frau eine Kupplerin steckte, organisierten meine Nichte und ihre Komplizinnen ohne Unterlaß Bridge-Parties, Picknicks und Opernbesuche, um mir die besten Partien von Caracas vorzustellen.

»Kommt Rebecca mit am Sonntag zur Colonia Tovar?« fragte Lea Moreno, während sie sich mit Sonnencreme einrieb.

»Natürlich«, antwortete Simone.

»Es wäre mir lieb, wenn du mich vorher nach meiner Meinung fragtest«, sagte ich, eine Grimasse ziehend.

»Es ist eine Sehenswürdigkeit, Liebling, für jeden, der sich für Ethnologie begeistert!«

Wir brachen in mehreren Autos auf, ausgestattet mit den beiden Höhepunkten der örtlichen Gastronomie, Schinken und kaltem Putenfleisch. Die Kinder waren mit dabei.

Zu meiner großen Überraschung sah ich außer Gisela Bauer und ihrem Mann, ihren Freunden, den Pintos und den Morenos, wie immer von ihrer griesgrämigen ältesten Tochter begleitet, aus dem uns vorausfahrenden Daimler den Bibliophilen mit dem Lockenkopf steigen.

»Maurice Chemsi«, verkündete Lea Moreno, »unser Anwalt.«

»Zukünftiger Anwalt«, korrigierte der Betroffene. »Ich muß erst einmal mein Diplom machen. Wie Sie, vermute ich ...«

Er sah mich lächelnd an.

»Ihr kennt euch?« fragte Simone verblüfft.

Ich errötete.

»Vom Sehen ... Wir besuchen dieselben Bibliotheken. Aber ich bereite kein Examen vor.«

»Meine Schwester schreibt ein Buch«, verkündete Vitali.

Ich durchbohrte ihn mit meinem Blick.

»Nein, noch nicht, ich trage Material zusammen …«

Maurice brach in Lachen aus.

»Es ist keine Schande. Ich für meinen Teil habe drei verbrochen.«

Colonia Tovar ähnelte einem Tiroler Marktflecken mit seinen Fachwerkhäusern und seinen von Hängegeranien umrankten Balkonen. Aber die Blüten zogen Wolken von Insekten an, die nichts mit der Alpenwelt gemeinsam hatten, und auch die Gerüche waren ausgesprochen venezuelanisch. Maurice Chemsi erklärte mir (ohne eine Frage meinerseits), daß eine Gruppe deutscher Siedler, deren ganzer Reichtum aus Samen für Früchte und »exotischem« – das heißt europäischem – Gemüse bestand, sich 1843 in diesem kleinen Andendorf niedergelassen hatte.

»Und sie haben untereinander geheiratet?« fragte ich. »Kein Wunder, daß sie so degeneriert aussehen.«

Ich biß mir auf die Lippe und sah zu Simone hin. Zum Glück hatte meine Nichte nichts gehört. Sie warf mir einen aufmunternden Blick zu, auf den ich mit einer Grimasse reagierte. Regine lachte schallend.

»Sie sind streng«, antwortete Maurice lächelnd. »Sehen Sie sie sich doch an: blond mit blauen Augen, hart arbeitend, Hitler würde sie nicht verleugnen! Unter der Bedingung natürlich, sie etwas aufzupolieren …«

Er ging hin und handelte einen Korb Früchte aus, aus dem er mir eine Zwetschge anbot. Ich lehnte ab. Er biß hinein. Über sein Kinn lief ein Safttropfen.

»Sind Sie sicher? Es ist köstlich. Nehmen Sie die andere Hälfte …«

»Gern.«

Ich hatte den Eindruck, daß unzählige Augenpaare mich beobachteten. Ich entfernte mich von dem Eindringling und hielt mich bis zum Ende des Picknicks abseits. Aber ich konnte es nicht verhindern, seinem amüsierten Blick zu begegnen. Die anderen fragten ihn nach dem wachsenden Nationalsozialismus in Europa, der Guerilla in Mexiko, dem New Deal, der Zukunft der venezuelanischen Diktatur ... Es ärgerte mich, als ich ihn auf jede Frage antworten hörte. Hielt man ihn für ein Universallexikon? Wo kam er her? Wer war er? Hatte er Romane oder Essays geschrieben?

Jacquot wurde am Mund von einer Biene gestochen und jagte uns allen einen Schrecken ein. Ein »Gretchen« brachte ein Stück Eis, um den Schmerz zu lindern. Sie erstarrte, als sie Regine erblickte, stieß einen Schrei aus und lief davon. Simone erblaßte. Ein solcher Vorfall ereignete sich nicht das erste Mal. Auf dem Land glaubte man noch immer, daß die Buckligen Unglück brachten.

Auf der Rückfahrt in die Stadt lastete drückendes Schweigen auf uns, das manchmal von dem Gebrabbel des kleinen Mädchens und Jacquots Fragen unterbrochen wurde.

5

Ich las gerade *Eine verlorene Welt* von Conan Doyle in der Bibliothek der Alliance Française, als Maurice Chemsi vor mir aufragte, beherrschend, mit einem Lächeln auf den Lippen.

»Warum fliehen Sie vor mir? Man möchte meinen, Sie haben Angst vor mir!«

»Herr ...«

»Anwalt, wenn es Ihnen nichts ausmacht. Ich habe mein Examen bestanden.«

»Meinen Glückwunsch.«

»Wollen Sie, daß ich Sie dorthin bringe?«

»Wohin?«

Er deutete auf eine mit scharfer Feder gezeichnete Illustration in meinem Buch, wo man felsige, wie Nadeln spitze Berggipfel sah, zwischen denen sich merkwürdige Tiere durchwanden. Maurice' Hände, kräftig, behaart, mit quadratischen Fingernägeln, schienen zu derselben prähistorischen Gattung zu gehören.

»Dies spielt sich in Venezuela ab«, sagte er. »Nahe der brasilianischen Grenze. Ein geologischer Unfall. Man denkt, die Erde sei um etwa hundert Meter eingestürzt, bis auf diese Bergspitzen. Es ist ein ganz wildes Gebiet, wenn auch reich an Mineralien. Es gibt schwarze Flüsse, blutrote Seen und die schönsten Wasserfälle der Welt.«

Ich ließ mir von Canaima und dem Piloten erzählen, der den Ort entdeckt hatte, ehe er dorthin zurückkehrte und zerschellte.

»Das Gebiet übt auf den Reisenden eine fatale, fast dämonische Anziehungskraft aus.«

»Und da wollen Sie mit mir hinfahren?« scherzte ich.

»Sie scheinen die Statur zu haben, dem zu widerstehen.«

Ich antwortete nicht; er wirkte so ruhig und überlegen, daß mich das irritierte. Er führte mich ins nächste Café.

»Hören Sie, Maurice«, sagte ich. »Ich will offen mit Ihnen sein. Ich muß etwas zustande bringen, und dafür muß ich allein sein.«

»Was fürchten Sie?« fragte er lächelnd. »Daß ich Ihnen einen Heiratsantrag mache?«

Ich haßte ihn, weil er sich auf meine Kosten amüsierte. Es ist so leicht für einen Mann. Er zieht alle Register, und wenn man seine Einladung ablehnt, protestiert er, er habe nicht eine Sekunde daran gedacht, einen zu verführen.

»Ich bin schon verheiratet«, antwortete ich in eisigem Ton. Das war nur noch halb wahr. Ich wußte von Vitali, daß David ihm geschrieben hatte, Bonjour habe ein Scheidungsverfahren in Gang gesetzt. Er wollte seine Büglerin heiraten und ihren Sohn anerkennen, bevor er in die Volksschule kam.

»Ich weiß das«, meinte Maurice. »Man hat es mir erzählt. Caracas ist ein Dorf.«

»Aber merkwürdigerweise weiß ich über Sie überhaupt nichts«, entgegnete ich.

Er war in Saloniki geboren, von wo er 1912 nach Istanbul aufgebrochen war. Als Schüler einer schottischen Mission hatte er in Oxford Jura studiert, in Kairo den Beruf eines Anwalts ausgeübt und die Ägypter gegen die englische Herrschaft verteidigt. Bis zu dem Augenblick, da seine unabhängigen Plädoyers zu seiner Ausweisung aus dem Land geführt hatten.

»Ein Weltbürger«, scherzte ich.

»Ein *deunmè*, ein Renegat, der zum Moslemglauben übergetreten ist, aber im geheimen die hebräischen Riten praktiziert.«

Deunmè. Dieser Ausdruck versetzte mich Jahrhunderte zurück in den *cortijo* mit der spitzfingrigen *nona*, meiner sanften Nita, den duftenden Pflanzentöpfen und dem lackierten Feigenbaum. Mutters Freundinnen hatten alle jemanden auf dem Kieker. Die eine die Vettern Balats, die andere jene aus Saloniki, aber auch die Aschkenasim, die Juden, die nur die Autorität der Tora anerkennen, die Marranen, die *deunmès*. Und vor allem die Schwiegermütter. Es gab so viele Arten, verflucht zu sein. Wohl verstanden – nur die *buenas familias* wußten die Spreu vom Weizen zu unterscheiden ...Mit meinem Widerspruchsgeist hatte ich immer Sympathie für die *deunmès* empfunden, die der dreifachen Verachtung ausgesetzt waren, der der Juden, Christen und Muslime. Ich wußte, daß sich viele von ihnen seit Saloniki der Revolution der Jungtürken und der Gruppe der Benaroya angeschlossen hatten. Nachdem sie sich 1912 vor allem in Istanbul zurückgezogen hatten, ermöglichte es ihnen ihre Zugehörigkeit zum Islam, bestimmte öffentliche Ämter zu bekleiden, bis der Zusammenbruch des Osmanischen Reiches sie ins Exil trieb.

»Sie sind also ein Muslim?« fragte ich.

Ich dachte mit einigem Vergnügen an die Reaktion der Familie, wenn ihnen zu Ohren käme, daß ich mich mit einem *deunmè* traf.

»Ich bin ein Muslim, wenn die Engländer Ägypten besetzen, ein Jude, wenn Hitler an die Macht kommt, ein Christ, sobald man einen Priester ermordet, ein Gandhi-Anhänger in Indien ...«

»Und hier? Venezuela ist nicht unbedingt der Völkerbund, wenn Sie verstehen, was ich sagen will!«

»Ich weiß. Ich stehe in Kontakt mit Bétancourt. Gomez macht es nicht mehr lange. Wir sind bereit zum Aufstand.«

Seine humanistische Tirade irritierte mich. Ebenso wie das »wir«. Für wen hielt er sich?

»Im Dauerdienst für die Witwen und Waisen?«

»Vielleicht weil ich selbst Witwer bin.«

Ich konnte kaum an mich halten und wollte ihm weitere Fragen stellen, aber mein Stolz hinderte mich daran. Er brachte mich zur Florida zurück, und ich war den ganzen Nachmittag in abscheulicher Laune.

Jacquot war zu einem Geburtstagsfest im katalanischen Klub geladen. Gerade als er aufbrechen wollte, verwandelte ein Regenschauer die Straßen in Sturzbäche. Man mußte zwei Stunden warten, bis das Wasser abgeflossen war. Bei unserer Ankunft war das Tier aus Pappmaché, das an der Eingangstür hing, schon unter den Faustschlägen der Kinder geplatzt und hatte die Bonbons und Murmeln, mit denen es gefüllt gewesen war, verstreut. Die Mütter, mit all ihren Juwelen geschmückt, die im Kreis um die Engel herumsaßen, labten sich an einem ekelhaften Reiskuchen, während ein Clown seine Streiche vorführte und viersaitige Gitarren seufzten. Ich fühlte mich fehl am Platz, feindselig. Zweifelsohne gelang es mir nicht, mich von den Kindern anderer rühren zu lassen. Mit Ausnahme Claudes.

Ich flüchtete ins Klubhaus und ließ mir eine Limonade servieren. Eine Welle von Heimweh überkam mich. Ich sehnte mich nach dem Westen, seinen nebligen Morgenröten und seinen Abenddämmerungen, seinen vier Jahreszeiten und dem Reif. Der Regen und das Licht der Tropen durchbohrten mich wie tausend Nadeln. Ich fühlte mich ausgeblutet. Meiner Substanz entleert.

Was machte ich unter diesem Propellerventilator, dessen Dröhnen kaum das Kindergeschrei übertönte? Warum war ich mit Simone mitgekommen? Noch ein verlorener Tag. Ich wäre besser in die Bibliothek zurückgekehrt. Nein. Ich wollte dem Herrn Alles-Wisser nicht mehr begegnen.

Am Nachbartisch leerte ein Mann mit zerknitterter Weste sein drittes Glas Whisky. Er rief den Barmann mit einem Fingerschnalzen. Der Eingeborene ersetzte das leere Glas mit ausdruckslosem Gesicht.

Es gab einmal ein Volk, das die Erde achtete und die Sonne verehrte. Man hatte ihm seine Wurzeln und seine Götter genommen; man hatte den Menschen ihre Seele entrissen. Was nutzten mir weitere Daten, weitere Namen, weitere Stätten? Diese Geschichte kannte ich. Mir fehlten die Details? Ich würde sie erfinden. Sobald ich in die Haut meines Helden schlüpfte, eines Indianers, der vergebens das Heil außerhalb seines Stammes suchte.

Ich hatte mich genügend herumgeschlagen, es war Zeit mich emporzuschwingen.

6

Offenbar ist Jacquot in den Ferien und Regine erreicht das Alter der Vernunft. Ich schreibe. Offenbar lassen sich die Juden in Palästina umbringen. Ich schreibe. Offenbar hat mein Neffe Leon ein Photo seiner Frau geschickt mit einem Gewehr in der Hand. Ich schreibe. Offenbar hat General Gomez neue Aufstände blutig unterdrückt. Ich schreibe. Offenbar hat ein gewisser Stavisky Hunderte von Leuten übers Ohr gehauen. Ich schreibe. Offenbar weigere ich mich, Simones Buchhandlung zu betreten, unter dem Vorwand, die Bücher der anderen bedrückten mich. Ich schreibe. Offenbar ist der Winter an die Stelle des Sommers getreten. Ich schreibe. Offenbar lasse ich mich gelegentlich in den Klub fahren und strecke mich in einem Liegestuhl aus, aber ich antworte auf keinerlei Fragen.

Offenbar hat die Schreibmaschine an einem Dezembertag geschwiegen, und ich habe vierundzwanzig Stunden geschlafen.

Offenbar hatte ich daraufhin Hunger.

7

Claude, mein Liebling, heute ist Weihnachten, und ich denke so intensiv an Dich, daß es weh tut. Ich stelle mir vor, wie Du im Schlafsaal des Gymnasiums Louis-le-Grand mit dem Blick zur Decke auf Deinem Eisenbett liegst. Das ist kein trauriges Bild. Als ich 1919 nach Paris kam, habe ich das Internatsleben kennengelernt. Es herrschten rauhe Bedingungen im Institut Bischoffsheim, aber mir gefiel es, daß mein Leben äußerlich geregelt war, damit ich mich endlich auf das Wesentliche konzentrieren konnte. Das Wesentliche war zu jener Zeit, ins Gymnasium zu gehen, mich zum Baccalauréat zu melden, ein Staatsexamen oder ein Doktorat anzustreben, alle Kräfte meines Hirns auszuschöpfen. Meine Intelligenz zu schärfen, die für mich genauso kostbar war wie die Hände für einen Pianisten oder die Beine für einen Läufer. Ich hatte nichts anderes, und wir bildeten ein merkwürdiges Paar, weil sie lästig, anspruchsvoll und oft grausam war. Die Intelligenz eines Mannes, jammerte meine Mutter.

Claude, wirst Du mir jemals verzeihen? Michel Moineau habe ich nicht geliebt, und ich wollte nicht, daß Du leidest. Du, den ich als meinen Sohn ansehe, aber man hatte mich benutzt, gedemütigt, verhöhnt, nur weil ich als einzigen Ausgleich nach Liebe verlangte. Die Familie zieht die Schwachen vor, da sie diese hintergehen kann, unter dem Vorwand, ihnen zu helfen. Ich flößte keinen Respekt ein, noch weniger Bewunderung, nur Angst. Ich war eine Bedrohung für das Patriarchat, für die seit so vielen Generationen bestehende Ordnung.

Ich habe mich bei meiner Ankunft hier gefragt, wozu soviel Leiden genutzt hatte. Es blieb mir, die ganze Wut, den ganzen Zorn hinauszuspülen. Und dann bin ich eines Tages einem kleinen Indianer begegnet. Er war aus dem Nirgendwo aufgetaucht und hielt sich regungslos und stumm hinter mir. Ich hatte ihn nicht kommen hören. Er sah mich an. Für ihn stellte ich die weiße Macht dar, den Herrn. Er war ein Kind, und seine Augen waren noch nicht unterwürfig und verängstigt wie die seiner Rasse.

Man ist immer der Indianer von jemandem.

Dieser Junge ist der Held von meinem ersten Roman. Ich schicke Dir eine Kopie.

Mein lieber Claude, beurteile Deine Tiatia nicht nach den Maßstäben der anderen. Jedes Leben ist ein Kampf. Bis zu meiner Ankunft hatte ich keine Wahl der Waffen.

Wir haben im Innenhof um eine Tanne aus Colonia Tovar Weihnachten gefeiert. Regine hat auf einem mechanischen Klavier *Stille Nacht, Heilige Nacht* gespielt, und Jacquot hat sein neues Fahrrad eingeweiht.

Simone und Vitali haben mir eine vollständige Ausgabe der *Thibaults* geschenkt.

Ich weiß, daß sie sich meinetwegen Sorgen machen. Niemand wagt, mich nach meinem Buch zu fragen. Simone hat Gisela Bauer zum Tee geladen, und meine frühere Psychoanalytikerin hat mich unaufhörlich beobachtet. Sie fragen sich alle, ob ich wirklich etwas geschrieben oder nur so getan habe. Schließlich bin ich ja vielleicht wirklich verrückt.

Ich bin wieder in die Bibliothek der Alliance Française gegangen. Maurice Chemsi war nicht da. Ich hatte ihm soviel zu sagen. Jede Nacht, wenn die Sätze des Buches in meinem Kopf umherschwirrten und mich daran hinderten, mich dem Schlaf zu überlassen, wandte ich mich an ihn.

Der Roman war beendet, aber der Indianer wollte nicht loslassen. Ich fühlte mich erschöpft und fiebrig. Mein Körper zauderte, die Botschaft aufzunehmen, die mein Hirn ihm übermittelte. Ich hatte keinen Schwung mehr, ich war nur eine leere Schale, die von unbewußten Zuckungen bewegt wurde. Ich fürchtete die Langeweile. Und eine erneute Depression.

Ich zwang mich, die *Thibault*-Romane zu verschlingen. Seit meiner Abreise aus Paris hatte ich nichts mehr gelesen. Es war ein Schock. Ich empfand Glück, aber auch Schmerz. Der mich ganz nach unten zog. Ich schämte mich, Claude mein Manuskript geschickt zu haben. Ich erinnerte mich an mein Unbehagen vor den Ergüssen Michel Moineaus. Ein Buch konnte nur allumfassend sein. Wie *Auf der Suche nach der verlorenen Zeit. Krieg und Frieden. Die Thibaults.* Für ein solches Unterfangen fühlte ich mich zu schwach. Und schon so alt. Mir fehlten die breiten Schultern. Ich hätte ein ganzes Leben gebraucht. Das Leben eines Mannes.

Ich fühlte mich noch immer niedergedrückt, als das Silvesterfeuerwerk aufflammte. Das Jahr 1932 ging zu Ende. Wir waren zum Empfang in der französischen Botschaft geladen. Simone und Vitali fuhren mich hin.

Maurice Chemsi brachte mir ein Glas Champagner. Ich hatte ihm nichts mehr zu sagen. Mein Wortschwall war zur gleichen Zeit versiegt wie meine literarischen Illusionen. Er erzählte mir von seiner Frau und seinem zweijährigen Töchterchen, die während des Krieges auf dem Meer umgekommen waren.

»Sie waren in England in Sicherheit. Ich hatte sie gebeten, wieder zu mir nach Kairo zu kommen. Ein deutsches U-Boot hat das Schiff versenkt.«

»Und als Sühne verteidigen Sie die ausweglosen Fälle?«

Es gelang mir nicht, meine Aggressivität zu unterdrücken.

»Es ist gelegentlich nicht schlecht, sich selbst zugunsten anderer zu vergessen. Sie sollten das versuchen«, entgegnete er.

Er hatte den Nagel auf den Kopf getroffen. Ich dachte an Louise und Elie Abravanel, an ihre nächtlichen Diskussionen in ungeheizten Sälen, an die Stunden, die sie mit dem Verfassen und Drucken von Traktaten verbrachten, an die Zeitungen, die sie sonntags auf dem Markt verkauften.

»Die anderen, vor denen genau hüte ich mich. Ich habe Angst vor der kollektiven Erregung. Sehen Sie sich doch Italien, Deutschland an. Ich möchte mir meine Gedankenfreiheit bewahren. Sie nützt mir nichts, wohlgemerkt, aber sie ist alles, was ich habe.«

Warum diese Verallgemeinerungen? Die Worte verrieten mich. Ich wollte eigentlich etwas ganz anderes sagen. Die Wahrheit, zum Beispiel. Meine Wahrheit.

Er lächelte.

»Die Bücher, die Sie geschrieben haben«, fragte ich, »sind das Romane?«

»Biographien. Ich habe, leider Gottes, keine schöpferische Ader. Aber man schreibt mir analytische Fähigkeiten zu.«

Seine Sicherheit reizte mich von neuem.

»Und was machen Sie hier?« fragte ich. »Die Angelegenheiten der Moreno werden Sie doch wohl nicht die ganze Zeit beschäftigen!«

»Wir prüfen mit Freunden die Möglichkeit, ein tägliches Informationsblatt zu gründen ... Es ist schwierig. Die guten Journalisten sind im Exil oder im Gefängnis.«

Das Orchester spielte einen Walzer von Strauß. Maurice bot mir seinen Arm. Das Podium war überfüllt. Auf dem Rasen zu tanzen, selbst einem kurzgeschorenen, überstieg unsere Fähigkeiten. Nach ein paar linkischen Drehungen ließen wir uns kläglich und außer Atem auf Gartenstühle fallen.

»Ich schreibe besser, als ich tanze«, entschuldigte er sich.

»Sie werden es nie schaffen, hier eine Zeitung herauszubringen«, zeufzte ich. »Und nicht nur wegen der Zensur. Der Wille fehlt, etwas zustande zu bringen. Die Menschen sind viel zu fatalistisch ...«

Wie ihn an meinen Empfindungen teilhaben lassen? In Caracas wußte jeder, daß ein Erdbeben in wenigen Sekunden die Stadt dem Erdboden gleichmachen konnte. Ein dicker Regen reichte, um Hunderte von Menschen von einem Bachbett verschlingen zu lassen. Ein Schlangenbiß, eine schlecht versorgte Wunde, ein grünes Fieber konnten in wenigen Stunden zum Tod führen. Leben war nicht selbstverständlich, sondern stellte einen Sieg über die feindliche Natur dar. Alles übrige war belanglos. Daraus entsprang eine oberflächliche Fröhlichkeit, die alle Bevölkerungsschichten erfaßte. Nichts erschien ernsthaft. Weder die Uhrzeit noch die Versprechen, noch die Arbeit. Nicht einmal die Politik.

Selbst wenn ich die Sätze gefunden hätte, hätte ich Maurice meine letzte Entdeckung mitgeteilt? Ich hatte gerade das Geheimnis des Lebens begriffen: Nur die Angst vor dem Sterben ließ uns hinnehmen, daß wir nichts waren. Ein lächerlicher Kompromiß, da man auf jeden Fall starb.

Er lächelte.

»Sie sind merkwürdig«, sagte er. »Sie tun so, als glaubten Sie an nichts und niemanden ... In Wirklichkeit sind Sie viel optimistischer als ich.«

Ich hob den Kopf. Die Falten zeichneten Sonnen um seine Augen.

»Ich weiß nicht«, gestand ich.

Ich hatte Lust, mich an ihn zu kuscheln. Seine Brust mußte breit und behaart sein, wie seine Hände.

»Sie sind bereit, hoffe ich. Morgen fahren wir los«, begann er von neuem.

»Wohin?«

»Nach Canaima. Ich habe ein kleines Flugzeug gemietet. Ihr Bruder hat mich wissen lassen, daß Sie Ihren Roman beendet haben. Wie Sie sehen, habe ich den Waffenstillstand respektiert.«

»Welchen Waffenstillstand? Was wollen Sie damit sagen?«

Unwillkürlich packte ich ihn am Handgelenk.

»Maurice, haben Sie Ihr Auto hier? Kommen Sie, verschwinden wir von hier.«

Tausende von Insekten haben sich im Garten versammelt. Kein Licht leuchtet im Haus. Das Dienstmädchen feiert mit den Ihren Neujahr. Ich hole das Manuskript über den Indianer heraus und reiche es Maurice Chemsi.

»Lesen Sie das. Sie fahren nur mit mir nach Canaima, wenn ich die Mühe wert bin. Aber Achtung: Ich verlange absolute Offenheit.«

»Jetzt? Diese Nacht?«
»Ja.«

Ich gehe nicht ins Bett. Ich kratze meine Mückenstiche, bis meine Knöchel blutende Wunden sind. Jacquot und Regine schlafen unter der Aufsicht der Moreno-Tochter, die genauso griesgrämig ist, wie ich es wohl mit vierzehn war.

Heranwachsen …

Ein Geräusch: Bestimmt Vitali und Simone. Es ist drei Uhr morgens.

»Rebecca?«

Maurice Chemsi.

»Sie sind zurückgekommen?«

»Ich bin gar nicht weggefahren.«

Er sieht mich über seine Brille hinweg an und reicht mir meinen Roman.

»Sie müssen noch viel dran arbeiten.«

Mir zerreißt es das Herz. Ich wußte es. Sobald er weg ist, bringe ich mich um. Uff, es ist fast zu Ende.

»Aber Sie sind eine Schriftstellerin.«

Meine Beine tragen mich nicht mehr, ich weine, ohne an Frisur und Kleid zu denken, ich weine, weil ich nicht mehr kann, weil die Antworten nie diejenigen sind, die ich erwarte, weil …

Er nimmt mich in die Arme, er saugt meine Tränen auf, er sagt mir, daß er mich liebt, seit er mich in der Bibliothek der Alliance gesehen hat – natürlich die Alliance, die Vereinigung. Er sagt mir, daß er sich um mich kümmern will, um die Frau und um die Schriftstellerin, weil er beide liebt, er sagt mir, daß ich arbeiten und immer weiterarbeiten muß, nie aufhören darf zu zweifeln, und dann werde ich vielleicht nicht die *Thibaults* schreiben, aber ein großes Buch. Er sagt mir, daß er die Frau heiraten möchte und ihr ein Kind machen möchte, die Frau, die in seinen Armen weint wie die Heldin einer Geschichte zu drei Centimes.

»Zehn Centimes.«

In Canaima glaubte ich, in dem Dröhnen des Wasserfalls zu vergehen. Mit einem einfachen Zucken der Zehen konnte ich mich den wütenden Elementen anschließen und für immer verschwinden. Meine Füße haben gut gehalten, und ich war glücklich zu existieren. Ich habe Maurice in den roten Wassern des Sees geliebt. Wir haben das Boot auf dem düsteren Spiegel an den wilden Orchideen vorbeigleiten lassen. Es hatte einen magischen Zauber. Ich wußte, daß ich eines Tages über diesen Ort schreiben würde. Ich ließ meinen Gefühlen freien Lauf, ließ meine Augen, meine Ohren und die Poren meiner Haut sich öffnen. Ich war endlich bereit, zu empfangen und nicht mehr zu erdulden.

Maurice blieb nach der Liebe lange auf mir liegen. Pavel hatte sich unmittelbar gelöst. Michel wog nicht allzu schwer. Ich liebte diesen massiven und vertrauensvollen Druck. Ich fühlte mich unverwundbar. Ich legte meine Arme um seinen Rücken und sagte ihm: »Ich liebe dich.«

Bei unserer Rückkehr erwartete mich ein Brief. Ich erkannte Claudes Schrift und spürte, wie ich blaß wurde. Maurice eröffnete mir ein neues Leben. Es konnte nicht glücklich werden, solange mein Neffe mir nicht verziehen hatte.

Dein Indianer hat mich gerührt (schrieb mir Claude). *Ich habe mich dort wiedergefunden, ich habe Dich dort wiedergefunden. Ja, wir sind verschieden, warum es leugnen? Erinnerst Du Dich an die Zeit, als ich kein Jude sein wollte? Ich bin es in den Augen der anderen, ob ich es will oder nicht.*

Ich habe die Weihnachtsferien mit Deinen Freunden Abravanel in Villers-sur-Mer verbracht, und ich habe mir die Freiheit genommen, Elie das Manuskript lesen zu lassen. Er wartet auf grünes Licht von Dir, damit er es den Leuten schicken kann, die er im Verlagswesen kennt. Wir sind sehr stolz auf Dich. Ich verstehe mich gut mit Gérard, Elies und Louises Sohn. Wir führen alle vier endlose politische Gespräche. Wie Du siehst, Tiatia, habe ich eine neue Familie gefunden. Und jetzt sag mir: Wärest Du sehr enttäuscht, wenn ich die École normale aufgäbe? Ich will nicht lehren, ich will handeln. Die École libre des sciences politiques führt zu den großen Körperschaften des Staates. Selbst wenn einige den Juden verschlossen sind, bleiben die Verwaltung und vor allem der Staatsrat, der mich sehr lockt …

Du bittest mich, Dir zu verzeihen, es ist eher umgekehrt. Ich schulde Dir alles. Statt mich Dir gegenüber dafür dankbar zu erweisen, habe ich Dir weh getan. Was Moineau angeht, war ich, glaube ich, eifersüchtig. Ich wollte Dich nicht teilen, und ich hielt Dich für besser als ihn. Ich habe nur einen Wunsch, daß Du den Gefährten finden mögest, den Du brauchst. Ich habe Vertrauen, Tiatia. Die Zukunft ist voller Verheißungen …

Am 30. Januar 1933 heiratete ich Maurice Chemsi im französischen Konsulat von Caracas. Am selben Tag wurde Hitler Reichskanzler.

Ke mal mos kera.

Zeittafel

Das Osmanische Reich am Ende des 19. Jahrhunderts

Das Osmanische Großreich ist im 19. Jahrhundert gekennzeichnet von einem veralteten Staatsaufbau, einer nach religiösen Gesichtspunkten aufgebauten, islamischen Sozialhierarchie, korrupter Verwaltung sowie politischer und wirtschaftlicher Einflußnahme bzw. Teilungsabsichten der europäischen Großmächte. Nach zunehmender Staatsverschuldung, besonders mit ausländischem Kapital, erklärt das Reich 1875 den Staatsbankrott, ab 1881 stehen seine Staatsschulden unter internationaler Verwaltung. 1876 erhält das Osmanische Reich, bisher willkürlich und autokratisch von den Sultanen beherrscht, unter ausländischem Druck erstmals eine Verfassung, die die Gleichstellung der Nationen und Religionen verkündet. Sie wird jedoch noch im gleichen Jahr von Sultan Abd ül-Hamid II. außer Kraft gesetzt, der bis 1909 despotisch regiert. Ganze Reichsteile spalten sich ab, so erlangen 1878 auf dem Berliner Kongreß Rumänien, Serbien und Montenegro die Selbständigkeit, auch Bulgarien wird im gleichen Jahr ein eigenständiger Staat.

Seit 1860 sammeln sich die politischen Gegner des Osmanischen Reichs in der jungtürkischen Bewegung. Vor allem Studenten und Offiziere protestieren darin gegen Autokratie und ausländische Einflüsse. Offiziersgruppen wie das Komitee »Einheit und Fortschritt« und der 1905 in Damaskus gebildete Geheimbund Mustafa Kemals schließen sich zur Jungtürkischen Partei zusammen.

1908	Militärischer Aufstand in Saloniki, der von Enver Pascha geführt wird. Nach einem vergeblichen Gegenaufstand wird Sultan Abd ül-Hamid II. abgesetzt und die Jungtürken unter Mohammed V. übernehmen die Regierung. Ihr Ziel ist, einen Verfassungsstaat zu schaffen, in dem alle Nationalitäten gleichberechtigt sind und Wahlrecht besitzen.
1911	Italien besetzt das libysche Tripolis; das löst den Tripoliskrieg zwischen der Türkei und Italien aus. Im Frieden von Lausanne (1912) wird Libyen autonom, womit es de facto an Italien fällt.
1912/Oktober	1. Balkankrise: Die seit 1912 im Balkanbund ver-

	einigten jungen Nationalstaaten Serbien, Bulgarien, Griechenland und Montenegro erklären der Türkei den Krieg. Schwere Niederlagen der Türken bei Kirk Kilisse, Lüle Burgas, vor Adrianopel (gegen die Bulgaren) sowie bei Kumanowo (gegen Serbien). Daraus entsteht eine internationale Krise, in der Rußland Serbien unterstützt, das Zugang zur Adria verlangt. Dem widersetzt sich Italien. Österreich-Ungarn unterstützt Bulgarien, um serbischen und italienischen Machtzuwachs einzudämmen. Deutschland und England versuchen auf der Londoner Botschaftskonferenz im Dezember 1912 zu vermitteln.
1913/Mai	Frieden von London: Abtretung aller türkischen Gebiete westlich der Enos-Midia-Linie (darunter auch Adrianopel) und aller ägäischen Inseln. Im Streit um diese Gebiete greift Bulgarien Serbien an.
Juni	2. Balkankrieg: Serbien wird von der Türkei, Rumänien, Griechenland, Montenegro unterstützt. Österreich-Ungarn wird von Deutschland und Italien daran gehindert, zugunsten Bulgariens einzugreifen.
August	Friede von Bukarest: Bulgarien verliert Mazedonien und die Dobrudscha, Albanien wird selbständig. Die Lage auf dem Balkan bleibt instabil, da keiner der Staaten mit dem Status quo zufrieden ist.
	Türkische Heeresreform unter deutscher Leitung und Aufbau der türkischen Flotte unter britischer Mithilfe.
1914/6. Juni	Am 6. Juni erfolgt die sogenannte »Blankovollmacht«, die Versicherung der unbedingten Bündnistreue Deutschlands an Österreich-Ungarn. Ermordung des österreichischen Thronfolgers Erzherzog Franz Ferdinand und seiner Gemahlin durch den bosnischen Studenten Princip im Auftrag der serbischen Geheimorganisation »Schwarze Hand« in Sarajewo.
28. Juli	Kriegserklärung Österreich-Ungarns an Serbien, worauf Deutschland am 1. August Rußland und
3. August	am 3. August Frankreich den Krieg erklärt.
	Deutsch-türkisches Defensivbündnis; die Türkei erklärt bewaffnete Neutralität.

Oktober	Die formell in türkischen Besitz übergegangenen deutschen Schiffe »Göben« und »Breslau« beschießen russische Küstenstädte.
2.–5. November	Rußland, England und Frankreich erklären der Türkei den Krieg. Bulgarien verbündet sich mit den Mittelmächten, Rumänien, Griechenland, Italien mit den Alliierten.
1917/6. April	Kriegseintritt der USA auf seiten der Alliierten.
1918/30. Oktober	Waffenstillstand zwischen der Türkei und den Alliierten; die Flotte der Alliierten läuft in den Bosporus ein, Istanbul wird besetzt. Als Reaktion darauf bildet sich eine oppositionelle türkische Nationalbewegung unter General Mustafa Kemal Pascha, die einen türkischen Staat in nationalen Grenzen fordert und ein Repräsentativkomitee mit Sitz in Ankara bildet.
11. November	Waffenstillstand Deutschlands mit den Alliierten.
1920/10. August	Der Friedensvertrag von Sèvres wird von der türkischen Regierung unterzeichnet: Er legt diverse Gebietsabtretungen der Türkei fest.
1920/21	Mit größter Gewalt werden die Armenier von der türkischen Regierung unterdrückt. Tausende werden ermordet, nur wenigen gelingt die Emigration.
1921	Der Vertrag von Ankara vereinbart den kompletten Abzug der Franzosen.
1922/1. November	Abschaffung des Sultanats.
1923	Friede von Lausanne: Die Türkei erhält einige der abgetretenen Gebiete zurück; Entmilitarisierung der Meerengen; Aufhebung der Kapitulation und Verzicht auf Reparationen; Abzug aller alliierten Besatzungen. Etwa 1,35 Millionen Griechen und zirka 430 000 Türken werden umgesiedelt.
Oktober	Gazi Mustafa Kemal Pascha (seit 1935 Atatürk genannt) wird zum 1. Präsidenten der Türkei gewählt. Ausschaltung des religiösen islamischen Rechts in Politik und Gesellschaft.

(Nach: dtv-Atlas zur Weltgeschichte, Band 2)

Inhalt